Dieter Lattmann  Einigkeit der Einzelgänger

## Vorbemerkung

Im Jahr 2002 habe ich mit diesen Aufzeichnungen begonnen. Nicht um Tagebuch zu führen, nicht um meinen Lebenslauf zu schreiben. Je älter ich werde, um so mehr erreicht mich, wie jede Gegenwart aus der Vergangenheit wächst, und oft entdecke ich hinter dem Neuen das Alte. Für Jüngere Erstmaliges weckt in mir Erinnerung. Mir scheint: außergewöhnliche Ereignisse kommen und gehen wie in einem Kreislauf, und das trifft auch auf außergewöhnliche Menschen zu. Im Alter überwiegt das Wissen gegenüber den körperlichen Kräften. Die Beschleunigung aller Veränderungen macht mich unsicher, und ich spüre, wie daraus eine neue Scheu hervorgeht. Zu ihr gehört mein Bemühen, vermittelnd zu handeln, in dem ich mich manchmal verliere.

Stefan Andres, der Autor des Kindheitsromans *Der Knabe im Brunnen*, hat mir, als er Gedrucktes von mir fand, einmal gesagt: »Wenn Sie Schriftsteller werden wollen, lernen Sie, früh genug zu sterben. Es ist unangenehm, sich zu überleben.« Er hat das geschafft: drei Tage nach seinem 64. Geburtstag ist er in Rom gestorben. Noch aus einem anderen Grund ist Andres mir unvergesslich. Als er ein berühmter Autor war und ich Mitarbeiter seines Verlags, gab mir Klaus Piper eines Tages das neue Andres-Manuskript *Die Reise nach Portiunkula* zu lesen. Die Dialoge junger Leute seien dem Autor wohl nicht recht gelungen. Es handle sich um meine Generation, ich solle zusehen, was sich da machen ließe. Ich las, wunderte mich, verfasste ein Gutachten und kreidete dem Erfolgreichen sein Herumtappen in der Jugendsprache selbstherrlich an. Ich ahnte nicht, dass Piper seinem Freund meinen Verriss nach Unkel am Rhein schicken würde. Als Andres bald darauf im Münchner Verlag erschien, rumpelte er über den Flur: »Wo steckt der Lattmann?« Als Donnergott brach er zu mir ins Zimmer. »Junger Mann, was haben Sie sich gedacht!« Ich stand stumm vor seinem Zorn. Als er nach langem Grollen hinausstapfte, packte mich die Reue. Später saß er im Garten hinter der Buchhandlung Lehmkuhl und redete mit dem alten Schumacher, den man oft hinter dem Schaufenster sehen konnte. Der Buchhändler rief mich an: »Haben Sie nicht gerade einen Zusammenstoß mit dem Autor unseres Leseabends gehabt? Andres ist hier bei uns, er sitzt beim zweiten Viertel. Wenn Sie jetzt herüberschauen, wird er wieder gnädig sein.« Und so geschah es. Dieses Echo von damals höre ich heute. Zeiten und Bilder holen mich ein. Was der Tag auch bringt, immer ist er unterlegt mit eingeschliffenen Merkzeichen früherer Geschehnisse. Nachts blättern Träume mir ungeschriebene Bücher auf, tags neide ich dem Unbewussten die Phantasie.

Über Persönliches will ich zögernd berichten, weil ich nicht sicher bin, wo es das Übliche durchbricht. Literatur ist mein Beruf. Das Politische, das mich nicht loslässt, seit ich denken kann, wird seinen Raum einnehmen. Niemand ist frei von einer kollektiven Dimension der Individualität. Solange die Verfechter des bestehenden Zustands den notwendigen Wandel lähmen, ist die Mehrheit ihnen gewiss. Bis auf Sternstunden der Demokratie: in ihnen gelingt das Unwahrscheinliche.

Inzwischen bin ich fast achtzig. Minderheit zu sein, war meine Erfahrung. Ich halte es mit meiner Romanfigur der *Verwerflichen Alten*: Was hat das Alter für einen Sinn, wenn es nicht frei macht?

I

## Verschneite Spuren

Jeden Morgen gehe ich durch den Englischen Garten, er beginnt hinter unserem Haus. Gehe auf der Holzbrücke über den Schwabinger Eisbach und schreite auf den Wegen der Jahreszeiten aus. Wenn ich zurückkehre, eine Treppe tiefer in meine Arbeitswohnung, schreibe ich manchmal meine Gedanken von unterwegs auf. Denke wie heute an einem schneepulvrigen Tag: Es ist wunderbar, an einem Wintermorgen eine frische Spur in den Neuschnee zu legen und sich vorzustellen, da ist vor mir noch niemand gegangen. Aber vielleicht befindet sich darunter eine alte Salzstraße, auf der über Jahrhunderte Fuhrwerke dahinzogen. Unsere Wahrnehmung verweilt an der Oberfläche der Dinge. Und wer meint, sich darauf verlassen zu dürfen, dass bestimmte Vorkommnisse in seinem Gedächtnis festgehalten sind, wird beim Überprüfen der Tatsachen nur zu oft erkennen, wie trügerisch subjektive Erinnerungen sind.

Nimmt man hinzu, wie Zeitgeschichte im Allgemeinen durch zeitbegrenzt herrschende Interessen bestimmt und durch ein Tabu des Vergleichens mit anderen Zeiten und Systemen gelähmt wird, so erscheint einzig die Unverlässlichkeit der Ereignisse und Legenden als verlässlich. Damit sich die Vergangenheit nicht in Widersprüchen ihrer Ausdeuter verflüchtigt und Legenden nicht wirklicher werden als die Wirklichkeit, brauchen wir nicht nur das Kopfschütteln der Jungen über manche Betrachtungsweisen der Alten. Wir brauchen auch, dass das Staunen der Alten über das Verwundern der Jungen nicht als Bewusstseinsabfall zwischen den Generationen abgetan wird.

Die Beharrlichkeit, mit der Behauptungen über Gängiges und Angebrachtes uns ständig umschwirren, wird nur noch durch die Begrenztheit jeder Auswahl von Nachrichten übertroffen. Auch im Hochwasser der Informationen steht der homo sapiens, der angeblich wissende Mensch, wenn er innehält und sich besinnt, verblüfft vor seinesgleichen und kann nur mit Sokrates bekennen: »Ich weiß, dass ich nichts weiß.«

Zu allen Ungewissheiten tritt im Lauf des Lebens die Veränderung des eigenen Blickwinkels selbst gegenüber jenen Dingen, die als Tatsachen gelten. Jede neue Generation beschließt anscheinend zunächst einmal, die eigene Wahrnehmung wie frischen Schnee zu sehen und nur gelegentlich zu fragen, was für andere, zumal für Ältere, darunter liegt. Immer von neuem gibt es im Zeitenwechsel den Besitzanspruch Jüngerer auf die jeweilige Wahrheit. Als garantiere Jungsein nicht nur den Zugang zu einem Verhalten, das als zeitgemäß gilt, sondern auch zu einer Art von Gültigkeit moderner Ansichten. Kein Lebensalter jedoch tritt derart selbstgewiss mit Überzeugungen hervor wie das mittlere, sobald es Schlüsselpositionen erklommen hat und öffentliches Dafürhalten verwaltet.

Als einer, der in den Medien zu Hause war, erinnere ich mich, wie relativ überzeugt ich jahrelang als Kommentator verschiedener Sender meine Einschätzung vieler Personen und Dinge als zutreffend ausgegeben habe. An die Stelle meiner Gewissheiten von damals ist inzwischen die Geduld mit den Irrtümern getreten, die alle Zeitgenossen begleiten. Jüngere nehmen oft an, dass Ältere sich irren. Es ist in ihren Augen einfach schon zu lange her, dass die sich in ihrer Zeit auskannten. Beim Neuesten des Neuen kommen sie ohnehin nicht mehr mit, heißt es. Ältere dagegen, wobei die Steigerungsform »älter« jünger als »alt« wirkt, – Ältere und viele der Alten ziehen es angesichts der Bestimmtheit, mit der Töchter, Söhne, Kindeskinder in ihrem Zeitmilieu vor ihnen auftreten, immer häufiger vor, zu schweigen. Das Gefühl des Nicht-mehr-Dazugehörens stellt sich zuerst gegenüber den gewandelten Gültigkeiten im öffentlichen Leben ein. Die Absolutheit, mit der neue Obrigkeiten und neue wissenschaftliche Autoritäten auftreten und eine augenblickliche Prominenz die Meinungsbilder ausfüllt, strahlt auf lebenslang gewachsene Nachdenklichkeit eine einschüchternde Fremdheit aus.

Immer wieder kommt ein Zeitpunkt, an dem sich die Spurensicherung der Vergangenheit in der Gegenwart zu verlieren droht. Auch heute vollzieht sich ein historischer Umbruch. Schuld ist so wenig erblich, wie es Erfahrungen sind. Mein Vater konnte mir den Ersten Weltkrieg nicht erklären, ich meinen Söhnen den Zweiten nicht. Vielleicht sollte ich nicht mehr darauf bestehen, dass das, was ich miterlebt habe, tatsächlich so gewesen ist, wie ich es sehe. Offenbar wissen diejenigen, die nicht dabei waren, ganz genau, wie es war. Wie oft verwundert mich das in Programmen des Fernsehens. Es liefert Bilder, die wie Realität aussehen. Das scheint unschlagbar zu sein.

Wer wirklich Zutreffendes über die Vergangenheit wissen will, sollte eher die Literatur befragen. Ihre authentischen Werke schildern die Wirklichkeit hinter den Dingen. Über den Beginn des Staates, in dem wir leben, sagen Wolfgang Borcherts *Draußen vor der Tür*, Heinrich Bölls *Und sagte kein einziges Wort* und Wolfgang Koeppens *Treibhaus* mehr aus als alte Zeitungsjahrgänge und Dokumente in Archiven. Es gibt eine Kultur des Erinnerns, die für das Verstehen der Gegenwart unerlässlich ist: Künstler, Dramatiker, Poeten und Romanautoren der Kriegsgeneration haben die Quellen für das Gedächtnis nachfolgender Generationen vielschichtiger angelegt, als Politikermemoiren es konnten.

Es bedeutet nicht viel und richtet keinen Schaden an, wenn internationale Filme und Fernsehspiele über die Nazizeit heute Leinwand und Bildschirm mit Uniformen, Emblemen und Zeitkulissen füllen. Mangelnde Recherche wird als künstlerische Freiheit ausgegeben. Allerdings ist es paradox, wenn eine nachschöpferische Phantasie, die geschichtliche Ereignisse aus großem zeitlichem Abstand nach eigenem Gutdünken darstellt, ihre Resultate als »authentisch« bezeichnet. Das eine ist historisches Material, das andere ist Fiktion.

Wenn aber nach sechzig Jahren die Beteiligung deutscher Banken und erheblicher Teile der Schwerindustrie am Werden der Nazidiktatur und ihrer Verbrechen wie neue Erkenntnisse ausgegraben werden, ist es an der Zeit, dass das Staunen der Alten öffentlich wird. Als hätte es bei den Soldaten, die den Befehl zum Krieg ausführten, nie jenen Vers gegeben, der das Komplott in acht Wörtern enthüllte: »Nach dem ersten Tank kommt die Deutsche Bank.«

Es gab noch bis nach der verlorenen Schlacht um Stalingrad eine Mehrheit, die Hitler zujubelte. Und es war eine Minderheit der Bevölkerung, die nur unwillig gehorchte, weil sie wusste, dass auf Ungehorsam der persönliche Ruin oder am Ende der Tod stehen konnte. Dennoch entwickelte sich, als die Zeit des Siegens vorbei war, bei einer wachsenden Zahl auch die Vorstellung, dass die Staatsmacht verbrecherisch handelte. Von einem Volk, das unterworfen ist, kann man massenhaften Widerstand wohl nicht erwarten. Die Ablehnung drückt sich im Volksmund anders aus. Als einem, der noch in der Weimarer Republik zur Schule kam, ist mir unvergesslich, wie geflügelte Worte sich gegen die Verfälschung der Rechtschaffenheit wehrten. Aus dem Sprichwort »Lügen haben kurze Beine« machten Schlauköpfe angesichts des hinkenden Propagandaministers: »Ein Lügner hat ein kurzes Bein.« – Es waren die nach Verfolgung und Exil zurückgebliebenen Eliten, die versagt haben, sofern sie nicht zum Widerstand fanden. Aus ihnen gingen nach dem Krieg auch wieder die Eliten der Restauration hervor.

Was immer uns noch an Enthüllungen über die zwölf Jahre der Nazidiktatur vorgestellt wird, es werden in der Hauptsache Wiederholungen sein. Dennoch ergibt die Ruhelosigkeit der Wiederkehr solcher Nachrichten einschließlich Bankengold und Mahnmalstreit einen beweiskräftigen Sinn: Es ist eine Wunschvorstellung, dass Völker ihre Geschichte klären. In der Realität leben sie auf den Abraumflächen der Vergangenheit weiter, so schlecht und recht es ihnen gegenwärtig gelingt.

## Homunkulus ist nicht unser Bruder

Aus meiner Ruhe und dem Nachsinnen über mein Leben und das Alter werde ich nur manchmal herausgerissen. Das geschieht vor allem, wenn im obersten Parlament der Republik Entscheidungen diskutiert werden, die für die menschliche Existenz in der Zukunft Grundlegendes ändern wollen.

Mein Mandat im Deutschen Bundestag liegt mehr als zwanzig Jahre zurück. Acht Jahre lang war ich mit Leidenschaft Abgeordneter. Mit der Resignation, die man mir nachsagte, als ich aus eigener Entscheidung nicht zum dritten Mal kandidierte, habe ich mich nie identifizieren können. Ein Grund war, dass ich kein besonders gehorsamer Mensch bin. In erster Linie wollte ich wieder leben, wie es mit mir übereinstimmte, mit meiner Frau und in meinem unvergleichlich freien Beruf als Autor. Unsere beiden Söhne waren bereits erwachsen und aus dem Haus.

Wenn es in Berlin um etwas geht, das mir keine Ruhe lässt, folge ich der Debatte zu Hause vor dem Bildschirm, distanziert und mitgerissen zugleich. So war es auch, als »Ethik und Recht der modernen Medizin« auf der Tagesordnung stand.

Monatelang hatte der Konflikt die veröffentlichte Meinung bewegt. Forschung und Pharmazie wollten endlich im internationalen Konkurrenzkampf mithalten können. Viele wissenschaftliche Gremien waren aufgeboten worden. Wenn die Politik ihre Motive nicht direkt aufdecken will, versteckt sie sich häufig hinter Ergebnissen der von ihr eingesetzten Kommissionen. Sie sollen Begründungen liefern, die unumstößlich erscheinen. In diesem Fall galt das für die Forschung an embryonalen Stammzellen und die Interessen der Wirtschaft auf diesem Gebiet. Ich dachte an meine Enkel. Kein Wort ließ mich kalt.

Ich sah Kanzler Schröder mal auf seinem Abgeordnetenplatz, mal auf der Regierungsbank. Er hätte nicht die ganze Zeit im Plenum ausgeharrt und wohl auch nicht das Wort ergriffen, wäre nicht absehbar gewesen, dass seine Auffassung sich durchsetzte. Die Abstimmung galt als Gewissensentscheidung, sie war interfraktionell freigegeben. Aber es irrten die Berichterstatter, die im Fernsehen beteuerten, der Ausgang bleibe offen. Bei drei Anträgen: einem Nein, einem Ja und dem als »Verständigung« auftretenden »Nein, aber ja« erschien mir im Voraus ausgehandelt, wie es enden sollte: Sobald sich die kleinste Gruppe der Ja-Sager bei der zweiten Abstimmung dem scheinbaren Mittelweg anschließen würde, konnte die anfangs stärkste Gruppe mit ihrem tapferen Nein nur unterliegen – sie war es, die das Embryonenschutzgesetz verteidigte.

Ich fühlte mich als Bürger mitverantwortlich. Während das Bild in der Kameraregie mal die Redner, mal die ersten Fraktionsreihen und einzelne Köpfe herausgriff, lag ein allgemeines Grummeln über der Versammlung. Vor meinem inneren Auge weitete sich der Ausschnitt, als säße ich dort in Berlin über dem Plenum auf der Zuschauertribüne, in Reichweite für Zwischenrufe. Am Pult stand inzwischen eine junge Abgeordnete aus Karlsruhe, die gewiss viele ihresgleichen vertrat. Der Druck, unter dem sie sprach, zog ihr schmales Gesicht zusammen. Vor ihrem Appell zum Nein entrüsteten sich Männermienen: Ach, die! Einige steckten die Köpfe zusammen, andere schlugen sich auf die Schenkel, es wurde laut gelacht, Fraktionssprecher telefonierten nach draußen.

Unter Fosters kühnem Gewölbe senkten sich Lichtbündel auf das Plenum herab, sie streuten Hell und Dunkel über die Gesichter in diesem Knäuel der Widersprüche. Hatten nicht anfangs alle, die zu Wort kamen, sich selbst gelobt, jeder werde auch andere Meinungen achten? In Wirklichkeit wollten sie, Mann wie Frau, alle nur eines: der eigenen Überzeugung die Mehrheit erkämpfen – diesmal noch unerbittlicher als sonst. Genau so war es gewesen, als ich damals auf meinem Abgeordnetenplatz gesessen und bei mancher letzten Lesung zu einschneidenden Gesetzen mitgestritten und mitgelitten hatte.

Während ich zuhörte und mich erinnerte, sah ich plötzlich mir vertraute Gestalten um das Ja und Nein einer ganz anderen Debatte ringen. In Gedanken kehrte ich zurück in den Bonner Plenarsaal.

Es ging um den Paragraphen 218: die Fristenregelung für den Schwangerschaftsabbruch. Auch dafür war damals der Fraktionszwang aufgehoben worden. Dabei geriet in Vergessenheit, dass jeder Fraktionszwang dem Artikel 38 des Grundgesetzes widerspricht. Er wird überhaupt erst möglich, weil die Öffentlichkeit in der Regel Geschlossenheit als Stärke einer Fraktion betrachtet und nicht den Mut zur freien Abstimmung honoriert. Seinerzeit gab es vier Gesetzentwürfe.

Wochenlang war ich in den beiden Allgäuer Wahlkreisen, die ich als Sozialdemokrat gegenüber einer starken Mehrheit der CSU zu betreuen hatte, zwischen Füssen und Lindau, Oberstdorf und Memmingen über Land gefahren. Immer wieder hatte ich versammelten Frauen und wenigen Männern erklärt, was die Mehrheit und was die Minderheit der Parteien von Opposition und Regierung auf welche Weise gesetzlich regeln wollten.

»Machen Sie nur so weiter, Herr Abgeordneter«, bekam ich in einem Dorfkrug wörtlich zu hören. »Aber erwarten Sie nicht, dass wir uns auf Ihre Seite stellen, solange der Pfarrer zuhört.«

In der Gesetzgebung war Mitte der siebziger Jahre, zu Zeiten der Sozialliberalen Koalition, eine Konstruktion gefunden worden, deren Legalität umstritten blieb. Der werdenden Mutter, und nur ihr allein, wurde damals wörtlich ein besonderes »Recht auf eigenes Leben« eingeräumt. Wenn sie sich aus Not gegen ihre Schwangerschaft entscheidet, sollte sie – obwohl sie damit das Gesetz übertritt – straffrei handeln können: befristet.

Es war eine Debatte von Frauen für Frauen, und der Plenarsaal war elektrisch aufgeladen. Auf den Tribünenrängen hörten unzählige Frauen zu. Liselotte Funcke präsidierte. Abstand wahrend, hochgetürmt das Haar und die Haltung, ließ sie keinen Zweifel, dass sie hier als eine der Frauen auftrat, über die Männer in dieser Frage keine Macht hatten. Gleichzeitig war ich überzeugt, dass nicht wenige MdB-Mitarbeiterinnen durch ihren Abgeordneten die Begründung zum Ja im Plenum lieferten. Jedes Mitglied des Bundestags hatte damals schon eine monatliche Pauschale für einen Assistenten zur Verfügung, und es war eine Erscheinung der siebziger Jahre, dass in den Büros oft

Studierte aus der 68er-Generation saßen, die sprachmächtiger waren als mancher Volksvertreter.

Ich hatte keine Schwierigkeit mit meinem Ja zur Fristenregelung, auch einer in Teilen weitergehenden Lösung hätte ich zugestimmt. Nur hätte sich dafür keine Mehrheit ergeben. Jedes Mal wenn ich im Allgäu auf einer Versammlung zu diesem Thema sprach, reagierten vor allem Väter entrüstet auf den ausschlaggebenden Entwurf der Regierungskoalition. Ich fragte sie, ob sie nicht wüssten, wie rasch auch in unserer Region selbst konservative Eltern bereit wären, über die nahe Grenze nach Österreich hinüberzugehen, sobald ihre eigene Tochter in diese Lage käme und niemand etwas davon erfahren solle. Dort, wenige Kilometer entfernt, war man in diesem Punkt liberaler.

Keine andere Debatte, auch nicht die Auseinandersetzung um die Strafrechtsverschärfungen zu Zeiten des Terrorismus der Baader-Meinhof-Gruppe, hat in meinen acht Parlamentsjahren die Bundestagsmitglieder derart zu einer persönlichen Stellungnahme herausgefordert und vor ihre Gewissensentscheidung gestellt.

Die Fristenlösung, die damals beschlossen wurde, hat vielen Frauen mehr Selbst-Verantwortung ermöglicht, auch wenn sie bis heute in verschiedenen Bundesländern nur unterschiedlich darauf bauen können.

Eine einzelne Stimme rief mich aus meinen Bonner Gedanken in die Berliner Versammlung zurück. Sie gehörte Margot von Renesse, der Familienrichterin a.D., die sich, wie eine wortscharfe Schwester von Liselotte Funcke, als Stimmführerin in der Embryonendebatte erwies. Frei redend, jede Silbe gestanzt, gab sie am Pult den Bundestagsmitgliedern zu bedenken: »In einem Labyrinth wird man vor die Mauer laufen, wenn man gerade Wege sucht, oder man wird sie einreißen müssen.«

Der Kompromiss, für den sie eintrat, sollte Zweifelnde von ihrem Druck befreien und dennoch einen eingeschränkten Zugriff auf menschliche Stammzellen für Forschung und Industrie ermöglichen.

Aus der Ferne kann sich niemand vorstellen, wie es Abgeordneten ergeht, die in einer solchen Abstimmung für ihr Gewissen einstehen müssen, zwischen Wahlkreis und Fraktion, Einsichtigen und Uneinsichtigen, Lobbyisten und Vertrauten hin und her gerissen. Wo sie sich im Vorfeld der Entscheidung auch aufhalten, prasseln Forderungen auf sie ein. Solange das Gesetz noch nicht in dritter Lesung beschlossen ist, wird der Termin durch das Kräftespiel im Parlament zusätzlich verzögert. Der Strudel von Einflüsterungen, Beschimpfungen, Drohungen wird immer enger, bis die Stimmkarte blau, rot oder weiß als Ja, Nein oder Enthaltung in der Urne verschwindet – nachzulesen im Protokoll noch nach hundert Jahren.

Den Antrag der Ja-Gruppe, der die Forschung an embryonalen Stammzellen freistellen wollte, begründete Ulrike Flach aus Mühlheim, Diplomübersetzerin. Sie wies darauf hin, es handele sich um Stammzellen, die bei der künstlichen Befruchtung nicht genutzt werden. Ich konnte meinen Ohren kaum trauen, als ich sie sagen hörte: »Es sind Embryonen, die von Spendern selbstlos und ohne finanziellen Gewinn zur Verfügung gestellt werden – ohne Bezahlung und ohne Bestellung. Zusätzlich muss eine Ethikkommission zugestimmt haben.«

Ich glaube, es ist niemals beweiskräftig, sich auf Ethik zu berufen. Was aus einer Entscheidung wie dieser im Parlament noch wird und was sie schließlich bewirkt, kann nur die Zukunft erweisen.

Vierzig Bundestagsmitglieder sprachen, es dauerte fünf Stunden. Gleich nach der Abstimmung erklärte ein Redner der Ja-Gruppe vor der Kamera, nun würden er und seine

Mitstreiter in der Gesetzgebung auf umso mehr Zugeständnisse pochen.

Als ich den Fernseher ausschaltete, atmete ich auf. Ich war wieder allein und bei mir. Aber die Debatte ging mir lange nicht aus dem Kopf, fast jeder Tag brachte neue Nachrichten. Durch das Internet geistert: »Falls Sie Ihre Eizellen verkaufen wollen, wir zahlen 5.000 Dollar.« Eine US-Firma bietet ein geklontes Baby als Ersatz für ein sterbendes an – für ein Vermögen. Ob das eines Tages möglich sein wird, daran zweifelt der Geschäftssinn nicht. Die Zeit, die den Anfängen wehrt, ist abgelaufen.

Die Welt gehorcht dem westlichen Markt. Im Bundestag hängt wie in allen Parlamenten der großen Industrieländer das Netzwerk der Weltkonzerne über den Köpfen der Abgeordneten. Vorentschieden wird auf Wolkenkratzer-Etagen der Wachstumsideologie. Im Parterre machen die Parlamentarier, die der Idee nach das Volk vertreten, daraus die von den Obrigkeiten verlangten Gesetze.

Seit der Antike haben Menschen ihr künstliches Ebenbild erdacht. Im Mittelalter trachteten Alchimisten, den Homunkulus, einen kleinen Menschen, aus geheimen Ingredienzien in einem verschlossenen Glas zu erschaffen. Goethe ließ im zweiten Teil seines *Faust* den einstigen Famulus Wagner nach einer Rezeptur des Paracelsus im Laboratorium einen Homunkulus erzeugen, der sich in der Walpurgisnacht ins Meer stürzt.

Seit Menschen denken, hat Forschergeist Rettung, Segen, Grauen und Massenmord hervorgebracht. Niemals war die Wissenschaft so nahe daran, den Homunkulus zu verwirklichen, wie nach der Wende ins dritte Jahrtausend. Die heute Lebenden sind einer neuen Form der Ermächtigung des Materiellen ausgesetzt. Ahnen wir, was diese totale Erforschung für die Nachkommenden bedeutet? Die allgemein zugänglichen Informationen sind begrenzt. Nur eines steht fest: Homunkulus ist nicht unser Bruder.

Es ereignet sich nicht irgendwann in ferner Zukunft, es vollzieht sich in unserer Gegenwart, dass menschliche Intelligenz, ausgestattet mit unersättlicher Ökonomie, die Manipulation humaner Identität in Angriff nimmt. Was zählt noch, wie einst für Albert Schweitzer, die Ehrfurcht vor dem Leben?

An den Fundorten des Zeitgeistes herrscht eine wissenschaftliche Selbsthypnose. Wer ihr nicht Überzeugungen opfert, sieht sich leicht auf die Endmoräne der Zukunftslosigkeit verbannt. Da gehöre ich nicht hin. Zu abschreckend haben Vorfahren in meinem Gedächtnis über neue Maschinen die Köpfe geschüttelt. Zu oft wurde die Furcht vor Neuerungen widerlegt. Aber die Sorge in mir bleibt dennoch übermächtig.

Würde die Persönlichkeit kopierbar, stürbe das Original. Visionen zerfielen, die Seele wanderte aus. Die Gleichheit der Ungleichen vor dem Recht wäre nicht mehr herstellbar. Wer wollte Diktatoren, vor allem die westlichen der Plutokratie, noch daran hindern, sich Herden der Gefolgschaft nach ihren Zielen zu züchten? Während im obersten Parlament der Republik alle sich auf Ethik berufen und das nicht ausreicht, um unseren Anteil an der Materialisierung des Menschen aufzuhalten, verteidige ich wie unzählige Einzelne mein Ich.

## Ein Echo aus dem Allgäu

Die Geschichte, wie ich ins Allgäu kam, beginnt natürlich in München. Ich hatte die Vierzig überschritten und war im freien Literaturberuf gefestigt. Nun wollte ich mich nicht mehr nur um die eigenen Angelegenheiten kümmern, sondern auch – zunächst im Umkreis meiner Berufsgruppe – etwas allgemein Nützliches bewirken. Als mein fünftes Buch, der Roman *Schachpartie,* erschien, trat ich dem Schutzverband deutscher Schriftsteller in Bayern bei.

Der Vorsitzende war Rudolf Schmitt-Sulzthal, ein ebenso kauziger wie kundiger Literat mit Schwabinger Esprit und Erfahrungen aus den gar nicht so goldenen Weimarer Jahren. Er war auch die Seele des Tukan-Kreises und hatte mich zu meiner ersten öffentlichen Lesung ins Café Freilinger in der Leopoldstraße eingeladen. Kaum hatte ich die Verbandstreffen der Autoren kennen gelernt, tagte im April 1968 die Bundesvereinigung deutscher Schriftstellerverbände in den Räumen des Bayerischen Rundfunks. Sie suchte einen neuen Präsidenten, und nachdem eine Reihe namhafter Schriftsteller abgelehnt hatte, schlug Schmitt-Sulzthal mich vor. »Meine Witterung sagt mir, Sie werden es können.« Er war viel zuversichtlicher als ich. Schließlich war ich der einzige Kandidat, also wurde ich gewählt. Das war meine erste öffentliche Aufgabe, und aus dem ehrenamtlichen Engagement für den Schriftstellerverband wurde vier Jahre später die Berufspolitik eines Bundestagsabgeordneten.

Günter Grass hatte die Sozialdemokratische Wählerinitiative gegründet und Künstler, Autoren, Publizisten, Geisteswissenschaftler dafür gewonnen, mit ihm öffentlich für einen Politikwechsel in der schon lange konservativ regierten Bundesrepublik einzutreten. Er forderte mich auf, dabei mitzumachen. Ich habe den Autor der *Blechtrommel,* der in Walt Whitmanschen Rhythmen »Dich singe ich, Demokratie« anstimmte, während einer Kampagne der Wählerinitiative durch sechzehn bayerische Landtagswahlkreise von Franken bis ins Allgäu begleitet. Seitdem wusste ich: er schaffte sich seine eigene Welt.

Im August 1969 war ich im Münchner Ortsverein Alte Heide Mitglied der SPD geworden, in der Absicht, mich nach einer möglichst kurzen Ochsentour um eine Kandidatur für den Bundestag zu bewerben. Die Genossen wollten natürlich wissen, woher ich kam, und sie fragten mich auch, wohin ich wollte.

»Nach Bonn,« war meine Antwort, für die ich breites Männerlachen erntete. Ich stürzte mich in die Arbeit, und nach einem Jahr wählten dieselben Mitglieder mich zu ihrem Vorsitzenden. Es war ein bunt gemischter Ortsverein, bestehend aus Metallarbeitern, Kriegerwitwen, städtischen Angestellten, Wissenschaftlern von Max-Planck-Instituten, Jusos aus der Studentenstadt, ein paar Freiberuflern, einer Stewardess der Lufthansa und einem Totengräber vom Nordfriedhof.

1972 bin ich im Bundeswahlkreis München-Ost bei meinem ersten Versuch gegen den Idealkandidaten der Jusos, den Taxifahrer und Wirtschaftsstudenten Jürgen Vahlberg untergegangen, der dann MdB wurde, aber meine Rechnung ging im selben Jahr im Allgäu noch auf. Was sich inzwischen an Hoffnung, Enttäuschung, Warten, auch neuem Zutrauen einstellte, behielt ich für mich. Es war Sommer. Meine Frau Marlen war zu einer Freundin nach Schweden gefahren, ich saß allein zu Hause wie in einem Windauge. Bis genau jene Jungsozialisten, die mich in München-Ost verhindert hatten, mich ermutigten und gemeinsam mit Jusos in Lindau, Kempten und Immenstadt herbeiführten, dass ich offiziell von der SPD im Oberallgäuer Wahlkreis zur Bewerbung um das Mandat aufgefordert wurde. Mein Versuch in München hatte sich herumgesprochen, und ich war nicht mehr lediglich Präsident der Bundesvereinigung, sondern Vorsitzender des ersten bundesweiten Schriftstellerverbands von zweieinhalb Tausend Autoren. Die alte Organisation hatten wir aufgelöst und mit Hilfe von Böll und Grass im Kölner Gürzenich den Gesamtverband gegründet – um ihn vom VDS der Studenten zu unterscheiden, nannten wir ihn abgekürzt nur VS.

Die Allgäuer bauten darauf, dass ich wegen der Nähe Willy Brandts zu den Schriftstellern die Absicherung auf der Landesliste erhalten würde. Nun war ich es, der gegen einen gestandenen Staatssekretär antrat, der als Abgeordneter den Wahlkreis vernachlässigt hatte. Im Wahlkampf half mir Franz Josef Strauß, er machte mich in der Region bekannt, indem er mich auf einer Wahlversammlung in der Kemptener Viehauktionshalle angriff und verkündete: Da hätten die Sozis mich als linken Schriftsteller herbeigeholt, und ich wolle nichts anderes als ausgerechnet das schöne Allgäu sozialisieren.

Ich bin mit Lautsprechern und meinem senkrecht auf dem Autodach montierten Wahlplakat in Dörfer hineingefahren, habe mich vor Kirchen gestellt und Bauernfamilien, die in geöffneten Fenstern erschienen, zugerufen: »Die Glocken dieses Kirchturms läuten auch für Wähler der Sozialdemokraten!« Vor Einkaufszentren verteilte ich an Frauen rote Nelken, stellte mich mit umgehängtem Lautsprecher in Fußgängerzonen als Bundestagskandidat vor und lud die Herumstehenden zur Diskussion ein.

Der Misstrauensantrag, den Rainer Barzel als Oppositionsführer gegen Willy Brandt eingebracht hatte, war gescheitert. Nun wollten wir mit dem Kanzler »mehr Demokratie wagen«. Unter den Klängen des Eröffnungsmarschs der Olympischen Spiele in München, die wir vom Band hinausposaunten, fuhren wir durch Stadt und Land. Selbst das Terrorattentat auf die israelische Mannschaft im Olympischen Dorf mit dem mörderischen Ende konnte unser Hochgefühl nur für kurze Zeit ersticken. Günter Grass leistete mir Hilfe für unseren Straßenwahlkampf in Kempten, und Hildegard Knef, die sich gerade dort aufhielt, posierte mit uns für ein Foto. Die Brille übers Haar hochgerückt, lächelte sie in die Kamera, die aufgeklebten Wimpern hüteten ihre Augen. Die beiden Berühmten waren voneinander gefesselt. Als Grass in der Fußgängerzone, auf einer Kiste stehend, über große Politik redete, musste einer ihn stupfen: »Auch etwas über unseren Kandidaten!«

Grass sprach immer über die Sozialpflicht des Eigentums. Der Grundgesetzartikel 14,2 hatte es ihm angetan. Ich habe von seiner Auffassung und Argumentation in meinem ersten Wahlkampf viel gelernt.

Wir beide kannten uns seit der Frankfurter Buchmesse 1959. Als Literary Scout, eine Art literarischer Wünschelrutengänger, hatte ich den Stockholmer Bonniers Verlag, die Verlage Gyldendal in Kopenhagen und Oslo sowie Otava in Helsinki frühzeitig auf Grass aufmerksam gemacht. Als ich mit »meinen« Skandinaviern am Stand des Luchterhand Verlags erschien, stand er dort mit seinem Romanerstling, kaschubisch geschnauzt. Endlich ein vitaler Autor aus Deutschland, nach so viel Dünnblütigkeit. Nicht ahnend, was er einmal würde fordern können, gaben er und sein strahlender Verleger Eduard Reifferscheid sich wegen der Übersetzungskosten mit bescheidenen Honoraren zufrieden.

Einige Zeit darauf sahen wir uns bei der Schriftstellertagung der Gruppe 47 auf Schloss Elmau unweit von Mittenwald wieder. Grass hatte ein Jahr zuvor bei dem Treffen im Gasthof Adler in Großholzleute, einer alten Allgäuer Poststation, das Zeugungskapitel des Oskar Matzerath gelesen und sich den Preis der Gruppe verdient. Nun zog der Welterfolg um ihn einen Kreis.

Das Manuskript, aus dem ich auf der Elmauer Tagung las, habe ich später vernichtet. Nachdem Ingeborg Bachmann mit linearer Stimme ihre Erzählung *Alles* vorgetragen hatte, wusste ich mehr, als die Kritiker der ersten Reihe mir hatten beibringen können. Seitdem habe ich mich als Autor, scheint mir, nicht noch einmal so in meinen Möglichkeiten verschätzt.

In meinem Kopf waren all diese Stationen geschichtet, als ich – dreißig Jahre später – wieder einmal in das Allgäu aufbrach. Der Kontakt zu meiner politischen Basis von einst war nie ganz abgerissen. Im Gegenteil, er setzte sich in der Weise fort, dass mich nun junge Leute einluden, deren Eltern zu meiner Zeit als Abgeordneter noch zur Schule gegangen waren oder gerade ihre Berufe erlernt hatten.

Dass es in der Politik auch Anhänglichkeit gibt, habe ich lange nicht für möglich gehalten. Als ich nach zwei Wahlperioden das Allgäu verlassen habe, war mir schuldbewusst zumute, als ließe ich Land und Leute im Stich. Nicht aber der Wahlkreis war mir schwer erträglich geworden, sondern Bonn. Vom Allgäu kam ich nie mehr ganz los. So folgte ich dieser Einladung gern.

Die Lok schlängelte sich mit der Wagenkette aufwärts, sie schob die schneearme Januarlandschaft am Fenster vorüber, räumte Hügel und Dörfer ab – manche haben sich wenig verändert. Größere Orte fressen sich ringsum weiter in Wiesen und Baumbestände hinein. Schaufelbagger, Sägen und die Langustengabeln der Kräne verbeißen sich in die Natur. Neue Straßen glänzen mit schwarzem Asphalt. Auch im Winter wird gebaut und Fußball gespielt.

Jährlich hatte ich früher mein Fahrzeug dreißigtausend Kilometer durch die Region gesteuert. Ich kreiste zwischen Rathäusern und Betrieben, Schulen, Bauernhöfen und Festplätzen, im Schneegestöber, mit offenem Dach in der Sonne. Zu Anfang hatte ich gezweifelt, ob die abwartenden Allgäuer mich aufnähmen. Im dritten Jahr verlor sich die Fremdheit. Wie CSU-Platzhalter stiftete ich zum Viehscheid für die Hirten eine Schelle und schwang auch schon mal den Taktstock über einer Trachtenkapelle, die widerstandsfähig gegen mein Gefuchtel vor sich hin blies und paukte. In Potsdam geboren, wurde ich als Wahlmünchner ins Allgäu ausgeliehen und schlug dort Wurzeln.

Gleich vor dem Bahnhof lief mir Richter Roßmann entgegen, der das kleine Wunder vollbracht hatte, als Sozialdemokrat für eine Zeit unser Oberbürgermeister in Kempten zu sein. Er hatte es eilig, mit Frau und Tochter, und ich war wieder in meinem politischen Zuhause angekommen.

Im Haus International füllte sich der Raum, und eine Welle der Vertrautheit schlug mir entgegen. Ich kannte noch Gesichter und Namen. Alle hatte die Ratlosigkeit und die Lähmung hergeführt, wie die Kriege auf der Welt nach dem 11. September zu beantworten wären. Eine Landtagsabgeordnete der Grünen wurde vom Bahnhof abgeholt, ich solle schon mal anfangen. Was konnte ich den Jungen und Älteren sagen, die mich erwartungsvoll anschauten? Es würde nicht ausreichen, die Sorgen mit ihnen zu teilen. Ich konnte ihnen nur noch die Gründlichkeit meiner Zweifel an Stelle von Ratschlägen anbieten. Das fiel mir schwer.

Gemeinsam hatten wir das Gefühl, uns stehe ein Wechsel weltpolitischer Gezeiten bevor. Es gab jede denkbare Analyse der Friedlosigkeit und nicht eine durchsetzbare Lösung der globalen Gewaltlosigkeit. Da waren die Teilungskriege nach dem Ende der Sowjetunion. Sie griffen um sich in den Grenzbereichen der Ölvorkommen am Kaspischen Meer, entlang begehrten Pipelinetrassen, und sie führten auch zur Zerstückelung Jugoslawiens. Da waren die Blutbäder im Afrika des Spätkolonialismus und die Überlebenskämpfe zwischen Israelis und palästinensischen Arabern, die durch die Ursprünge ihrer Religionen miteinander verwandt waren. Der religiöse Bombenwahn in Nordirland. Eine Armee des Selbstmordterrors, kaum auffindbar rekrutiert, löste die Fronten auf, bevor die Freiwilligen im Glorienschein ihres Fanatismus losschlugen. Und die Mächte, die sich berufen fühlten, das Böse in der Welt zu vernichten, trafen aus unerreichbarer Überlegenheit am sichersten die Unschuldigen.

Unzufrieden mit mir, packte ich am Ende meine Sachen. Da kam ein Mädchen auf mich zu. »Haben Sie noch etwas Zeit? Wir möchten gern mit Ihnen reden.« Sie deutete auf eine Gruppe junger Leute, die schon dabei war, Stühle und einen Tisch im Kreis aufzustellen. Ohne lange zu überlegen folgte ich ihr. Im Aufbruch der Mehrheit schlängelten wir uns durch das Gedränge. Als ich mich zu ihnen setzte, war ich ziemlich ausgelaugt, aber mehr noch gespannt. Gleich sah ich mich gefordert durch die Wachheit dieser Siebzehnjährigen und vielleicht etwas Älteren. Sicher gingen sie gemeinsam zur Schule, auch zwei Lehrer entdeckte ich.

»Sind Sie noch in der SPD?«

»Warum machen Sie nicht Schluss damit?«

»Welchen Politikern können wir denn noch trauen?«

»Ich bin kein Austreter«, habe ich ihnen geantwortet. »Ich bin noch Sozialdemokrat, noch in der Kirche und zum ersten Mal verheiratet, das schon seit dreiundfünfzig Jahren.«

Einige Mädchen schauten auf meinen Ehering.

»Wie Sie vorhin geredet haben, kommen Sie mit Schröders und Fischers Militäreinsätzen in Serbien nicht klar.«

»Stimmt.«

»Und wie verträgt sich das mit Ihrer Mitgliedschaft?«

Ihre Gesichter glänzten im Halbdunkel. Sie waren entsetzt über das meiste, was die Parteien ihnen zumuteten, keine nahmen sie aus.

»Lassen Sie uns unterscheiden, was an der Spitze geschieht und was von unten immer neu anfängt«, warf ich ein. »Je höher man kommt in der Demokratie, umso dünner wird die demokratische Luft.«

»Wie haben Sie das ausgehalten?«

»Sechs Jahre lang ging es ganz gut. Danach kam ich in immer mehr Konflikte mit der Mehrheit der Fraktion. Ich glaubte nicht, dass sich Terrorismus durch das Einschränken von Grundfreiheiten aussichtsreich bekämpfen lässt. Nach meinen ersten Nein-Stimmen im Bundestag gegen die eigene Regierung habe ich mir klargemacht, wie viele Nein das in der nächsten Wahlperiode werden müssten. Das hätte die Bevölkerung im Allgäu kaum noch verstanden. So weit der politische Grund, warum ich nicht noch einmal kandidiert habe. Es gab auch persönliche Gründe. Jedenfalls habe ich nicht alles hingeworfen. Ich habe von der Basis aus als Delegierter zum Bundesparteitag in München weitergemacht. Da gehörte mein Nein gegen die Stationierung von noch mehr US-Atomraketen hin.«

»Und, was hat das gebracht?«, wollte einer wissen.

»Nicht viel: eine Stärkung der Minderheit.«

Diese jungen Frauen und Männer kamen mir vor wie Goldsucher. Sie schürften mit scharfen Sieben, da kannten sie kein Erbarmen. Ihr Gold war die Glaubwürdigkeit. Ich musste an meinen eigenen Widerwillen gegen alles Politische denken, als ich wenig älter war. Mit neunzehn war ich aus dem Krieg gekommen und hatte vor meinem verschütteten Zuhause gestanden. Wie alle, die gleichaltrig und mir wichtig waren, wollte ich nur noch ich selber sein, ehrlich und frei. Unser Land müsse vor allem zusammenhalten und Schuld abarbeiten, dachten wir. Hunger und Armut machten uns nicht allzu viel aus. Jeder aus dem Schutt geklaubte Backstein ergab einen Sinn. Es war herrlich, noch am Leben zu sein.

Ein doppelter Kreis umgab mich. Ihre Gesichter schauten mich an. Die Stimmen wechselten. Von hinten hackte ein Uraltgegner nach dem Motto »Wer hat uns verraten: Sozialdemokraten« auf mich ein. Das kannte ich. Wir ließen uns nicht aus dem Takt bringen. Was mich beunruhigte, war, dass diese jungen Leute für sich von Politik nichts mehr erwarteten. Sie wollten eine andere Welt. Es war die uralte Sehnsucht nach Klarheit, Gerechtigkeit und Frieden unter den Menschen, die kein Zynismus totkriegen kann. Nach allen Katastrophen kommt sie neu auf die Welt. Ihre Heimat war die Provinz. In ihrem Traum vom Anderssein blieben jede und jeder für sich wie aufgehoben in einer Ordnung, aus der sie nicht wirklich herauswollten.

Trostlos war für sie, wie man in Genua den Jugendprotest beim Weltwirtschaftsgipfel zusammengeschlagen hatte. Sie zweifelten, ob sie in München an Demonstrationen gegen die Neuauflage der NATO-Wehrkundetagung teilnehmen sollten. Zwischen der Gewaltlosigkeit, die sie wollten, und der Angst vor Gewalt, die zur Abschreckung von Politikern kräftig geschürt wurde, waren sie unschlüssig. Zwanzig Kopf Fragen.

Ich hatte den Eindruck, ihr Wunsch und Hoffen, es einmal besser zu machen als die herrschende Generation, wurde ständig durch eine umfassende Desorientierung ausgebremst. Sie waren zu wach und kritisch, um nicht zu bemerken, wie die Nachrichten, die sie erreichten, einander widersprachen. Informationen gab es nur auf Widerruf. Der Verdacht ließ sie nicht los, sie erführen ohnehin nur, was sie erfahren sollten, nicht die wahren Ursachen und Hintergründe, warum auch für sie Bedeutungsvolles geschah. Überall prasselten Wörter auf sie ein, die ihren Sinn nicht mehr einlösten. Im World Wide Web blinkten Leuchtzeichen einer grandiosen Geschwätzigkeit. Was wirklich zählte, war nicht einfach herauszufiltern. Ihr Vertrauen in die Wissensgesellschaft war durchlöchert. Vorbilder kamen ihnen abhanden.

»Kann doch nicht sein.« »Versteh ich nicht.« Ihre Einwürfe unterbrachen mich hart, und ihre Fragen schliffen an meiner Genauigkeit.

Hatten sie ein absolutes Gehör für falsche Töne? Sie kappten sofort ihre Antennen, wenn ich nicht mit dem Richtstrahl auf sie zu sprach. Sie erwarteten, dass einer, dem sie zuhörten, mit der ungeteilten Person für das einstehe, was er behauptete. Es war anstrengend, mit ihnen zu sprechen. Ich legte meine Worte gründlicher auf die Waagschale, als wenn ich mit Erwachsenen redete.

Mir brannte eine Frage auf der Zunge: »Seid ihr mit euch ebenso streng wie mit den Politikern?« Das schien sie zu überraschen, eine Pause trat ein.

Ich bat sie zu überlegen, was an einem einzigen Tag alles durch sie hindurchging. Wie rasch ihre Vorstellungen und Gefühle wechselten und wieso sie nicht selten das Gegenteil von dem sagten, was sie eigentlich sagen wollten.

»Auf ein ganzes Leben umgelegt geschieht mit Politikern etwas Ähnliches, und das ist umso folgenreicher, weil das Wohl der Allgemeinheit auf dem Spiel steht. Die meisten von ihnen müssen sich immer wieder korrigieren. Das entschuldigt sie nicht, es ist eine Tatsache. Wenn sie ganz weit oben angelangt sind, jeder sie kennt und manche sie verehren, nimmt ein Großteil der Bevölkerung ihnen die Irrtümer und selbst Unredlichkeit fast grenzenlos ab.«

Als ein Beispiel nannte ich Theodor Heuss. Er hatte als liberaler Reichstagsabgeordneter im März 1933 mit seiner Stimme Hitler ermächtigt und war trotzdem der erste Bundespräsident im westlichen Nachkriegsdeutschland geworden. Die Leute nannten ihn »Papa Heuss«, und er brannte sich mit seiner Zigarre, wie auch der Wirtschaftsprofessor Ludwig Erhard, in das öffentliche Gedächtnis ein. Es hat ihm nicht einmal geschadet, als er, Herr der Ordensverleihung, mit der Stiftung der Bundesverdienstkreuze auch geschehen ließ, dass die Hitlerorden des Zweiten Weltkriegs ab 1958 in Westdeutschland wieder getragen werden durften. Die Eisernen Kreuze wurden frisch geprägt. An die Stelle des Hakenkreuzes, das in ihnen geprangt hatte, trat das Abbild von Eichenlaub, Symbol des fairen sportlichen Triumphs.

»Heuss hat auch vieles getan, was ihm gedankt wurde. Eine Kollektivschuld der Deutschen an den Verbrechen des Dritten Reichs wollte er nicht gelten lassen, er hat sie in «Kollektivscham« abgemildert. Bis zu seinem Ende war er hoch geachtet. Mir ist unvergesslich, wie er hinter dem Sarg seiner Frau zum Stuttgarter Waldfriedhof ging. Wir wohnten damals an der Zugangsstraße und sahen den gebeugten Mann mit dem weißen Haar vor dem Trauerzug lange nach.«

Jetzt verstummte auch ich. Wie hätte ich an die Schülerrunde weitergeben können, was mir alles durch den Kopf ging? Es wäre viel zu viel gewesen. Verwunderlich war eher, wie sie zuhörten.

Demokratie ist darauf angewiesen, dass jede neue Generation sie zu ihrer Sache macht und ihre Mitverantwortung für das gemeinsame Ganze Schritt für Schritt auf sich nimmt. Ich konnte nicht anders, ich musste noch einmal um ihre Beteiligung an der Politik werben: »Es wird nicht gehen, ohne dass ihr euch engagiert.«

II

## Herbstzeitlose

Im Frühjahr finde ich sie kaum zwischen Blattgrün und Gräsern an den Rändern der Büsche. Dabei werden ihre drei Triebe bis zu zwei Handlang hoch, in sie eingeschlossen reifen im Vorsommer die Fruchtkapseln. Erst Ende August blüht die Pflanze, die alles anders macht, die Herbstzeitlose.

Auf meinem Morgengang kreuze ich die Böschung der Isarauen. Auf ihr sind bis ins zwölfte Jahrhundert tatsächlich die Wagentrecks zwischen Salzburg und Augsburg gefahren. Eine Säuleninschrift bezeichnet die alte Auffahrt. Ich überschreite die Brücke und gehe stadtauswärts einen der Wege zum Gasthof Aumeister, hier endet der Englische Garten. Über mir ein Dom von Buchenlaubwerk, so alt wie der Park, und jüngere Linden, Eschen, Robinien. Werktags bin ich dort ziemlich allein. Einzelne Läuferinnen begegnen mir. Hunde umkreisen die Menschen, die ihnen Leinen nachtragen. Das Laub ist von Regengüssen voll und satt wie lange nicht.

Es kommt vor, dass ich mich unwillkürlich bücke und Zeitungen, Joghurtbecher und Klarsichtbehälter für Salate einsammele, die Krähen auf der Suche nach Nahrhaftem aus den grünen Körben gerissen haben. Nur die Flaschen und Dosen einsamer Zecher sind auf dem Grund geblieben. Was treibe ich da! Gegen die schwarz gefiederten Räuber käme ich niemals an. Am nächsten verwüsteten Rastplatz gehe ich vorüber. Neuerdings hat man hier und da Körbe mit Gitterdeckeln angebracht; manche sind schon wieder verbogen. Ich wundere mich, wie sorgsam die Anlagen-Pfleger der Lässigkeit und der Lust an der Beschädigung nachräumen.

Baumbestände wechseln mit Wiesen, in denen die Zeitlosen, wie man sie früher nur nannte, sich verbergen. Colchicum autumnale. Der Name stammt von der Ostküste des Schwarzen Meers, aus der griechischen Landschaft Kolchis, mythische Heimat der Giftmischerinnen, Medea war die berühmteste unter ihnen. Wenn die Herbstzeitlosen um die Wende zum September als letzte Wiesenblume des Jahres blühen, werden sie wieder nur wenige Tage aufrecht zwischen Gräsern stehen und die Wiesen lila färben. Danach fallen sie um und sinken mit bleichen Stengeln ins Gras, als hätten sie sich selbst vergiftet.

Kein Frühherbst vergeht, ohne dass ich junge Mütter vor der Schönheit dieses Wiesenkrauts warne. Ich mische mich nicht gern ein, wenn sie den Kinderwagen auf Inline Skates vor sich herschieben. Erst vor kurzem traf ich eine Mutter, die ihrem Kind ein Bündel Herbstzeitlose gepflückt hatte. Das Mädchen hielt die Blumen in seinen Händchen und steckte das Gesicht hinein.

»Vorsicht, das sind Herbstzeitlose, die sind giftig!«, sagte ich, als sie an mir vorbeikam. Wir blieben stehen. Sie war erschrocken und sah mich einen Augenblick hilflos an. Plötzlich warf sie das Sträußchen ins Gebüsch, nahm ein Papiertaschentuch, spuckte hinein und wischte damit ihrem Kind kräftig die Lippen und die Hände.

»Wenn das wirklich so ist, warum stellen sie dann um die Blütezeit hier keine Warntafeln auf!«

Eine Weile standen wir voreinander wie zwei, die überlegten, ob sie nicht eigentlich noch etwas sagen müssten. Und als ich schließlich weiterging, spürte ich ihren Blick bis zur nächsten Kurve in meinem Rücken.

Mit den Herbstzeitlosen beschäftige ich mich jedes Jahr. Sie malen ihre Botschaft in den Nachsommer. Was tun sie in der übrigen Zeit? Sie üben sich in der pflanzlichen Geduld, die ich mir wünsche. Für mich sind sie Altersblumen, tröstlich weil sie nicht wie andere Gewächse im Frühjahr blühen und im Herbst Früchte tragen, vielmehr nach der Blüte im Herbst überwintern und erst im Frühjahr die Frucht hervorbringen. Es erinnert mich an die wechselnden Kräfte im zunehmenden Alter. Manchmal denke ich, es geht schon zu Ende, und auf einmal stellt sich wie ohne eigenes Zutun ein neuer Lebensabschnitt ein. Mit seinen Anzeichen des Selbstabbaus, Phase um Phase, ist das Alter auch ein toxischer Prozess, er kann auf meiner Haut eine lila geäderte Blässe wie von Herbstzeitlosen hervorrufen.

Zwischen Bächen und Reitwegen begleiten mich Bilder und Stimmen von früher. Sie können mich die Gegenwart vergessen lassen und forttragen bis in andere Länder, und auf einmal spreche ich in Gedanken mit einem Menschen, der vor langer Zeit für mich wichtig war.

»Ich habe dich beobachtet, wie du gehst«, sagte mir eines Tages Werner Gilles auf Ischia. »Du rennst los, als wüsstest du immer, wohin du willst. Viel zu schnell. Wie kannst du da erkennen, was für dich am Weg liegt?«

Ich verbrachte 1956 ein paar Wochen in Sant' Angelo, zum ersten Mal trunken vom Süden. Die Reiseschreibmaschine hatte ich mitgebracht und hämmerte in meinem Wohngewölbe bei Agnesina unter dem Torre auf ein Thema ein, das mich seit langem verfolgte und gar nicht hierher passte.

»Lerne zu zögern«, sagte Gilles. Er selber konnte das wohl von Anfang an, als er auf die Insel kam und in seinen ersten Landschaftsporträts gleich ihre Farben auflöste. Er hatte am Bauhaus studiert, war wie geboren für den Süden und setzte Ischias Gesteinsformen, Höhlen, hängende Gärten und Fabelwesen in seinen Bildern leuchtend neu zusammen. Im Alter nahmen in seinen Aquarellen lila Töne und Figuren hellenischer Mythen zu. Sagen und Götter waren ihm vertraut. Besonders von seinen späten Aquarellen, an denen er gerade arbeitete, ging ein Zauber aus.

Abends saßen wir beim Eppomeo, dem roten Inselwein, Gilles, sein Freund Bargheer, manchmal kam der Italiener Vergas aus Rom hinzu. Ich hatte den Jugendbuchautor Kurt Miethke, den ich durch meine Verlagsarbeit kannte, auf einer Bootsfahrt über die Bucht zu den dampfenden Römerbädern im Felsen getroffen. Er brachte mich in diesen Kreis der Maler ein. Sie hatten Sant' Angelo zum Künstlerdorf erweckt zu einer Zeit, als man nur per Schiff oder mit dem Maulesel dorthin gelangen konnte.

Gilles war damals 62, so alt wie mein Vater, und ich in meinem dreißigsten Jahr. Wenn Italiener mich fragten, ob ich Kinder habe, antwortete ich: »Uno e mezzo.«

Sie lachten. Marlen erwartete zu Hause unser zweites Kind. Ich hatte sie mit unserem Erstgeborenen zurückgelassen, er war fünf.

»Kein Künstler darf sich zu sehr binden«, sagte Gilles.

Ich war so eingebildet und bezog das auf mich. Natürlich wusste ich, wie maßlos egoistisch ich war.

Im Winter darauf habe ich den Maler der durchsichtigen Landschaften in seinem Münchner Atelier besucht. Da war alles verklungen. Gilles war weiß, schmal und leise. Er kam mir vor wie ein alter Mann, und er hat auch nicht mehr lange gelebt. Ich stand ratlos vor seinem Wissen und fühlte mich ungebeten.

»Lerne zu zögern.« Das geht mir heute noch nach.

Wenn die Toten wüssten, wie lange sie in den Gedanken der Jüngeren weiterleben, vielleicht würde es sie ein wenig freuen.

Jeder muss sein Alter selber lernen. Ich habe, so sehr ich mich auf die Gegenwart stürzte, immer auch auf das

Alter hingelebt. Seit ich dort angekommen bin, weiß ich, dass ich es falsch eingeschätzt habe. Ich habe zu viel an Krankheit, Leid und Verzicht gedacht und mir zu wenig vorstellen können, wie viel Lebendiges erst mit dem Alter beginnt.

## Loren und ich

Verleger sind immer auf der Suche nach jungen Autoren, und wer ihr Wohlwollen erlangt, bekommt seine Chance. Auf ein Anfangskapitel von 42 Seiten hin erhielt ich meinen ersten Verlagsvertrag für einen Roman und einen Vorschuss. Und als das Buch 1962 unter dem Titel »Ein Mann mit Familie« erschien, steigerte sich mein Glück durch ein unerhörtes Geschenk. An einem Sommertag saßen meine Verleger Helmut und Nina Kindler wieder einmal im Bogenhausener Verlagshaus beisammen. Als meine ersten Lektoren hatten sie das Manuskript begleitet und mir sehr geholfen. Nun ging es darum, woher ich die Erlebnisse für die nächste Veröffentlichung nehmen könnte. Sie meinten, wie jeder junge Autor hätte ich bisher aus meiner eigenen Herkunft geschöpft. Das reiche nicht weit.

»Am besten, Sie fahren einmal um die Welt.«

Ich dachte, ich höre nicht recht.

Helmut Kindler rückte den Standglobus zwischen seine Beine und fing an, ihn zu drehen. »Suchen Sie aus.«

»Ägypten«, fing ich an, »Israel –«, und ich bewegte die Weltkugel ostwärts herum.

»Dazu brauchen Sie schon zwei Pässe. In arabische Länder kommen Sie nicht mit dem Visum für Tel Aviv.«

So fing der Traum an und setzte sich fort, bis ich daran glaubte. Dass ich meine Frau wieder im Stich ließ, nun mit zwei Söhnen, machte ihr anders zu schaffen als mir. Ich sah mich entschuldigt durch meinen Beruf. Es wurde eine Reise von sieben Monaten. Sie führte über den Nahen Osten, Indien und Thailand nach Australien, Japan, in die USA, nach Lateinamerika und über Südafrika zurück. Ich übernahm zwei Aufträge: einen für eine zehnteilige Reportage in Kindlers REVUE – sie sollte erst beginnen, wenn wir zurück wären – und einen für ein Buch, in dem ich ausführlich von den Begebenheiten der Reise erzählen sollte.

Ein italienischer Fotograf aus Paris wurde zum Gespräch mit der Redaktion eingeflogen. Er hieß Frank Horvat und galt in den USA als einer der besten Modefotografen. Bei unserer ersten Begegnung haben wir einander angeschaut und uns tastend über unsere Vorstellungen ausgetauscht. Verblüfft war ich über sein Deutsch, er beherrschte vier Sprachen ohne Akzent und war für diese Reise in jeder Weise besser gerüstet als ich.

Mit einem amerikanischen Studenten trimmte ich mein Englisch. Noch unterwegs fragte ich in Gesprächen zunächst nur, was ich sagen konnte. Mein Begleiter half mir nicht aus, und das war gut so. Erst ab Indien konnte ich auch ausdrücken, was ich sagen wollte. Wie immer habe ich am meisten gelernt, wenn ich etwas mir völlig Unbekanntes auf mich nahm und mich bedingungslos in das Neue hineinstürzte.

Im November brachen wir auf. Zwei Männer Mitte dreißig, von sehr unterschiedlicher Herkunft. Loren, so nannte ich Frank später in meinem Weltreisebuch *Mit einem deutschen Pass*, hatte als Jude mit seiner Mutter in der Schweiz den Rassenwahn des Hitlerreichs überlebt. Seinen Vater besuchten wir in Jerusalem. Ich hatte in der Diktatur den falschen Gehorsam geleistet und war, ehe die Bundesrepublik unter dem Patronat der Westalliierten gegründet wurde, mit der Zustellung einer einfachen Postkarte vom

Hessischen Ministerium für politische Befreiung durch die Jugend-Amnestie entlastet worden.

Loren war für mich als Begleiter ein Glücksfall. Er wurde zu einer durchgehenden Erzählfigur meines Buches. Am ersten Abend in Beirut begann über die Nacht hin unser Gespräch, und es hörte während der ganzen Reise nicht auf. Wir waren beide erstaunt, als eine Freundschaft auf Zeit daraus wurde. Loren war zwei Jahre jünger als ich, schlank, ein Südländer mit dunklem kurzem Haar und tief liegenden großen Augen, in denen alle seine Empfindungen sich mit Neugier und Wärme spiegelten. Er besaß einen scharfen Verstand, war weltgewandt und auch auf Italienisch, Französisch oder Englisch jedem Disput gewachsen. Aber ihm machte zu schaffen, dass er vor lauter Idiomen keine wirkliche Muttersprache besaß. Ich dagegen war unverkennbar deutsch, dabei hatte ich mir eingebildet, als Weltbürger aufgebrochen zu sein. Doch überall bekam ich zu spüren, wie sehr ich für meine Herkunft einstehen musste. Hitler war noch zu nah. Die Verbrechen und der Krieg wurden in jedem Land zu mächtigen Fragen an mich, ihnen kam ich nicht aus. In allen Erdteilen traf ich jüdische Emigranten, die meist mit ihren Eltern vor Verfolgung und Tod aus Deutschland geflohen waren, und sie fragten mich, wie viel ich gewusst habe und wo ich als Soldat gewesen sei.

Wir flogen mit viermotorigen Propellermaschinen. Es gab noch nicht das Gerücht von der »One World«. Zu den Gegensätzen zwischen Loren und mir gehörte, dass er einen gewissen Luxus ungern entbehrte. Er wollte selbstverständlich für unseren halben Monat im Nil Hilton Hotel buchen. Ich hatte mir eine bescheidene, vor allem eine landesübliche Unterkunft gewünscht. In diesem Punkt, wie in manch anderem, setzte er sich durch. Andererseits hat er von meiner Taufrische wohl auch profitiert. An vielen

Orten, die wir aufsuchten, war er schon gewesen. Für mich war alles erstmalig.

Jede Nacht beschrieb ich den Tag in meinen Wachstuchkladden und kettete das wachsende Manuskript beim schlaftrunkenen Warten auf Flugplätzen in der ledernen Tasche am linken Handgelenk fest. Lorens Arbeit war oft bei Tageslicht schon getan. Er schickte seine Filme nach Paris und nahm bei American Express auf der übernächsten Station die Kontaktstreifen in Empfang.

Alles, was wir erfuhren, erflogen und herausfanden, wurde bearbeitet und in zehn Illustrierten-Folgen prachtvoll bebildert gedruckt. Die Serie begann schließlich erst vier Monate nach unserer Rückkehr, sie machte uns noch viel Arbeit, und sie erhielt den Titel *Die schwarz-weiß-gelbe Welt.* Die Texte fielen mir schwer, und ich brauchte die Nachhilfe eines gewieften Serienschreibers. Der sah die Abschrift meiner Originaltagebücher durch und zeichnete Striche längs der Seiten, die ihm für ein Millionenpublikum brauchbar erschienen. Für das Buch konnte ich mir mehr Zeit nehmen.

**Reise-Dioskuren**

Loren war der begabteste Liebhaber, den ich in meinem Leben kennen gelernt habe. Er konnte sich unerschöpflich für Menschen begeistern, sofern sie Frauen waren. Jede interessierte ihn so lange, bis er das beste Bild von ihr gemacht hatte. Das Auge seiner Kamera war gleichzeitig das Auge seiner Werbung. Der ganze Loren blitzte dann. Er war ein Globetrotter, der sich aufgemacht hatte, um zu beweisen, dass Frauen das Schönste auf der Welt waren. Und er meinte, er dürfe von ihnen schon deswegen nicht allein gelassen werden, weil er jede, die ihm das nicht glaubte, erst einmal davon überzeugen musste. Wenn eine es ihm angetan hatte, und das ereignete sich überall, verwandelte sich der Intellektuelle in ein bezauberndes Exemplar männlicher Natur. Er war immer dem Augenblick treu und legte seine Spur von Bewunderung um ein Hafenmädchen in Kalkutta oder um eine Millionärstochter, die erst vierzehn war, auf einer Fahrt über die Blumengewässer von Bangkok. Zwischen ihr und ihm gingen während unserer Reise noch mehrfach Briefe hin und her. Offenbar vertraute sie ihm Herzensdinge an, und er machte auf mich ganz den Eindruck, als ginge er sorgsam damit um.

Loren konnte in einer Bar mit seinen braunen Augen winken, und auf der Stelle saßen zwei Frauen neben uns. Wenn ich es versuchte, geschah gar nichts. Meine Augen waren eben nur blau. Er liebte die Schönen ebenso wie die Nichtschönen, wenn sie ausdrucksvoll waren. Das verwunderte die einen wie die anderen.

Und ich? Im Fernen Osten ließ sich jenseits der Fassaden von Grandhotels gelegentlich noch der armselige Charme finden, der Somerset Maughams Beobachtungsgabe berührt hatte. Einmal wachte ich unter einem Moskitonetz in einer Palmhütte außerhalb Bangkoks auf. Neben mir ein braunes Mädchen, das mich mit großen Augen freundlich begrüßte. »Don't you wash?«

Das mückenumschwärmte Wasserfass machte mir ein Amerikaner streitig, der aus dem Raum gegenüber unter Kordeln hervortauchte.

»Hey!« Er wartete, ich plantschte.

Ich erinnere mich noch, wie die ganze Nacht für mich von einem Satz erfüllt war, den sie, die mich hierher lotste, auf den Lippen hatte: »It's not the same.« Das war es wahrhaftig nicht. Sie erzählte mir eine Geschichte, die ich nicht glaubte. Mit Zwölf sei sie von ihrem Vater an einen alten Lüstling verkauft worden und diesem eines Tages davongelaufen. Jetzt am Morgen zählte ich mein Geld und stellte fest, nur die vereinbarte Summe fehlte.

In der Bar neben unserem Hotel, wo ich mit ihr getrunken hatte, war es ihr gelungen, mir neue Tanzschritte beizubringen. Anschließend war es ihre Aufgabe gewesen, mich noch durch mindestens zwei Nachtclubs zu schleppen, wo sie Prozente bekam. Die Mädchen wussten, wie knapp die Jahre bemessen waren, in denen sie an dieses Geld kommen konnten. Sie waren nett zu den Kerlen, die nur das eine wollten und gutmütig neben ihnen her trotteten.

An diesem Morgen wollte ich in die Stadt laufen und dachte, ich könnte mich zwischen den Reisfeldern zurechtfinden. Irgendwie drehte ich mich im Kreis. Als ich wieder vor die Hütte kam, stand da meine Butterfly mit einem Taxifahrer, den sie herbeigerufen hatte. Lachend schüttelte sie über mich den Kopf. Nicht selten während dieser Reise sah ich mich auf wunderbare Weise beschützt. Richtig Trostloses habe ich in diesen Gefilden kaum erlebt. Nicht überall ging es so schwebend zu wie in Südostasien.

Loren indessen überraschte mich immer wieder. Als wir eines Abends durch Caracas bummelten, kamen wir an einem Haus vorüber, in dem er schon gewesen war. Er wollte es mir unbedingt zeigen. Als wir eintraten, flog ihm eine blutjunge Indiofrau an den Hals. Er hob sie hoch und hielt sie vor mir ruhig auf seinen Armen. Im Inneren des Saals sah ich geschlossene Verschläge, unter deren Türen man kniehoch hindurchsehen konnte. An den Wänden reihten sich Bänke, dort warteten einheimische Männer. In seinem grünen Popelineanzug sah Loren aus wie ein Vogelhändler. Er lächelte mich an und legte den Kopf an ihre Schulter. »Ich gehe mal eben mit ihr.«

Draußen bummelte ich unter dem tropischen Sternenhimmel auf und ab und dachte wieder einmal über seine Fähigkeiten als Liebhaber nach. Als er wieder herauskam, sagte er über sie kein Wort.

Unterwegs in den Lüften oder im Transit zwischen den Stationen spielten wir Schach. In Tel Aviv hatte ich ein handliches Steckbrett in einem Holzkästchen gekauft. Kaum saßen wir in einer Wartehalle, zog ich es aus meinem Handgepäck und klappte es auf. Wir siegten abwechselnd. In jedem Land diskutierten wir über Politik. Loren bevorzugte den Kapitalismus, er fand ihn »so schön desodoriert«. Gemeinsam und überall sahen wir, welchen Preis die Armen rings um den Globus dafür zahlen mussten. So oft wir getrennte Wege einschlugen, lernte einer von den Beobachtungen des anderen. Er war schon immer viel herumgekommen. Ich sah in dieser Reise die einmalige Chance, mich umzukrempeln. Allem wollte ich mich aussetzen, und dabei hatte ich den Eindruck, ich lerne wie im Flug und an jedem Tag etwas anderes.

So musste ich begreifen, dass die Pistole nicht viel taugte, die ich mit auf die Reise genommen hatte. Es war eine für Gaspatronen. Man konnte Schusswaffen noch unbeanstandet im Fluggepäck transportieren. Das Ding aus dem Jagdgeschäft in der Münchner Maximilianstraße entsprach meinem Sicherheitsbedürfnis.

»Mister, wenn Sie heil nach Hause kommen wollen, lassen sie die Kanone lieber im Koffer auf dem Zimmer.« Mit diesen Worten hielt mich ein Portier am Ausgang eines Hotels in Hongkong zurück. »Man erkennt das Ding in Ihrer Hosentasche. Wenn Sie damit am Hafen oder bei den Squatters herumlaufen, könnte es geschehen, dass einer sie umbläst, nur um an die Pistole zu kommen.« Natürlich hielt ich mich daran.

In Hongkong hatte Loren zusätzlich einen Auftrag für ein Modemagazin übernommen. Von Sydney an hatte er mir vorgeschwärmt, wir bekämen endlich etwas für das Gemüt, eine Schönheit werde eigens aus Paris eingeflogen. Als ich sie das erste Mal sah, spürte ich sofort, sie war so sehr Model, dass sie uns eher beunruhigen als begeistern würde. In meinem Reisebuch habe ich ihr den Namen Belle gegeben. Zwei Kapitel haben eine Menge von ihr abbekommen. Das Buch ist längst vergriffen, meine Erinnerung an sie nicht.

Belle bemerkte gleich, dass wir zwei allein waren und schon eine ganze Zeit lang unterwegs. Es muss für sie ein reines Vergnügen gewesen sein, sich mitten zwischen uns zu setzen. Sie sah aus wie neunzehn, etwas verhungert, magazinschön, und in ihren Augen glomm eine Traurigkeit, als wäre sie eben einer gescheiterten Liebe davongeflogen. Es dauerte nicht lange, bis sie uns das auch bestätigte, als wollte sie uns dadurch immunisieren. Von uns wollte sie nur Bewunderung und einen Rat von Mann zu Frau, jedoch nicht die geringste Berührung. Zärtlichkeit durfte in ihrer Gegenwart nicht einmal gedacht werden, sonst war ihre Stimme nur noch ein Hauch. Mit Loren sprach sie französisch und mit mir englisch, auch sonst trennte sie uns mit Vorliebe.

»Ihr seid doch schon älter«, sagte sie. »Könnt ihr mir mal erklären, warum kein Mann wirklich etwas von einer Frau versteht?«

Loren sah sich herausgefordert. Aber er konnte mit ihr und seiner Kamera noch so oft die Peak Funicular auf Victoria Island auf und ab fahren und sie zu immer neuen Positionen anfeuern, sie reagierte auf ihn nur professionell. Obendrein wurde Belle bewacht von einer Direktrice, die kurz nach ihr eingetroffen war und über einen Kombiwagen mit chinesischem Fahrer sowie die gesamte Garderobe verfügte. Sie wollte besser als Loren wissen, welches Kostüm zu welchem Hintergrund Hongkongs passte, und sie vermehrte unsere Unlust, denn sie sorgte dafür, dass Belle früh schlafen ging, damit sie keine Ringe unter den Augen bekam.

Wir Männer fühlten uns wie zwei moralisch Geprügelte. Schließlich hatte Loren genug, er brachte es fertig und schickte Belle, die einen Abstecher nach Japan machen wollte, mit mir voraus. Die Direktrice war mit ihrer Ausbeute zufrieden. Sie flog ab nach Deutschland, wo die Redaktion des Modehefts auf sie wartete.

Als wir in Tokio ankamen, gab man Belle im Hotel New Japan automatisch ein Zimmer neben meinem. Sie wollte immer noch Rat, und mir schien, sie wäre nun auch gern ein bisschen umschwärmt worden. Ich wollte wie jedes Mal in einer neuen Stadt als Erstes meine Kontaktadressen auftun und herausfinden, auf welche Themen ich mich hier konzentrieren würde. Belles Einschätzung, ich sei für ihre Unterhaltung zuständig, machte mich abwechselnd wütend und schwankend. Zum Glück blieb sie nur wenige Tage.

Einmal sind wir miteinander ausgegangen, und sie hatte sich eine Musikshow gewünscht. Wir saßen an einem kleinen runden Tisch, eingezwängt zwischen lauter Touristen. Nur ein Wort fällt mir von diesem Abend wieder ein. Um das Gespräch zu bestreiten, hatte ich mit ihr eine Weile über die Unterschiede der Politik in Paris und Bonn nachgedacht. Unter den deutschen Wörtern, die dabei einflossen, mochte sie kein anderes so sehr wie ausgerechnet »Bundestag«.

»It sounds so nice«, meinte sie. Als sie am nächsten Morgen fort war, lag bei der Rezeption in meinem Fach ein Zettel von ihr, auf dem stand nur: »Bundestag«, dies Schlüsselwort meiner Zukunft. Loren tauchte erst wieder auf, als die Luft frei von Bell'schen Verwirrungen war.

Natürlich lebte jeder von uns beiden immer auch seinen Teil für sich. Loren hatte beim Verlag einen ihm entsprechenden Tagessatz für jeden ausgehandelt. Es gab diesen Sprung zwischen West und Ost, wir reisten mit dem

Devisengefälle. Zum ersten Mal konnte ich freier mit Geld umgehen. Das Gefühl »Was kostet die Welt?« überkam mich nie.

Meine Freude war gedämpft durch die Fülle von Erwartungen, die sich auf mich richteten. Als ich einmal von Delhi aus ohne Loren per Bus nach Chandigarh fuhr, wo es viel Corbusier und weniger Indien gab, fragte mich ein amerikanischer Mathematiker an der Uni, den ich aus seiner Münchner Zeit kannte: »Warum haben sie gerade dich geschickt?« Das fragte ich mich auch. Die Antwort konnte nur mein Schreiben geben. Vielleicht hatte Kindler vorausgesehen, dass ich durch die Reibungswirklichkeit dieser Reise gar nicht anders konnte, als alle Sensoren in mir aufzustellen, um an Land und Leuten auf jeder neuen Station nicht vorbeizulaufen. Etwas in mir musste durchbrennen, damit ich alles aus mir herausholen konnte. Mein Proviant war meine angeborene Unmittelbarkeit.

Verwöhnt durch das Große Los, das mir zugefallen war, heimste ich meine schriftlichen Momentaufnahmen – wie Loren seine belichteten Filme – unter dem Druck dieser Chance ein. Nicht nur mein Begleiter, sondern auch ich lief herum wie eine Kamera mit offenem Verschluss.

Ich hatte mir vorgenommen, täglich sieben Seiten in meine sich mehrenden Kladden zu schreiben. Das hielt ich durch, bis wir im März in US-Amerika anlangten.

Über dieses Land wurde in den westdeutschen Medien so viel publiziert, dass ich es zu kennen glaubte. Die Wirklichkeit aber erschien mir ganz anders. Vor allem brachte mich das mächtigste Land der Welt bei diesem ersten Besuch in meiner Gemütslage völlig durcheinander. Wir kamen aus Asien, wo jeder Mensch auf der Straße wusste, dass das Glück dieser Erde nicht im Materiellen zu finden ist, in die Vereinigten Staaten des Konsums. Die USA boten sich ihren Besuchern zunächst in einem ungeheuren Widerspruch mit sich selbst dar. Als laute der Glaubenssatz für das erste Großreich der Massenzivilisation: »Be an individual – do what your neighbour does!« Und die Dollarnoten schmückte der Aufdruck »In Good we trust«. Auf späteren politischen Reisen habe ich das Land und seine Menschen differenzierter sehen gelernt. Damals war ich erschrocken über die Gewissheit, wie vieles aus US-Amerika, das militärisch und ökonomisch die Bundesrepublik im Griff hielt, unsere Zukunft bestimmen würde.

Auf der ganzen Reise habe ich mich nirgendwo so nach Hause gesehnt wie unter den Wolkenkratzern, den steinernen Erektionen des Geschäftssinns. Oft musste ich an Marlen und die Kinder in München denken. Sie erhielt monatliche Raten vom Honorar der Illustrierten. Wir standen immer in Verbindung. Für jede Hauptstation war eine Postanschrift festgelegt. Im Briefwechsel klopften unsere Pulsadern. Marlen hatte es Mühe gekostet, sich für mehr als ein halbes Jahr auf ihre eigene Weise einzurichten. Telefonieren sollte ich nicht. Als ich sie, bevor wir uns weiter um den Globus entfernten, von Israel aus einmal anrief, konnte sie überhaupt nichts damit anfangen. Durch Zwischenrufe wollte sie sich nicht aufstören lassen. Erst war ich enttäuscht, dann verstand ich es.

### Weltautoren

Helmut Kindler hatte die Idee, ich solle in jedem Land zwei hervorragende Menschen aus Literatur und Wirtschaft aufsuchen. Konsequent ließ sich das nicht verwirklichen, aber ich hielt mich daran, so gut es ging. Die Schriftsteller habe ich allerdings mit nur einer Ausnahme immer allein besucht. In Kairo hatte Loren es tatsächlich fertiggebracht, die Frau von Omar Sharif, selbst Schauspielerin, bei Sonnenaufgang vor die große Pyramide von Giseh zu stellen, um ein Titelbild zu bekommen.

Ich machte mich auf, um Nagib Mahfus zu besuchen. Wo ich ihn treffen könnte, hatte ich beim Schriftstellerverband erfahren, ich wusste die Straße, aber nicht die Hausnummer. Das mache nichts, jedes Kind kenne ihn. Unter dem Dutzend Leute, die ich in der Fharia el Borsa fragte, kannte ihn nicht einer. Ein Schuhputzerjunge brachte mich zu einem Mann, der ähnlich hieß, aber der war Ingenieur. Ich besichtigte Hausflure, konnte Namen nicht entziffern. Einer Gruppe von Gassenjungen fiel auf, wie ich herumsuchte. »Hello, Mister, money?« Ich antwortete mit dem Namen des Schriftstellers. Nun liefen ein paar von ihnen voraus, andere umringten mich und zogen mich mit. Der Ruf »Nagib Mahfus!« schallte durch die Straße von Laden zu Laden. Händler mischten sich ein, ein Palaver begann. Schließlich kannte einer sich aus und brachte mich zu seinem Büro in einem Hinterhof.

»Are you the man from Brasil?«, fragte Mahfus, als ich endlich vor ihm stand.

»No, I'm a writer from Germany.« Ich erklärte ihm, warum ich so unangemeldet hier hereinbrach. Er schaute auf die Uhr, und als der von ihm Erwartete nicht eintraf, nahm er sich Zeit.

Hinter dem Schreibtisch, hoch an der Wand, hing ein Bild von Nasser. Der Autor hatte ein kantiges Gesicht, wie ein Wappenschild. Ein Muttermal am linken Nasenflügel bewegte sich, wenn er sprach. Das Haar war glatt zurückgekämmt. In den Augen lag Wärme. Die Brauen waren steil und rund gewölbt. Mahfus trug ein weißes Hemd mit blauen Längsstreifen, die Uhr über der Manschette und breite braune Hosenträger. Über einem Stuhl hing sein Jackett. Er war ein Mann von vierzig Jahren.

Wir sprachen über die Schwierigkeiten ägyptischer Schriftsteller in einem Land, in dem nur eine Minderheit Zugang zu höherer Bildung hatte, die Mehrheit jedoch aus

Analphabeten bestand. Vom Schreiben leben könne kaum einer. Seine eigenen Romane, Erzählungen – er hatte schon sechzehn veröffentlicht – erschienen zumeist in Heftform.

»Sie sehen ja, ich sitze hier nicht am eigenen Schreibtisch, sondern arbeite für eine Filmorganisation. Die Autoren meiner Generation, wir mussten nach dem Krieg und all den Wirren praktisch von vorn anfangen. Natürlich gab es alte Erzählformen. Aber das waren die von Tausendundeinernacht. Es gab keine Romane, keine Tradition, die der europäischen vergleichbar wäre. Der ägyptische Roman ist erst ein halbes Jahrhundert alt. Ich bin in Alt-Kairo geboren, mein erster Roman ist hier 1940 erschienen.«

Ich fragte ihn, ob es stimme, dass er auch Drehbücher schreibe.

»Yes«, sagte er, »but I hate it.«

Als ägyptischer Schriftsteller müsse er auch heute noch vergleichsweise altmodisch schreiben, wenn er gelesen werden wolle. Nicht was er persönlich an internationaler Literatur schätze, sei der Maßstab. »Aber das wird sich ändern. Wir stehen in einem großen Wandel. Überall werden Schulen gebaut. An den vier Universitäten, drei in Kairo, eine in Alexandria, studieren Hunderttausende.«

Wie die meisten Ägypter, die ich während unserer zwei Wochen in Kairo sprach, ließ er mich spüren, dass die Ära Nasser einen großen Aufschwung brachte, aber noch lange nicht den Standard der westlichen Welt. Er ließ offen, wie weit ihm das überhaupt erstrebenswert erschien. Gerade jetzt interessierten sich zum ersten Mal einige ausländische Verlage für Übersetzungen seiner Werke. Vom Nobelpreis, den er 1988 erhielt, hatte er wohl noch nicht einmal geträumt.

Er wollte wissen, wohin ich noch reisen werde, und hörte sich das staunend an. In diesem Augenblick erschien der Brasilianer, und Mahfus beendete unser Gespräch. Er fragte mich noch, ob ich nicht heute Abend den Story-Club der Autoren besuchen wolle. Dort fänden Lesungen und Diskussionen statt. Ich könne allerlei Interessantes erfahren. »Nennen Sie nur meinen Namen, der gilt als Einladung.«

Als ich ins Hotel zurückkehrte, stürzte ein aufgelöster Loren zu mir herein. Auf dem Weg von der Nilinsel über die Brücke hatte ihn eine Gruppe junger Männer fotografieren sehen, und plötzlich seien die auf ihn losgegangen. Sie hätten ihn als Juden erkannt. Er sei nur noch gelaufen, gerannt und gerannt. »Eigentlich kann ich das doch gar nicht. Aber plötzlich ging's. Ich hatte wahnsinnige Angst.«

Ich hielt ihm einen Whisky hin.

Um von Ägypten nach Israel zu kommen, mussten wir über Beirut fliegen, von dort nach Zypern. Die M.S. Moledet brachte uns vom Hafen Limassol aus – wie einst die Flüchtlinge – nach Haifa. In dem Land, in dem Lorens Vater seine neue Heimat gefunden hatte, veränderten sich unsere Rollen. Zwölf Jahre nach der Befreiung der letzten Überlebenden aus den Konzentrationslagern war ich zunächst einmal nichts als ein Deutscher.

Niemand ließ mich das stärker spüren als Ephraim Kishon. Er war damals schon ein erfolgreicher Satiriker, zwei Jahre älter als ich. Ich saß ihm in seinem Arbeitszimmer gegenüber. An den Wänden auf großen Tafeln mit Stecknadeln angeheftete Schutzumschläge seiner und anderer Bücher. Kishon hatte mich, als ich ihn über einen Mittler fragen ließ, in seine Wohnung gebeten, doch in den zwei Stunden, die ich bei ihm war, wollte er nicht eine versöhnliche Geste finden. Keine Zigarette, kein Getränk. Seine Frau blieb unsichtbar, nebenan hörte ich Kinderstimmen. Wir sprachen wie über Eisfelder hinweg.

»Haben Sie Kinder?«, fragte er mich. »Wenn man sie Ihnen vom Arm gerissen und vor Ihren Augen lebendig verbrannt oder ihre Köpfe am Türpfosten zerschmettert hätte, würden Sie Menschen dieses Volkes je wieder begegnen wollen?«

Mein Alter schützte mich nicht. »Sie waren damals achtzehn oder neunzehn«, kam er mir zuvor. »Da kann man viel tun.«

Dann erklärte er mir, wo er mit achtzehn gewesen war, er stammte aus Budapest. In einem Zwangsarbeitslager hatte er erlebt, wie deutsche Bewacher, wann immer es ihnen einfiel, jeden Zehnten aus der angetretenen Reihe erschossen hatten. »Für mich gab es damals nichts mehr, keinen Gott, keinen Sinn, die Welt war ein Irrenhaus. Heute werfen uns die Sabres, unsere jungen Leute, vor: ›Warum habt ihr euch nicht gewehrt?‹ Aber wie denn? Wir waren nicht geeint, lebten nicht im eigenen Land wie jetzt.«

Ich habe ihm geantwortet, dass ich nicht an Wiedergutmachung glaube, wohl aber daran, dass wir Deutschen der Kriegsgeneration zeitlebens die Pflicht haben, den Überlebenden und dem Staat Israel zu helfen.

»Sie kommen aus Kairo«, antwortete er mir. »Dort ist die Bundesrepublik in einer Weise wirtschaftlich engagiert, die uns Schwierigkeiten bereitet, solange Ägypten sich krass antisemitisch verhält.«

Als ich ging, sagte er noch an der Tür: »Sind Sie immer so ernst?« Und er gab mir anders als vorher die Hand.

Im Hotel berichtete ich Loren. Er hörte mir zu. Schließlich sagte er: »Du forderst solche Angriffe ja regelrecht heraus. Und weißt du, warum? Weil jeder dir ansieht, wie schwer es dir fällt, hier zu sein und über die deutsche Vergangenheit hinwegzukommen. Du bist mir psychologisch verdächtig mit deinem Schuldkomplex.« Auch das war hart.

In Indien und Thailand war es eine andere Welt, die uns in Atem hielt, da kam mir die Suche nach Schriftstellern nicht in den Sinn. Als wir zu Neujahr in Sydney landeten, herrschte australischer Hochsommer. Am Badestrand der Weltstadt waren noch von Weihnachten her Maria, Josef und die Krippe als Poster aufgestellt.

Morris L. West wurde für mich zu einer Kontrastfigur. Ein Referent unseres Konsulats hatte die Verbindung hergestellt. Als ich mit dem Taxi zum verabredeten Treffpunkt kam und der Fahrer umkehrte, quietschten Bremsen hinter mir. Ein Mann in Hemdsärmeln öffnete den Schlag. »Steigen Sie ein, ich bin Morris West.« Zu seinem Haus war es noch eine Strecke, es kam mir vor, als ob er den Ort nicht jedermann preisgeben wollte. Schließlich ging es einen Hügel hinauf, wir hielten vor der Villa, von dort aus blickte man auf die Clareville-Beach hinunter, rote Segel hingen schlaff über dem Wasser.

West war Mitte Vierzig, er hatte das sonnenverbrannte, glatte Gesicht eines Mannes, der Sport treibt. Ich konnte ihn mir gut als Testpiloten vorstellen. Er würde lachend den Sturzhelm fester binden, sobald Pressefotografen auftauchten. Auch in einem Western hätte er auftreten können, als einer dieser Schauspieler, die treffsichere Männer spielen. Doch wenn ich an seine Bücher dachte, sah ich in ihm den Verbündeten seiner Figuren von Heiligen, Armen und Narren.

Er brachte mich zu seiner Hausbar, stand die ganze Zeit dahinter und spielte mit Flaschen, Gläsern und Eiswürfeln, während ich vor ihm auf einem hohen Hocker saß. Mit *The Devil's Advocat* hatte er seinen ersten Welterfolg erreicht und war gewillt, auf dieser Spur zu bleiben. Aus dem Garten spazierten drei Kinder herein, seine Frau und eine Sekretärin ließen sich kurz blicken und zogen sich wieder zurück, alle sportlich und braun gebrannt.

Er fragte nach meiner Arbeit und der Reise und gratulierte mir zu meinem Verleger, einen so großzügigen habe er in meinem Alter nicht gehabt. »Daraus können und müssen Sie viel mehr machen als nur ein Buch.«

Er erzählte von seinen Anfängen, von der englischen Erziehung, von Italienreisen und auch Österreich. Das seien die Jahre gewesen, in denen er hauptsächlich damit beschäftigt gewesen sei, älter zu werden, um besser schreiben zu können.

»Es ist ein großes Verlangen nach Geschichten in der Welt, aber die muss man erst einmal erlebt haben, um sie erzählen zu können. Glauben Sie nicht den Kritikern, die den Roman und die Story totsagen. Wenn alle diejenigen nicht mehr leben, die erzählten Geschichten keine Chance mehr geben, wird der Roman noch so frisch sein wie an dem Tag, an dem er zum ersten Mal auf die Welt kam.«

Sicher variierte er das Thema, über das er am liebsten sprach. Dabei beobachtete er mich mit leicht verwunderter Aufmerksamkeit, als habe er im Garten einen Meteoriten aufgelesen. Und ich beobachtete, wie er sich mit den Behauptungen deckte, die er in seinen Büchern aufstellte. Er hatte bis vor kurzem an seinem wohl langlebigsten Roman *The Shoes of the Fisherman* gearbeitet.

Solange er mir gegenübersaß, fühlte ich mich, als bestritten wir ein Match. West hatte immer Aufschlag, und ich konnte mich nicht um die Tatsache herummogeln, dass ich zunehmend schwächer retournierte.

»Lassen Sie sich nicht beirren vom Erfolg, wenn er einmal kommen sollte«, sagte er. »Erzählen Sie alle Geschichten, die ihnen einfallen. Was daraus wird, ist nicht mehr Ihre Sache.«

Ich habe nie wieder einen so ungebrochen wirkenden Bestsellerautor vor mir gehabt. Da es keinen ernst zu nehmenden Schriftsteller ohne Selbstzweifel gibt, muss er seine eigenen besonders tief unter der Abraumhalde seines Optimismus verborgen haben.

Allmählich senkte sich ein Vorhang aus Gin Tonic und Whisky auf mich herab. West vertrug die Drinks aus seiner Bar besser als ich. Ich spürte, dass es Zeit wurde, ein Taxi zu bestellen. Zum Abschied schenkte er mir eines von den Belegexemplaren der Übersetzung seines Romans *Tochter des Schweigens*, erschienen bei Kurt Desch in München, mit einer groß über die ganze Seite geschwungenen Widmung. Und eine Menge guter Wünsche gab er mir mit auf den Weg. Irgendwie dankbar und meiner keineswegs sicher stolperte ich die Gartenstufen zur Straße hinunter.

Einen Monat darauf lernte ich in Tokio Yukio Mishima kennen. Diesmal ließ es sich Loren nicht nehmen mitzukommen. Der Autor des Romans *Der Tempelbrand* war ihm wichtig, er wollte ihn unbedingt fotografieren. Das Haus lag in einem Vorort, eine Autostunde vom Zentrum entfernt, in einer steilen Straße von Otaku.

Mishima kam in Sandalen die Gartentreppe herunter, wir warteten draußen. Ich hatte den Eindruck, er versuchte, das Gatter in der Mauer nur wenig zu öffnen. Zwar ließ er uns ein, aber er schloss sein Haus und sich selber nicht wirklich für uns auf. Es schien sich eher um ein Verabschieden als um eine Ankunft zu handeln, als wären Eintreten und Hinausgehen hinter der zögernden Begrüßung vertauscht. Mishima wollte sich sprechen lassen. Aber wie weit war er anwesend?

Wir zogen die Schuhe aus und betraten durch den winzigen Flur das Besuchszimmer. Darin ähnelte alles mehr einer Ausstellung als einem alltäglich bewohnten Raum. Ich wagte mich kaum zu rühren, denn meine Bewegungen waren in jedem Augenblick von lauter Porzellan bedroht, das wie vorläufig auf kleinen Tischen und Anrichten abgestellt war. So fiel meine Verbeugung vor der Frau des Hauses zurückhaltend aus.

Frau Mishima nahm an dem Gespräch nicht teil. Sie erschien nur, um uns heißen Sake in einem Kännchen und die dafür üblichen winzigen Porzellanbecher zu bringen. Gleich verschwand sie wieder hinter einer lautlos schließenden Tür.

Auf dem Tisch standen Silberschalen voller Erdbeeren und Nüsse. Der Dichter setzte sich hinter die Nüsse und stützte das Kinn in die Hand. Er war ein Jahr älter als ich. Sein grüblerisches Gesicht unter dem kurzen schwarzen Haar war durchzogen von Linien, die sich schnitten und wieder auseinander strebten. Der Blick aus seinen großen Augen drückte etwas Schmerzliches aus, das ich nicht deuten konnte. Eine fast alarmierende Bemühung, sich verständlich zu machen, stand hinter seiner Konzentration.

»Wie Sie hören, spreche ich Englisch nur mäßig«, begann er in ausdrucksfähigem Englisch. »Ich habe trotzdem nicht um einen Dolmetscher gebeten. Ich glaube, es ist besser, wir versuchen uns direkt zu verständigen. Bitte sprechen Sie langsam.«

Seine Gesten waren ein Schattenspiel mit mehreren Möglichkeiten der Auslegung. Was er tat und sagte, galt doppelt, war gegenläufig.

Mit welchem Recht war ich hier eingedrungen? »Ich würde gern etwas von der Kriegsgeneration in Japan verstehen lernen«, sagte ich. »Meinen Sie, dass es Parallelen zur Situation in Europa gibt?«

Er hatte diesen Roman über den Zusammenbruch seines Landes geschrieben. Gab es bei allen Unterschieden nicht Ähnlichkeiten mit Deutschland in der totalen Verlorenheit nach dem Krieg? Oder täuschte ich mich? Wie reagierte die Mehrzahl der Kriegsgeneration hier auf die Zertrümmerung der Werte und Traditionen?

»Sie wissen, ich schreibe nicht modern«, antwortete er. »Man hat mir das Etikett ›konservativ‹ angehängt. Das erklärt sich aus meiner Biographie. Schon als Schüler musste ich mich vor der Umwelt verkriechen. Japan erlebte seine große Zeit, die alles klein machte. Für mich gab es damals nur eine Gegenwart, mit der ich nichts zu tun haben wollte. Instinktiv floh ich in die Literatur. Mein Fluchtort waren die Traditionen, unsere Vergangenheit.«

»Auch noch mitten im Krieg?«

Er überlegte lange, trank etwas Sake aus dem Liliputbecher und sah an mir vorbei. »Den Krieg habe ich nur zu Hause mitgemacht«, sagte er schließlich. »Ich kam in einem Betrieb unter, der mich unabkömmlich stellte. Ich war nie Soldat. Als alles zu Ende war, nach Hiroshima, kam die literarische Welle der Aufklärer und der Nihilisten. Ich gehörte wieder nicht dazu. Diese Leute schienen mir radikal in die falsche Richtung zu gehen. Wenn ich nach allem, was geschehen ist, noch schreiben will, nahm ich mir vor, dann muss ich versuchen, etwas zu sagen, das wieder stimmen könnte oder noch immer gilt. Etwas Zeitloses. Ich müsste versuchen, herauszufinden, was aus Japans alter Literatur noch hinüberreicht in unsere veränderte Welt.«

Hörte Loren uns gar nicht zu? Warum störte er gerade jetzt? Er kniete auf dem Boden und peilte Mishima aus allen Positionen an. Die beiden Leicas, die um ihn baumelten, eine mit Farbfilm, die andere mit Schwarzweiß, klickten abwechselnd. Ich gab ihm ein Zeichen, da endlich setzte er sich auf einen Stuhl und hielt still. Ich bestaunte Mishimas Geduld.

Ich musste an die Tafeln denken, die an Lokalen in Tokio hingen: »For Japanese only«. Japan war mir vom ersten Augenblick an isolierter, aber auch unabhängiger und selbstsicherer erschienen, als man in Europa dachte. Überlegenheitsgefühle aus dem Westen waren unangebracht. Für mich war Japan weniger der »Ferne Osten« als vielmehr nachdrücklich der »Ferne Westen«.

Da sagte Mishima: »Ich glaube, ein Großteil der Japaner ist einverstanden mit der amerikanischen Zivilisation. Die meisten kümmern sich um ihren Lebensstandard, sind bestechlich durch Konsum, wie die Menschen bei Ihnen auch. Ich bin skeptisch. Ich weiß nicht, ob japanischer Geist gegen japanische Fernsehapparate ankommen kann. Ich sehe noch nicht, wie beides zusammenpassen soll. Aber, um ehrlich zu sein, ich sorge mich nicht sehr um die Zukunft. Unser Leben ist die Gegenwart. Sie ist schwierig genug. Die Zukunft kann nicht auch noch unsere Sorge sein. Oder richtiger: Einen Teil der Zukunft entscheiden wir in jedem gegenwärtigen Augenblick.«

Mishima wurde ans Telefon gerufen. Ich weiß nicht, was für eine Nachricht er erhalten hatte. Vielleicht fand seine Frau, der Besuch habe lange genug gedauert. Als er wieder auftauchte, war erneut eine Veränderung mit ihm vorgegangen.

Während er sich vorbeugte, war er schon dabei, sich endgültig zurückzuziehen.

Ich stand auf. Wir verbeugten uns. Mishima war nur noch mit einer schwachen Andeutung seiner Person anwesend. Die Schritte auf der Gartentreppe vertauschten nicht mehr die Richtung. Wir waren endgültig draußen.

Als nach Jahren die Nachricht um die Welt lief, er habe sein Leben nach alter Sitte mit dem Kurzschwert der Samurai im Harakiri beendet, wurde dieser Besuch bei ihm noch einmal von einem Blitzlicht erhellt.

Loren und ich hatten uns auf unserer Reise um die Welt Rio de Janeiro als unsere vorletzte gemeinsame Station ausgesucht. Dass es anders kommen sollte, ahnten wir nicht, als wir Ende April dort eintrafen.

Nach nunmehr sechs Monaten auf Tour waren wir angefüllt wie Erntespeicher. Wir wohnten in einem Hotel an der Copacabana. Vor allem ich erlag der Sonne, dem Meer und der Liebenswürdigkeit der Cariocas, wie die Bewohner Rios von ihren Landsleuten genannt werden. Es gab das Sprichwort: »Brasilien wächst, während die Brasilianer schlafen.« Verabredungen wurden nicht eingehalten. Wollen Sie morgen kommen, amanha? Schön, aber ich weiß nicht, ob ich da sein werde. Alles renkt sich ein.

Für ein paar Tage flogen wir nach São Paulo. Ich besuchte die deutsche Schule und das deutsche Kulturinstitut. Die entsandten Mitarbeiter, die einige Jahre in einem Gastland verbrachten, waren immer die erste Anlaufstelle. Sie informierten mich zuverlässig über das Wissenswerte vor Ort. Von da aus ließen sich rasch Gespräche anknüpfen, und Einladungen ergaben sich wie von selbst.

In unserer letzten Nacht in São Paulo stürzte ein Linienflugzeug auf dem Weg nach Rio ab. Ein Motor fing beim Start Feuer. Der Pilot wollte umkehren. Im schwächsten Moment nach dem Abheben, das Feuer neben sich, flog er wohl eine zu enge Kurve. Die Maschine rutschte ab. Vierunddreißig Menschen wurden getötet, sechzehn gerettet. Die Feuerwehr, die zur Absturzstelle jagte, ließ auf ihrem Weg zwei Passanten tot zurück. Das berichtete ein Extrablatt schon am frühen Morgen.

Wir hatten dieselbe Route für ein paar Stunden später gebucht. Die Passagiere in unserer Maschine wirkten angespannt. Gegen seine Gewohnheit setzte sich Loren neben mich. Er sah weiß aus, ich sicher auch. Als wir über die Trümmer des Vorgängers hinwegflogen, wurde Rauchererlaubnis gegeben.

»Weiß Gott«, sagte er. »Ich bin froh, wenn ich aus diesem Land heil wieder herauskomme. Mich macht die Fliegerei mit diesen alten Kisten krank.«

In Rio suchten wir uns nun ein billiges Hotel. Überraschend kam dort für uns so verschiedene Reisezwillinge der Abschied. Loren wurde konsularisch das Visum für Südafrika verweigert. Die Apartheid stieg damals auf einen neuen Höhepunkt. Sie wollten keine Bilder. Ein kritischer Text war für sie wohl erträglicher, jedenfalls bekam ich keine Schwierigkeiten. Sollten wir die letzte Station auslassen? Wir beratschlagten. Schließlich flog ich allein.

Der Abschied geriet zum Understatement. Wir gaben einander die Hand und wünschten uns: »Good luck.« »Pass auf dich auf.« Am Morgen, als ich aufbrach, schob ich ihm einen Zettel unter der Tür hindurch, mit ein paar Worten, die ich nicht herausgebracht hatte.

Meine zwei Wochen in Johannesburg wären ohne Nadine Gordimer nicht das geworden, was sie waren. Ich hatte ihren Roman *Entzauberung* gelesen und ihr einen Brief geschrieben. Als ich vom Hotel aus anrief, luden sie und ihr deutscher Mann, der emigrierte Verleger Reinhold Cassirer, mich gleich zu sich ein. Natürlich wollte ich die Apartheid zu einem meiner wichtigen Themen machen, und dazu war ich hier genau an der richtigen Adresse. Zugleich war dies der Grund, dass ich die drei Menschen, die meine Quelle dafür waren, in meinem Reisebuch mit keinem Wort erwähnt habe. Ich wollte sie nicht gefährden.

Nadine Gordimer und Reinhold Cassirer gehörten zu den Verbündeten der Farbigen, die nach Blacks und nach Coloureds unterschieden wurden. Vor allem ihre Freundin, die Publizistin Ruth Weiß, wurde meine Führerin. Sie brachte mich zu den vor der Stadt errichteten Townships und erschloss mir ein Geheimtreffen nachts in der City, wo sich die dunkelhäutige Bevölkerung nur tagsüber zur Arbeit aufhalten durfte. Ruth Weiß war als deutsche Jüdin mit Emigranten nach Südafrika verschlagen worden und kämpfte nun hier gegen den Wahn der Rassentrennung nach Hautfarben. Während im Deutschen Club zu später

Stunde Gefolgsleute brauner Ideologie, die nach dem Krieg hierher gekommen waren, ihre ewig gestrigen Nazilieder anstimmten.

Als ich zum ersten Mal das Gordimer-Haus betrat, begegnete die Hausherrin mir ganz als Lady, eine schlanke Frau von vierzig Jahren, und ihr um einiges älter erscheinender Mann wirkte auf mich wie ein nobler Kulturdiplomat. Ruth Weiß war dabei. Alle drei wollten erst einmal von meiner Reise und meinen Erlebnissen in vier anderen Kontinenten hören; es gab noch keine TV-Weltspiegel und nur ausgewählte Informationen in Presse und Radio. Als sie Vertrauen zu mir gefasst hatten, wandten wir uns den hier herrschenden politischen Verhältnissen zu. Es war bewundernswert, mit welch subversiver Unerschrockenheit sie das Regime kritisierten und dessen Opfern halfen. Ihr Haus war ein Sammelort für den Widerstand gegen die menschenverachtende Isolation der Nichtweißen.

In allem, was sie schrieb, versuchte Nadine Gordimer zu ergründen, warum die Trennung der Menschen nach dem äußeren Zeichen der Hautfarbe in Südafrika immer noch der qualvolle Ausdruck aller Macht über Besitz und Unrecht war. Nicht wenige Bantus fühlten sich während der Apartheid so unterworfen, dass sie selbst die Diskriminierung als Garantie für ihren Lebensunterhalt ansahen.

»Neulich hörte ich, wie ein afrikanisches Hausmädchen in einem weißen Haushalt mit ihrem Boyfriend stritt«, erzählte Ruth Weiß. »Sie wollte ihn von einer Demonstration gegen die Apartheid abhalten und schalt ihn: ›Don't be silly. If the Whites are gone, who will pay us?‹«

Das Gegenteil lernte ich während jenem Treffen mit den revolutionären Bantus kennen. Ruth Weiß führte mich dort ein. In ihrem Minicar waren wir vorgefahren, der Lift brachte uns in das hochgelegene Stockwerk eines Mietshauses. In einem großen Raum waren junge Afrikaner und auch ein paar Weiße versammelt. Einige von ihnen hatten weite Wege hinter sich, um hierher zu kommen.

»Sie sind noch nicht lange hier«, sagte einer des Bantus. »Sie können nicht viel von uns wissen. Die Uneinigkeit der Bantus untereinander ist ein Gerücht, das von Weißen verbreitet wird. Sie trennen uns in den Locations nach Stämmen, um uns die Uneinigkeit beizubringen. Leider gelingt ihnen das manchmal. Aber sehen Sie, der eine von uns hier ist ein Zwasi, der andere ein Sotho, wieder ein anderer Basuto, und ich bin ein Ndebele. Unser gemeinsames Interesse, das sich gegen die Weißen richtet, überwindet alles Trennende.«

Jeder von ihnen sprach mehrere Sprachen. Jeder riskierte mit dieser Zusammenkunft, was er an Freiheit besaß.

Einer sagte: »Wir haben es lange versucht mit der Gewaltlosigkeit, die den Indern zu ihrer Freiheit verhalf. Aber wir haben es weniger mit Engländern als mit Buren zu tun. Sie beeindruckt Gewaltlosigkeit nicht. Wenn die Weißen nicht nachgeben, bleibt uns nur die Gewalt.«

Nelson Mandela hat in seiner Autobiographie *Der lange Weg zur Freiheit* geschildert, wie es nach endlosen Jahren der Opfer gelang, dass Südafrika ohne Bürgerkrieg ein menschenwürdiges Land wurde, und Nadine Gordimer kam auch in seinen Augen dabei eine tragende Rolle zu.

Meine Tage in Johannesburg mit Ausflügen nach Pretoria und Transvaal, in das Hügelland mit Busch und Steppe, das wintergelbe »Veld«, waren von ausweglos erscheinenden Problemen erfüllt, und wie in einem Spiegelbild wurden sie von meiner immer stärker werdenden Sehnsucht nach Hause umrahmt. Oft musste ich an meine Jugend in der Diktatur denken.

»Schade, dass ich nichts von Ihnen lesen kann«, meinte Nadine, »oder ist schon etwas übersetzt?« Das war nicht der Fall. Für mich war ihr Haus mit Familie und Freunden bis zu meinem Abflug etwas, das ich vorher so nicht gekannt hatte: ein ebenso unverhofftes wie verschwiegenes Zuhause. Dass der Nobelpreis darin noch nicht einmal eine ferne Hoffnung war, scheint mir sicher.

Als Marlen und die Kinder mich am Münchner Flugplatz abholten und unsere Freude sich überschlug, war ich ein einziges Bilderalbum.

Siebenunddreißig Jahre später entdeckte ich in der Hamburger ZEIT im Literaturteil *Die unbekleidete Maya*, nicht von Goya, vielmehr von Frank Horvat. In einem Zyklus, der jetzt als Buch vorlag, stellte er historische Gemälde mit heutigen Modellen bildgetreu nach. Den Band hatte er *Vom wahren Schein* genannt. Eigenartig schöne Nachbildungen seien daraus geworden, fand der Rezensent. Ich schnitt mir den plakativen Buchhinweis aus und ging in Gedanken mit Frank alias Loren spazieren. Schließlich setzte ich mich hin und schrieb ihm über seinen Verlag einen Brief. Er antwortete mir aus Südfrankreich. Ein paar Mal ging Post hin und her, Loren schickte mir zwei seiner Fotobände, ich ihm meinen *Brüder*-Roman. In den Nachrichten von unserem Tun und Denken haben wir einander zu unserer Freude wiedererkannt.

## Erinnerung an eine Kriegstanzstunde

Sie war vierzehn und ich fünfzehn. Der Krieg ging ins dritte Jahr. Unsere Mütter hatten uns, ehe alles noch todbringender wurde, zur Tanzstunde bei Herrn Haeusler angemeldet. Der war für Braunschweiger Lyzeumsschülerinnen und Gymnasiasten die erste Adresse. Mein Vater war im Krieg, dem Ernstfall seines Berufs. Margrits Vater musste um seine Praxis bangen. Er kam aus einer zur Hälfte jüdischen Familie – wir ahnten nur, was das bedeutete. Hitler war in Braunschweig, ein Jahr bevor er Reichskanzler wurde, zum Regierungsrat ernannt und dadurch erst deutscher Staatsbürger geworden.

Bei Margrit zu Hause spürte ich wenig von der schweren Sorge. Ihre Eltern taten alles, um den drei Kindern eine Jugend zu bereiten, wie andere sie hatten. Noch siegten die Deutschen. Im Brandschatten der Fronten wähnten wir uns aufgehoben.

Als der Angriff auf Russland im Eis vor Moskau erstarrte, mussten wir unsere Skier abliefern, doch die erreichten unsere Soldaten nie. Die russischen Waffen waren winterfester. Unseren Soldaten war der Treibstoff ausgegangen, sie mussten ihre Panzer und Kanonen sprengen, und sie versuchten, den sibirischen Truppen zu Fuß zu entkommen. Zur selben Zeit verbeugten wir Schüler uns vor unseren kindlichen Damen. Wir lernten Anstandsregeln. Die Mädchen hielten ein Taschentuch in der Hand, wenn wir beim Tanzen so taten, als führten wir sie, und sie sich das gefallen ließen. Anfangs hatten wir getrennt die Grundschritte erlernen müssen.

Als wir das erste Mal gemeinsam mit den Mädchen auftraten, habe ich Margrit gleich erspäht. Sie war mittelgroß, anmutig, wirkte scheu und doch selbstbewusst.

Wenn wir im Kreis standen und ich meinte, ich müsste ihr etwas erklären, neigte sie den Kopf leicht zu mir. Wenn ihr etwas nicht einleuchtete, sagte sie »Nein« oder »Glaub ich nicht«. Beim Walzerdrehen wurde uns nicht schwindelig, wir hielten uns lachend aneinander fest. Manchmal kamen kleine ermutigende Rufe von ihr. Sie konnte schon mehr als ich. Es war ihr anzumerken, dass sie einen großen Bruder als Lehrer hatte. Freilich erschien mir der etwas kleiner als sie, aber als ein Pfiffikus glich er das aus: hingerissen verfolgten wir, wie seine Hände mit dem Klavier umsprangen, ob Schlager, ob Ernstes oder wenn er phantasierte. Als ich gar nicht aufhörte, von Margrit zu schwärmen, sagte meine Mutter: »Bring sie doch mal mit.«

Herr Haeusler brachte uns angehenden Männern einiges extra bei, zum Beispiel: »Pferde schwitzen, Herren transpirieren, Damen werden warm.« Die angehenden Frauen hörten inzwischen seiner Tochter zu. Es klingt unglaublich, aber im Staat so vieler Verbrechen, deren Ausmaß wir später erfuhren, hatten wir eine begeisternde Kriegstanzstunde.

Auf dem Abschlussbild unseres Kurses sitzen Margrit und ich in der ersten Reihe neben unserem Tanzlehrer, dessen Lächelfalten sich nie aus seinem Gesicht verloren. Sie leuchtet, ich sonne mich an ihr. Für mich war sie die Schönste von allen und gewiss eine der besten Tänzerinnen. Ich wusste immer, wie die Sterne standen und wann der Mond aufging. Ein Vollmond hatte mich eines Abends, als ich sie nach Hause brachte, gerade noch vor ihrer Wohnungstür zu unserem ersten Kuss ermutigt, auf den hatte sie auch gewartet.

Ich besitze noch mein Schülertagebuch aus dieser Zeit. Auf den letzten Seiten ist es voll von Margrit. Wir liefen von einer Tanzerei zur anderen und sahen *Kabale und Liebe* im Stadttheater vom vierten Rang herab. Wir wanderten im Elm, sie in Schnürstiefeln, Ringelstrümpfen, weitem Rock und Strickjacke.

Viele Briefe habe ich ihr geschickt, Verse mit ihrem Namen. Einen Vierzeiler in Sütterlin mit wogenden Unterlängen in blauer Tinte schrieb ich jedoch nur ins Tagebuch:

Das Körperliche such ich nicht,
es ist mir zu gemein.
Seelisch will ich selig
mit dir verbunden sein.

Als wir ein Jahr älter waren, habe ich ihr aus *Wilhelm Meister* vorgelesen. Unsere Wohnungen lagen nur einen Kilometer voneinander entfernt. Ihre Mutter empfing mich zustimmend, und sie ließ mich nicht spüren, was für Befürchtungen sie in ihrer Familie durchzustehen hatte.

»Ich habe keine Angst mehr, dass Margrit noch zu jung für mich ist«, lese ich in der Wachstuchkladde auf Kriegspapier. »Ich kann mit ihr über fast alles sprechen, was mich bewegt und erfüllt. Für Margrit soll mir keine Arbeit zu hart und kein Kampf zu schwer sein. Vielleicht wird sie einmal meine Frau. Im Scherz sprechen wir manchmal schon davon, wie wir uns das alles denken.«

Im Osten ging die Sechste Armee ihrem Untergang in Stalingrad entgegen. Ich meldete mich freiwillig zur Kriegsmarine, mit Siebzehn erhielt ich meinen Gestellungsbefehl. Wenn ich heute bei Schullesungen Siebzehnjährige vor mir habe, kann ich sie mir in keine Uniform hineindenken und erst recht nicht in den bedingungslosen Gehorsam. Was mit uns sonst noch geschah, wird sich wohl nicht so grundsätzlich verändert haben: Wie scheinbar ohne eigenen Willen auf einmal zu Ende gehen kann, was eben noch das Wichtigste war, und etwas noch viel Wichtigeres beginnt.

Unaufhaltsam entfernte ich mich von Margrit. Sie konnte nichts dafür, im Gegenteil. Mitten in der Verliebtheit, die keineswegs gleich aufhörte, traf mich die erste große Liebe. Ich konnte nicht ahnen, dass sie meine einzige sein und bleiben würde: Marlen. So oft ich jetzt noch Margrit besuchte, war ich gar nicht richtig bei ihr. Sie spürte, was in mir vorging. Ich konnte nichts dagegen machen. Es war unbedingt. Ich tat ihr weh. Mein elendes Gewissen nützte weder ihr noch mir. Sie hat sich nicht gewehrt.

Als ich sie nach längerer Zeit einmal wieder in die Arme nahm und küsste, sagte sie an mir geborgen: »Das war lange nicht.« Ich habe ihre Stimme mit diesen vier Worten nie aus meinem Ohr verloren. Wie nur hatte ich mich, als es nicht mehr anders sein konnte, von ihr getrennt? Was hatte ich gesagt? Das habe ich mich in manchen Lebensabschnitten immer wieder einmal gefragt.

Es hat sehr lange gedauert, bis ich es wirklich wissen wollte. Das konnte ich nur mit ihrer Hilfe. Vor 58 Jahren hatten wir zuletzt miteinander getanzt. Es war im Herbst 2000, dass ich immer öfter an sie denken musste und mir wünschte, sie wiederzufinden. Ich wusste, in welcher Stadt ihr Bruder, dem Vater folgend, Augenarzt geworden war. Ich rief dort an und erreichte ihre Schwägerin.

»Ach, Herr Lattmann. Wir haben früher manchmal von Ihnen gesprochen. Ja, Margrit wohnt hier in Hamburg und sie ist sehr lebendig. Vier Kinder, zwölf Enkel, ein volles Leben. Ich glaube, sie wird sich freuen, von Ihnen zu hören.«

Ich schrieb ihr einen Brief.

Margrit hat ihn ziemlich bald beantwortet. Sie besaß noch meine Schülerbriefe. Wir erinnerten uns Zeile um Zeile. Ein halbes Jahr später kam sie gemeinsam mit ihrem Mann auf einer Reise für einen Tag zu uns nach München. Margrit und Marlen kannten sich aus der Braunschweiger Schulzeit, und durch mich.

Es war ein Samstagmorgen. Pünktlich standen sie vor der Tür. Es läutete, ich öffnete. Durch ihre Brille betrachtete sie mich und ich sie durch meine. Der Mann an ihrer Seite, schlank und groß, hielt sich zurück. Ganz langsam kam in ihrem Gesicht wieder etwas von dem Mädchen aus der Braunschweiger Humboldtstraße zum Vorschein.

»Margrit! Kommt herein.«

Bald saßen wir alle vier um unseren Wohnzimmertisch. Marlen und ich, Margrit und ihr Mann. Auftakt. Kaffee duftete. Vier Menschen einigten sich auf eine Tonart, während in jedem eigene Melodien klangen. Wörter wurden von den Notenlinien der Erwartungen gepflückt, und die Anschläge auf den imaginären Tasten zupften noch etwas bemüht an den Stimmbändern, bis das Quartett sich zum Improvisieren befreite.

Bei aller Geläufigkeit war dies eine besondere Übung. Wir verfassten Lebensläufe und ergänzten, was wir voneinander wussten oder ahnten. Vor Marlen und mir saßen leidenschaftliche Großeltern. Während mitgebrachte Fotos von Kindern und Enkeln kreisten, spürten wir wieder einmal, wie sehr uns eine eigene lebendige Familie fehlte. Unsere Fotos waren verjährt.

Vor mir setzte sich ein Bild von Margrit zusammen, das zunehmend meiner Erinnerung entsprach. Wenn ich von mir auf andere schließen durfte und in diesem Augenblick auf Margrit, waren in ihr wie mir alle gelebten Jahre gleichzeitig anwesend, wie Lebensringe.

Wir füllten den Raum mit Klassenkameradinnen und Mitschülern, Politik und Literatur, und natürlich war spürbar, dass für sie auch ihr Mann eine Prägung ausgemacht hatte. Wenn ich die Augen zur Hälfte schloss, konnte ich Margrits Gesichtszüge zurück und wieder vor übersetzen.

Nach zwei Stunden machte sich ihr Mann auf in die Stadt. Als er gleich darauf anrief, lachte Margrit. Sie ging hinaus und kehrte mit Blumen wieder. »Die haben wir vergessen. Wir waren zu aufgeregt.« Marlen zog sich in ihr Zimmer zurück.

Wir beiden späten Haeusler-Zöglinge blieben uns überlassen. Die durch Wolken schimmernde Sonne ließ uns bald im Englischen Garten nebeneinander gehen. Noch auf der Brücke stellte ich meine Frage, und weil sie mir schwer fiel, leitete ich sie mit einer Ausflucht ein. Im Jungsein sei doch jeder mit sich selbst beschäftigt und könne sich in andere nicht wirklich hineinversetzen. Ich hätte immer nur einen weißen Fleck gefunden, wenn ich mich zu erinnern versuchte, wie ich mich damals von ihr verabschiedet habe.

»Wie hab ich mich benommen? War es sehr schlimm?«

»Dass du danach zuerst fragst! Weißt du, was du gesagt hast? Du hast gesagt: ›Da hast du eben Pech gehabt!‹«

Ich wusste noch, wie fassungslos sie gewesen war. Ich war zu ihr gegangen mit dem Vorsatz: jetzt muss es sein, ich muss wieder ehrlich werden und ihr alles sagen. Ich versuchte, ihr mit vielen Worten zu erklären, was kein Weiser ihr hätte schonend beibringen können. Und dann hatte ich zuletzt in ihrem Jungmädchenzimmer, wo wir so viele Stunden mit Herzklopfen verbracht hatten, diesen herzlosen eingebildeten Satz herausgebracht! Was war in mich gefahren? Ich war davongegangen wie ein Schuldiger und ich hatte mir vorgestellt, wie es in ihr aussehen mochte. Nicht ihre Mutter, niemand konnte sie trösten. Nun war es klar. Ich blieb stehen, und sie auch.

»Bei meinem Bruder und bei manchen seiner Freunde kannte ich das ja, dass sie nicht lange bei einem Mädchen blieben, sondern sich immer wieder mit anderen zeigten. Aber doch nicht du! Du warst doch anders. Dachte ich.«

Mehr sagte Margrit dazu nicht. Später saßen wir im Biergarten der Emmeransmühle an der Hauswand, es wehte noch kühl, zwischendurch kam die Sonne, und wir mussten blinzeln. Es war, als wären wir eingerahmt. Ich sah und hörte nichts anderes als Margrit mit dem mir immer kenntlicheren Gesicht. Ich bat sie, und sie erzählte, was sich nach mir zugetragen hatte. Für die letzten Kriegsjahre war ihr Vater mit der Praxis aufs Land ausgewichen, an dem abgelegenen Ort war die Familie durchgekommen.

Während sie mich spüren ließ, wie wichtig ihr der Vater war und wie lange er sie mit seiner Lebensanschauung geprägt hatte, sah ich ihre Eltern vor mir. Die helle gutmütige Mutter, vor der mir alles leicht fiel. Sie fragte jedes Mal nach meiner Mutter, die sehr krank war, und sie machte die Tür weit auf, wenn ich meine kleine Schwester Barbara auf den Schultern mit mir trug und sie im Kinderzimmer bei der jüngsten Tochter ablud. Margrits Vater beeindruckte mich. Er wachte über seine Tochter und mich behandelte er mit einer wohlwollenden Ironie, mit der er offenbar an die eigene Jugend zurückdachte. Ich erlebte ihn als hagere Gestalt, etwas gebeugt, mit prüfenden Augen. Er war immer beschäftigt und tauchte meist nur kurz zwischen Türen auf, die er öffnete und schloss, als hielten sie ihn von allem ab, was ihm eigentlich wichtig war.

Nach dem Krieg hatte Margrit als medizinische Assistentin gearbeitet und mit sechsundzwanzig geheiratet. Sie war in der eigenen Familie verankert, schien mir in ihrem Leben bestätigt. Sie besaß eine Festigkeit, mit der sie Dinge ablehnte, die nicht zu ihr passten – und ließ sie trotzdem gelten. Mich hätte sie wohl in ihren Strom mit hineingenommen, und mein Leben wäre anders verlaufen. Ich zweifelte nicht, dass dieser Mann für sie der richtige war.

Mit einem Mal war zwischen uns etwas Unkompliziertes, wie früher, als wir über fast alles miteinander sprechen konnten. Wir erinnerten uns auch an die Scheu, die zu unserer Zeit wohl jede erste Liebe bestimmte.

»Dieses zauberhafte Warten aufeinander.«

»Meine Enkelinnen können sich das nicht vorstellen.«

»Es ist für sie schwieriger heute.«

»Sie denken, es sei leichter, wenn sie früh mit einem Jungen schlafen. Alles ist für sie anders.«

Wir dachten beide nicht daran, das Gegenwärtige anhand des Vergangenen zu beklagen. Wir waren tätig und gespannt auf das, was sich neu entwickelte. Und doch war da eine Traurigkeit, weil wir Verluste bemerkten, die Jüngeren gar nicht auffielen, weil sie das Vertrauen in die Langsamkeit der Dinge und eine selbstverständliche Geduld unter den Leuten nicht kannten. Gewiss wollten wir nicht in den Chor der Unzufriedenen einstimmen, die früher alles besser fanden. Schon gar nicht in dem Früher, aus dem wir stammten. Gemessen an unserer Kindheit gab es unglaubliche Möglichkeiten.

Als ich ihr von unserem zweiten Sohn Till berichtete, wurde sie sehr still. Dass er nicht mehr lebt, macht einen so gewaltigen Raum in Marlens und meinem Leben aus, dass ich auch nicht darüber schweigen konnte. Auf dem Rückweg kamen wir an seinem Absturzplatz vorüber, und das sagte ich nicht.

Als die Zeit gekommen war, zu der sie ihren Mann und ihre Schwester an unserer U-Bahnstation treffen wollte, begleitete ich sie in ihrem Wagen, sie war eine energische Fahrerin. Die beiden kamen in dem Augenblick die Rolltreppe herauf, als ich Margrit mit einem Kuss auf die Wange dankte, dass sie unser Wiedersehen wahrgemacht hatte.

## III

### Till

Es war der Tag in unserem Leben, der alles für immer verändert hat. Tills Freundin stand am Tor mit einem unheilvollen Gesicht. Ich sah sofort, was geschehen war. Ich führte sie in den Garten. Wir standen unter der Birke. Sie sagte: »Till ist tot.« Marlen kam an ihr Fenster, das offen stand. Ich sah hinauf und sagte: »Till ist tot.« Wir gingen in die Wohnung.

In einem solchen Augenblick weiß jeder, was zu tun ist. Das Übrige versinkt. Marlen und Tills Freundin, die Mutter der gemeinsamen Kinder, nahmen einander über alle Abgründe hinweg in die Arme. Ich rief die Polizei unseres Bezirks an. Sie wusste schon Bescheid. Die Freundin hatte es nach einem Anruf bei ihr zu Hause erfahren. Dort hatten die sechzehnjährigen Zwillinge den Tod ihres Vaters als Erste auszuhalten. Sie benachrichtigten ihre Mutter.

Nach kurzer Zeit meldete sich eine Kommissarin von der Stelle, wo man Till gefunden hatte. Er hatte sich in unserer Nähe von der Plattform eines Hochhauses der Studentenstadt herabgestürzt. Die Kommissarin kam mit einem anderen Beamten, und wir mussten ihn anhand von Polaroidaufnahmen identifizieren. Er lag halb auf der Seite, in seinen Jeans und einem hellen Hemd auf dem Rasenplatz. Es war Hochsommer.

»Sie können sicher sein, er war gleich tot«, sagte die Kommissarin. »Der Arzt war da. Die Halswirbel waren gebrochen.«

Mit vierzig Jahren hatte er seinem Leben ein Ende gesetzt. Die Polizisten waren wortkarg und sachlich. Auch

Tills Freundin verhielt sich in diesem Augenblick ruhig und klar.

Es war geschehen, was wir befürchtet hatten. Till war zum Entzug in das Bezirkskrankenhaus Haar aufgenommen worden. Eine Psychologin des Sozialamts hatte wegen der Alimente Druck gemacht, endlich war er auch dazu bereit. Es sollte drei oder vier Wochen dauern, und eine Langzeittherapie an einem entfernten Ort sollte sich anschließen. Doch alles verzögerte sich, es wurden drei Monate daraus, und wir gerieten in dunkle Sorgen und Ängste.

Bevor er sich nach Haar aufgemacht hatte, auf unserem letzten gemeinsamen Gang durch den Englischen Garten, hatte ich ihm versprechen müssen, mich nicht einzumischen. Wir sollten ihn nicht besuchen und ihm nicht schreiben. Er wollte es allein schaffen. Wir hatten darüber gesprochen, wie sich abwenden ließ, dass die Kasse seine Therapie nicht bezahlte; denn er hatte seine Beitragsanteile als Taxifahrer längere Zeit nicht mehr abgeführt. Jede Ordnung seiner Verpflichtungen war zerbrochen.

Eines Tages, mit Fünfundzwanzig, hatte er uns mitgeteilt, er wisse nun, dass er Alkoholiker sei. Sein Studium der Physik und Biologie war lange begraben. Hatte er überhaupt ernsthaft damit begonnen? Drei Semester war er immatrikuliert. Alles war eingetreten, was eine Familie zerstört, wenn der Vater suchtkrank und die Mutter davon abhängig ist, und dazu noch ihr eigenes Unglück zu tragen hat. Till war für uns unerreichbar geworden. Er verlor nie den Kontakt mit uns, zeigte sich aber selten. Er lebte mit Freundin und Söhnen in unserer Stadt und entfernte sich immer mehr von dem, was er sich einmal erhofft hatte. Er kam zu uns nie um Geld, das tat sie. Auch nach Jahren noch hat er jede Hilfe abgelehnt. Wie oft habe ich ihm versichert, wir könnten für die Kinder sorgen und ihn unterstützen, wenn er noch einmal ganz neu anfinge, vielleicht besser in einem handwerklichen Beruf und auf dem Land. Das war viel zu vernünftig gedacht. Ohne Alkohol und Nikotin lohne sich nichts mehr für ihn, war seine Antwort. So lebte er zwischen Absencen, Traum und Albtraum. Und sah aus zum Erbarmen.

Till war ein Wunschkind und der Begabteste von uns Vieren. Sein Instrument war die Geige. Sein älterer Bruder Andreas hat ihn manchmal darum beneidet, wie vieles ihm zuflog, die Sympathien der Menschen, die Musik, auch die Mädchen.

Ein Freund, der Bibliothekar und bei den Anonymen Alkoholikern war, ist damals auf unseren Notruf sofort zu uns gekommen. Er hat uns erklärt, was wir als Erstes wissen mussten. Wir waren Betroffene und taten alles, was wir tun konnten, zu Anfang auch das Aussichtslose.

Marlen traf sich regelmäßig mit einer Angehörigengruppe der Anonymen Alkoholiker bei AL ANON. Ich hatte auf Suchtstationen hospitiert. Wir lasen eine Menge Bücher und trafen andere Betroffene. Nach einigen Lehrwochen in einer Therapieklinik für mehrfachabhängige Suchtkranke hatte ich mein Manuskript *Der unverlorene Sohn* begonnen, als könnte ich Till damit helfen.

Dem Leiter der Suchtklinik in Haar hatte ich geschrieben, dass wir die Selbstmordgefahr voraussahen. Marlen hatte ihn während ihrer soziopsychologischen Vorbereitung für eine ehrenamtliche Tätigkeit in der Suchtkrankenhilfe einmal in einer Vorlesung gehört, und wir beide hatten ihn vor einiger Zeit auf einer Drogentagung in der Evangelischen Akademie Tutzing getroffen und bei Tisch mit ihm zusammengesessen. Nie hat er geantwortet. Ich sorgte dafür, dass der Brief wenigstens in die Hände der behandelnden Oberärztin und des Stationsarztes kam.

Till hatte den Entzug körperlich durchgestanden, seelisch jedoch nicht. In der Psychiatrie kam er zweimal auf die geschlossene Abteilung. Medikamente haben ihn sich wohl noch mehr entfremdet. Wir hörten alles immer nur telefonisch über die Freundin und wussten nie genau, was mit unserem Sohn geschah. Er wartete und wartete auf die Bewilligung seiner Therapie. Ich fühlte mich an mein Versprechen gebunden, doch von Tag zu Tag haderte ich mehr mit mir.

Als die Genehmigung schließlich eintraf, war es zu spät. Er hat den ersten Freigang auf dem Gelände benutzt, um nach draußen zu kommen. Im Krankenhaus wussten sie noch nichts, als ich anrief. Zu deren Sorgen gehörte, wir könnten dort auftauchen und andere Patienten beunruhigen. Tills großer Wurf überwand jeden Vorwurf. Als sie ihn fanden, hatte er einen Zettel in der Hand gehalten. Auf dem stand: »Es trifft niemanden Schuld.«

Marlen und ich haben uns nachts aneinander festgehalten, tagsüber war viel zu erledigen. Beide haben wir reagiert, wie es unserem Wesen entspricht. Marlen nach innen, und ich nach außen. Als die Beerdigung nach den Untersuchungen endlich freigegeben wurde, blieb deren Form uns überlassen. Die Freundin wusste, er hätte sich für diese endgültige Feier Miles Davis gewünscht. Wir fanden sein Lieblingsstück: *So what.* Worte fielen nicht in der Trauerhalle. Zu siebt standen wir um das Grab. Ein Saxophonist improvisierte.

Nur langsam wuchs der Abstand von Till. Ich glaube nicht an ein Leben nach dem Tod. Und doch habe ich beim Tod meiner Mutter und bei Till gespürt, wie sie noch eine Zeit anwesend waren, unsichtbar nah. Ihre Seele. Mag es eine Projektion sein, sie ist so wirklich wie Religion.

Am Tag, nachdem er gestorben war, bin ich ihm nachgegangen. Ich habe das Hochhaus betreten, die Lifttür geöffnet und mich eingeschlossen. Er wird auch allein gewesen sein. Der Fahrstuhl stieg langsam auf. Die Wände sahen mich an. Auf der Plattform vor dem Restaurant war alles leer. Ich stand da, an die Brüstung gelehnt, und ich habe mich einmal hinuntergebeugt. Welch ein Mut. Als ich drinnen ein Geräusch hörte, habe ich nachgesehen. Ich fand eine Frau, die an der Theke aufräumte.

»Haben Sie gestern den jungen Mann bemerkt?«

Sie sah mich an und sagte: »Sie sind der Vater.«

Ich stand wie auf Schwämmen.

»Er war draußen, mehr als eine halbe Stunde hat er sich da aufgehalten. Geraucht hat er und ist auf und ab gegangen.«

Einmal habe sie die Tür aufgemacht und nach ihm geschaut.

»Elend sah er aus, ganz weiß im Gesicht. Ich habe mich gefragt, was will der nur? Sie wissen, hier oben ... Als ich einen Stock tiefer ging, um einen Topf auf den Herd zu setzen, ist er gesprungen. Meine Tochter, die ist acht, rief mir entgegen: ›Mammi, ein großer Vogel ist vorbeigeflogen‹. Warten Sie, ich rufe meinen Mann.« Als er hereinkam, deutete sie auf mich: »Der Vater.«

Er gab mir die Hand. Sie waren ein Paar in mittlerem Alter und kamen wohl aus Südostasien. Der Sprache nach mussten sie schon lange hier leben.

»Dürfen wir Ihnen einen Tee machen? Kommen Sie doch mit hinunter zu uns, in unsere Wohnung.«

»Danke. Kann nicht.«

Der Mann hatte Till im Gras gefunden. »Er hat nicht mehr gezuckt.« Sie waren traurig mit mir.

Als unsere Söhne noch bei uns zu Hause wohnten, war die Studentenstadt für sie der nächste Auslauf. Hier fanden sie junge Leute von überall her und feierten mit ihnen Feste. Im Dachrestaurant, wo man an Sommerabenden Tische und Bänke unter den Himmel stellte, haben sie mit

Freunden viele Nächte durchgesessen und Mädchen getroffen. An einem Abend hatte ich mich dahin verstiegen und Till in einer Runde gesehen. Er schwärmte und griff mit Worten und Händen in die Luft. Als er mich entdeckte, setzte er das Gesicht auf: für Eltern geschlossen. Da hatte ich mich verzogen.

Ein Ort zum Weinen.

Ich bin die Treppen hinuntergegangen und habe an einem der nächsten Tage die Frau des iranischen Taxiunternehmers besucht, eine Münchnerin. Erstaunlich war, dass sie die ganze Zeit die fehlenden Beiträge für ihn mitbezahlt hatten. Ich kam in eine Parterrewohnung am Hasenbergl. Ein Vorgarten und eine niedrige Außentreppe. Wir saßen am Wohnzimmertisch.

»Ich habe mich über ihn gewundert. So still und freundlich war er, wenn er gut drauf war. Mein Mann und ich, wir haben uns mit ihm nicht ausgekannt. Es war ihm doch anzumerken, dass er ein ganz anderes Leben hätte haben können.«

Ich hatte mich angemeldet. Alles war griffbereit. Sie hatte zusammengestellt, wie viel Tills fehlende Beitragsanteile ausmachten. Ich hatte einen Scheck mitgebracht und trug die Summe ein.

»Wir haben nicht mehr damit gerechnet«, sagte sie. »Er war ja schon mehrere Monate ausgeblieben. Einmal, im März, hat er einen kleinen Teilbetrag überwiesen. Der Beleg ist dabei. Wenn er nur gekonnt hätte, er hätte gern alle Schulden bezahlt. Und jetzt kommen Sie.« Sie händigte mir die Papiere aus, die für Tills Freundin und unsere Enkel wichtig waren.

Ich musste daran denken, dass es mir nicht schwer gefallen wäre, ihm damals das Geld zu geben. Warum war das nicht selbstverständlich gewesen? War ich ein miserabler Vater? Ich hatte mir doch nicht erst vornehmen müssen, für unsere Kinder zu sorgen, so gut ich konnte. Beide kannten wir das von zu Hause nicht anders und wollten unseren Eltern nicht nachstehen. Freier als wir sollten es unsere Söhne haben, das hatten wir uns vorgenommen.

Wir ahnten nicht, was Sucht aus einer Familie machen kann. Hatten wir nicht alles versucht? Alle, die von Sucht etwas verstanden, rieten uns: keine Hilfe mehr für sein Leben wie bisher, alle Hilfe, wenn er sich bemühte, neu anzufangen. Ich war nicht sicher, ob das je gestimmt hat. Till ist auf eine solche Bedingung nie eingegangen. Noch als er mit dem Entzug ernst machte, wollte er von mir nichts annehmen. Er hatte mich nach den gesetzlichen Regeln gefragt und vermutet, ich kenne mich damit aus. Nie werde ich vergessen, wie wir uns am Ende unseres Weges auf die Hochhäuser der Studentenstadt zubewegten und er auf einmal nicht mehr weitergehen wollte. Ich habe ihn um die Tennisplätze herum zur U-Bahn begleitet. Vor dem Eingang lächelte er vage, zuckte mit den Schultern, und seine Augen baten mich um etwas, das ich in diesem Augenblick noch nicht begreifen konnte. So verschwand er in der Unterführung.

Die Frau des Taxiunternehmers und ich redeten noch eine Weile miteinander, und zum Abschied sagte sie: »Ich hab ihn gern gehabt.«

Wieder ein paar Tage später, nach der Beerdigung, ging ich in Tills Kneipe. Die kannte ich bis dahin nur von außen. Es war an einem Nachmittag, nur ein paar Gestalten hockten im Halbdunkel. Der Mann am Tresen verstand sofort, er gab mir die Nummer der Wirtin zu Hause.

»Jetzt ist sie nicht da. Rufen Sie morgen Vormittag an, aber nicht vor halb zwölf.«

Als ich das tat, war da eine rauchige Stimme. »Du bist Tills Vater? Kannst du schon reden? Oder ist es noch zu schlimm?«

Wir verabredeten uns. Als ich ihr gegenüber saß, begriff ich, warum es Till sechzehn Jahre lang dorthin gezogen hatte, fast immer fünf Nächte in der Woche. Sie kannte keine Umschweife.

»Ich hab ihn Rasputin genannt. Wenn er seinen Groll hatte. Er konnte dröhnen wie ein Kran.«

Ich fragte nach Schulden, und sie holte Bierdeckel hervor, auf denen Tills zersprungene Schrift zu lesen war, und ihre Additionen. Mehrfach waren Summen aus längerer Zeit übertragen worden.

»Was magst du?«

»Kaffee.«

Sie legte mir die Hand auf den Arm und sah mir in die Augen, als wollte sie sagen: Warum ist bei euch Gebildeten alles noch schwieriger als bei anderen Leuten?

»Ich will das Geld nicht haben«, sagte sie. »Gut, wenn du bezahlst, das sollen seine Söhne kriegen. Wenn man jung ist, braucht man es am meisten.«

Das Letztere fand ich nicht, wollte es aber auch nicht diskutieren.

»Nur besser nicht gleich. Vielleicht richtest du für jeden der beiden ein eigenes Sparbuch ein und sagst ihnen das. Wenn sie ihre Lehre abgeschlossen haben oder zu einem anderen Zeitpunkt, der dir richtig erscheint, gibst du es ihnen.«

»Gut. Mache ich.«

Sie hat mir danach einen Brief geschrieben und alles bestätigt. So lernte ich Tills mütterliche Wirtin kennen. Sie sprach von den Zwillingen und deren Mutter, als gehörten die zur Familie. Es war klar, dass sie alle Brocken des Trümmerhaufens kannte, den unser Sohn hinterlassen hatte.

Wir trafen uns ein paar Mal. Ich hab ihr ein Buch mitgebracht, in dem Till als Junge auf einem Familientag vorkommt, unter anderem Namen. Um es ihr leicht zu machen, hatte ich notiert, auf welchen Seiten sie das finden konnte. An einem der nächsten Tage zeigte sie sich mit mir unzufrieden.

»Ist nicht viel, was du über ihn in deinem Roman geschrieben hast. Hab ihn kaum erkannt. Na, vielleicht les ich das Buch mal ganz. Wenn ich alt bin.«

Als wir einander – noch einmal – sahen, war das nicht in ihrem Lokal. Sie wollte woandershin, und so landeten wir in dem Café in der Mulde der Münchner Freiheit. Da war sie nicht dieselbe, als wäre sie aus ihrem Rahmen gestiegen und hätte Farbe verloren.

In diesen Tagen habe ich Neues über unseren Sohn gelernt. Ich lernte ihn noch mehr lieben. Es ist mehrere Jahre her. Seitdem komme ich jeden Tag an dem Hochhaus vorüber. Ich kann ihm nicht ausweichen, und ich will das auch nicht. Wir reden miteinander. Er kommt wieder zu mir, die Treppe herab in meine Arbeitswohnung, aus deren Fensterhöhe ich auf den Rasen und durch die Birkenzweige schaue. Till hat die Geige unter dem Arm. Sagt: »Heb du sie auf. Sonst passiert noch ein Unglück mit ihr. Ich hatte sie versetzt. Hab sie heut erst wieder ausgelöst. Das schaff ich nicht noch mal.« Er hatte wieder diesen Blick, als wäre er über sich noch viel trauriger als über die Welt. Sein Bündel Noten und den Ständer hat er mir auch mitgebracht. Die liegen nun obenauf in meinem Regal, über Reihen von Handbüchern und Stapeln von Unterlagen zu früheren und heutigen Manuskripten. Lange habe ich die Geige nicht angerührt. Als ich den Kasten eines Tages öffnete, entdeckte ich, wie angeschlagen sie war. Da habe ich sie zu einem Meister getragen und sie richten lassen. Für wen? Das ist noch offen.

Der Morgen war nie Tills Zeit. Und doch erzählt er mir, wenn ich ihn morgens in meinen Gedanken an dem Platz abhole, auf den er hinunterstürzte, manchmal von sich und den Menschen, die er traf. Dann kann es sein wie früher, als er noch seine eigene Sprache hatte. In der hat er sich verständigt mit den Mühseligen und Beladenen, mit Armen oder Wohlhabenden. Eines konnte er nicht ausstehen: Wenn ich ihn daran erinnerte, dass Taxifahren kaum sein Beruf wäre.

»Du weißt nicht, was für Leute ich treffe. Wenn sie hinten auf dem Polster sitzen oder neben mir, fangen manche an zu sprechen, ich höre ihnen zu. Alle haben sie ihre Geschichte. Wenn es einmal bis Salzburg geht, das kommt vor, ist das eine Strecke Leben.«

»Vielleicht schreibst du einmal über sie.«

Nein, er würde für sie spielen, lauter Melodien der Einsamkeit. Instrumente gingen ihm zur Hand. Nirgends konnte er sich deutlicher ausdrücken als in seiner Musik: seinen stolzen Höhenflug und seinen Zug in die Niederungen. Beides klang aus ihm heraus. Es war ein Suchen, Finden und Verlieren. Das Verlieren wurde immer häufiger. Auch Andreas konnte ihn da nicht herausholen. In aller Andersartigkeit haben die beiden sich gut verstanden. Der Ältere war über den Jüngeren oft etwas verwundert; früh hat er wohl auch geahnt, wie das außerordentliche Geschick seines Bruders sie voneinander trennte. Einmal, als Till ein Jahr auf einer Public School in Südengland verbrachte, haben sie gemeinsam eine Reise nach Cornwall unternommen. Davon haben beide oft gesprochen.

Als Halbwüchsiger hing Till an den Zwillingstöchtern einer Weißnäherin; sie verkörperten für ihn wohl das Gegenteil seiner Herkunft. In die Nähe der Drei zog ihn eine Kraft wie das Schleppseil einen Segelflieger. Fort, nur fort von Zuhause! Ich habe diese weiblichen Wesen nie zu Gesicht bekommen. Als ich ihn einmal fragte, entstand aus den paar Worttupfern, die er mir gönnte, vor mir ein Zimmerlager, in dem sie beieinander waren, erzählten, träumten, in Musik eintauchten. Vielleicht ging ein Geruch wie von hundert Jahren durch das Haus, unten fuhr die Straßenbahn. Was gab es dort, das wir nicht hatten? Es waren wohl Dinge, die sich selbst erklärten. Ein Brot war ein Laib. Was geschehen sollte, geschah. Ein Wort kam von Herzen und brauchte keinen Zuschneider im Kopf.

Später brachte er in unser Münchner Haus und in die Allgäuer Wahlkreiswohnung seine erste heftigere Liebe mit. Frisch, blond und selbstverständlich trat sie bei uns ein und war ein glockenstimmiger Zuwachs, der mich hellhörig machte. Ihr Hintergrund war von der Art, die in unserem Sohn alle Hilfskräfte aufrief. Oft konnte er anderen helfen, nicht sich. Von ihr war er nicht nur angerührt. Wie es aussah, hat er sie ermutigt, sich vom Muttergarn zu lösen und sich Abitur und Studium zuzutrauen. Als sie doppelt so alt war und längst eine eigene Familie hatte, erfuhr sie, wie Till gestorben war. Sie hat uns geschrieben. Manchmal habe sie mit ihm auf jenem Hochhausdach gesessen, und einmal habe er ihr erklärt, mit Vierzig werde er sich da hinunterstürzen, älter wolle er nicht werden. Da hatte der Alkohol ihn schon im Griff.

Mit seiner späteren Freundin hat ihn auch seine Lebensweise zusammengeführt. Er jobbte als Schankkeller in einem Wirthaus, sie arbeitete dort als Bedienung. Die Gelegenheit hat sie miteinander vertäut, und sie haben die Leinen nie wieder losgeworfen. Wir trafen sie, als wir Till besuchten und beide sich eben zum Fasching aufmachten. Mit der Nachricht, wir würden Großeltern, ließen sie uns zurück. Als die Kinder klein waren, erschien sie mir als eine gute Mutter. In allem Hoffen, Annähern, Entfremden, Bemühen gehörten sie zu uns. Bis zu ihrem zwölften Jahr kamen die Enkel in unsere Arme gelaufen, eine richtige Familie sind wir dennoch nicht geworden. Wären wir bedingungslose Großeltern gewesen, immer liebend, hätten wir alles gebilligt, alles gewährt, immer gegeben und uns darin erschöpft, es wäre wohl lebbar geworden. Was nun auch kommen wird, ich bleibe gegenüber Tills Freundin befangen.

Unser Sohn war nicht aufzuhalten. Er ist für uns sichtbar geblieben, wenn er auch selten in seinem Elternhaus erschien. Da waren Augenblicke, in denen Marlen oder ich ihn sahen, im Taxi, auf einer U-Bahn-Treppe, beim Chinesischen Turm, und er auswich. Seiner Mutter begegnete er nur noch scheu, als mache sie ihm bewusst, wie er eigentlich hätte werden können. Sie waren einander früher so nah gewesen, dass er sie wohl manchmal fürchtete wie sich selbst. Ich war für ihn einfacher zu handhaben. So kam es, dass ich ihn öfter traf und zwischen ihnen zu vermitteln suchte. Ich hätte es können müssen und habe es aber nie genügend gelernt.

Eines Tages habe ich zu ihm gesagt: »Eine gute Geige in einem guten Sinfonieorchester, das wär's für dich doch gewesen.«

Dieses eine Mal hat er mich überrascht und geantwortet: »Da hast du Recht.«

Wenn es stimmt, was einige von ihm sagten, war er unter den Ausgescherten ein Magnet. Je nachdem, wie er geladen hatte, konnte er sie anziehen oder abstoßen. Ich vermute, sie sahen, er gehörte zu ihnen, und er hatte sich etwas Unversehrtes bewahrt. Mag sein, er erinnerte manch anderen daran, was der früher einmal für sich erhofft hatte. Vielleicht konnten sie ihn auch als Grenzgänger gebrauchen. Er musste sich nicht verkleiden und wurde doch von den Hütern bürgerlichen Daseins eingelassen. Als die Nachricht umging, Till käme nicht wieder, haben Trauernde aus der Suchtklinik auf einem Freigang und auch Kumpane aus der Kneipe sich aufgemacht und sein Grab geschmückt.

Eine Zeit davor hat Marlen ihn zuletzt bei der Trauerfeier für unsere mütterliche Freundin Sims auf Münchens neuem Südfriedhof gesehen. Sie wurde siebenundneunzig, wir nannten sie nach dem See, an dem sie wohnte. Sie hat Till als Kind nach seiner Gehirnhautentzündung, als wir um sein Leben bangten, auf ihrem Balkon eingemummt und im Angesicht der Chiemgauer Berge gesund gepflegt; er hat sie seitdem für immer ins Herz geschlossen und sie ihn auch.

Als wir den Weg zur Aussegnungshalle hinaufkamen, stand dort Till, und er nahm Marlen so fest in seine Arme, wie er es lange nicht getan hatte. Und als dann mein Marine-Freund Ralf für seine Mutter die Abschiedsrede hielt, wurde Marlen neben mir von einem unaufhaltsamen Weinen bewegt, in dem sie ihre Trauer um unsere Sims und ihr Ahnen um Till nicht mehr trennen konnte.

Noch nie, nicht im Krieg, nicht in der Politik, die niemanden schuldlos entlässt, hatte ich mich so bis auf den Kern all meines Denkens und Tuns in Frage gestellt gesehen. Unser Sohn hatte seinem Leben nicht nur aus Verzweiflung über sich ein Ende gesetzt. Ich war als Vater gescheitert. Ich hatte ihn nicht vom Leben überzeugen können und fühlte mich mitschuldig. Das Wissen, es war sein Leben, es war seine Sache, befreite mich nicht.

Mein begonnenes Manuskript *Der unverlorene Sohn* war hinfällig, ich habe es weggeworfen. Lange konnte ich nicht schreiben. Eines Tages habe ich mit einem neuen Vorsatz von vorn angefangen. Nach und nach wurde daraus der *Fernwanderweg*. Ich musste etwas tun. Nicht um mein Versäumen wieder gutzumachen. Das war unmöglich. Ich brauchte Geduld. Ich wäre kein politischer Mensch gewesen, hätte ich nicht versucht, noch aus meiner Lähmung Tatkraft hervorzuholen. Nicht nur für mich. Tills

Tod wollte ich keinen eigenmächtigen Sinn unterlegen. Solche Verklärung war mir im Krieg verdächtig gewesen, im Frieden ist sie es erst recht. Unserem Sohn hatte ich nicht helfen können. Auch weil ich zu wenig wusste. Das musste ich ändern. Wie meine Frau es auf ihre Weise tat, verstärkte ich meine Arbeit in der Welt der Suchtkranken. Und weil ich ein schreibender Bürger bin, entstanden aus dem Lernen und Umsetzen Vorträge vor Eltern, Lesungen und Gespräche an Schulen und auf Fachtagungen.

Auch in der Politik habe ich es versucht. Sie ist bei diesem Thema so festgefahren wie bei manch anderen Problemen, die mit Reformen nicht zu lösen sind. Eine Gesellschaft, die ihre Süchte nicht beherrschen, kaum einmal mäßigen kann, müsste sich bis zum Kern der Ursachen zu Leibe gehen, wollte sie sich wirklich von ihren Besessenheiten befreien. Sie zieht es vor, das nicht zu tun. So bleibt die Arbeit in kleinen Ringen.

IV

## Als der Kanzler zu den Schriftstellern kam

Der neue Schriftstellerverband und meine Sprecherrolle für zweieinhalbtausend Autoren stellten meine bisherige freiberufliche Existenz auf den Kopf. Plötzlich hatte ich eine öffentliche Aufgabe. Fernsehteams erschienen in unserem Schwabinger Haus, das Telefon stand nicht still vor Interviewfragen, Zeitungen schickten Reporter. Zwischen dem »Ende der Bescheidenheit« bei Gründung des Verbands mit Böll und Grass im Kölner Gürzenich und unserem ersten Schriftstellerkongress lagen eineinhalb Jahre. Diese erste große Zusammenkunft fand Ende November 1970 in den Sälen der Stuttgarter Liederhalle statt. Den Mitstreitern im Vorstand hatte ich das Motto »Einigkeit der Einzelgänger« vorgeschlagen, und alle hatten zugestimmt.

Während Grass und ich im bayerischen Landtagswahlkampf für die Sozialdemokratische Wählerinitiative unterwegs waren, fand einige Zeit vor dem Kongress in Ingolstadt ein Gespräch mit SPIEGEL-Redakteuren statt. Zum ersten Mal gab es am übernächsten Montag für ein Millionenpublikum Ausführliches über unsere Ziele und Forderungen zu lesen. Treffpunkt war unser Hotel gegenüber dem alten Theater. An diesem Nachmittag mit Redakteur, Fotoreporter und Stenograf fühlte sich Grass in eine ihm ungewohnte Rolle versetzt. Er war doch der große Schriftsteller, um den sich alles drehte, aber die Fragen über Vorbereitung, Programm und Redner auf dem Kongress gingen alle an mich – schließlich wurde ihm das zu viel, er stand auf und verzog sich auf sein Zimmer. Am Abend bei der Versammlung war die Welt wieder in Ordnung. Nun war er wieder der Magnet, und ich debütierte in seinem Anziehungsfeld. Vor unserem ersten gemeinsamen Auftritt in Regensburg hatte er mir erklärt, was von da an galt: »Du fängst an und redest den Saal ein bisschen warm. Dann komme ich.«

Es war eine Zeit, in der durchschlagende Veränderungen möglich wurden. Dazu gehörte die plötzlich einsetzende öffentliche Resonanz auf die Gründung unseres VS. Ich hatte an viele Autoren geschrieben und sie gebeten, sich zu beteiligen. Inzwischen waren, anders als früher, auch die bekannten Schriftsteller der Gegenwartsliteratur in großer Zahl Mitglieder geworden, und die Medienberichte darüber weckten das Interesse der Politiker an unserem neuen Verband.

Willy Brandt war der erste Bundeskanzler, der zu den Schriftstellern kam. In den Beethovensaal kam er durch den Bühneneingang. Er war begleitet vom DGB-Vorsitzenden Heinz Oskar Vetter, seinem Vertrauten Leo Bauer und einem persönlichen Referenten. Aber kurz vor Beginn war ein Ministerialbeamter aufgetaucht und hatte mich aus dem Saal gezogen. Ich müsse den Kanzler am Eingang begrüßen. Das hatte ich mir auch schon gesagt. Nur, wie durch das Gedränge kommen? An jenem Abend strömten an die dreitausend Bürger der Stadt an unserem Schauplatz zusammen. Die Vorhalle und alle Gänge waren verstopft. Eine Weile folgte ich den Rockschößen des Beamten. Wie ein Weberschiffchen schossen wir durch die Menge in der Halle. Es war ein Moment, in dem alle Unruhe, verstärkt durch den Missmut derer, die draußen bleiben mussten, in ein Debakel umzukippen drohte. Endlich koppelte ich mich von meinem Vordermann ab, stürzte zurück in den Hauptsaal und kam eben noch zurecht, um den Kanzler, der über einen rückwärtigen Eingang hereingeführt wurde, wenigstens noch an der Bühnentreppe zu erreichen.

»Macht nichts«, sagte er, als ich ihm erklärte, dass wir Schriftsteller auf einen solch großen Andrang nicht eingerichtet waren, und er gratulierte mir als Erstes zu meiner Wiederwahl.

Willy Brandt, Heinrich Böll, Günter Grass und Martin Walser als Redner – das gab Auftrieb. Der Kanzler, noch angestrengt von einer Grippe, die er gerade erst überwunden hatte, stand nun in der Mitte der vordersten Reihe, reckte die Arme mit einer ungewohnt freien Bewegung, schaute in den überfüllten Saal und war halb schon vom Triumph erfasst, halb in Spannung auf den Dialog mit dem Publikum: ein Redner vor der Rede, ein Politiker, der überzeugen will.

Der Kartenverkauf war zusammengebrochen. Auch die Übertragung in einen Nebensaal reichte nicht aus. Als ich den Abend eröffnete, wir waren auf Sendung, brach die Mitteltür auf. Eine Woge junger Leute brandete herein.

»Hier vorn ist noch Platz«, hörte ich mich im Lautsprecher sagen. Den Hörern an den Empfängern erklärte ich die Verzögerung, indem ich ihnen die Situation im Saal schilderte. Kurz vor dem Podium kam die Jugend zum Stillstand und setzte sich auf den Boden, endlich konnte ich dem Kanzler das Wort geben.

Vielleicht hat Brandt noch nie so persönlich über seine Vorstellung eines Austauschs zwischen Schriftstellern und Politikern gesprochen: »Geist und Macht«, sagte er, »üben oft und gerne Rollentausch. Denn so mächtig der Einfluss der Politik auf die Gesellschaft sein mag, längst hat sie ihre Macht teilen müssen: gerade Sie als Schriftsteller sollten Ihren Einfluss nicht unterschätzen.« Und er wandte sich an die Schriftstellerinnen und Autoren, die in den vorderen Reihen saßen. An die vierhundert von ihnen waren gekommen, um mit dafür zu sorgen, dass die Bedingungen unserer Arbeit und Existenz verbessert würden.

»Dabei möchte ich Sie unterstützen«, versprach uns Brandt, »moralisch und, wo es geht, auch praktisch. Ich sage das als Bundeskanzler und auf Grund der politischen Verantwortung, die ich insgesamt zu tragen habe. Ich sage es zugleich als ein Mann, der in seinen jungen Jahren von dem gelebt hat, was er zu Papier brachte. Also weiß ich nicht nur vom Hörensagen, dass schreibende Zeitgenossen sich in der latenten Gefahr befinden, zu Randfiguren der Holz verarbeitenden Industrie zu werden.«

Es war geschafft, ich atmete auf. Aus der ersten Reihe schaute ich zu ihm hin und war doch nicht in der Lage, jedes Wort aufzunehmen. Äußerlich war ich ruhig, in mir wogte die Anstrengung all dieser Tage nach. Den ganzen Abend flogen die Worte der Redner wie durch mich hindurch, ich konzentrierte mich darauf, wie alles aufeinander folgen sollte und wann etwas von mir verlangt wurde. Der Beifall für den Kanzler, Böll und Grass rauschte immer wieder auf.

Als Martin Walser an die Reihe kam, forderte er – rhetorische Funken sprühend – eine IG Kultur, die wir als versammelte Kraft aller Künstler gründen müssten, kein anderer erhielt von den Autoren so heftigen Applaus wie er. Anschließend diskutierte er unter der Moderation von Carl Amery auf der Bühne mit Böll, Grass, Kurt Sontheimer, Thaddäus Troll und Guntram Vesper. Ich saß unten neben Willy Brandt, stolz und verwirrt, weil ich mich zum ersten Mal aus der mir angeborenen Oppositionsrolle hautnah neben den Regierungschef versetzt sah.

Anschließend hatte der Kanzler eine Runde zu sich ins Hotel gebeten. Sein Referent hatte es mir als dem Vorsitzenden überlassen, wen ich auswählte. Natürlich hatte er mir damit eine Zitterpartie bereitet, denn wer hätte nicht dabei sein wollen? Als es so weit war, saßen wir reihum und wechselten die Plätze an Willy Brandts Seite. Jetzt war er vor allem ein Mann, der einen persönlichen Erfolg errungen hatte und ihn bei ein paar Gläsern Wein feierte. Er fühlte sich wohl unter diesen Traumgeistern und wurde gesellig. Für eine Weile verschwand sein Gesicht im Haar von Gabriele Wohmann.

Bis lange nach Mitternacht waren wir mit ihm zusammen, und zum Schluss sprach er von seiner bevorstehenden Reise. Er stand kurz vor dem Abflug nach Warschau zur Unterzeichnung des Grundlagenvertrags mit Polen. Vielleicht erwog er schon den Kniefall am Ghettodenkmal.

**Wählerinitiative und Bundestag**

Dass namhafte Künstler, Wissenschaftler und Publizisten in der Wählerinitiative mitgeholfen haben, den ersten Machtwechsel in der Bundesrepublik nach zwanzig Jahren konservativer Herrschaft herbeizuführen, hat Willy Brandt ihnen nicht vergessen. In der Bonner Adenauerallee war für die Grass'sche Initiative inzwischen ein Büro eingerichtet worden, der Abstand zur Partei wurde geringer. Dennoch wollte vor allem der Autor der *Blechtrommel*, dass ich auch nach 1972 als Abgeordneter weiter dazugehörte, entgegen dem ursprünglichen Grundsatz, dass solche Wahlhelfer nur aus der Position ihrer persönlichen Unabhängigkeit als glaubwürdig gelten konnten.

Ohne Brandt als Kanzler wäre ich nicht auf die Idee gekommen, Politik als Beruf zu wagen. Als ich ernsthaft dazu ansetzte, hatte ich mich damit herumzuschlagen, wie aufreibend es war, als Freiberufler, zumal als literarischer, für den Bundestag zu kandidieren. Der Vorsitz im Schriftstellerverband war ehrenamtlich, ich bekam nur eine geringe Aufwandsentschädigung. Ich lebte von den Honoraren der Verlage und Sender. Mitten im Wahlkampf versiegte dieses Einkommen, ich musste Erspartes drangeben und Schulden machen. Das wiederum konnte ich gegenüber meiner

Familie nur mit einem als sicher geltenden Listenplatz auf der bayerischen SPD-Landesliste verantworten.

Am ersten Tag in Bonn ging ich mit dem Koffer in der Hand am Rheinufer entlang und auf das Abgeordnetenhochhaus zu, und es stellte sich ein déjà-vu-Erlebnis ein. Während meiner Kindheit hatten wir ein Jahr lang hier gewohnt. Ich war auf Rollschuhen zu meiner Klavierlehrerin gelaufen. Einmal hatte ich am hohen Ufer auf einer Treppe gestanden und zugesehen, wie der Strom bei Hochwasser durch die vergitterten Papierkörbe an den Laternen floss.

Zu Anfang dieser siebten Wahlperiode, der Kanzler wohnte noch in der Außenminister-Villa auf dem Venusberg, wurden Rudolf Augstein, frisch gewählter FDP-Abgeordneter, und ich zu Brandts eingeladen. Als wir beide im Wagen der Fahrbereitschaft die Serpentinen hinauffuhren, war zwischen uns nichts deutlicher als die Entfernung, die uns verband. Mein Nachbar konnte nicht viel mit mir anfangen. Ich dagegen war ihm dankbar, denn Augstein hatte auf Rechnung des SPIEGEL die erste sozialwissenschaftliche Autorenenquete ermöglicht, und wir hatten miteinander zu tun. Allerdings mit unterschiedlichen Absichten. Ich sah die Untersuchung als die Grundlage für eine Gesetzesinitiative zur Künstlersozialversicherung an. Ihm war verdächtig, dass wir auch die Elite in das Soziale einbeziehen wollten und darin auch von den Gewerkschaften unterstützt wurden. Später hat die FDP Ausnahmen für Besserverdienende erzwungen, obwohl viele namhafte Künstler und Schriftsteller gerade das verhindern wollten.

Während Augstein im Fond des Mercedes neben mir schwieg, fiel mir der Regierungsaufruhr wieder ein, den sein Hamburger Politikmagazin ausgelöst hatte. Das war zehn Jahre her. Als Herausgeber des SPIEGEL war Augstein verhaftet und durch Kanzler Adenauer eines »Abgrunds von Landesverrat« bezichtigt worden. Anlass war der Bericht über das »Fallex«-Manöver in Spanien gewesen: eine geharnischte Aufklärung von Schwächen des westlichen Verteidigungssystems. Dieser Schlag der Obrigkeit war ins Leere gegangen, er hatte Augstein und seine Zeitschrift nur berühmter gemacht und das Ende der Ära Adenauer beschleunigt.

Unter uns lag die illuminierte, immer noch provisorische Hauptstadt am Rhein. Wir beiden parlamentarischen Novizen der sozialliberalen Koalition hingen unseren Gedanken nach. Wie würden wir Brandt antreffen? Mir ging alles auf einmal durch den Kopf, was mich in meinen ersten Bonner Tagen durcheinander brachte: Brandt musste nach dem Wahlkampf im November erst einmal seine strapazierten Stimmbänder und den Kehlkopf im Krankenhaus behandeln lassen und er sollte sich dringend das Rauchen abgewöhnen. In der Fraktion fragten wir uns: Wo ist der Kanzler? Da sein Zustand wie ein Staatsgeheimnis behandelt wurde, wuchs eine Dornenhecke von Gerüchten um das Kanzleramt. Wie auch andere Neugewählte kam ich mir überflüssig vor. War ich nicht eben noch überschwänglich gewesen: »Jetzt geht es an die Arbeit, wir erfüllen die Wahlversprechen.« Nun war das Gegenteil der Fall. Alles stand still, wir wurden mit Nichtigkeiten beschäftigt. Ich fühlte mich wie einberufen und hatte auf die Zuteilung von Stube und Spind zu warten. Überall stieß ich auf alte Hasen, die bestimmt nicht auf mich gewartet hatten. Wenn ich eines hasste, war es Leerlauf.

Als der Kanzler endlich wieder aufgetaucht war, hatte er sich in einer Fraktionssitzung bemüht, uns zu überzeugen, als wäre seine Spannkraft wieder vorhanden. Mir war er dennoch wie ausgewechselt erschienen, schwunglos und starr. Obendrein hatte er seine Regierungserklärung mit Bestimmtheit erst auf den 18. Januar, den Tag der Reichsgründung, angesetzt. War das nicht viel zu spät – nach diesem Wahlkampf und so vielen Erwartungen, die sich von überall her an uns richteten? Ich war verunsichert.

Augstein und ich können für Willy Brandt und seine Frau allenfalls eine Abwechslung gewesen sein. Er nahm uns wohl als Stellvertreter außerparlamentarischer Kräfte, denen er einen Dank für das Engagement im Wahlkampf abstatten wollte. Augstein war sich erstaunlicherweise nicht darüber klar gewesen, wie unbemerkt selbst er im Vergleich zu seinem Einfluss als Lenker des SPIEGEL als Neuling unter einem halben tausend Bundestagsmitgliedern bleiben musste. Sichtlich hatte er sich das anders vorgestellt und bald darauf hat er seinen Abgeordnetensitz auch wieder geräumt.

Wir passierten die Wache und standen nach einem kurzen Wegstück vor der Tür.

Rut Brandt empfing uns freundlich, schlank im langen Kleid. Von Anfang an hatte ich den Eindruck, sie war an diesem Abend die einzige mit sich übereinstimmende Person. Der Hausherr schien mir hinter einer außenministerhaften Haltung nicht wirklich anwesend zu sein. Natürlich hatte ich mich über diese Einladung gefreut. Nur war mir die Erfahrung neu, wie distanziert Brandt sein konnte, selbst gegenüber Menschen, die er früher schon manches Mal ins Vertrauen gezogen hatte. Er fragte uns nur, was er ohnehin wusste. Es war kein Gespräch, sondern eine Visite. Natürlich klang nach diesem gewaltigen Wahlsieg auch etwas von unserer Zuversicht an und von der akuten Ausweglosigkeit der Opposition.

Mir war die ganze Zeit, als schwebe ein Schatten durch den Raum. Ich stellte mir vor, wie viele Probleme in diesem Augenblick auf ihm lasten mussten, und ich fragte mich: Warum hat er uns herbestellt? Da saß ich dem einzigen Politiker gegenüber, den ich verehrte, und fühlte mich fehl am Platz. Bei Wein und einem Imbiss liefen auch zwischen ihm und Augstein nur eingespielte Gesprächsriten hin und her. Rut Brandt wartete mit einigen Streichen der Söhne auf, selbst das erhellte nur kurz die Szene. Aber sie blieb souverän bis zum Schluss, den ich nur noch herbeisehnte, und sie war es auch, die uns wieder verabschiedete, der Kanzler hatte sich schon zurückgezogen.

Als drei Jahre später Willy Brandts *Begegnungen und Einsichten* erschienen, las ich seine Einschätzung über diese Zeit: »Schon der Beginn meiner zweiten Kanzlerschaft stand unter einem unglücklichen Stern.«

Acht Jahre lang war mein Arbeitsplatz am Ort seines Handelns und manchmal in seiner Nähe. Viele Schriftsteller meinten damals, sie säßen mit an den Hebeln der Politik, und nicht wenige betrachteten mich als ihren Abgesandten. Also hatte ich neben den beiden Bundeswahlkreisen im Allgäu noch einen dritten imaginären zu betreuen, in dem Minderheiten von direkter Demokratie träumten. Vor allem Grass bestand darauf: »Du bist unser Abgeordneter.«

In Bonn für Schriftsteller und die Wählerinitiative zu sprechen und sich gleichzeitig inmitten der Bundestagsfraktion als einer der ihren zu behaupten, das war für mich eine ständige Doppelgängerei. Obendrein lag meine Aufgabe im Parlament weit entfernt von allem, was die Allgäuer Wähler von mir erwarteten: hier war ich kulturpolitischer Sprecher, dort bedeutete Kultur viel eher die Pilzkultur auf dem Joghurt und die Pflege der Kulturlandschaft. Was für ein Glück, dass ich in meiner Jugend auf sechs verschiedene Schulen gegangen, viel herumgekommen war und auch einiges von der Landwirtschaft verstand. Als Wanderer zwischen Gegensätzen blieb ich geübt.

Wie ich Willy Brandt im Bundestag und wie ich ihn im Kreis der Wählerinitiative in unserer Klause in der Adenauerallee erlebte, das verursachte in mir oft auch ein Wechselbad an Gefühlen. Im Plenum des Parlaments behielt er meist eine Zone der Unnahbarkeit um sich, er hat sich – anders als auf Parteitagen – mit den Angehörigen der eigenen Fraktion in der Regel nicht geduzt. Auch in seinem Bundestagsbüro war er oft nur wie hinter einer Trennscheibe zu sprechen, während Wehner uns dicht an sich herankommen ließ.

Wenn Brandt sich bei der Wählerinitiative ansagte, kochte Grass eine seiner viel bewunderten Suppen, und die ganze Wohnung duftete, wenn der Bundeskanzler bei uns einkehrte. Oft wirkte er überanstrengt und war erst einmal einsilbig. In der Gewissheit, dass ihn hier ein Vertrauen umgab, lebte er meist rasch wieder auf, wurde eine ungeteilte Person und erzählte gern. Er setzte sich behaglich in einem Sessel zurecht und gönnte es sich, persönlich zu sein. Dann konnte er sich über die beiden anderen Zacken in dem Dreigestirn, dessen wichtigster Teil er war, auch einmal erleichternd auslassen: den »Oberleutnant« Schmidt und den »Alten Knurrhahn« Wehner. Er hörte zu und wollte unter Literaten, Künstlern und Historikern Neues erfahren. Den Kanzler ließ er draußen, war lieber einfach Willy Brandt und sprach mit Eberhard Jäckel über *Hitlers Weltanschauung*, mit Dorothee Sölle über Systematische Theologie und New York, mit Günter Wallraff über Springer oder mit Max von der Grün über Kumpel, die zur Feder griffen.

Manchmal überlegte ich, ob in dieser Runde Freundschaft existierte. Ich hielt es eher für Nähe auf der Grundlage von Distanz. Als Grass und ich für die Initiative reisten, hat er einmal darüber nachgedacht, ob er nicht gleichzeitig mit mir zum Bundestag kandidieren sollte. Er hat den Gedanken bald wieder aufgegeben. Und das war auch gut so. Denn Schriftsteller, für die Schreiben ihr Leben ist, taugen nicht für Max Webers »dicke Bretter« in der Politik.

Andererseits musste für alles, was wir vorhatten, einer von uns hinein in die Gesetzgebende Versammlung: dieser Grenzgänger war ich geworden.

Zu den Abenden mit Willy Brandt versammelten sich manchmal an die zwanzig von uns, oft war es auch nur eine kleine Runde, die ihn ein paar Stunden in ihre Mitte nahm. Grass sorgte für wechselnde Teilnehmer aus der Anhängerschaft, wie er sie gerade erreichte und herbeiholen konnte. Ich war meist dabei, wohnte während der Sitzungswochen nur ein paar Schritte weiter in der Joachimstraße.

Im Bundestag bat Brandt mich manchmal um einen kulturpolitischen Beitrag zu einer Rede. Aus der Wählerinitiative insgesamt stammten vielerlei Anregungen zu Reden des Kanzlers und Friedensnobelpreisträgers, vor allem von Grass selbst, er hatte die Kriechspur des Politischen inzwischen in seiner Innenansicht *Aus dem Tagebuch einer Schnecke* ausgemessen.

Während seiner zweiten Regierungserklärung, an jenem Januartag, waren wohl alle in der Fraktion überzeugt, Willy Brandt hätte sich wiedergefunden, er schien durch seine weltweite Wirkung gesteigert. So war unser Beifall nicht nur Pflicht, vielmehr flog er ihm zu und richtete auch uns wieder auf. Dass er nach diesem Gipfelpunkt dennoch die Kanzlerschaft nur für ein weiteres Jahr und vier Monate behielt, war für mich zunächst unfassbar.

Am frühen Morgen des 7. Mai 1974 stieg ich in Bonn aus dem Schlafwagen. Es sollte der traurigste Tag meiner politischen Jahre werden. Ein Bundestagsfahrer holte mich am Bahnhof ab. Auf der Fahrt zum Abgeordnetenhochhaus schaute er zu mir herüber und fragte: »Was sagen Sie zum Kanzler?«

»Wieso?«

»Er ist zurückgetreten.«

Vor Schreck vergaß ich, mich in eine der ausliegenden Listen als anwesend einzutragen. Zwar hatte ich geahnt, dass Intrigen im Spiel waren und welcher Machtkampf sich zwischen Wehner, Brandt und Schmidt abspielte. Aber diese Konsequenz hatte ich so schlagartig nicht für möglich gehalten.

Die Guillaume-Affäre allein, das falsche Vertrauen in den Spion der DDR im persönlichen Stab des Kanzlers, war gewiss weder Grund noch ausreichende Erklärung. Wir alle kannten Guillaume. Er hatte sich als angeblicher Flüchtling aus der DDR mit seiner Frau bei der SPD in Frankfurt am Main eingeschleust. Dort machten beide sich beliebt. Mit der Zeit war er in der Geschäftsführung wegen seiner Präzision und Umsicht auch zu Höherem für berufen gehalten worden. Und als im Kanzleramt ein zusätzlicher Referent gebraucht wurde, empfahl man ihn für diesen Posten. Wie war es möglich, dass Brandt sich vor einem solchen Verrat so wenig geschützt hatte?

Auch jene uns allen nicht unbekannte Nähe zu Frauen, die ihn gelegentlich auf seinen Reisen begleitete, war nüchtern besehen für einen Politiker seines Ranges nicht ernsthaft hinreichend als Anlass für den Rücktritt. Mochten noch so viele politische Voyeure Material gegen ihn gesammelt haben. Da kannte die Welt doch ganz andere Schwächen von Mächtigen.

Genscher, damals Innenminister, hatte dem Bundeskanzler zugemutet, diesen Offizier der DDR-Staatssicherheit noch Monate lang – zum Zweck genauer Aufklärung eines Spionagenetzes – in seiner nächsten Umgebung zu dulden. Undenkbar, dass Bundeskanzler Helmut Schmidt ein solches Spiel mit sich hätte treiben lassen, er hätte sofort die Koalitionsfrage gestellt. Vielleicht hätte er den Blindgänger noch zur Enttarnung als Botschafter in ein entlegenes Land geschickt. Dass Willy Brandt als Regierungschef dies mit sich machen ließ, war unverantwortlich. Ich habe damals nicht zu denen gehört, die alle Hintergründe durchschauen konnten. Für mich war er als Parteivorsitzender noch lange Zeit der Politiker, dem ich überzeugt gefolgt bin. Von ihm kam ich nicht los und wollte es auch nicht.

Seine größte Stärke und seine verhängnisvolle Schwäche habe ich immer als einander bedingende Eigenschaften angesehen. Und gerade seine Unvollkommenheit, diese Flut und Ebbe zwischen Glanz und Versagen, machte wohl aus, dass so viele Menschen an diesem großen Politiker hingen.

Vom Tag des Rücktritts an war die Fraktion ein Hühnerhof. Jeder pickte sich heraus, was er aufgelesen hatte. Ich kenne keinen, der nicht für eine Zeit das Vertrauen in sich selbst verlor. Brandt hatte für mich den Ursprung meiner Identität als Bundestagsmitglied ausgemacht. Meine Disziplin konnte ich auf Schmidt umpolen, nicht meine Zuneigung. Nichts war mehr, wie ich es mir vorgenommen hatte.

Als wir nicht lange darauf im Haus der Ebert-Stiftung in Münstereifel in einer Denkrunde der Fraktionslinken, dem Leverkusener Kreis, über unsere Einschätzung der beginnenden Ära Schmidt diskutierten, wurde mir gesagt, dass ich in dem Zimmer übernachtete, in dem Brandt sich zwischen Bleiben und Rücktritt entschieden hatte. Manche Vorstellung von dieser Nacht ist heute nur noch schwer von der Fernseh-Verfilmung durch Oliver Storz zu trennen, aber deren Bilder sind nicht meine.

Ich glaube, dass Brandt letztlich über eine jähe Anhäufung seiner Selbstzweifel stürzte. Oft hatte ich den Eindruck, dass zu ihm eine Emigrationsbereitschaft nach innen gehörte, die nur ihm selbst galt und ihn festhielt. Ohne Zweifel gab es ein Grundgefühl der immer lauernden Vergeblichkeit, das ihn nie ganz verließ. Er fragte sich wohl immer wieder, wie weit die viel berufene Demokratie, wollte man sie in Praxis umsetzen, überhaupt realisierbar wäre. Zynismus und Menschenverachtung waren ihm nicht, wie anderen Politikern, als Ausflucht gegeben. Seine Menschenkenntnis wies verheerende weiße Flecken auf.

Wie wenige andere verkörperte Brandt noch den Zusammenhang zwischen Arbeiterbewegung und Sozialdemokraten. Als ich zum zweiten Mal für den Bundestag kandidierte, kam er als Parteivorsitzender ins Allgäu. Ich hatte ihn gebeten, am Abend nach einer Großveranstaltung in Kempten die Altenehrung in unserem Ortsverein vorzunehmen. Da habe ich Genossen in ihrer rauen Schale weich werden gesehen, ihnen kamen die Tränen. Willy, wie ihn nun alle nannten, zelebrierte die Vergangenheit der Partei und was an Glaubwürdigkeit fortbestand am Beispiel dieser alten Männer und Frauen. Die winzigen goldenen und silbernen Nadeln, die er ihnen ansteckte, waren in ihren Augen ein unerhörter Dank. Für ihn gingen Menschen viel weiter als nur auf die Straße. Sie litten mit ihm und sie fühlten sich mit ihm stark.

Wenn eines meine acht Jahre im obersten Parlament der Republik bestimmt hat, war es die Forderung nach der Sozialversicherung für Künstler. Der erste Entwurf war auf meiner Schreibmaschine im 4. Stock des »Langen Eugen« entstanden, dem Abgeordnetenhochhaus, das wir nach seinem Bauherrn, dem Bundestagspräsidenten Eugen Gerstenmaier so nannten. Gewiss kann kein Abgeordneter allein ein Gesetz durchbringen. Der Druck der Künstlerverbände von außen hat geholfen, ebenso die Unterstützung der Gewerkschaften. Sieben Jahre lang habe ich das Gesetz durchs Parlament getragen. Willy Brandt hatte durch seine Nähe zu den Schriftstellern die Chance dafür geöffnet, und doch war es, als hätte er die Anfänge dieser Sisyphusarbeit bald aus den Augen verloren. Brandt hat sich nicht, wie nach ihm Helmut Schmidt, im Einzelnen darum gekümmert. Als ich für das Bundespresseamt die Broschüre *Der Staat und die Schwierigen – Künstlerpolitik der Bundesregierung* schrieb, stand Schmidt dahinter. Ihn konnte ich einmal pro Vierteljahr im Plenum ansprechen: »Du, Herr Bundeskanzler, ich danke dir, dass du dich um die Künstler kümmerst.« »Wo brennt's denn?«, fragte er dann. Wenn ich ihm das erklärte, sagte er: »Mach mir eine Notiz.« Mehr als einmal hat er seine Sozialreferentin im Kanzleramt, die das Projekt nicht schätzte, überspielt. Schmidt war burschikos, er konnte plötzlich sagen: »Komm, lass uns ein bisschen quatschen.« Wir gingen hinter die gläserne Trennwand in Sichtweite des Sitzungssaals, da rauchte er erst mal eine seiner Mentholzigaretten. »Was reden die denn so in der Fraktion?«, wollte er wissen, und er hörte genau zu, wenn ich ihm Bedenken vortrug, die nach meiner Überzeugung viele in der Koalition teilten.

Viel später, an einem der ersten Märztage 1986, wurde ich an die bedeutende Rolle erinnert, die Willy Brandt weiterhin in der internationalen Politik einnahm. Ich kam auf Einladung des Goethe-Instituts zu Vorträgen nach Stockholm, kurz nachdem Ministerpräsident Olof Palme ermordet worden war. Im Hotel schaltete ich den Fernseher ein, da sprach Willy Brandt über seinen toten Freund, der in der Sozialistischen Internationale sein Stellvertreter war. In seinem Gesicht spiegelte sich: »Du warst einer der Wichtigsten von uns.« In den siebziger Jahren hatte ich Palme ein paar Mal vor der Fraktion erlebt und ihn auf einem Seminar in Münstereifel näher kennen gelernt. Er war ein Jahr jünger als ich, herzlich, offen, freundschaftlich. Nun hielt ihm Willy Brandt in seinem aus der Emigrationszeit norwegisch gefärbten Schwedisch einen Nachruf. Als der

Trauerzug zum Stadtfriedhof angekündigt wurde, ging ich dem entgegen und sah den weißen Sarg voller roter Rosen und Willy Brandt gebeugt voran, es folgte eine unermessliche Menge von Trauernden. Am anderen Morgen habe ich mich zum Friedhof aufgemacht. Das Grab leuchtete: ein Berg von Blumen.

Erst als Willy Brandt den Satz prägte: »Es muss zusammenwachsen, was zusammengehört«, in jenem Herbst und Winter 1989/90, wurde er mir fremd, weil er in meinen Augen folgenschwer irrte und daran festhielt. Er verschätzte sich in der Auswirkung der wirtschaftlichen Machtübernahme Ostdeutschlands durch den Westen. In ihm lebte wohl verlängert noch die Vorstellung deutscher Gemeinsamkeit seiner ersten Lebensjahrzehnte. Die Schmach gehörte dazu und die Wiedergutmachung, so weit sie menschenmöglich war. Er hörte nie auf, für sein Land zu arbeiten, das erst nach zwei Weltkriegen den Weg zur Demokratie fand. Ihm wie seinem Baumeister der Ostpolitik, Egon Bahr, hatte die deutsche Vereinigung als Ergebnis der Abkommen mit Moskau, Warschau und Ostberlin vorgeschwebt. Sie hatten die Vorarbeit für ein allmähliches Zusammenwachsen geleistet. Brandt und Bahr nahmen Rücksicht auf die Ungleichheit, sie wollten die Menschen im Osten nicht übervorteilen, vielmehr sie zuerst für die Verständigung und dann für die Zusammengehörigkeit gewinnen. Was schließlich geschah, war etwas anderes.

Die Deutsche Einheit ereignete sich wie ein Blitz der Geschichte, als Russland, noch Sowjetunion, unter Gorbatschow auf Gewalt verzichtete und die Rolle der zweiten Weltmacht aufgab. Administration und Wirtschaft der Bundesrepublik haben zugegriffen. Das Fest der Einheit schien alle Bedenken zu zerstreuen. In der Realität beherrschten die Westdeutschen allein das Verfahren. Der Preis der Ostdeutschen für die westlichen Freiheiten, die sie begeisterten und bald für sich in Anspruch nahmen, wird über Jahrzehnte bezahlt.

Der SPD-Vorsitzende Brandt und alle, die mit ihm für die Sozialdemokratie verantwortlich waren, haben nicht gewagt, das Gleiche zu tun, was CDU und FDP getan haben. Diese haben die vier Schwesterparteien der SED aus der Volksfront der DDR mit sich vereint: die Ost-CDU und die Bauernpartei, Nationaldemokraten und Ost-Liberale, die allesamt die Politik der DDR mitgetragen hatten. Nur die Sozialdemokraten als älteste deutsche Partei haben im Prozess der Einheit in Ostdeutschland neu angefangen. Durch die große Koalition in der Volkskammer des Übergangs haben sie in der Konsequenz zugelassen, dass CDU-Ost und CDU-West die Verträge der Einheit mit Billigung der Westmächte unter sich ausgemacht haben.

Hätte der Willy Brandt von 1972 mehr gewagt? Jedenfalls verkörperte er auch die Tragik der deutschen Linken, die ihre Spaltung vor Beginn der Weimarer Republik, deren Opfer und die daraus resultierende Gegnerschaft nicht überwinden konnte. Die Parteien des Eigentums haben es immer verstanden, den historischen Minderwertigkeitskomplex, dem Sozialdemokraten und Sozialisten in Deutschland lange unterlagen, zu bestärken und sie geteilt zu halten. Um wie viel machtbewusster und koalitionsfähiger handelten schon immer die deutschen Konservativen.

Die Mühsal und Dauer der Vereinigung hat Brandt mit der Zeit dann wohl doch immer deutlicher gesehen. Wie bitter muss es für ihn gewesen sein zu erleben, wie in der erweiterten Bundesrepublik Brandsätze auf menschliche Wohnungen geworfen wurden, weil dort »Fremde« hausten. Ihn und so viele Alte musste das an die Feuernacht des 9. November 1938 erinnern, durch die der Weg in die dunkelsten Jahre vorgezeichnet wurde. Brandt hat für das Niewieder gelebt. Wenn einer sagen konnte, er habe als Politiker getan, was er konnte, galt das für ihn. Insofern war er viel mehr drinnen in Deutschland als diejenigen, die ihn längst gern wieder draußen gesehen hätten.

## Gorbatschows Forum

Ende Januar 1987 hatte ich dieses Telegramm erhalten: »Vom 14. bis 16. Februar wird in Moskau ein breites Forum für die atomwaffenfreie Welt für die Erhaltung des Lebens und der Zivilisation auf der Erde stattfinden. Man kann sicher sein, dass der Generalsekretär Michail Gorbatschow vor den Teilnehmern Round table und Forum sprechen wird. Wir laden Sie ein teilzunehmen und auch nach dem Forum eine Reise nach irgendeinem Kulturzentrum unseres Landes zu machen.« Unterzeichnet hatten Dschingis Aitmatow, Andrei Wosnessenski, Sergei Salygin, Wladimir Karpow.

Mein Nachbar und Freund, der Physiker Hans-Peter Dürr, gehörte zu denen, die das Friedensforum im Kontakt mit sowjetischen Wissenschaftlern und Schriftstellern vorbereitet hatten. Wir brachen gemeinsam auf, Horst-Eberhard Richter stieß auf dem Flugplatz Frankfurt am Main zu uns. Die Tickets lagen am Schalter der Aeroflot für uns bereit. Man hatte die Gäste des Friedensforums nach Berufsgruppen ausgewählt. Die Einladung schloss auch alle Kosten innerhalb der Sowjetunion mit ein.

In der Maschine saßen viele Teilnehmer des Forums, darunter kirchliche Häupter, vor allem Gäste des Kulturforums, unter ihnen Maximilian Schell, Lothar Günter Buchheim, Max von der Grün, Josef Reding und Günter Wallraff. Unsere Gruppe der Autoren war sichtlich von Friedrich Hitzer zusammengestellt. Er war als Autor ein Chronist der Zeitgeschichte, namhaft als Übersetzer und Dolmetscher Aitmatows. Hitzer hatte in Moskau und in USA studiert und war Mitherausgeber der Zeitschrift KÜRBISKERN, ein Mittler über die Grenzen hinaus, und in den kulturellen Ost-West-Beziehungen kenntnisreich wie kein anderer von uns. Zwei der bedeutendsten deutschsprachigen Schriftsteller, Max Frisch und Friedrich Dürrenmatt, kamen aus der Schweiz hinzu.

Für weltweite Kongresse wie diesen hatte man das Hotel Kosmos weit außerhalb des Moskauer Zentrums errichtet, gegenüber stand das Denkmal des Kosmonauten Gagarin. Das Forum beschäftigte Tausende. Als wir eintrafen, wurde jeder von uns mit der Teilnehmermappe ausgestattet und erhielt einen persönlichen Dolmetscher zugeteilt. Ich ging über endlose Teppichflure und entdeckte schließlich meine Zimmernummer. Als ich öffnete, brannte Licht und beschien dunkle Möbel.

Am Abend traf ich in einem der vielen Etagenrestaurants andere Teilnehmer, verabschiedete mich aber früh, um auf meinem Zimmer allein zu sein. Zu Hause hatte ich mir ein paar Gedanken aufgeschrieben, sie kreisten um die Friedenspflicht der Intelligenz. Auf der Fahrt vom Flugplatz waren wir an der Sperre vorübergekommen, wo im Frühwinter 1941 der deutsche Angriff aufgehalten wurde. Die Artillerie meines Vaters konnte fast nach Moskau hineinschießen. Daran musste ich denken, während ich mich in das Programm und die Teilnehmerliste des Kulturforums vertiefte. Meine früheren Besuche in Moskau tauchten wieder vor mir auf. Der erste, vor meiner Parlamentarierzeit, hatte den Übersetzer Helmut M. Braem und mich auf Einladung des Schriftstellerverbands von Moskau aus bis nach Irkutsk und Bratsk in Sibirien geführt. Das andere Mal hatte ich den Bundestag auf den Moskauer Filmfestspielen vertreten, meine Frau war mitgereist. Meine Gedanken kreisten außerdem darum, dass der Agent des Frankfurter S. Fischer Verlages meinen *Brüder*-Roman, der auch von der Schlacht um Stalingrad handelt, für eine russische Ausgabe untergebracht hatte. Ich sollte den hiesigen Verlag kennen lernen und mit meinem Übersetzer sprechen. Als Ziel meiner anschließenden Reise hatte ich mir darum Wolgograd gewünscht.

Am nächsten Morgen ging Dürr zu den Naturwissenschaftlern. Der Physiker Welichow, der dieses Forum leitete, war ihm schon vertraut. Ich fragte mich zum Kulturforum durch. Zwar hatten wir Wegbeschreibungen in unseren Mappen, aber alle Gänge und Zwischenstockwerke waren so angefüllt mit Teilnehmern, dass man kaum die Aufschriften an den Türen entdecken konnte. Eingeladen waren neben den Naturwissenschaftlern Theologen, Politiker und Wirtschaftler, Mediziner und Militärs, Sozialwissenschaftler, Schriftsteller und Künstler aus aller Welt. Der riesige Hotelkomplex war ein Babylon der Sprachen.

Dass viele Deutsche aus Ost und West darunter waren, überraschte mich nicht. Es gab in den achtziger Jahren keine stärkere Friedensbewegung als die in der Bundesrepublik. Unser Widerstand gegen die Stationierung neuer, weiter reichender Atomraketen hatte auf Kirchentagen hunderttausend Leute auf die Beine gebracht und Tausende zu Sitzblockaden vor Einfahrten zu Raketenstellungen herbeigezogen. Die DDR verwahrte sich offiziell nur gegen die US-Pershings und Cruise missiles im Westen, während sich die Bundesregierung von den russischen Atomraketen dort bedroht sah. Der Großteil der Bevölkerung hüben und drüben sorgte sich jedoch vor allem, dass unser geteiltes Land von beiden Seiten als Aufmarschplatz und Hauptziel vorgesehen war.

Gegen den Rüstungswahn, der die Menschheit vernichten konnte, standen Hunderttausende auf, und Millionen hielten das für richtig. Es war verglichen mit heute eine klar umgrenzte Zielsetzung. Selten rief ein Überlebensproblem einen so eindeutigen Protest hervor.

Manchmal hatte Gorbatschow in Reden und Publikationen unsere Argumente fast wörtlich benutzt. Die russische Seite hatte ein Programm zur weltweiten, vollständigen atomaren Abrüstung vorgelegt und ihre Tests gestoppt. Das klang so utopisch, wie es die Verhandlung mit dem Westen ernsthaft beleben sollte. So war es erklärlich, dass der Einladung zu diesem Forum so viele freie Geister aus aller Welt folgten. Gorbatschow war für sie der Magnet.

Die Versammlung des Kulturforums machte mich zunächst einmal stumm. Ich hatte die Teilnehmerliste gelesen. Isabel Allende, Jacques Lang, Frisch und Dürrenmatt, Graham Greene, James Baldwin, Norman Mailer, Yoko Ono, Jewgeni Jewtuschenko, Luigi Nono, Maurizio Pollini, Marina Vladi, Costa Gavras, István Szabó, Marcello Mastroianni, Gregory Peck, Milos Forman, Hanna Schygulla, Maria und Maximilian Schell, Peter Ustinov, Stefan Hermlin, Bernt Engelmann, Hermann Kant, Peter Minetti, James Aldrige und viele andere. Geleitet wurde unser Forum von Dschingis Aitmatow und Aleksandr Adamowitsch.

Einiges habe ich damals mitgeschrieben und die Blätter seit langem einmal wieder aus dem Archiv hervorgeholt. Was war mir vor fünfzehn Jahren wichtig, und wie deckt sich das heute mit Erinnerungsbildern in meinem Kopf? Unschärfen und Schärfen wechseln. Wenn ich die Überhöhung des damaligen Augenblicks abziehe, bleibt dennoch etwas Einmaliges übrig.

Keiner hat das, fand ich, besser ausgedrückt als Max Frisch: »Was uns hier zusammenführt, ist das Bewusstsein, dass die Katastrophe, als eine Katastrophe für alle, jederzeit möglich ist ... Für Ost und West gilt: ohne einen Durchbruch zu alternativem Denken gibt es kein nächstes Jahrhundert. Ein Aufruf zur Hoffnung ist heute ein Aufruf zu alternativem Denken. Ich sehe zur Zeit wenige Staatsmänner im Amt, deren Geist dazu fähig oder bereit wäre. Unter den Staatsmännern, die Weltmächte vertreten, sehe ich einen. Und der arbeitet hier. Und darum sind wir hierher gekommen in der großen Erwartung, dass hier ein alternatives Denken möglich werden kann dank Michail Gorbatschow.«

Ich saß nahe bei Luigi Nono und Dürrenmatt. Wer auch immer sprach, hatte alle Aufmerksamkeit für sich, begleitet vom Wispern der Dolmetscher in den Ohrenknöpfen. Es fiel nicht schwer, Stunde um Stunde zuzuhören. Müdigkeit kam nicht auf. Die meisten waren weit hergereist, angespornt von ihrer persönlichen Hoffnung und darum hellwach.

Dürrenmatt hatte erklärt, die Atomkraft an sich halte er für durchaus beherrschbar, nur habe sie eine große Schwäche, und das sei der Mensch, der sie bediene. Denn trotz der ungeheuren Entwicklung der Wissenschaft habe sich der Mensch im Grunde seines Wesens eben nicht geändert. »Intellektuell«, sagte er, »ist alles möglich, aber mit den Menschen ist nicht alles möglich. Ich bin auch erschüttert, wie man den Einfluss der Kultur überschätzt. Die Kultur ist nicht eine Macht, die den Menschen verändert hat. Sie hat den Menschen das Leben zum Teil brauchbarer, annehmbarer gemacht. Aber sie hat die Welt nicht verändert. Böse gesprochen kann ich sagen: das Christentum, die Kultur des Christentums, ist aus Angst vor der Hölle entstanden. Die Kathedrale ist aus Angst vor der Hölle in den Himmel gewachsen. Das sind großartige Gebilde. Kultur ist auch ein Ausdruck der Angst, der Verzweiflung, des Nicht-mehr-Wissens. Kultur ist auch ein Ausdruck des Menschen als Anarchist. Der Mensch geht nie mit der Gesellschaft eins. Es gab nie den Punkt, wo sich der Mensch mit der Gesellschaft total identifizierte. Das ist der Urkonflikt des Menschen, dass das Individuum auch ständig gegen den Staat ist, gegen die Gesellschaft, er fühlt hauptsächlich sein Ich. Und das ist der Ausdruck des Menschen, der ewige Konflikt.«

Dürrenmatt hatte langsam gesprochen, schwer, er war Mitte sechzig und wirkte wie ein alter Mann, der alles bedacht hatte und aus seiner Lebensüberzeugung sprach. Während des Sprechens suchte und wog er noch die Worte. Er beeindruckte alle mit seinem Zweifel.

Immer wieder spielte in der Diskussion jene Issykkuler Vorkonferenz in Kirgisien eine Rolle, zu der Aitmatow im Herbst einen kleinen Kreis der hier Anwesenden eingeladen hatte. Von dort war der Vorschlag zum Friedensforum ausgegangen, und Gorbatschow machte es zu seiner Sache.

Zwischendurch begegnete ich Dürr in der Halle, in seinem Forum traf er auf Andrej Sacharow. Von Gorbatschow aus Bann und Isolation befreit, war der Physiker und Regimekritiker, der als einer der Erfinder der russischen Wasserstoffbombe galt, vor allem für westliche Beobachter ein gesuchter Gesprächspartner. Er zählte nun zum Umkreis der Berater. Gorbatschow wählte sich Wissenschaftler aus Ost und West als Ideengeber, die der politischen Öffnung dienen sollten.

Im Sommer des vergangenen Jahres hatte sein Stab schon einmal Naturwissenschaftler zusammengerufen, und der Erste Mann in diesem von außen schwer zu ergründenden Staat hatte sich die Ergebnisse ihrer Beratungen nicht nur vortragen lassen. Dürr hatte uns auf dem Herflug berichtet, wie es gelang, die Hardliner, die sowjetische Atomwaffenversuche längst wieder aufnehmen wollten, zu widerlegen. Gorbatschow sah das Moratorium als Element der Glaubwürdigkeit für die Politik des neuen Denkens. Es waren nicht zuletzt Physiker, die ihn überzeugt hatten, dass die schwarze Utopie atomarer Weltherrschaft weder seinem Land noch den Menschen in allen anderen Ländern dienen konnte.

Im Kulturforum stellte ich in Grundzügen die Initiative westdeutscher Naturwissenschaftler unter Dürrs Leitung vor, die er gleichzeitig bis ins Detail im Wissenschaftsforum vortrug. Sie richtete sich gegen das Konzept Starwars-SDI, auf das US-Präsident Reagan sich zu verlassen schien. Diese Initiative hieß »Global Challenges Network«. Und das GCN strebte weltweit eine Verbindung hervorragender Intelligenzen und naturwissenschaftlicher Phantasie mit jenen Verantwortlichen der ökonomischen und politischen Realisierungskraft an, die im Denken auf das Überleben der Menschheit orientiert waren. Die Pugwash-Jahrestagung in Prag und die Konferenzen der Internationalen Ärzte für den Frieden, die mit dem Friedensnobelpreis ausgezeichnet worden waren, hatten sich verstärkt um die Vernunft gemeinsamer Abrüstung bemüht.

Am Abend gab die Botschaft der Bundesrepublik einen Empfang. Nachdem der offizielle Teil beendet war, sprachen wir Westdeutschen unter uns über die Aussichten der Perestroika. Ich saß auf einem zierlichen Sofa neben Egon Bahr. Petra Kelly und Gert Bastian hatten sich eingefunden, dazu Karl Bonhoeffer, aus der Wirtschaft Berthold Beitz, Otto von Amerongen und Wilhelm Christians, Vorstand der Deutschen Bank. Bahr war die souveräne Figur in unserer Gruppe, die keine Delegation abgab. Mich betrachtete er, schien mir, nicht als Deserteur aus der Bundestagsfraktion, sondern wie einen, mit dessen Motiven er sympathisierte. Was mich an ihm beeindruckt hat, war die Abwesenheit von Hochmut.

Bahr war ein Staatsdiener, der seine Klugheit und Weltkenntnis zum Nutzen seines Landes von West nach Ost trug und befrachtet mit neuen Problemen und Lösungsideen wieder zurück. Kein Wunder, dass die Veranstalter, um ihn trotz eines Berliner Termins noch als Redner auf dem Abschlussforum zu behalten, ein Blitzarrangement für ihn organisierten: er flog mit DDR-Interflug nach Ostberlin, und die Grenzposten beider Seiten ließen den Wagen mit dem kostbaren Insassen problemlos passieren.

Zum Abschluss im Kremlpalast brachte Bahr seine Gedanken auf den Punkt: »Wir sollten heute die Möglichkeit der beiderseitigen Vernichtung ersetzen durch die Möglichkeit der beiderseitigen Sicherheit. Dem müssen wir heute am meisten Aufmerksamkeit widmen. Ich meine, dieses Treffen wird der Beginn weiteren und besseren gegenseitigen Verstehens sein. Ich möchte die Hoffnung ausdrücken, dass alle Teilnehmer dieses Forums in Moskau ihren Regierungen über die Lösungen berichten, die hier im Verlauf der Diskussion aufgenommen worden sind. Ich denke, wir sollten uns so verhalten, als würde gerade von uns das Schicksal der Welt abhängen.«

Im großen Kremlsaal moderierte Jewgeni Welichow. Er gab bekannt, dass eine »Foundation of Survival« gegründet worden sei, in der prägende Persönlichkeiten des Friedensforums die Arbeit fortsetzen und sich regelmäßig treffen sollten, unter ihnen Aitmatow, Dürr und Horst-Eberhard Richter. Es sprachen der Arzt Bernhard Lawn, der Physiker Frank von Hippel, beide aus den USA, Graham Greene aus England und neben Bahr weitere eindrucksvolle Stimmen aus anderen Ländern. Ich war überfüllt mit Eindrücken und konnte nur noch Teile aufnehmen, schreckte geradezu auf, als unser Gastgeber Michail Gorbatschow das Wort ergriff. Ich sah ihn auf dem Podium über unzählige Köpfe hinweg, zog vorübergehend den Knopf aus dem Ohr und lauschte dem Original, das ich nicht verstand.

Seine Rede enthielt das Angebot der Perestroika in Form genauer Vorschläge zur schrittweisen Abrüstung der

Machtblöcke. Denn: »Eine Parität der Fähigkeit, einander mehrfach zu vernichten, ist Wahnsinn.«

Noch wichtiger war mir im Augenblick, den Menschen zu beobachten, der dafür einstand. Nah vor mir sah und hörte ich ihn, als er uns danach in einem anderen Saal empfing.

Während wir an lang gezogenen Tischen Getränke und einen Imbiss zu uns nahmen, ging Gorbatschow, mittelgroß und geballt, auf die von seinem Stab für ihn ausgewählten Gäste zu. Ein paar Dolmetscher folgten ihm, um jederzeit die Verständigung herzustellen. Das Mal auf dem kahlen Kopf bewegte sich, wenn er die Stirn hochzog, und das tat er oft. In der Menge schien er zu rudern, trieb sich mit kurz angebundenen Gesten vorwärts, die plötzlich ausholten. Er sprach mit einem, den er kannte, erkundigte sich bei einem anderen, ein Lachen blitzte auf. Einzelne wurden ihm vorgestellt, er neigte zuhörend den Kopf. Die Figuren der Partie hatte er sich offensichtlich eingeprägt, spielte nach allen Regeln mit, bis er in spontane Züge am Brett ausbrach, die Seite wechselte und seine Mitarbeiter durcheinander brachte.

Ich hatte meinen Platz verlassen und ging ihm in einigem Abstand nach. Viele Politiker hatte ich beobachtet, wie sie einen Saal durchpflügten, was mit ihren Blicken und Armen geschah, wenn sich ihnen Hände entgegenstreckten. Wie machte dieser eine die Runde? Auf mich wirkte er nicht wie ein Meisterschauspieler, vielmehr als die gebündelte Gegenwart seines Ichs, das mit jedem Augenmerk und jeder Silbe das Ziel dieses Forums bestärkte: seinem Land aus der unterlegenen Position gegenüber der Weltmacht des Kapitals zu einem überlegenen Vertrauen zu verhelfen. Vertrauen, das 300 Millionen Menschen, die zum Teil nicht einmal wussten, dass sie ihm anvertraut waren, aus der Bedrohung hätte heraushelfen können. Ich brauchte mir nur die Karte der amerikanischen, britischen, französischen Stützpunkte rings um den Globus und das Verhältnis der Atomwaffen der einen gegen drei Nuklearmächte vor Augen zu halten, um zu ahnen, wie sehr dies die Hauptsorge im Kopf des Generalsekretärs ausmachte. Im Kalten Krieg stellte sich jede Seite die andere als die angreifende vor.

Ich stand nur ein paar Meter von ihm entfernt und war ganz Beobachter. Meine Ledertasche trug ich umgehängt, keiner hatte sie irgendwo kontrolliert. Das Vertrauen ließ mich staunen und fürchten. Was in seinem Umfeld gesprochen wurde, konnte ich nur lautmalerisch begreifen. Ich verglich ihn mit anderen Regierungschefs, die ich erlebt hatte. Brandt, Schmidt, Kiesinger, Kohl, Palme und Kreisky fielen mir ein. Wenigstens in diesem Augenblick schien mir: er übertraf sie.

Ich musste an Bundestagsmitglieder meiner Zeit denken, die mir hatten einreden wollen, die westliche Rüstung wäre nicht wirklich auf den Ernstfall gerichtet. Sie diene dem Zweck, die Sowjetunion zugrunde zu rüsten. Die Russen könnten nicht, wie wir, gleichzeitig hochrüsten und ihrer Bevölkerung den verlockenden Lebensstandard ermöglichen. Ich habe mich manchmal gewundert, wie schlicht der Hass auf das andere System im Parlament daherkommen konnte. Umso mehr war ich froh, Egon Bahr hier als Sprecher des anderen Deutschland zu erleben.

### Stalingrad – Wolgograd

Die Großzügigkeit, dass wir alle nach dem Forum noch einige Tage in der Union der Sowjetischen Republiken bleiben konnten, gab mir noch einmal zu denken. Unter der absoluten politischen Herrschaft als Gast so privilegiert zu sein, ging auf Kosten derer, die unfrei waren. Ich nahm die verlängerte Einladung dennoch an.

Nicht wenige Russen, die sich im Zeichen der Perestroika freier zu fühlen begannen, hatten mich während des Forums darin bestärkt.

Ein Wagen brachte mich zum Verlag Raduga. Dort lernte ich die Cheflektorin für ausländische Literatur Nina S. Litvinets kennen. Sie empfing mich allein in ihrem kleinen, durch Bücherstöße eingeschachtelten Büro und sagte zur Begrüßung: »Wir sind Ihr Verlag.«

Ihr Deutsch war makellos, es beschämte mich. Ich habe in Ländern, in denen ich zur Sprachlosigkeit verdonnert bin, immer Mühe mit meiner Unkenntnis des Idioms und beneide jedes Kind, das mir überlegen ist. Millionen russischer Menschen sprechen deutsch. Auch mein junger Dolmetscher sprach es fließend.

Frau Litvinets saß mir wie die Schlüsselverwalterin für Glasnost in der Bücherwelt gegenüber. Meine Frage, wie ich den Mann erreichen könnte, der *Die Brüder* ins Russische übersetzen sollte, beantwortete sie mit der Auskunft, er sei Kulturredakteur bei der PRAWDA und natürlich gerade in diesen Tagen sehr beschäftigt.

»Ihr Roman wird trotzdem so bald wie möglich herauskommen.«

»Wissen Sie schon, wie viel Sie drucken werden?«

»Wahrscheinlich 50.000 Exemplare, mindestens aber 30.000. Das ist bei uns die Regel.«

Ich erwähnte, dass ich nach Wolgograd flöge, und mir war, als wüsste sie das schon. Das Gebäude rings um uns hallte von Schritten wie in alten Gewölben wieder. Es roch nach Papier, Tabakrauch und Mörtel. Sie fragte, ob vorsichtige Kürzungen möglich wären. Ich sagte, ich hätte in beiden deutschen Staaten während eines Jahres recherchiert und insgesamt drei Jahre an dem Stoff gearbeitet. Mir erscheine jede Kürzung als ein Verlust.

Da lächelte sie. »Sie sind der Autor.«

»In der DDR ist die Lizenzausgabe ohne Veränderungen erschienen.«

Das kommentierte sie nicht. Ich hatte den Eindruck, sie war nicht nur freundlich, sondern auch eisern. Unsere Unterredung dauerte nicht lange. Allenfalls halb befriedigt saß ich hinter dem Fahrer, der mich ins Kosmos zurück brachte. Moskaus geschäftige Straßen und Plätze eilten an mir vorüber, die Menschen winterlich vermummt. Vor dem Flug nach Stalingrad, heute Wolgograd, hatte mich der Übersetzer, Jurij Bem, noch im Hotel angerufen, wohl auf Veranlassung von Frau Litvinets. Es wurde ein seltsames Gespräch.

»Herr Lattmann, hier spricht Bem, Ihr Übersetzer.«

Er habe nach dem Forum noch so viel zu tun, dass er mich leider nicht treffen könne. Einige Fragen habe er. Darüber könne er mir vielleicht noch schreiben. In der Hauptsache handle es sich aber nur um eines. Da gebe es in meinem Roman die Figur des Leutnant Siedler, der über Stalingrad abgeschossen wird und in Gefangenschaft gerät. Die Stimme im Hörer drückte es zögernd aus, nicht nur wegen der Sache, die ihm Sorgen machte.

»Worum geht es?«

»Wissen Sie, für meine Landsleute ist eine Stelle sehr schwer zu lesen. Siedler schießt als Jagdflieger in Ihrer Schilderung mehr als dreißig unserer Maschinen ab. Könnten Sie nicht eine geringere Zahl angeben?«

Ich wartete. Auch er schwieg. Ich musste das klarstellen. »Es liegt mir völlig fern, Gefühle Ihrer Landsleute zu verletzen – ich denke, das bezeugt der ganze Roman. Aber wie oft in diesem Buch liegen eine historische Figur und exakte Nachforschung zugrunde: Das Vorbild für diese Gestalt ist der bei uns in München lebende Heinrich von Einsiedel, Graf und Urenkel Bismarcks. Er hat wirklich 35 Maschinen abgeschossen und ist dafür ausgezeichnet worden. Aus der Gefangenschaft heraus hat er das Nationalkomitee Freies Deutschland mitgegründet und zur Beendigung des Krieges aufgerufen. Das findet sich auch in Dokumenten bei Ihnen.«

»Das war mir nicht bekannt«, sagte die Stimme. Und nach einer Weile: »Ich bedaure wirklich, dass wir einander nicht begegnen können.«

Flug nach Wolgograd: Es war 44 Jahre und zwei Wochen her, dass Generalmajor Martin Lattmann mit den Resten seiner 14. Panzerdivision beim Traktorenwerk im Norden des geteilten Kessels kapituliert hatte. Sascha Semjonow und ich hatten Zimmer in einem Hotel, das nur einen Steinwurf von dem Keller entfernt lag, aus dem Feldmarschall Paulus als Gefangener herausgeklettert war.

Unser Flugzeug schwebte über Schneefeldern ein. Die Wolga war wie im Februar 1943 zugefroren. Wolgograd war eine schmal und lang hingezogene Stadt und bis auf wenige zur Erinnerung stehen gelassene Ruinen wieder neu aufgebaut.

Die örtliche Sektion des Schriftstellerverbandes lud mich zu einem Gespräch mit Veteranen der Entscheidungsschlacht ein. Sascha dolmetschte so lebendig, dass ich die Sprachgrenze fast vergaß. Ich erinnere ihn als einen jungen Mann mit einem weichen Gesicht, dunkel umrandeter Brille und umhersuchenden Augen. Er stak in seinem Anzug wie geborgt und irritierte mich, als er unbedingt meinen Koffer auf dem Flugfeld persönlich hinten in den Laderaum der Maschine wuchten wollte. Wir sprachen offen miteinander. Seine Hoffnung, ich könnte ihm vielleicht in den Westen verhelfen, konnte ich nicht erfüllen.

Wir besuchten das Planetarium mit dem Kolossalgemälde des Sieges und den so schwer umkämpften Hügel mit der gigantischen Statue der Mutter dieser Schlacht.

Kreuz und quer fuhren wir durch die Stadt, zum Traktorenwerk und hinaus zu den Feldern, wo unter dem Eis und der Erde gewiss noch Gefallene lagen, die man nie gefunden hatte. In der Kälte wehte weiß unser Atem.

Drei Tage Einkehr bei meinem Stalingradkapitel, in dem ich aus diesem Bruder meines Vaters den General Johannes Ristenpart gemacht hatte. Einer der Veteranen wollte ihn sogar gekannt haben. Als Abteilungsleiter im Ministerium für Schwermaschinenbau in Ostberlin hatte er den Wiederaufbau der Stadt seiner Niederlage gesehen. Ein Vetter der fünf Lattmann-Brüder war Generalrichter beim Oberkommando des Heeres gewesen. Auch unsere reale Familie war wahrlich in die Geschichte des Zweiten Weltkriegs verhakt.

Unsere Familienfama belebte schon meine Kinderphantasie. Der eine Großvater hatte als Reichstagsabgeordneter an Kaisers Tisch gesessen. Der andere war als Königlicher Kaufmann mit dem Pferdeschlitten durch Russland gefahren. Als ich klein war, fühlte ich mich aber auch zwischen diesen Vorfahren eingeklemmt. Wie sollte ich ihnen nachwachsen? Bis ich später einsah, die waren gar nicht so groß.

Auch in Stalingrad-Wolgograd befand ich mich unter Menschen, die für sich etwas Neues erhofften. Es war die Zeit, in der Glasnost und Perestroika bei uns nahezu eingedeutscht wurden. Sie standen für Öffnung und Erneuerung.

Mir erscheint Gorbatschow – bei allen Unterschieden – in mancher Beziehung wie ein russischer Willy Brandt. Einer, der sich lange hochdiente und, als er an die Macht kam, in wenigen Jahren die Welt veränderte. Einer, der von den eigenen Leuten außer Kraft gesetzt wurde, nachdem er Unvergleichliches erreicht hatte, angefeindet von Nutznießern seiner Politik, abgetreten aus dem höchsten Amt. Er hat es vollbracht, eine Weltmacht ohne Krieg aufzugeben. Ist es denkbar, dass ein Präsident der USA in ferner Zukunft ebenso handelt, sollte China die Weltmacht erster Ordnung geworden sein und das Leben auf dem Globus von der Gewaltlosigkeit des Schwächeren abhängt?

V

## Alternativer Nobelpreis

Alles begann mit einem Kirschbaum. Der stand in unserem Garten und wurde eines Tages von einem Blitz gefällt. Es war eine gewaltige Szene, als es draußen krachte, goss und wetterleuchtete. Das Haus gehörte uns erst seit kurzem, und wir besaßen noch keinen offenen Kamin, für den wir das Holz hätten gebrauchen können. So hängte Marlen im Milchladen – den gab es damals noch in unserem Viertel – einen Zettel aus, dass ein Baum abzuholen sei. Wenig später läutete bei uns eine junge blonde Frau mit krausem Haar und einem entschlossenen Gesicht. Ich war gerade allein. Sie kam mit raschen Schritten die Treppe herauf und sprach mit einem Akzent, der mir verriet, wer sie war.

Immer einmal wieder hatte Marlen eine Amerikanerin erwähnt, an der sie, wenn sie einander bei Einkäufen sahen, mit Blicken und später auch in Gedanken hängen blieb. Sie schickte oft unsere Kinder aus, wenn sie mit anderen Müttern ins Gespräch kommen wollte. Ich hatte ihren Berichten wohl nicht immer gut zugehört, besaß aber die Vorstellung von einer Amerikanerin, die in der Nachbarschaft wohnte und Marlen interessierte, nicht zuletzt durch ihren offensichtlichen Lebensmut, mit dem sie zwei kleine Kinder um sich bewegte, während sie das dritte erwartete. Nur sie konnte das sein: Sue Dürr.

Wir gingen ums Haus, sie wirkte mit der Aussicht auf so viel Holz zufrieden, einen zersplitterten Ast nahm sie gleich im Handwagen mit. Bald darauf erschien auch ihr Mann, sagte »Dürr« und legte sich mit mir ins Zeug, um Stamm und Äste zu zerkleinern. Sie luden uns ein, mit ihnen und unseren Scheiten am Kaminfeuer zu sitzen. Wir fanden sie in einem der flachen Professoren-Häuser des Max-Planck-Instituts, unweit der Pferdekoppel beim Heisenbergschen Grundstück, von wo oft Hausmusik im Septett zu uns herüberklang. Seit wir in der Gegend wohnten, waren wir umgeben von Physikern. Beinahe jeden Morgen begegnete ich dem Nobelpreisträger Heisenberg – er schritt aus zu seinem Institut, bewegte sich zwischen freundlicher Grußbereitschaft und vertiefter Abwesenheit. Zu der Zeit hörte ich sagen, Dürr sei das alter ego Heisenbergs, am Institut werde er eines Tages auch sein Nachfolger.

So brachte der Baum uns zusammen. Wir hatten Gefallen aneinander gefunden. Als Dürr das erste Mal zu mir in die Wohnung kam, sah er sich in der Bibliothek um, wunderte sich über so viel Belletristik und meinte: »Bei einem Geisteswissenschaftler sieht es anders aus.« Offenbar konnte er sich einen Schriftsteller nicht ohne Studium vorstellen. Bald gab es einen Pendelverkehr zwischen unseren Gärten. In den ersten Jahren waren es unsere Frauen, die dafür sorgten, dass die Verbindung nicht abriss. Wir Männer gehörten als Familienväter dazu, aber wir stellten uns wechselseitig noch wenig persönliche Fragen, blieben lieber bei unseren Berufen. Die Hintergründe des anderen konnte jeder von uns beiden nur vermuten, und gemessen an dem, was uns später bewegte, war alles ein Vorlauf.

1968 gingen Dürrs für eine Zeit nach Berkeley, das sie fast als ihre zweite Heimat betrachteten. Er hatte Mitte der fünfziger Jahre mit einem Stipendium an dieser kalifornischen Universität bei Edward Teller promoviert, der seinerseits Werner Heisenberg zum Doktorvater gehabt hatte. Nun kehrte er mit Familie in die Stadt am Ufer der San Francisco Bay zurück. Der einstige Student wurde Dozent an der Universität, die eine bedeutende Stätte der Atomforschung war.

Unsere Generation sah sich inzwischen durch die Außerparlamentarische Opposition herausgefordert, von der es hieß, sie wäre »unter Wasserwerfern politisch getauft«. Sie konfrontierte uns mit ihrem Ruf nach dem Sturz erstarrter Autoritäten. Es handelte sich um die neue Generation, die in den Frieden hineingeboren war. Sie forderte das Ende der Großväterrepublik. Zugleich hatte der Vietnamkrieg uns von US-Amerika emanzipiert. Wir waren nun beide um die vierzig. Die berufliche Verantwortung hatte Dürr mehr zu sich selbst gebracht, und ich hatte das Gefühl, mir erginge es ebenso. Jetzt tauschten wir in zwei langen Briefen Gedanken aus, wie wir sie nie formuliert hatten, solange wir uns gegenübersaßen.

Im Januar 1969 erreichte mich seine Antwort auf neun Seiten eng gefügter Sütterlin-Schrift. Er habe dreimal in der Woche eine Graduate-Vorlesung zu halten, schrieb Hans-Peter Dürr, mit einer hellwachen Gruppe von Studenten mache ihm das Spaß, obwohl es manchmal mehr Zeit in Anspruch nehme, als ursprünglich geplant. Aber »komme ich erst einmal in Kontakt mit den Leuten, bleiben die Gespräche nicht bei der Physik und den Naturwissenschaften hängen, dann kommt es bald auch zu grundsätzlichen Fragen: Was soll ich mit meinem Leben anfangen? Gibt es heute nicht wichtigere Dinge, als Physik zu machen?«

Aus dem Nachdenken über die Selbstzweifel seiner Studenten entwickelte er in diesem Brief ein Stück seiner persönlichen Voraussetzung: »Auf Grund meiner eigenen sehr einseitigen Begabung zusammen mit der Motivation meines Milieus, das in der gleichen Richtung wirkte, war die Berufswahl für mich nie ein Problem. Mit sechzehn Jahren habe ich als Berufsziel genau das ausgesprochen, was ich wirklich tue, aber ich betrachte das mehr als einen Zufall und nicht als ein Produkt einer konsequenten Zielstrebigkeit. Die Gegenwart und das Augenblickliche haben mich immer weit mehr fasziniert als das Zukünftige, und ich habe mich deswegen immer dem Nächstliegenden gewidmet, und die vielen kleinen Schritte hätten mich sehr weit weg führen können von meinen jugendlichen Vorstellungen ... Entscheidend sind dann meines Erachtens immer menschliche Verknüpfungen. Der menschliche Dialog hat auf jeder Stufe meiner Entwicklung eine ganz entscheidende Rolle gespielt und tut es auch jetzt.«

Dialog als Ausgangspunkt. Sieben Jahre später fand ein Gespräch statt, dessen Inhalt Dürr als einen Schlüssel zu seiner beginnenden wissenschaftlich-politischen Vita angesehen hat. Es war der zweite Weihnachtstag 1976. Heisenberg war im Februar gestorben und Dürr seit dessen Emeritierung 1972 in seine Nachfolge hineingewachsen. In einem kleinen Kreis im Haus in der Rheinlandstraße diskutierten wir bei Tee und Grog leidenschaftlich, ausdauernd und sachlich über die Frage, warum so viele Physiker der politischen Verantwortung auswichen, die aus den Entdeckungen ihrer Wissenschaft eigentlich hervorgehen müsste. Die Zuständigkeit für die Folgen überließen die meisten Forscher der Politik und der Wirtschaft. Militärs hatten entscheidend mitzureden. Es war die Hoch-Zeit der Auseinandersetzung um die Atomenergie, die atomare Hochrüstung und vor allem auch die entscheidende Zeit, um nach Alternativen für die wachsende Abhängigkeit unserer Zivilisation von Atomkraftwerken zu suchen.

Das Ergebnis war, dass wir vier, Sue Dürr, Edith Kuby-Schumacher, Marlen und ich den Nachfolger Heisenbergs aufforderten, gerade er müsse sich der Öffentlichkeit stellen und Rechenschaft über seine Sicht der Atomwirtschaft ablegen. Einmal hatte er mir gegenüber erwähnt, es gäbe in den Vereinigten Staaten auch Atomforscher, die auf ethische Einwände gegen die Wasserstoffbombe erwiderten: »Aber es ist so schöne Physik!«

Die Auseinandersetzung um die Atomenergie, und die bezog immer auch die Atomwaffen ein, hatte sich zugespitzt. Der Präsident und die Vorsitzenden der Max-Planck-Gesellschaft, der Deutschen Forschungsgemeinschaft und anderer Großforschungsinstitute, es waren Reimar Lüst, Heinz Maier-Leibniz und Karl-Heinz Beckurts, hatten gemeinsam einen Aufruf an die Wissenschaftler gerichtet. Sie sollten einen Offenen Brief an die Abgeordneten des Deutschen Bundestags unterschreiben, der die »Kernenergie als notwendig und verantwortbar« begründete. Es handelte sich um eine klare Unterstützung der Regierungspolitik.

Dürr war in seiner Verantwortung unter Druck geraten wie ich in meiner. Was den Wissenschaftlern von ihren Präsidenten abverlangt wurde, glich der Zustimmung, die Kanzler Schmidt und sein Kabinett von uns Bundestagsmitgliedern forderten. Im Ausschuss für Bildung und Wissenschaft war ich Sprecher der SPD. Ich hatte mich den Problemen künftiger Energiewirtschaft zu stellen und war in die Arbeit der dafür eingesetzten Enquete-Kommission einbezogen. Daraufhin wurde ich auch in die Energiekommission der bayerischen Sozialdemokraten gewählt. So trafen Dürr und ich uns in gemeinsamer Sache als Physiker und Politiker. Es entwickelte sich eine permanente Diskussion, zu der sich nach und nach auch andere Max-Planck-Mitarbeiter gesellten.

Dürr hatte das Kriegsende als Fünfzehnjähriger erlebt. Er war ein Halbwüchsiger gewesen, dem man eine Panzerfaust in die Hand gedrückt hatte. Danach hatte er sich mit der Schuld so vieler Deutscher auseinander gesetzt, als wäre er schon verantwortlich gewesen. Als Doktorand in Berkeley wurde er Zeuge der Nachwehen jener McCarthy-Hysterie, die die angeblich »unamerikanischen Umtriebe« brandmarkte. Professoren und Assistenten sollten den Eid einer absoluten Staatstreue leisten. Nicht wenige Hochschullehrer weigerten sich, diese eidesstattliche Erklärung, den »Loyalty-Oath«, zu unterschreiben, den sie als Nötigung auffassten. Die Folge war für viele Diskriminierung und Entlassung. Dürr war beeindruckt von der Standfestigkeit der Wissenschaftler, die bereit waren, für ihre Überzeugung ihre Existenzgrundlage aufzugeben.

In unserer Diskussion an jenem Weihnachtstag kam er wieder einmal darauf zu sprechen, wie sehr ihn diese Kombination von Intelligenz und Zivilcourage fasziniert hatte. Vor diesem Hintergrund widersetzte er sich der Forderung, den Offenen Brief an die Bundestagsabgeordneten ebenfalls zu unterschreiben. Und wir vier bestärkten ihn darin, seine Begründung auch zu veröffentlichen.

Nach einiger Zeit legte er sein Fazit vor: *Dafür oder dagegen – Kritische Gedanken zur Kernenergiedebatte.* Er war sich nicht sicher, welche Möglichkeiten ihm für die Publizierung offenstehen. So schickte ich mit seinem Einverständnis ein Exemplar an Werner Holzer, den Chefredakteur der FRANKFURTER RUNDSCHAU. Die Zeitung dokumentierte den Text auf zwei ganzen Seiten. Die Resonanz war außerordentlich. In meinen Augen war dies der Ausgangspunkt seines öffentlichen Wirkens und seiner Rolle in der Friedensbewegung.

Aus Überzeugung und Freundschaft trat Dürr das Erbe Herbert Jehles an, mit dem ihn eine starke gemeinsame Orientierung verbunden hatte. Im Januar 1983 war der angesehene Physiker und Gastwissenschaftler am Münchner Max-Planck-Institut auf der Bahnfahrt zu einem Friedensratschlag plötzlich gestorben. Wir alle hatten diesen ehemaligen Emigranten bewundert, wie er – körperlich durch ein Leiden gebeugt – mit seiner Offenheit, die aus einem großen Herzen kam, politisch wissend, innerlich aufrecht und unbeirrt bis zum Ende für seine Überzeugung von der notwendigen Gewaltlosigkeit gearbeitet hatte.

Dürrs Einfluss als Denker und Promotor der sich ausweitenden Friedensbewegung wurde international. Wenn er von seinen Reisen zurückkehrte, tauschten wir unsere Erfahrungen aus. Anlass zum Eingreifen gab es ununterbrochen. In Kalkar baute man mit Milliarden Steuergeldern den Schnellen Brüter. Und der Bau der atomaren Wiederaufbereitungsanlage bei Wackersdorf, wo die Polizei den Massenprotest mit Tränengas bekämpfte, wurde nicht allein wegen des Widerstands der Bevölkerung beendet. Vielmehr zum Leidwesen des bayerischen Ministerpräsidenten Strauß auch durch die Einsicht von Industriellen, dass sich das Projekt »einfach nicht rechnete«. Ebenso endete der Brüter von Kalkar als Forschungsruine.

Im Dezember 1987 erhielt Dürr den Alternativen Nobelpreis; er wird von dem schwedischen Wissenschaftler Jakob von Uexküll jährlich für Leistungen verliehen, die zur Lösung von Existenzproblemen der Menschheit beitragen. Als der Preisträger aus Stockholm zurückkehrte, empfingen wir Freunde ihn mit einem Lichterzug. Auf den Fotos von diesem Abend leuchten unsere Gesichter, und in der Mitte keines heller als seins.

Die Stockholmer Auszeichnung hat Dürr noch mehr Achtung eingebracht. Natürlich war sein Engagement für die weltweite Friedensbewegung nicht immer problemlos mit seiner Position im Max-Planck-Institut und seiner Professur an der Münchner TU zu vereinen. Es stieß auch auf Missgunst innerhalb der wissenschaftlichen Hierarchie. Jedenfalls hat der Andrang in seinem Terminkalender ihn unerwartet in seiner Lebensart getroffen. Früher einmal hatte er seine Arbeit auf das Kleine, Genaue, Persönliche begrenzen wollen. Nun verlangte die Fülle seiner Vorhaben eine Organisation der eigenen Kräfte, die ihn manchmal überforderte.

Für sein Global Challenges Network fand Dürr Förderer aus der Wirtschaft, ein paar Mitarbeiter und viele freiwillige Helfer, zum Beispiel für das Projekt zur Rekultivierung der Ostsee-Zuflüsse. Es fiel ihm schwer, damit umzugehen, dass jemandem, der sich viel vornimmt, in der Regel umso mehr aufgepackt wird. Und auch er bekam zu spüren, wie öffentliche Instanzen beinahe jeden ihnen nützlich erscheinenden Idealismus aufzehren und Freiwilligkeit missbrauchen.

Was ihn beflügelt, ist sein eigener Motor, diese Triebkraft aus Logik und Einfallsreichtum. Dazu ein wohl nie zu tilgender Rest an politischer Unbeschlagenheit, zu differenziert, um als Naivität zu gelten. Katarakte an Publizität hat er immer mit einer Art Unschuld überstanden. Es fällt ihm schwer zu misstrauen, wo er glauben möchte. Aber gerade dass Durchtriebenheit in seinem Denken und Handeln abwesend ist, macht ihn vielen jungen Menschen glaubwürdig.

Das alles änderte sich nicht, als seine grauen Haare weiß wurden und sein Kopf die Züge eines Emeritus annahm. Er ist nicht pensionierbar im Geiste. Nur quillt, seit er kein Sekretariat mehr hat, seine unbeantwortete Post zusehends über. Man muss ihn schon losgelöst in seinen privaten Augenblicken erwischen, um in Ruhe mit ihm sprechen zu können.

Ende der achtziger Jahre wollten wir noch einmal gemeinsam einen Plan verwirklichen. Mein Wunsch war es, der NATO-Wehrkundetagung, die in München regelmäßig zu Jahresbeginn stattfand, eine Friedenskundetagung entgegenzustellen, sie sollte international hochkarätig besetzt sein. Ich entwickelte ihm diesen Gedanken. Meine Scheu, ihm zu all seinen Verpflichtungen noch eine weitere aufzubürden, war mir angesichts dieses Ziels vergangen. Nach einem langen Gespräch hat Peter mir zugestimmt, er gab seinen Namen und nahm an den vorbereitenden Gesprächen bei uns zu Hause teil.

Zum Einladerkreis gehörten Inge Aicher-Scholl, Karl Bonhoeffer, Hans-Peter Dürr, Corinna Hauswedell, die Publizistin Mechtild Jansen, Horst Eberhard Richter, Christine von Weizsäcker und ich. Unsere Konzeption für die »Peace studies Conference ›Farewell to a History of War‹« schickten wir an die erhofften Teilnehmer in beiden deutschen Staaten, ebenso in Russland und den USA.

Otl Aicher schenkte uns seine Entwürfe für Briefbogen, Plakat und Dekoration eines Saales. Weil zu viele von den Antworten auf unsere Einladung ausblieben, wurde beschlossen, dass ich nach Washington und nach Moskau fliegen sollte, um unser Vorhaben doch noch zu ermöglichen. Dafür streckten die Scholls die nötige Summe vor.

Den Termin hatten wir, parallel zur Wehrkundetagung, zuerst auf Januar 1988 angesetzt, mussten ihn aber, um überzeugende Köpfe zu gewinnen, um ein Jahr hinausschieben und gerieten damit in eine Gegenströmung. Ein plötzlicher Stimmungswechsel in West und Ost gebot uns Einhalt. Wir mussten unseren Plan aufgeben. Die Vorbereitungen abzubrechen und die Spenden zurückzuzahlen, blieb mir überlassen. Ohne Zweifel waren wir in die Phase hineingeraten, in der entscheidende Politiker auf beiden Seiten die Ereignisse des folgenden Herbstes voraussahen, in dem die DDR zusammenbrach.

Dürrs Buch *Das Netz des Physikers* war gerade erschienen. Darin hat er die Einsicht bekräftigt, die zur Voraussetzung seines Handelns geworden war: »Waffentechnik, vor allem die komplizierten Waffensysteme und die Massenvernichtungswaffen bauen letztlich auf Erkenntnissen auf, welche Naturwissenschaftler erforscht haben. Ich halte heute Vorlesungen über Quantentheorie und Elementarteilchenphysik. Wissenschaftlich betrachtet sind dies ungeheuer interessante Forschungsgebiete, die uns erlauben, tiefere Einsichten unserer Wirklichkeit zu erkennen und zu erfassen. Gleichzeitig wird mir aber bei der Vermittlung dieser unsere Einsicht so grundlegend erweiternden Sachverhalte bewusst, dass ich damit möglicherweise auch mitwirke an der Ausbildung von Konstrukteuren zukünftiger Massenvernichtungswaffen.«

Er hat für sich die Konsequenz aus der Tatsache gezogen, dass die Vereinigten Staaten und die Sowjetunion einander mit jeweils fast 25.000 Atomsprengköpfen bedrohten: einer Sprengkraft von über einer Million Hiroshimabomben, ausreichend um alle Menschen auf der Erde mehrfach auszulöschen. Die Zahl der Naturwissenschaftler auf der ganzen Welt erscheint gering, von denen sich sagen lässt, dass sie es mit vergleichbarem Ernst und ebensolcher Ausdauer versucht haben.

Ich habe Hans-Peter Dürr, nachdem ich dies geschrieben hatte, getroffen. Aus dem Haus des Max-Planck-Instituts, in dem sie über all die Jahre als Mieter gewohnt hatten, sind Dürrs ganz in der Nähe ins eigene Reihenhaus umgezogen, und Sues Garten wächst und blüht, als huldige er ihrem Charakter.

Ich ging zu ihnen, um etwas über Sues Engagement bei attac zu hören und sie zu einem Gespräch in der Evangelischen Stadtakademie einzuladen über die Frage: Wie viel Struktur brauchen NGOs wie attac, um politische Wirkung zu erzielen? Peter war überraschenderweise zu Hause, und er kam aus seinem Arbeitszimmer herunter. Es war ein warmer Sommerabend, und auf der Schwelle zum Garten sprachen wir miteinander.

Hagerer ist er geworden, etwas gebeugt. Aber er geht immer noch mit ausgreifenden Schritten auf sein nächstes Ziel zu, spricht in vollen Sälen, mit Leidenschaft. Er ist begeistert von seiner Sache. Und er will Dinge und Menschen verändern, eines seiner Hauptthemen ist die Verringerung des maßlosen $CO^2$-Ausstoßes durch den Energieverbrauch. So lange er spricht, glauben die Zuhörer auch, das könnte gelingen.

Er hat einen Offenen Brief deutscher Intellektueller an jene US-amerikanischen Intellektuellen unterschrieben, die in einem Manifest erklärten, als Reaktion auf die Terroranschläge vom 11. September 2001 wäre ein Krieg ethisch zu rechtfertigen und könne gerecht sein, sogar zur Pflicht werden. Jetzt kam die Antwort aus den USA: »Sie sagen uns, dass keine moralische Kalkulation einen Massenmord mit einem weiteren Massenmord rechtfertigen kann. Solche Bemerkungen machen uns traurig. Es ist eine moralische Blindheit, wenn Sie die unbeabsichtigte Tötung von Zivilisten in einem Krieg, dessen Grund gerechtfertigt ist und in dem es das Ziel der Soldaten ist, den Verlust an zivilem Leben zu minimieren, mit der beabsichtigten Ermordung von Zivilisten, die sich in einem Bürogebäude befinden, durch Terroristen vergleichen, deren oberstes Ziel ist, die Zahl der Ziviltoten zu maximieren ...«

Peter erklärte, er wolle während einer Reise in die Staaten versuchen, mit einigen aus dieser Gruppe zu sprechen.

»Noch einmal schriftlich zu antworten, was wir auch tun, genügt nicht. Wir müssen uns miteinander verständigen.« Er gibt nicht auf.

Ich sitze wieder an meinem Schreibtisch, nur einige hundert Meter von ihnen entfernt, und denke über die Frage nach, die wir beide uns in unseren Gesprächen immer wieder stellen: Lernen Menschen aus vorausschauender Vernunft oder sind es einzig Katastrophen, die sie zwingen können, ihr Verhalten zu ändern? Wir müssen kühnere Gedanken denken. Politik ist zu bedrohlich geworden, um sie den Politikern allein zu überlassen. Sie ist auch nicht länger die Kunst des Möglichen, sie muss im Gegenteil das Unmögliche versuchen, um nach einem halben Jahrhundert Wachstum den Wandel zu einem geordneten Weniger herbeizuführen. Eine neue Politik muss die Mehrheit von der Notwendigkeit überzeugen, die bisher nur eine Minderheit einsehen will.

Das bedeutet eine Umkehr der Demokratie, scheint ihr zu widersprechen und will doch nichts anderes als das Grundgesetz verwirklichen. Aber es gibt mitten in den trügerischen Gewohnheiten des Alltags auch eine Sehnsucht nach Aufrichtigkeit. Und es gibt eine Grundvernunft sehr vieler Menschen. Wenn Politik sich die zu Eigen macht, wird sie sich die Mehrheit für den Wandel der Prioritäten verdienen. Wenn wir das nicht träumen, können wir nicht realistisch sein.

## »Tapferkeit vor dem Freund«

Im Mai 1957 unterbrachen Marlen und ich, von Ischia kommend, unsere Rückfahrt in Rom. Aus dem Albergo Igea, nahe der Stazione Termini, ließ ich mich mit der Nummer Ingeborg Bachmanns verbinden. Sie meldete sich erst nach einiger Zeit, leise, mir schien aber: nicht aufgestört. Ich hatte sogar den Eindruck, eine Unterbrechung könnte sie gerade gebrauchen.

»Wenn Sie kommen mögen, bringen Sie etwas zu essen und zu trinken mit. Ich habe nichts da.«

Wir gingen zu Fuß in die Via Vecchiarelli; ihre Wohnung war ein Zimmer mit Kochstelle, unweit der Engelsbrücke, meiner Erinnerung nach im Parterre. Wir kannten einander durch meine Arbeit im Piper Verlag. Im Vorjahr war dort ihr zweiter Gedichtband *Anrufung des großen Bären* erschienen.

Uns vereinte das dreißigste Jahr, alle drei gehörten wir zum Jahrgang 1926. Es war für uns noch die Zeit, in der das gemeinsame Jungsein sich einfache Augenblicke erfand. Wir stellten den Chianti auf den Tisch und legten Stangenweißbrote und Salami dazu. Sie habe seit zwei Tagen nichts gegessen, erklärte die Poetin und langte zu.

Wir hatten noch Sonne und Salzwind an uns und erzählten erst einmal, woher wir kamen. Auf Ischia hatte sie eine Zeit mit Hans Werner Henze gelebt. Sie nahm uns wie Boten aus ihrem Gestade.

Alle Fotos, die ich von ihr sah, haben mir nie das trotzige und kühne Gesicht verdeckt, das sie jungenhaft und mädchenhaft damals besaß, ihre den Abstand messenden Augen, die gespannten Wangenbogen und den rätselhaften oft verschlossenen, nie sehr geschwungenen Mund.

Ihre Stimme traf eine Mittellage, sie war klar, nicht selten aber zurückgezogen bis zum Verstummen. Wenn sie ihre Gedichte und späte Prosa vorlas, wurde diese Stimme ein Instrument aus unnachahmbarem Stoff, metallen, mit geringen Notensprüngen. Linear drang sie aus ihr heraus, wie ohne Anfang und Ende, in Rhythmen, deren Wiederholungen Zuhörende elektrisieren konnten. Es war ein Klang, der den Raum durchdrang. Aus dem Radio hörte man sie in dieser Tonart, die nur sie anschlug.

Es war ein Organ, so unschüchtern, als habe sie sich niemals in die Schlange der Kartenkäufer zu ihrer eigenen Lesung eingereiht, aus der ich sie einmal vor einem Saal in der Münchner Kaulbachstraße herausholte. Sie lächelte nur, als ich sie dort entdeckte, und folgte mir als eine äußerst Erwachsene, die ein Kind spielte.

Ingeborg Bachmann war voller solcher Überraschungen, mit denen sie Regeln auf den Kopf stellte und die Erstaunten nicht einmal gewiss machte, mit welchem koboldhaften Hintersinn sie alle Welt foppen konnte. Unendlich viel ist über die Prinzessin, die Diva, die Unbehauste und überwältigend Präsente von Bewunderern und solchen, die sie verstörte, aufgeschrieben und von anderen weitergetragen worden, als handle es sich um eine fortlaufende Geschichte ihrer Wandlungsfähigkeit.

In jenen Jahren, als ihr Rang und ihre Vita sie noch nicht endgültig von den meisten Gleichaltrigen trennten, konnte auch die Bachmann in die Erfahrungen des gemeinsamen Jahrgangs eintauchen. Und eine solche Erfahrung war es, die diesen Abend und eine halbe Nacht lang unser Gespräch ausmachte: das dreißigste Jahr. Jeden von uns hatte die Tatsache überfallen, dass wir zum ersten Mal auf eine Vergangenheit zurückblicken konnten und mussten, die unkorrigierbar abgeschlossen war und uns vielleicht in Bahnen zwängte, denen wir nicht mehr entkommen konnten. Etwas Unabänderliches hatte uns erfasst.

Wir fielen einander ins Wort mit unseren Einfällen und Antworten. Es war unverkennbar, und sie sprach es aus, wie sie am *Dreißigsten Jahr* als ihrem neuen Stoff arbeitete und sie alles an sich zog, was andere dazu beitrugen. Sie prägte es um in ihre Münze, die ihre Wortwährung ausgab. Ingeborg Bachmann dachte philosophisch und mit ihrem *Alles*-Gefühl. Das hielt ihr Schreiben auf. Vier Jahre später erst wurde ihr erstes Prosabuch daraus. Das Entstehen hatte ich noch im Verlag miterlebt.

Die Titelgeschichte *Das dreißigste Jahr* hat mich jedes Mal, wenn ich sie wieder las, in unsere römische Nacht zu dritt zurückversetzt. Was war aus dem tastenden Anfang geworden! Ein Teilstück ihrer Biographie, scheinbar männlich in der dritten Person. Es war der Beginn ihrer Todesarten, – die sollten sie nie mehr loslassen. Seitdem schrieb sie um ihr Leben.

Zum ersten Mal fand ich in dem Band ihren Begriff »Gaunersprache«, der schon in ihren Frankfurter Vorlesungen aufgetaucht war und dann immer wiederkehrte. Er war ihre Waffe wider die Unworte des Marktes, der Mächtigen und der Flüchtigen, gegen die sich ihr Schreiben in einem fort wehrte. Denn sie bestand darauf: »Das Leben ist dem Menschen zumutbar.«

Unsere Generation, die der Krieg erwachsen gemacht hatte, wusste mehr vom Tod, als zum Leben gut war. Wir wunderten uns, dass wir noch auf der Welt waren, in unserem neuen Dasein, das Freude kannte und den festen Willen, nie mehr falschen Gehorsam zu leisten. Auch Ingeborg Bachmann war noch zur Fliegerabwehr eingezogen worden. Überlebend fanden wir uns wieder in einem gemeinsamen Über-Mut. Aus dieser Zusammengehörigkeit wuchs, mehr als aus allem anderen, die Nachkriegsliteratur. Ihr »Kahlschlag« wollte die Wörter abschrubben und sie aus dem Sprachmorast der Diktatur befreien.

Nirgendwo sammelten sich Schriftsteller und Autorinnen vernehmbarer als bei den Treffen der Gruppe 47. Seit der Tagung in Niendorf an der Ostsee 1952 war Ingeborg Bachmann dabei. Während der Mainzer Zusammenkunft 1953 erhielt sie für die Lesung ihrer Gedichte den Preis der Gruppe, und ihr Name sprach sich herum als ein Begriff für Eingeweihte.

Wir Literaturleute des inneren Zirkels lasen, was sie schrieb, mit einer Beteiligung, die etwas Elementares hatte. Sie traf den Grundton, nach dem wir gesucht hatten. Alte Bücher aus Verliesen von Bibliotheken, aus Kulturhäusern der Besatzungsmächte und Rotationsdrucke auf Zeitungspapier erreichten uns damals als Erstes. Bald auch neue Bücher auf rasch vergilbendem Papier, Manuskripte aus Schubladen und endlich dazu unsere Geschichte, festgehalten von denen, die aufschrieben, was wir erlebt hatten, was wir fühlten und dachten. Wir lasen alles, was es gab, und hörten nie auf, darüber zu sprechen. Das Radio dichtete für uns. Es war unser Drama, das in Ruinen aufgeführt wurde. Neue Namen wurden in Druckereien geboren. Lesen machte uns wortmächtig, es räumte auf mit unserem Verstummen. Am Wiederanfang nach dem Krieg stand das geschriebene, gelesene, gehörte, weitergesagte Wort.

Ein Strom von Literatur floss durch das Land und bannte die Geister. Auf ihm wurde Ingeborg Bachmann zur Ruferin auf einem magischen Floß, das uns von Ufer zu Ufer übersetzte. Es gab noch lange kein Fernsehen und nur wenige Telefone. Reisen verliefen mühsam. Briefe waren unsere Antennen. Bücher unser Proviant.

1954 war ein Roman erschienen, der die Suche nach der Identität auf eine uns faszinierende Weise neu bestimmte: *Stiller* von Max Frisch. So hatte nur einer schreiben können, der an keiner Kriegsschuld mitzutragen hatte. Der berühmte erste Satz eröffnete den Dialog, in dem wir uns dennoch lesend wieder erkannten. »Ich bin nicht Stiller! – Tag für Tag, seit meiner Einlieferung in dieses Gefängnis, das noch zu beschreiben sein wird, sage ich es, schwöre ich es ...«

In den Münchner Wohnungen der Schriftsteller, Theaterleute, Verlagslektoren und Kulturredakteure entfachte *Stiller* einen Disput, und Frisch tat das immer noch – sein *homo faber* kam eben hinzu –, als Ingeborg Bachmann im Herbst 1957 von Rom nach München umzog. Für sie war es fast unmöglich geworden, vom freien Schreiben zu existieren. Clemens Münster, Direktor für das beim Bayerischen Rundfunk aufzubauende Fernsehen, hatte ihr eine Stelle als Dramaturgin angeboten, die ihr Zeit für ihre eigene Arbeit ließ. Sie mietete sich in der Schwabinger Franz-Joseph-Straße ein und war bald der Mittelpunkt unserer Runde. Ich erinnere mich, wie sie still wurde, so oft wir über Frisch sprachen. Wenn sie einmal etwas einfügte, war zu spüren, wie wichtig sie ihn für sich nahm.

Sie liebte zu der Zeit die Geselligkeit. An einem Abend waren wir wieder einmal bei ihr eingeladen und saßen im Kreis um sie herum. Sie musste gar nicht viel sagen, sie war die stärkste Frequenz im Raum. Es war, als erhielten in ihrer Gegenwart die Wörter andere Fassungen in der Kette unserer Gespräche. Sie konnte über eine gelungene Pointe vor Freude funkeln und herzlich lachen.

Auf dem Weg nach Hause gingen der Schweizer Lyriker Kuno Raeber und ich gemeinsam die Straße hinunter, und ich sprach aus, wie mir zumute war.

»Die ist uns über. Wenn sie auf dem Plan ist, brauchen wir gar nicht erst anzufangen. Das ist hoffnungslos.«

»Bist du verrückt«, antwortete Kuno. »Wenn ich nicht glaubte, ich wäre mindestens so begabt wie die Bachmann, könnte ich keine Zeile mehr schreiben.«

Nun, auch Kuno war Filigran, sie aber konnte dazu noch Granit sein. Das war der Unterschied. In mir bewirkte sie, wohl ohne es zu ahnen, eine große Veränderung. Ingeborg Bachmann war für mich der erste gleichaltrige Mensch, in dem ich eine für mich rettungslose Überlegenheit spürte. Das forderte mich heraus, meine Grenzen schonungslos auszumessen. Sie war genial, von außerordentlicher Intelligenz und unnachahmlicher Poesie. Ich hatte ein paar Begabungen. Seit der Nacht in Rom wusste ich das. Es dauerte Jahre, bis ich das ganz in mich einließ und es mir nüchtern klarmachte.

Das stand mit uns im Raum, wenn sie wieder einmal in meinem schmalen Zimmer bei Piper in der Georgenstraße auftauchte. Sie lugte herein. Wenn sie sah, dass ich allein war, trat sie ein und setzte sich mir gegenüber. Sie war ganz junge Autorin und war es auch wieder nicht.

»Sie haben manchmal so schöne Zahlen«, sagte sie.

Als Pressemann hatte ich immer die Absatzziffern zur Hand; manchmal konnte ich sie erfreuen, ihre Gedichte fingen an »zu gehen«. Ihr behagte das, sie strich den Verkauf ein wie eine gute Kritik. Wenn ich mir das Ergebnis ins Honorar übersetzte, das sie zu erwarten hatte, war es noch immer sehr bescheiden.

Ich hatte die Kluft übersprungen und ihr meinen gerade erschienenen Erstling *Die gelenkige Generation* geschickt. Als wir uns danach zum ersten Mal wieder trafen, schaute sie mich an, um meine Empfindlichkeit zu prüfen. Meiner Frage, die ich gar nicht erst stellte, kam sie zuvor.

»Ihr Buch habe ich bekommen«, erklärte sie. »Lassen Sie uns ein anderes Mal darüber sprechen.«

Das kam nie.

Wie so viele Anfänger hatte ich zweieinhalb Romane für die Schublade geschrieben, da blieben sie stecken, keiner wollte sie haben. Bis die Zeit reif war und ich sie wegwarf. Es war Ingeborg Bachmann, die mich dazu brachte, von einem entscheidenden Tag an als Autor nicht mehr höher zu greifen, als ich reichen konnte. Ich sah mir die Machart von Graham Greenes Roman *Unser Mann in Havanna* genauer an, die knappen Kapitel, meist mehrfach unterteilt, jeder Abschnitt wie eine Kurzgeschichte. Den zugreifenden Stil. Plötzlich dachte ich: das kannst du auch, und ich begann, nur noch von Menschen und Dingen zu schreiben, mit denen ich mich auskannte.

Zu der Zeit war mir an ihr ein Wesenszug aufgefallen, den ich für mich ihre österreichische Verlassenheit nannte. Das Reich ihrer Herkunft, der Vielvölkerstaat, den sie sprachlich noch in sich hatte, war als konkretes Gebilde schon vor ihrer Geburt vergangen. In Wien war sie eine Studentin aus Kärnten gewesen und hatte dazugehört. Als Dichterin, die Bachmann, schien sie für viele Bewohner des Schmäh-Bezirks »die Deutsche« zu sein. Sie ist freilich über die dort Ansässigen auch kräftig hergezogen. Nur wollten die Zurückbleibenden angesichts ihrer *Großen*

*Landschaft bei Wien* und der *Jugend in einer österreichischen Stadt* lange Zeit nicht wahrhaben, wie sehr der Abschied dieser Autorin von ihnen ein Umkehrschluss ihrer Unzertrennlichkeit war.

An einem Abend bei Raebers verdichtete sich die Trennschärfe dieses Verlustes. Heimito von Doderer war zu Gast auf der Durchreise. Sein Roman *Ein Mord, den jeder begeht* war gerade in einer Sonderausgabe der »Bücher der Neunzehn« herausgekommen. Ich hatte dieses Buch von 1938 zum ersten Mal gelesen und war auf den Urheber gespannt.

Was Doderer in unserer Runde trieb, wurde jedoch zu einer Satire auf die Bachmann. Sie war ihm seltsam ausgeliefert, während die Eitelkeit des dreißig Jahre Älteren auf sie eindrang, als wäre er gerade ihr gegenüber im Hypnotisieren geübt. Was ging da vor? Fiel Wien in Gestalt dieses eifersüchtigen Rivalen über sie her? Niemand, der dabei war, könnte wiedergeben, was Doderer sagte. Seine Tonart wurde immer verletzender. Wir, die ihm anfangs zugewandt waren, kehrten uns von ihm ab. Keiner wollte sekundieren. Es war kein Duell, es war das Vorführen einer Lähmung seines Opfers, vorgenommen von einem, der die Häme genoss.

Ehe es laut geworden wäre und einige sich vielleicht hätten Luft machen können, geschah etwas, das nun auch uns versiegelte. Ingeborg Bachmann weinte. Stimmlos. Gesenkten Blicks saß sie unter uns und rührte sich nicht. Niemand konnte sie trösten. Der Abend endete, indem wir uns rasch trennten und auseinander liefen, wie Flüchtige.

So dünnhäutig konnte sie sein. Dennoch war um sie dieses Kraftfeld. Sie war eine Einzige, konnte sich aber auch in einer Familie wohlfühlen: Zu Hause bei ihrem Lektor, wenn Reinhard und Hildegard Baumgart sie einluden. Oder bei uns in der Römerstraße. Wir Paare waren befreundet. Die Bachmann ließ sich bei ihnen wie bei uns auf die Kinder ein, wie manche ihr das nicht zugetraut hätten. Die Kinder spürten das und mochten sie sofort. Vielleicht waren es für die Besucherin Augenblicke, in denen etwas Ungelebtes in ihr auflebte. Baumgart war ihr wichtigster Manuskript-Leser, von ihm nahm sie Rat an. Mit uns Männern verband sie nicht nur der Beruf und mit den Frauen nicht allein das Weibliche.

Einmal sagte Ingeborg Bachmann zu mir: »Ich bin die Erste, die ein Gedicht gegen die Atombombe geschrieben hat.« Es heißt *Freies Geleit*, Hans Werner Henze hat es vertont, in dem Lied klingt die Zeile: »Die Erde will keinen Rauchpilz tragen.«

Sie hat einen Schriftsteller-Aufruf gegen die damals drohende atomare Aufrüstung in Westdeutschland mit unterzeichnet. Als Günter Grass mit seiner Autorenrunde die Wählerinitiative gründete, hat sich Ingeborg Bachmann in diesem Kreis auch einmal mit Willy Brandt getroffen. Aber sie hat sich bald wieder zurückgezogen. Für sie galten andere Gesetze. Je entschiedener wir alle politisch motiviert wurden, umso tiefer wurde ihr Abstand. Die Vereinfachungen jeder Politik, die um Mehrheit ringt, konnten keinen Platz finden in ihrer Sprache.

Die Arbeit an den Worten war für sie die äußerste Anstrengung des Lebens, und sie sah darin die Strafe für jedes Versagen.

Ein knappes Jahr wohnte sie in unserer Nähe. Das fand ein plötzliches Ende. Eines Abends, als wir wieder einmal um sie versammelt waren, ließ sie uns wissen, Max Frisch habe ihr einen Brief geschrieben. In ihren Augen war das ein großes Ereignis. Wir spürten, es machte sie stolz. Mag sein, der Autor des *Stiller* war lange schon durch Gedichte von ihr angesprochen. Nun hatte ihn ihr Hörspiel *Der gute Gott von Manhattan* offenbar tief berührt.

Was uns gleich klar wurde, war, dass sich hier ein Lichtbogen spannte. Zwei Gestirne der Literatur stießen auf einander. Wir sprachen nur zögernd darüber und fürchteten für beide. Die Frage bedrückte uns von Anfang an: Wer von diesen beiden wird den anderen zuerst zerstören?

Absolut, wie sie war, brach Ingeborg Bachmann ihre Münchner Bleibe ab, zog gleich nach dem ersten Treffen mit Frisch zu ihm nach Zürich und verschwand aus unserem Umkreis. Ab und zu kamen Nachrichten, von einer Uraufführung in Paris, einem Aufenthalt in Rom. Sie arbeitete an ihren Erzählungen. Das Buch verzögerte sich. Ich stellte sie mir an ihrem Schreibtisch vor, unweit des anderen Autors, im Haus der Wagnisse und Zumutungen.

Es geschah, als wäre es ihnen vorherbestimmt gewesen. Was daraus wurde, was sie taten und sich gegenseitig antaten, haben wir später verstört aus dem Niederschlag in Frischs *Gantenbein* und *Montauk* entziffert und aus Ingeborg Bachmanns *Malina* lesend erahnt. Dieses Buch war der deutlichste Vorbote des mehrtausendseitigen Torsos ihrer *Todesarten*. Als sie 1963 ihr gemeinsames Leben mit Max Frisch beendete, war auch sie fast am Ende, hoch gefährdet.

»Aber ich liege allein im Eisverhau voller Wunden«, hatte sie in ihren *Liedern auf der Flucht* vorausgesehen. Sie war nun 37.

Ihr Abschied von München war der Zäsur vorausgegangen, die für uns alle eintrat.

Nach und nach gingen wir Wege, die uns auseinander führten. Wenn wir uns wieder trafen, fragte jeder nach ihr. Aber es waren nur Ungewissheiten, die zu uns drangen. Ein vermutlicher Selbstmordversuch. Danach die Behandlung in einer Berliner Klinik – mit Tabletten, von denen sie offenbar nie mehr ganz loskam. Da habe Uwe Johnson sie herausgeholt.

Inzwischen gibt es eine Vielzahl biographischer und wissenschaftlicher Literatur über sie. Dennoch bleibt diese Zeit wie verschlüsselt. Ingeborg Bachmann wurde wieder die Vagantin, sie war auf der Flucht, und die Helfer, denen sie vertraute, waren rar. Von Piper wechselte sie zu Suhrkamp und blieb die Bewunderte, um die sich ängstigte, wer sie einmal gekannt hatte.

Ich verlor sie aus den Augen, nicht aus dem Sinn. Was über sie zu lesen war, habe ich verfolgt. Sie blieb unübersehbar. Manchmal, wenn ich sie abgebildet sah oder zitiert fand, unterbrach ich in Gedanken mein Doppelleben zwischen Politik und Literatur. Mir wurde bewusst, wie stark ihre Spur in mir war. Wie viele Zeilen aus Bachmann-Gedichten klangen mit ihrer Stimme in meinem Kopf, keine mehr als die kategorische Auszeichnung, die sie in ihren Strophen *Alle Tage* verlieh: »für die Tapferkeit vor dem Freund.«

An allem, was ich über sie erfuhr, hing dieses Gewicht. Ich glaube nicht, dass ich mir das nachträglich einbilde. Es war, als schnürte sich durch alle Geschehnisse um sie zusammen, was von Anfang zu ihr gehörte. Sie hatte sich immer schon an sich verbrannt. Als es dann leibhaftig geschah, erreichte mich die Nachricht im Bundestag. Eine Redaktion wollte einen Nachruf. Sie hatte sich in einer Nacht, von der niemand Genaues weiß, drei Wochen vor ihrem Ende in ihrer Wohnung in Rom so fürchterliche Verbrennungen zugezogen, dass niemand ihr das Überleben wünschen konnte. Offenbar war sie mit einer glimmenden Zigarette eingeschlafen. Das Bettzeug hatte Feuer gefangen. »Erlöse mich! Ich kann nicht länger sterben«, das waren Worte ihrer *Anrufung* von 1956. Am 17. Oktober 1973 ist sie gestorben. Sie hat alles über sich vorausgesehen.

Ich kenne niemanden, der über sie und ihren Tod wissender geschrieben hat als Hans Werner Henze in seiner

Autobiographie. Und ich weiß kein schöneres ihrer Gedichte als *An die Sonne* mit der Zeile: »Nichts Schöneres unter der Sonne als unter der Sonne zu sein.«

## »Und sagte kein einziges Wort«

Eine deutliche Zeit bringt eine deutliche Literatur hervor. Als wir aus dem Krieg davongekommen waren, uns in Stadtruinen durchschlugen und Freunde suchten, warteten wir auf Bücher, die uns meinten. Bald fanden wir sie auch zahlreich, erst in Rezensionen, dann in den Buchhandlungen. Wir waren jung, verheiratet, Eltern, wohnungslos, und wir fragten uns, wie wir jemals alle Trümmer aufräumen und aus unserer Geldnot herauskommen sollten. Wir wollten nie wieder unehrlich gegen uns selber sein.

Während wir uns Berufe suchten, errichteten Großväter aus Weimar im Verein mit den Besatzungsmächten das westliche Zweidrittel-Deutschland. Bald sollte es uns besser als dem übrigen Drittel im Osten ergehen. Wir merkten zu spät, dass der Preis dafür die viel zu frühe Wiederbewaffnung war. Wir konnten nicht fassen, dass sie Hitler-Generale wieder in Kommandostellen brachte, damals noch eindeutig gegen den Willen der Mehrheit. Und wir fragten uns: War das die zu erlernende Demokratie?

Als nach und nach die wirtschaftliche Hilfe des Marshall-Plans die meisten Landsleute umstimmte, begannen wir und unsere Freunde uns fremd zu fühlen im eigenen Land. Dollarmilliarden kamen aus den USA, blieben und vermehrten sich. Umso mehr bestätigte ein Buch, das uns auf den Leib geschrieben war, unser Lebensgefühl: Heinrich Bölls *Und sagte kein einziges Wort*. Es fiel uns kaum auf, dass der Autor und seine Figuren etliche Jahre älter waren. Das waren wir. Es war unsere Geschichte, sie ließ uns das eigene Unbehaustsein genauer begreifen.

Fred Bogner, der durch das umgestürzte Köln mit seinen Kirchenruinen irrte, begleitete uns durch unsere kaum weniger zerschlagenen Städte. Seine Frau Käte entdeckte an ihm, wenn er sie anschaute, manchmal den »Blick eines Mannes, der niemals wirklich etwas besessen hat«. Und von sich meinte sie, »ich liebe ihn erst, seitdem ich begriffen habe, wie sehr er die Gesetze verachtet.« Er hielt es mit ihr und den Kindern in dem Untermietverhau nicht aus und war doch immer unterwegs zu ihnen. Liebe, Armut und Anarchie. Auch Satire.

Dieser Tage habe ich den Roman wieder gelesen und gestaunt, wie haltbar sich das Buch nach einem halben Jahrhundert ausnimmt, in der Hauptlinie mehr als in manchen Einzelheiten. Eher handelt es sich um eine große Erzählung, ein Wechselgespräch zwischen Mann und Frau. Er war sechsunddreißig, als er es schrieb. Der ganze Böll ist da schon vorhanden.

Als ich ihn zum ersten Mal traf, 1968, hatte Willi Schäferdiek den Besuch eingefädelt, und er begleitete mich auch. Schäferdiek war ein Rundfunkpionier des Kölner Senders aus der Weimarer Zeit, selbst Romanautor. Als Sprecher der Autoren in Nordrhein-Westfalen hatte er Böll gefördert, solange der es noch nötig hatte. Nun saßen wir vor dem inzwischen Erfolgreichen in seinem Arbeitszimmer in der Belvederestraße im Stadtteil Müngersdorf und hatten eine Bitte an ihn. Wir berichteten ihm, wie weit unser Bestreben gediehen war, den ersten bundesweiten Schriftstellerverband zu gründen. Vor allem erklärte ich ihm, dass wir die uns ohnmächtig machende Zersplitterung von lauter Einzelverbänden auf diese Weise überwinden wollten.

»Finde ich gut, dass Sie das machen wollen«, sagte Böll aus den Rauchschwaden der Zigarette hervor.

Wie für viele, die den Krieg mitgemacht hatten, war er auch für mich mit seinen ersten Büchern der »einfache Soldat« gewesen, der nie den Helden gab. Und er hatte sich in meinen Augen erst in dem Augenblick zu sich selber befreit gefühlt, als er nach acht Jahren Wehrpflicht und Kriegsdienst die verhasste Uniform endlich für immer ausziehen durfte.

Ich habe nie einen berühmten Schriftsteller kennen gelernt, der uneitler war. Er sprach mit uns wie ein Vorarbeiter auf der literarischen Baustelle. Es war dieses offene, ein wenig grobe Gesicht mit dem schalkhaften Blick, das mich sofort Vertrauen zu ihm fassen ließ. Und ich spürte, unsere Sache war ihm wichtig. Zugleich ließ er uns fühlen, wie zornig ihn jene Leute machten, die gerade jetzt alles daransetzten, die Vereinigung der Schriftsteller zu verhindern. Da gab es den Länderegoismus, der die Kulturhoheit als Besitzanspruch auslegte. Auch manche Verlegerinteressen standen uns entgegen. Schon gar nicht gefiel einigen Feuilletonchefs und auch konservativen Politikern, dass wir uns gewerkschaftlich orientieren wollten. Obwohl schon Theodor Heuss und Thomas Mann vor einem halben Jahrhundert von der Notwendigkeit einer Gewerkschaft der Schriftsteller gesprochen hatten.

Böll erkundigte sich, wie alles im Einzelnen ablaufen sollte, und er wunderte sich, »wie viel Papierkram« dazu erforderlich sein würde, schließlich nickte er und rauchte wieder.

An einem Tag im Juni 1969 sollten die Vorsitzenden aller elf Landesverbände und des Übersetzerverbands hier in Köln zusammentreffen und die Auflösung ihrer Verbände amtlich vollziehen. Zugleich werde der Gesamtverband gegründet. Am Abend desselben Tages wollten wir unsere Einigkeit und ihre Ziele der Öffentlichkeit vorstellen.

Die Sache reizte ihn. »Klar, da mache ich mit.«

»Und wo, schlagen Sie vor?«

»Im Gürzenich, den kennt jeder.«

Schäferdick strahlte und fragte, ob Böll vielleicht etwas lesen wolle.

»Lesen? Nein. Ich möchte etwas sagen, inhaltlich. Etwas, das Buchkäufern klarmacht, was für ein merkwürdiger, benachteiligter Beruf das Schreiben ist, vor allem für junge noch unbekannte Autoren.«

Es war ihm nur recht, dass neben ihm Günter Grass den zweiten Part übernehmen wollte. Etwas Besseres konnten wir uns nicht wünschen. Alles verlief einfacher, als ich es mir vorgestellt hatte.

Einige Zeit später schrieb Böll mir, er werde über das »Ende der Bescheidenheit« reden. Das wäre es doch wohl, was wir wollten. Und er fragte, wie die Verlagskalkulation für einen Roman in der Regel aussähe. Das schrieb ich ihm auf und legte die Broschüre *Buch und Buchhandel in Zahlen* des Frankfurter Börsenvereins der Verleger und Sortimentsbuchhändler bei. Die Taufrede, die er uns dann hielt, bewies, er hatte sie bis ins Kleinste durchgearbeitet und sich der eigenen Mühsal des Anfangs erinnert.

Heinrich Böll hat vor dem Publikum aufgeschlüsselt, wie minimal die prozentuale Beteiligung der Urheber nach manchmal jahrelanger Arbeit im Ergebnis oft war.

Kein anderer konnte wie er aussprechen: »Die Prominenz verdunkelt die Szene.« Er belegte, wie nach seinen Worten »System und Problem der Ausbeutung durch die Prominierung einiger Weniger verschleiert werden«. Nur er konnte fragwürdige Überhöhungen der Kultur im »windschiefen Vokabular der Politiker« so herabnüchtern auf die Forderung, mit der er die versammelten Autoren begeisterte. »Hängen wir den uns hingestreuten Lorbeer nicht an die Wand, streuen wir ihn dahin, wohin er gehört: in die Suppe.«

Böll blendete sich nach dem »Ende der Bescheidenheit«, das bald zum geflügelten Wort wurde, nicht aus. Er fragte nach und sandte mehr als einmal einen Scheck für das Notwendigste unserer Arbeit. Er kümmerte sich um das, was er mitbegründet hatte. Als ich ihn übers Jahr fragte, ob er auch auf unserem ersten Schriftstellerkongress, der in Stuttgart stattfinden sollte, sprechen könne, kam von ihm ohne Aufhebens das erhoffte Ja.

Wir Veranstalter und Redner des Kongresses haben in jenen Stuttgarter Tagen in einer kleinen Pension hangaufwärts in einem Seitental gewohnt. Die Presseleute wussten nichts davon, wir wollten Ruhe haben. Geld hatten wir wenig. Umso mehr half uns, dass Böll, Grass und Walser die Sendehonorare ihrer Auftritte für die Kongresskasse stifteten. Ursula Bräuning, die einzige bezahlte Kraft in der Münchner Bundesgeschäftsstelle, hatte diese Unterkunft für uns ausgesucht.

Sie tat viel mehr als das, denn sie schien sich in diesen Tagen zu multiplizieren, war allgegenwärtig und organisierte hilfreiche Geister, ganz ein Berliner Arbeiterkind, das sich mit dem Wortschatz eines Vorstadtmarktes durchsetzen konnte. Ihr Großvater hatte noch mit einem Pferdewagen Milch ausgefahren. Klein, rotblond und unverwüstlich hütete sie unser Einzimmerbüro in der Schwabinger Clemensstraße. Da tauchte ich zweimal in der Woche für den Nachmittag auf. Brieflich und telefonisch drängten sich um sie Erwartungen von Autoren zusammen. Manchmal suchte sie die Papierschere unter den Postbergen und brach in ihren Schlachtruf aus: »Keiner verlässt den Raum!« Wir beide gaben ein eingespieltes Doppel ab und blieben bei unserem haltbaren Sie.

Schriftsteller, besonders auch die namhaften, hielt Ursula Bräuning keineswegs für lebenspraktische Menschen. Unbeholfene nahm sie gern zur Brust, auch Grass ließ sich das von diesem Naturkind gern gefallen. In unserem Kongressquartier war sie die Wacheste beim Frühstück. Heinrich Böll, übernächtigt, erkannte ihr großes Herz. Als sie miteinander sprachen, hörte es sich an, als verständigten sich die beiden über die Unvollkommenheit allen menschlichen Bemühens. Mir fiel wieder Fred Bogner ein, der versprengte Vater aus *Und sagte kein einziges Wort*, der so gern mit Käte morgens Kaffee trank. Für mich ist Bogner eine Grundfigur in Bölls Werk: Er, der es nicht ertragen konnte, wenn ein Mensch geschlagen oder misshandelt wurde, und eingriff, »nicht weil ich Mitleid oder Liebe empfand, sondern einfach weil es mir unerträglich war«. Und dann geschah es doch und machte ihn kreuzunglücklich, dass er in der Enge und Armut überreizt die eigenen Kinder schlug. Es war auch Scham, wenn er ihnen davonlief. Und er sehnte sich nach ihnen.

Wie sehr Schreiben und Leben für Böll eins waren, erfuhr ich immer deutlicher, als ich während der Sitzungswochen – aufgeteilt etwa die Hälfte jedes Jahres – in Bonn wohnte. Von Köln ausgedehnt auf den Regierungssitz gab es ein Zentrum von Verlagen, Funk, Fernsehen und rings um das Parlament die inländischen und ausländischen Redaktionen. Die Journalisten gingen bei uns aus und ein und wir bei ihnen.

Der Intelligenzterrorismus der Baader-Meinhof-Gruppe überschlug sich. Die Bedeutung der Politiker wurde an der Zahl ihrer Begleitfahrzeuge mit bewaffneten Mannschaften gemessen. Eines Tages wurde das Areal des Parlaments mit Drahtverhau eingezäunt. Oppositionsredner wie Dregger und Zimmermann brandmarkten Schriftsteller als »geistige Urheber des Terrorismus« – vor allem Böll.

In diesem Spannungsfeld saß ich auf meinem Platz im Plenum des Bundestags, mitten im Konflikt zwischen der gesetzgebenden Versammlung und den Bürgerinitiativen, die gegen die Einschränkung von Grundfreiheiten protestierten. Den Prozess meiner Entscheidung zum Nein gegen die eigene Fraktion und die Sozialliberale Regierung habe ich in meinem Buch *Die lieblose Republik. Aufzeichnungen aus Bonn am Rhein* beschrieben.

Die Opposition verhielt sich, als könnte die kleine Zahl von Terroristen unser Land vernichtend treffen. Bloßer Verdacht schien für sie schwerer zu wiegen als Maß und Vernunft. In diese explosive Gegenwart platzte Bölls Buch *Die verlorene Ehre der Katharina Blum oder: Wie Gewalt entsteht und wohin sie führen kann.* Daran schieden sich Geister und Ungeister. Schon mit seinem SPIEGEL-Essay *Will Ulrike Meinhof Gnade oder freies Geleit?* hatte er die Staatsschützer endgültig gegen sich aufgebracht. Nun rechneten sie mit ihm ab.

Böll erschien mir zu dieser Zeit wie auf die eigene Spur gebannt. Er konnte, er wollte sie nicht verlassen. Er war als Nobelpreisträger der Literatur und Präsident des Internationalen P.E.N. keineswegs machtlos. Und er war alles andere als ein Mensch persönlicher Macht. Mussten die Hymnen der Bewunderung und der Mahlstrom von Abscheu ihn nicht zerreißen? Er wirkte in sich gekehrt und sehr ruhig. Es war, als wäre er seine eigene Festung geworden, und er konnte nicht leben ohne geöffnete Tore und Brücken. Die Hetze der ZEITUNG in seiner Erzählung hatte ihn selbst getroffen. Seine Verfolger handelten im Wahn.

Gewiss gab es viel Umstrittenes und manches Anfechtbare neben so viel Notwendigem in Bölls politischen Äußerungen. Aber zu verkennen, dass Bölls ganzes Werk von der Fehlbarkeit des Menschen, der Schuld, dem Verzeihen und vor allem der Auflehnung gegen Unmenschlichkeit geprägt ist, – das war schändlich.

Während es ihm so erging, kümmerte er sich noch um andere. Zu mir sagte er:

»Wenn Sie den Bonner Zirkus nicht mehr aushalten, besuchen Sie uns zu Hause. Sie können immer kommen.« Als ich es tat, umsorgte mich auch Annemarie Böll. Sie lebten jetzt in einer Altbauwohnung mit hohen Fenstern und weiten Räumen in der Innenstadt. Wir sprachen über die Betriebsdefekte der real existierenden Demokratie. Und über die Schwierigkeit, sich in den Zeiten der Wirrnis überhaupt noch verständlich zu machen. Für ihn war es eine Genugtuung, dass seine *Katharina Blum* Auflage um Auflage gelesen wurde, vielfach übersetzt, schließlich verfilmt, dramatisiert und sogar zu einer Oper vertont.

Im Bundstag wurden die »Razziengesetze« diskutiert, ein Paket weiterer Einschränkungen bürgerlicher Grundfreiheiten. Sie wurden vor allem durch die fortgesetzte Anklage der Opposition hervorgerufen, die Regierung ließe es gegenüber den Terroristen an hinreichendem Schutz der inneren Sicherheit fehlen. Es ging um Folgendes: den Ausschluss der Verteidiger von Terroristen aus Gerichtsverfahren zu erleichtern; der Polizei zu erlauben, je nach Notwendigkeit Straßenkontrollstellen einzurichten; alle möglichen Gebäude unverzüglich durchsuchen und Personen, die keinen Ausweis bei sich hatten, auf bloßen Verdacht hin festnehmen zu können.

Ich hatte Heinrich Böll gebeten, vor der entscheidenden Abstimmung im Bundestag mit zweifelnden Abgeordneten zu sprechen. In meinem Tagebuch finde ich die Eintragung vom 19. Januar 1978. An diesem Abend diskutierte der Literaturnobelpreisträger mit der Linken der SPD-Fraktion. Das Treffen fand in der Hessischen Landesvertretung statt. Böll hielt sich in seinem Haus in der Eifel auf. Er wollte den eigenen Wagen am Stadtrand von Köln abstellen. Da holte ich ihn mit einem Wagen der Fahrbereitschaft ab. Unterwegs besprachen wir die Situation. Er verstand, was es hieß, ein Nein gegen die eigene Fraktion durchzukämpfen, in diesem aufgeheizten Klima, in dem Widerspruch öffentlich als Versuch des Kanzlersturzes diffamiert wurde. Und er wusste, dass es mir darum ging, mit seiner Hilfe weitere Stimmen für ein Nein zu gewinnen. Sein Zigarettenrauch blieb in den Polstern hängen, als wir gegenüber dem Abgeordnetenhochhaus ausstiegen.

Es waren etwa vierzig Fraktionsmitglieder gekommen. Böll hörte sich an, wie einzelne ihre Position beschrieben. Die meisten wussten noch nicht, wie sie sich endgültig entscheiden sollten. Der Druck aus ihren Wahlkreisen, sich der Zustimmung zu verweigern, war gewaltig. Der Gegendruck, mit dem Wehner und der Geschäftsführer der Fraktion die Zustimmung erzwingen wollten, war noch härter.

Vor der Gruppe urteilte Böll vorsichtig, er wollte es genau wissen und fragte nach. Schließlich entschied er sich zu seinem kompromisslosen Rat. Ich spürte, wie meine Kollegen noch zweifelnder wurden. Natürlich wussten sie, wie ihm mitgespielt worden war. Wenn eines einhellig war, war es der Respekt vor Bölls Handeln. Mir schien aber, dass einige dachten: Er ist Schriftsteller, ein berühmter Mann. Für ihn ist es leichter, sich danach zu richten, wie es in ihm aussieht.

Böll stand seinen Zuhörern etwas gebückt gegenüber. Sein Gesicht war nach unten gerichtet, die Augen von Lidfalten beschwert. Seine ganze Gestalt drückte eine Betrübnis aus. Aber er wollte ihnen Mut machen. Er hat keine Rede gehalten und doch zusammenhängend gesprochen. Als ein paar von ihnen klatschen wollten, hörte das gleich wieder auf. Alle waren bei ihrer Abgeordnetenfreiheit und dem Mandat gefordert.

Als ich ihn nachts im Wagen Richtung Eifel zurückbrachte, sagte er: »Sie können da nicht zustimmen, Lattmann.«

Ich war ihm dankbar.

Am Vortag meiner Nein-Rede wurde ich von Bundeskanzler Schmidt zu einer bildungspolitischen Beratung ins Kabinett bestellt. Dieser Punkt kam erst zum Schluss der Tagesordnung. Ich saß neben Wehner und hörte die ganze Zeit zu. Einmal unterbrach Außenminister Genscher die Diskussion und fragte: »Herr Bundeskanzler, wie wird das morgen im Plenum ablaufen? Haben wir eigentlich einen unerfreulichen Auftritt aus Ihrer Fraktion zu gewärtigen?« Dabei hielt er mich fest im Blick.

Schmidt entgegnete ihm: »Ich kann Sie beruhigen, Herr Genscher: die Mehrheit der Koalition ist gesichert.«

Am anderen Morgen, es war der 16. Februar 1978, hielt ich meine Rede. Der Kernsatz lautete: »Eine Demokratie stirbt nicht am Mangel an Gesetzen – sie stirbt am Mangel an Demokraten.« Das Plenum kochte. Ich blieb bei meinem Manuskript. Zwischenrufe hielten mich auf. Die Sitzung leitete Vizepräsident Richard Jäger. Als er mich nach zehn Minuten darauf aufmerksam machte, meine Redezeit sei abgelaufen, war ich noch nicht am Ende. Ich presste den Rest zusammen.

Manfred Coppik, Karl-Heinz Hansen, Friedrich Meineke und ich stimmten mit Nein. Der Erste, der nachher in der Halle auf mich zukam, war Jürgen Leinemann vom SPIEGEL. Er sagte: »Persönlich habe ich mich durch Sie gut vertreten gefühlt.« Alle Abendnachrichten brachten Ausschnitte.

Drei Jahre später, ich arbeitete längst wieder als Autor zu Hause und war ein Sprecher der Friedensbewegung, gab ich eine Schrift zur Krefelder Initiative heraus – sie hatte mit ihrem Appell gegen Atomraketen nachhaltige Resonanz gefunden. Böll bat ich um einen Text dafür. Er hat mir für seine Frau und für sich geantwortet: »Der beiliegende Brief als Beitrag zur Broschüre, wir unterschreiben ihn beide, wie wir ja auch beide den Appell unterschrieben haben. Wir rutschen – was die Medien, alle, anbetrifft – in eine Zeit des Zynismus und Snobismus, die uns noch das Fürchten lehren wird.«

Natürlich wussten wir, dass unsere Friedensbewegung im Westen auch »von drüben« unterstützt wurde. Ebenso wussten wir, dass die stille Opposition in der DDR von der Administration der Bundesrepublik gefördert wurde. Nur wer ausschließlich im Westen das Gute sah, fand das unvergleichbar.

Einige Wochen darauf sahen wir Heinrich Böll während der Bonner Großdemonstration im Hofgarten auf dem Lautsprecherwagen stehen. Unsere Busse aus München hatten sich auf der Autobahn, je näher wir dem Regierungssitz kamen, in die horizontlange Buskarawane eingereiht. Alle Parkplätze waren überfüllt. Wir trafen gerade noch rechtzeitig am Rand des Gedränges auf dem Rasen vor der Universität ein.

Böll hatte sein vorbereitetes Redemanuskript in die Tasche gesteckt und rief den Hunderttausenden auf der Wiese und bis in die angrenzenden Straßen zu: »Angst? Wir verbreiten keine Angst! Wir drücken auch gar nicht Angst aus. Die Politiker sollten doch wissen, wenn sie in die Arsenale ihrer Armeen sehen und die Planungen, in die geplanten Systeme, die da alle sich überschlagen, dass sie es sind, die Angst verbreiten.«

Böll, der Blockierer von Mutlangen, saß mit Hunderten auf der Straße vor dem Stationierungsort der Pershing-II-Raketen. Der Reihe nach bedachte man ihn mit Titeln, die manche Politiker keineswegs nur in unbedachten Augenblicken für kritische Schriftsteller der Bundesrepublik bereit hielten: »Schreibtischtäter«, »Neue Reichsschrifttumskammer«, »ganz kleine Pinscher«. Derlei hat hierzulande eine unselige Tradition. Böll hatte immer Mühe mit Gustav

Heinemanns »schwierigem Vaterland.« Er war ein verwundeter Patriot des anderen Deutschland.

Zum letzten Mal sprachen wir miteinander bei einem Treffen, das noch trauriger ausfiel, als ich befürchtet hatte. Es war ein Jahr vor seinem Tod. Der West-Ost-Konflikt entschied über den Schriftstellerkongress 1984 in Saarbrücken, indem er die Versammlung spaltete. Wenn ich heute aus dem Abstand daran zurückdenke, weiß ich, es wäre klüger gewesen, ich wäre nicht hingefahren. Ich hing noch an der gemeinsamen Sache der Schriftsteller, aber sie war längst nicht mehr gemeinsam.

Seit zehn Jahren war ich nicht mehr Vorsitzender. Die »Einigkeit der Einzelgänger« hatte sich in einer Ausnahmezeit ereignet. Alle meine Nachfolger hatten es schwerer als ich. Es war nicht meine Sache zu kommentieren, was sie unternahmen.

In Saarbrücken gab es plötzlich nur noch zwei Fraktionen, und mein Bemühen, noch einmal zu integrieren, gelang nicht. Wenn es nach der einen Hälfte ging, sollte der neu zu wählende Vorstand die Kritik an Menschenrechtsverletzungen öffentlich zum Maßstab der Beziehungen zu den Organisationen der Schriftsteller im Osten machen. Die andere Hälfte, zu der ich in dieser Entscheidung gehörte, sah es als vernünftiger an, auch unter Schriftstellern den »Wandel durch Annäherung« zu praktizieren, der sich als Egon Bahrs Methode im ideologischen Spannungsfeld zwischen West und Ost bewährt hatte.

Tausende von Seiten sind danach über diesen Kongress geschrieben und gedruckt worden. Für die Spaltung waren auf einmal private und öffentliche Mittel vorhanden, die vorher gefehlt hatten. Das Zerwürfnis hielt jahrelang an. Als es nach dem Ende der deutschen Teilung darauf ankam, ostdeutsche Schriftsteller in den Westverband zu übernehmen, war dies recht mühselig; denn nach westlichen Begriffen politisch belastete Autoren wurden ausgenommen. Beim P.E.N., in den man nur gewählt werden kann – er ist seiner Menschenrechtskarta in aller Welt verpflichtet –, war dieser Prozess noch zeitraubender und auch verletzender.

Damals ging ich in einer Pause auf Böll zu. Er stand an einem Tisch, trank etwas und rauchte. Ich fragte ihn, ob er nicht angesichts des zerstörerischen Auseinanderhebelns des Verbandes, den er mitgegründet habe, vermitteln könne. Er sah mich an und sagte: »Sie sind doch naiv.« Diese letzten Worte gehen mir nach. Ich habe es so erlebt, dass auch er von einer Westberliner Gruppe beeinflusst war, die unseren Schriftstellerverband vor einer angeblichen »Osthörigkeit« retten wollte. Keiner der dafür vorgegebenen Gründe schien mir die Spaltung wert.

Mich erreichte die Nachricht in Forchheim, unmittelbar bevor ich auf einer Abendveranstaltung zum Thema »Literatur im Wartesaal« lesen sollte. Als ich hinkam, rauschten draußen Züge vorüber. Es war der 16. Juli 1985, nun das Todesdatum Heinrich Bölls. Wir saßen alle wie verlassen. Anstatt zu lesen, wurde ich gebeten, von ihm zu erzählen. Im Erinnern an Böll fanden wir eine Nähe untereinander. In den nächsten Tagen begegnete mir das noch oft. Viele Menschen trauerten um ihn, und darin äußerte sich eine Anhänglichkeit, fast so wie die Menschen in Russland, die ein Herz für ihre Dichter haben.

Auch als ich in Wilpoldsried bei Kempten zu einer politischen Versammlung in meinem früheren Wahlkreis eintraf, spielte das ursprüngliche Thema keine Rolle mehr. Man traf sich im Festzelt bei Blasmusik, Bier und einer gebratenen Sau. Auf einmal wurde es still, wieder fragten mich die Teilnehmer: »Wie war es mit Böll? Erzähl von ihm!« Und während ich von meinen Erlebnissen mit ihm berichtete, berührte mich, wie sie zuhörten. Ihm hätte es gefallen, dieses Gedenken an ihn mitten in einer Umgebung der prallen Lebensfreude.

Böll wurde auch außerhalb der Literatur geliebt. Irgendwie kannten sie ihn alle, den für immer verwundeten Heimkehrer aus dem Krieg. Er war einer von denen, die jung mit kirchlichem Segen das Koppelschloss mit der Aufprägung »Gott mit uns« getragen hatten. Das vergaßen sie nicht. Böll hatte sie überzeugt. Sie erlebten mit, wie er sich veränderte, in den Bildern, die von ihm verbreitet wurden. Zuerst in den Zeitungen, dann auch im Fernsehen, wie er sprach und bei sich blieb. Sie erkannten seine Wut, und seine Geduld. Zuletzt sahen sie sein zerfurchtes Gesicht mit dem traurigen Blick und den Augensäcken unter der Baskenmütze. So verabschiedete er sich. In verehrungsarmen Zeiten wurde er verehrt. Böll war ein Individualist der Gemeinsamkeit. Seine Figuren sind die Einzelnen unter den Vielen, seine Themen üben Solidarität mit den Unbekannten.

In Gedanken besuchte ich ihn wieder in Köln-Müngersdorf in der Belvederestraße, und ich ging die gewundene Treppe innerhalb der Wohnung in den ersten Stock hinauf. Als seine Frau Annemarie hereintrat, spürte ich, sie stand nicht neben ihm, sondern im Mittelpunkt. Die Unordnung auf dem Schreibtisch war geradezu festlich. Zeichnungen, Skizzen, Ausschnitte hingen ringsherum. Er arbeitete damals wohl schon am *Gruppenbild mit Dame*.

Als im Fernsehen nun wieder die Filme gesendet wurden, *Haus ohne Hüter, Katharina Blum,* war für mich alles wieder da. Zorn stieg in mir auf, weil ihn nun beflissene Kommentatoren rühmten, die ihn früher oft geschmäht und in die Enge getrieben hatten. Das umstellte Haus in der Eifel war sein Haus, und die ZEITUNG war mehr als einmal sein Verfolger.

Böll beanspruchte nie die Eliterolle, er setzte sich dem Allgemeinen aus, bezog es auf sich und seine Arbeit. Als er sich von uns noch Vorhandenen entfernte, wurden einige seiner Bücher noch wichtiger. Wiederlesen wird Erinnern. Zu den mir liebsten gehört die Erzählung, in der er in meinen Augen eine Geschlossenheit erreicht hat wie Kleist in seinem *Zerbrochnen Krug*: die Verweigerung des Gehorsams im *Ende einer Dienstfahrt*.

Böll war für mich beides: unerreichbar und nah. Politisch war er so konsequent wie als Autor. Das ging ihm an seine Wurzel, oft war sie identisch mit den Wurzeln der Dinge in unserer Zeit. Sein Leben war der Stoff, aus dem er schrieb. Sein Ich das Instrument, aus dem es klang, ungebärdig, zart, rau und weich. Er konnte, was immer weniger Schriftsteller können: die kleinen Gefühle ausdrücken und die großen wagen. In die Trauer gehört, wie schwer er hat sterben müssen, in Händen zeitgemäßer Medizin, mit Siebenundsechzig. Meine Dankbarkeit liegt in dem Wissen, dass er stellvertretend für viele dem Nachkriegsdeutschland eine Glaubwürdigkeit wiedergegeben hat.

VI

## Ein Albtraum

Es war Freitag, der 3. Februar 1995. Ich saß zu Hause an meinem Schreibtisch und korrigierte das Manuskript meines Romans *Jonas vor Potsdam*. Auf dem Nebentisch surrte das Telefon. Gewöhnlich überließ ich Anrufe während des Vormittags dem Beantworter; in der Vorstellung, es könnte wichtig sein, nahm ich ab.

»Hier Oberstaatsanwalt Siegmund, Bundesanwaltschaft Karlruhe. Sind Sie der Schriftsteller und ehemalige Bundestagsabgeordnete?«

Er nannte meinen Namen, und ich bestätigte ihm das.

»Gegen Sie besteht der Verdacht einer nachrichtendienstlichen Tätigkeit für eine fremde Macht. Ich bin gehalten, Sie aufzufordern, hier in Karlsruhe zu einem Gespräch zu erscheinen.«

In der ersten Sekunde des Nachdenkens meldeten sich in mir Gehirnzellen, die ich vorher nie gespürt hatte.

»Was bedeutet das?«

»Sie sind verpflichtet, hierher zu kommen. Ich rufe an, um mit Ihnen einen Termin auszumachen, der für Sie passend ist.«

Ich notierte die Uhrzeit und seinen Namen. Mir war klar, ich konnte das nur zur Kenntnis nehmen und musste Rat einholen.

Als er auflegte, rief ich meinen Freund Gerd Tersteegen in seiner Kanzlei an. Er war zum Glück da, und ich berichtete ihm.

»Gespräch? Hat er das wirklich so genannt?«, fragte der. »Die sind oft erst mal höflich. Lass dich nicht täuschen. Es klingt nach einer nicht ungefährlichen Sache. Ich kläre das, du hörst wieder von mir.«

Ich hatte alles fahren lassen und ging vor dem Fenster auf und ab.

Es war ein Albtraum. In der Bundesrepublik gab es zu der Zeit eine Art Generalanklage: bestimmten Westdeutschen aus intellektuellen Berufen wurde vorgeworfen, sich mit der DDR auf unverantwortliche Weise eingelassen zu haben. Und in bestimmten Medien wurde das als heißes Thema gehandelt.

Schon nach einer Viertelstunde meldete sich Gerd Tersteegen wieder.

»Also, ich habe mit Karlsruhe gesprochen. Es handelt sich laut Siegmund, ›um eine ganz normale Beschuldigtenvernehmung‹. Du brauchst unbedingt einen Anwalt. Aber nicht mich. Ich mache Zivilsachen. Hier geht es um einen Strafverteidiger. Ich kenne für dich keinen besseren als Hartmut Wächtler. Mit dem spreche ich gleich und kündige ihm deinen Anruf an. Er weiß etwas von dir. Mach ab sofort nichts mehr ohne ihn. Keinesfalls darfst du allein nach Karlsruhe fahren. Wenn du dich auch politisch auskennst, denen bist du nicht gewachsen.«

Das ist Gerd. Kein Wort zu viel, wenn es darauf ankommt. Bei Wächtler erhielt ich einen Termin für Montag nach Tisch.

Marlen sagte ich nur das Nötigste, vor uns lag das Wochenende. Meine Frau hatte nicht bestürzt, vielmehr fast stumm reagiert. Sie war bei mir an einiges außer der Reihe gewöhnt, seit ich auf der Marinekriegsschule im letzten Kriegsjahr plötzlich degradiert und wegen meines gezielten Ungehorsams eingesperrt worden war. Und während unserer jungen Ehezeit, in den Jahren nach dem Krieg, hatte ich ziemlich oft meine Anstellung bei Verlagen gewechselt, das war nicht immer ohne Krach abgegangen.

Innerhalb ihrer Familie gab es keine Menschen in Ostdeutschland, die ihr vertraut gewesen wären. Nach dem Bau der Mauer waren wir, sobald es für Westdeutsche möglich wurde, gemeinsam hinübergefahren. Später, im Grauingrau des Zerfalls, fiel ihr das immer schwerer, sie blieb lieber zu Hause. Besorgt sah sie mir nach, wenn ich wieder einmal als Grenzgänger aufbrach. Ich vermutete, in Karlsruhe werde es sich um die DDR handeln, nicht um Russland, Polen, Bulgarien oder die Tschechoslowakei, wo ich ebenfalls gewesen war, teils auch mit Marlen zusammen. Was hätte ich denn überhaupt an »eine fremde Macht verraten« können? Als Schriftsteller wie als Kulturpolitiker kannte ich keine Geheimnisse.

Die Sozietät, in der Wächtler arbeitete, sah nach Alternative aus. Ich fand sie in einem alten Haus in der Schellingstraße und wartete im Flur mit anderen Mandanten aus verschiedenen Ländern. Das Büro war beengt, vollgestapelt mit Akten und Büchern und mein Anwalt ein Mann in mittlerem Alter von einer angenehmen ruhigen Intelligenz. Freundlich abwartend trat er mir entgegen und kam dann sofort zur Sache. Er kannte sich bei der Bundesanwaltschaft aus. Wir bereiteten unseren gemeinsamen Auftritt vor.

»Was haben Sie denn in der Hand?«, fragte er, und es war nicht ganz klar, ob das Sie klein zu schreiben wäre.

»Ich war 23, als Deutschland geteilt wurde. Unsere Familie wurde ebenso geteilt: Zwei Drittel im Westen, ein Drittel im Osten. Für mich blieb das, was die Menschen, nicht die Politik anging, immer eins. Es gab für mich vier Übergänge: die Familie, Kirchen, die Kultur und später auch mein politisches Mandat.«

«Haben Sie etwas darüber aufgeschrieben?«

»Vieles. Das ist mein Beruf. Nach der Wende bin ich immer wieder nach Potsdam gefahren, meiner Geburtsstadt. Ich habe mich in einem Arbeiterwohnheim eingemietet und von dort aus alle Orte wieder aufgesucht, wo ich zu DDR-Zeiten gewesen bin. Ich habe mich Punkt für Punkt gefragt: Was hast du hier gemacht? Hat einer durch dich Schaden genommen? Gibt es irgendjemanden, bei dem du dich entschuldigen musst? Das ist der Stoff meines neuen Romans. Der Jonas, der darin alles noch einmal durchmacht, bin ich, und die Kontakte mit einem Mittelsmann der DDR, ausgehend vom Bundestag, sind authentisch, im Wesentlichen habe ich nur die Namen geändert. Das Buch erscheint im Sommer. Es ist meine Form der Aufarbeitung.«

»Her damit«, sagte er.

Wieder zu Hause, stellte ich die Abschnitte, die diesen Strang der Handlung ausmachten, zusammen und brachte sie in der Schellingstraße vorbei. Noch am selben Abend, nachdem er alles durchgesehen hatte, telefonierte Wächtler mit mir.

»Sie lesen in Karlsruhe genau das vor. Alles andere mache ich.«

Es war dann wieder Freitag, eine Woche nach dem Anruf des Staatsanwalts. Wir fuhren mit der Bahn. Wächtler holte ab und zu die Tabakspfeife hervor, zelebrierte sein Ritual und hüllte sich in Rauch. Wir redeten wenig, jeder las. Als wir im Taxi vor den Gebäuden der Bundesanwaltschaft vorfuhren, war die reguläre Dienstzeit offenbar schon beendet. Kein Medienmensch lag auf der Lauer.

Bei der Vernehmung waren anwesend: Oberstaatsanwalt Siegmund, ein Mann namens Wittenbecker vom Bundeskriminalamt aus Wiesbaden, die Protokollführerin, Wächtler und ich.

Sie mussten sich das anhören, es dauerte über eine Stunde, und mein Anwalt hatte gefunden: »Das geschieht ihnen recht.«

Ich werde diesen Nachmittag nie vergessen. Der Protokollantin hatte ich gesagt, sie brauche nichts mitzuschreiben, eine Kopie meines Manuskripts erhalte sie nachher für das Protokoll. Die vier saßen tonlos um mich herum. Wenn ich aufschaute, sahen sie mich an. Meine Stimme strich über die Akten und die Gesichter hinweg. Es hörte sich an, als kehre sie von den grauen Wänden wieder. Noch nie hatte ich mich so oft verlesen. Es musste durchgestanden werden.

Viel mehr geschah auch nicht. Wächtler betonte, die Hauptfiguren der Lesung seien ein Dozent der Karl-Marx-Universität in Leipzig und ich. Der Dozent war über die Ständige Vertretung der DDR in Bonn und die Kontrolle im Bundestag zu mir gelangt. Er erschien dreimal. Mir fiel auf, dass er sich mit Hausausweis frei im Parlament bewegte. Sie fragten nach, und ich nannte seinen Namen, der war hier bekannt. Im *Jonas* habe ich beschrieben, wie er später bei uns in München auftauchte, mich zu einem Vortrag an die Universität nach Leipzig einlud und was daraus wurde. Auch das las ich vor.

Die ganze Zeit fragte ich mich: Was geschieht hier? Was soll ich an diesem Ort? Stand hinter alldem nicht etwas anderes? Hatte jemand im Stellwerk der Überwachung meine Karte gezogen und beschlossen: den ziehen wir jetzt einmal aus dem Verkehr? Darum ging es doch wohl und nicht um Landesverrat. Und ich? Wie verhielt ich mich? Brachte ich es fertig, souverän zu bleiben in eigener Sache? Erlag ich nicht einer selbst gemachten Verfolgungstheorie?

Was war der Grund, dass mich dieser Verdacht so traf und mich unsicher machte? Nach außen blieb ich ruhig. Es war nicht Angst um Hab und Gut. Es war Furcht um die Glaubwürdigkeit, ohne die ich mich verlor. Ich war in meinem Stolz getroffen. Gewiss hatte ich Fehler gemacht. Bestimmt war ich nicht schuldig im Sinne des Verdachts.

Bisher, dachte ich, hätte ich mir immer etwas Integres bewahrt. Da lag für mich die Grenze. Und das wurde zu meiner Prüfung, ob Prozess oder nicht.

Es war das dritte Mal, dass ich mit der Staatsmacht schwerwiegend in Konflikt geriet. Auf der Marinekriegsschule in Glücksburg hatte ich Anfang 1945 laut gesagt, dass der Krieg verloren sei und jeder Tag, an dem man ihn noch fortsetze, sinnlose Opfer von vielen Menschen bedeutete; dafür war ich degradiert und inhaftiert worden. Im Mai 1987 waren Marlen und ich vom Amtsgericht in Schwäbisch Gmünd zu einer Geldstrafe verurteilt worden, weil wir mit vielen anderen bei Mutlangen die Zufahrt zur Stellung neuer US-Atomraketen, die fast bis Moskau fliegen konnten, blockiert hatten.

Die Liste meiner Nicht-Übereinstimmung mit deutscher Obrigkeit war lang. Sie war nicht einseitig. Solange die Politik auf beiden Seiten die Einheit im Ganzen für unmöglich hielt, musste immer wieder versucht werden, die Einheit unter den Einzelnen aufrecht zu erhalten. Die Berührung mit dieser Realität zu vermeiden, wäre mir als Gleichgültigkeit erschienen. Jahrelang besaß ich einen Diplomatenpass, und der erleichterte mir manche Schritte über die Grenze.

Eigentlich wäre das ein Thema für die Medien gewesen: Ein Schriftsteller verteidigt sich vor der Bundesanwaltschaft mit seinem Roman. Nur stand ich wieder nicht auf der staatlich sanktionierten Seite und stimmte nicht mit der vorherrschenden westdeutschen Beurteilung der Wende überein. Auf der Rückfahrt beratschlagten wir, was weiter zu tun wäre. Ich wollte eine Pressemeldung aufsetzen, um spekulierenden »Enthüllungen« vorzubeugen. Wächtler fand das richtig. Wir saßen im Speisewagen, sprachen über seinen Beruf und meine beiden. Ich war ihm dankbar für die Professionalität, mit der er dem Trachten der Behörden Schach geboten hatte. Danach liefen erst einmal die Mühlen der Behörden. Längere Zeit sollte ich nichts von ihm hören.

Ich tat, was ich tun musste, ging zur SÜDDEUTSCHEN ZEITUNG, zur dpa, machte den Verdacht öffentlich, dazu meine Klarstellung. Was ich an Selbstsicherheit nicht hatte, versuchte ich, durch Disziplin zu ersetzen. Ich beklagte mich nicht, hielt aus, was auszuhalten war. Ich blieb ruhig, wenn abends spät Anrufe kamen, wie nach meinem Nein im Bundestag. Da war unter anderen eine zirpende Stimme, immer wieder: »Ihhh-Emm, Ihhh-Emm!« Die wurde ich erst los, als ich nicht mehr nur stumm auflegte, sondern jedes Mal langsam sagte: »Ich werde für Sie beten.« Bald wird es kaum noch jemand wissen: IM war die Abkürzung für angebliche Inoffizielle Mitarbeiter der DDR-Staatssicherheit.

Ich wusste, was geschehen würde, und es geschah: Aufträge von Sendern und Verlagen schrumpften. Gerüchtemacher taten das ihre, und sie hörten nicht etwa auf, als die Bundesanwaltschaft auf Wächtlers Betreiben nach neun Monaten das Verfahren gegen mich einstellte, weil sich »keine hinreichenden Verdachtsgründe für eine strafbare Handlung« fanden. Die Nachricht gab ich weiter an dieselben Redaktionen. Kaum Resonanz. Persönlich erklärte ich dazu nur: »Schnell läuft der Verdacht, langsam der Widerruf. Ich hoffe, die das eine glaubten, erreicht das andere.«

## Mein Traum der Einheit

Wie manch andere habe ich von der Einheit geträumt. Den Traum, den 4 Mütter und 61 Väter des Grundgesetzes uns 1949 vorgeträumt hatten: »Dieses Grundgesetz, das nach

Vollendung der Einheit und Freiheit Deutschlands für das gesamte deutsche Volk gilt, verliert seine Gültigkeit an dem Tage, an dem eine Verfassung in Kraft tritt, die von dem deutschen Volke in freier Entscheidung beschlossen wurde.« War dieser Traum vergeblich gewesen?

Zuerst festigten Politiker von beiden Seiten die Teilung, und als die sich nach der Politik des »Wandels durch Annäherung« fast ein halbes Jahrhundert später dem Ende näherte, glaubten diejenigen, die an der Macht waren, immer noch nicht daran. Sie hielten die Verwirklichung für zu schwierig. Das Wort »Anschluss« wollten sie nicht hören und vollzogen ihn doch nach dem Artikel 23 des Grundgesetzes, als handle es sich um die Rückkehr eines flüchtigen Bundeslandes.

Dennoch schien es ein Jahr lang, als wären die Träume frei. Danach kehrte die Wirklichkeit in das Begreifen ein. Wie sind wir Deutschen in West und Ost miteinander umgegangen, als die Sowjetunion unter Gorbatschow die Vereinigung des Geteilten freigab und die Westmächte zögernd zustimmten?

Beglückt, fassungslos, unsicher, angstvoll und hoffnungsvoll haben die meisten erlebt, wie beide deutsche Staaten nie wieder wurden, was sie gewesen waren, und ihre Verschmelzung wie aus einer überwältigenden Emotion hervorbrach. Bei den Regierenden hüben und drüben herrschte anfangs Vorsicht. Niemand war vorbereitet. Keiner hatte eine Lösung.

Jene Mitteilung über erweiterte Reiseerlaubnis, die am Abend des 9. November 1989 in Berlin die Mauer zerbrach, war ein Genieblitz der Geschichte. Zwei Tage darauf hat Bundeskanzler Kohl den Mann angerufen, der nur für sieben Wochen Erich Honeckers Nachfolger sein sollte, Egon Krenz. Der hat das Gespräch so festgehalten: Kohl begrüßte die Öffnung der Grenze durch die DDR. Beschäftigen müsse beide Seiten, zu vernünftigen Beziehungen zu kommen. Wichtig sei es, dass sich die Dinge beiderseits nicht radikalisieren, wörtlich, »dass jede Form der Radikalisierung gefährlich ist«. Und: »Wir werden uns nicht zu unterhalten brauchen, was für Gefahren das sein könnten. Das kann sich jeder leicht ausrechnen.« Als Letztes: »Wenn noch irgendetwas ist, Herr Krenz, um das klar zu sagen jetzt, das ist ja eine Situation, die leicht dramatisch werden könnte, dann greifen Sie zum Telefon und ich umgekehrt.«

Entgegenkommen klang auch mit, als Kohl knapp drei Wochen später im Bundestag seine Zehn Punkte für eine föderative Entwicklung des Zueinander-Kommens vortrug: »Ministerpräsident Modrow hat in seiner Regierungserklärung von einer Vertragsgemeinschaft gesprochen. Wir sind bereit, diesen Gedanken aufzugreifen. Denn die Nähe und der besondere Charakter der Beziehungen zwischen den beiden Staaten in Deutschland erfordern ein immer dichteres Netz von Vereinbarungen in allen Bereichen und auf allen Ebenen.«

Kohl war, nachdem er mit Hilfe von Genschers Koalitionsumkehr Helmut Schmidt als Kanzler abgelöst hatte, von der Politik des »Wandels durch Annäherung« nicht etwa abgerückt. Er hatte den Staatsratsvorsitzenden Honecker mit DDR-Hymne und Fahnenwehen in der Hauptstadt Bonn am Rhein empfangen. Das geschah im September 1987, zwei Jahre vor dem Zusammenbruch der Deutschen Demokratischen Republik. Und dabei wurde das seit einem Jahr geltende Kulturabkommen als Folge des Grundlagenvertrags zwischen beiden Deutschland bekräftigt. Künstler und wir Schriftsteller wurden dadurch aufgefordert, über unsere Organisationen und Kulturinstitute mit den Gleichberechtigten in den ostdeutschen Bezirken unseren Teil des Kulturaustauschs selbständig zu übernehmen. Wie sollte die Mehrzahl der DDR-Bewohner damals nicht glauben, ihr Staat werde nunmehr auch im Westen geachtet?

Die beiden Weltmächte, die aus dem zweiten Weltkrieg hervorgingen, haben es immer so gesehen, dass die Grenze zwischen ihren beiden deutschen Staaten zugleich ihre eigene Grenze im Kalten Krieg bedeutete. Warum haben wir so getan, als wäre es vor allem unsere Grenze? Nun verhalfen uns Russland und die West-Alliierten zum Zwei-plus-Vier-Vertrag der Einheit.

Eine Zeitlang schien alles noch offen. Vielleicht war Kanzler Kohl auf seine Weise auch von traumwandlerischen Erwartungen erfüllt, als er der Bevölkerung hinter den nun stürzenden Schlagbäumen und Wachttürmen »blühende Landschaften« ausmalte. Das Vertrauen seiner Regierung in die wirtschaftliche Leistungskraft der alten Bundesrepublik schien unbegrenzt. Offiziell wollte sie die Tatsache nicht zur Kenntnis nehmen, dass der Westen insgesamt mit seiner Überproduktion genug an Gütern und Nahrung produzierte, um die Bevölkerung der in Wahrheit ja keineswegs neuen Länder komplett mitzuversorgen, so dass die Ostdeutschen eigentlich nur zu kaufen brauchten. Aber womit sollten sie das bezahlen?

Bald brachen zwei Ströme auf. Viele Tausende zogen von Ost nach West. Ihnen kamen Händler mit alten und neuen Waren entgegen, Abgesandte der Banken, Steuerberater, Anwärter auf Professuren, Versicherer, Abenteurer. Es war eine gesetzlose Zeit im Osten. Und es war ein Jahr, in dem die Ideale östlicher und westlicher Prägung in einer Klarheit hervortraten, wie das nur in einem Freiraum zwischen zwei verfestigten Systemen geschehen konnte.

Schriftsteller, Kirchenleute, Wissenschaftler und Künstler, unter ihnen Stefan Heym, Christa Wolf, Frank Beier, Volker Braun, Günter Krusche, Friedrich Schorlemmer, Konrad Weiß, Sebastian Pflugbeil traten mit ihrem Aufruf

*Für unser Land* hervor. Darin hieß es: »Wie wir bisher gelebt haben, können und wollen wir nicht mehr leben. Die Führung einer Partei hatte sich die Herrschaft über das Volk und seine Vertretungen angemaßt ... Noch haben wir die Chance, in gleichberechtigter Nachbarschaft zu allen Staaten Europas eine sozialistische Alternative zur Bundesrepublik zu entwickeln. Noch können wir uns besinnen auf die antifaschistischen und humanistischen Ideale, von denen wir einst ausgegangen sind ...«

Am Runden Tisch saßen Bürgerrechtler und Politikerinnen neuer Gruppierungen mit Sprechern umgewandelter Parteien zusammen. Viele von ihnen nahmen die Demokratie wörtlich. Sie entwickelten eine neue Verfassung für die DDR, die über das Grundgesetz hinausging. Die hätte zu einer der beiden Grundlagen für die neue gesamtdeutsche Verfassung werden können. Im Westen legte die Paulskirchenkonferenz, inspiriert durch den langjährigen Bundesverfassungsrichter Helmut Simon und den Philosophen der Freiheit Jürgen Habermas, nach Beratung hervorragender Demokraten eine eigene Grundlage für diese künftige Verfassung vor. Nicht wenige träumten, beide Entwürfe würden zu einem. Die vereinte Bevölkerung hätte ihn diskutieren und eigenständig entscheiden können. Die Bundesregierung glaubte nicht, das sei ratsam. Sie scheute die Kühnheit und fürchtete wohl, es könnten sich Schleusen der Selbstbestimmung unabsehbar öffnen.

Wie mit einem Mal verstummte das Element von Versöhnung in der Einheit, das bisher auch bei den Regierenden zu gelten schien. Erste Töne einer Abrechnung wurden laut. Alte Gegensätze tauchten wieder auf. In Bonn wurde die Übernahme spruchreif. Diese Strömung war zu mächtig, niemand konnte dagegen anrudern, der rasch auf eine Mehrheit ausging. Eine gute Einheit hätte gute Zeit gebraucht. Die Zeit, welche die Macht sich nahm, kannte diese Geduld nicht. Anfang 1990 erkannten der Kanzler und seine Ratgeber, dass die DDR unaufhaltsam greifbar vor ihnen lag. Kohl ist für seinen Zugriff später oft gerühmt worden.

Nichts anderes, hieß es allgemein, wäre realistisch gewesen. Es war aber auch der Wendepunkt, an dem deutlich wurde, wie schwer es immer noch die Brüderlichkeit innerhalb der Völker hat.

Als ich im März, vor der letzten Volkskammerwahl, im Zug von Dresden zurück nach München fuhr, stieg in Karl-Marx-Stadt, heute wieder Chemnitz, eine Gruppe von Arbeitern zu. Wir kamen ins Gespräch, und ich fragte sie, was sie denn wählen wollten. »Na klar«, kam es aus ihnen heraus, »die CDU, die D-Mark!«

Da war die West-Ost-Parteienallianz des Kanzlers längst geschmiedet, der Runde Tisch zwar noch vorhanden, aber im Westen abgeschrieben.

Der 1. Juli wurde der Tag, an dem man die Währungseinheit der politischen Einheit vorausschickte. Ich war unterwegs und hörte früh am Morgen in einem Kommentar von einem ostdeutschen Sender: »Die neue Währung wird uns zu neuen Wahrheiten führen.« Wie sollte das wohl geschehen?

Über Jahrzehnte hatte die Bundesrepublik, weithin sichtbar im Fernsehen, in den Augen von Millionen Ostdeutschen geglänzt. Und auch jetzt bestimmte das Fernsehen mehr als jedes andere Medium, dass fast nur noch der möglichst unterschiedslose Wechsel zur westlichen Lebensart begehrenswert erschien. Wer da zusah, verstand, wie die Mehrheit glauben konnte, mit dem Geld aus dem Westen werde auch für sie alles wie bei uns. Für die meisten war das der heiße Wunsch, und der machte Politik.

Eine junge Frau hat für mich die Tapferkeit angesichts der Zumutungen, welche die Einheit für Ostdeutsche mit sich brachte, mehr als andere verkörpert. Ich hatte von ihr gehört, bevor ich sie traf. Ingrid Köppe gehörte zu den Bürgerrechtlerinnen. Von Beruf war sie Bibliothekarin. Im Studium und in ihrer Arbeit im Zentralinstitut für Bibliothekswesen der DDR hat sie sich nicht unterkriegen lassen, und sie hat sich schließlich ihr Eigenleben als Fleuropbotin in Köpenick bewahrt. Als die Wende kam, war sie 31 und zählte von Anfang an zu den Entschlossenen im Neuen Forum, für das sie bald auch am zentralen Runden Tisch saß. Sie fiel sofort auf, ging an die Wurzel der neuen Versprechungen und betonte: »Die Zuständigkeit für dieses Land wollen wir uns nicht mehr absprechen lassen. Wir wollen sie auch keiner Partei, keinem Gremium mehr in Verwaltung geben.« Es war kein Wunder, dass sie bei denen aneckte, die nur andere Autoritäten begehrten.

Aus den Neuwahlen ging Ingrid Köppe als Mitglied der Versammlung der Stadtverordneten in Berlin-Ost hervor. Als sich die Tore der Staatssicherheit in der Normannenstraße auftaten, demonstrierten sie und ihre Mitstreitenden dafür, dass mit deren Unterlagen kein neues Unheil geschehen sollte. Gemeinsam mit Bärbel Bohley trat sie in den Hungerstreik, weil nach ihrer Überzeugung Stasi-Akten nicht in den Arsenalen westdeutscher Geheimdienste verschwinden durften. Verhindern konnten sie es nicht. Die erste gemeinsame Wahl von Ost und West brachte sie Ende 1990 über die Landesliste Sachsen-Anhalt in den Bundestag. Konsequent wurde sie dort Sprecherin für Bündnis 90/Die Grünen in dem Untersuchungsausschuss für Ungerechtigkeiten im Prozess der Einheit. Es galt unter anderem, die Verflechtungen des Devisenbeschaffers Alexander Schalck-Golodkowski aufzudecken. Eine Aufgabe, die dem Verschleierungsbedürfnis auch westlicher Dienste zuwiderlief. Ingrid Köppes kenntnisreich bohrenden Fragen gelang es immerhin, einiges ans Licht zu befördern, zum Beispiel dass Schalck vom Bundesnachrichtendienst, mit Wissen des Kanzleramts, einen falschen Pass erhalten hatte. Für die Erfahrenen war es schwer, diese junge Abgeordnete abzublocken. Sie aber fühlte sich in Bonn wie eine Fremde.

Unvergessen müsste ihre Rede sein, die sie im November 1991 im Bundestag zum Gesetz über die Verwendung der Unterlagen der DDR-Staatssicherheit hielt. Die Anträge ihrer Abgeordnetengruppe, die aus der Bürgerbewegung stammte, waren abgelehnt worden. Auch hier war Ingrid Köppe deren Sprecherin: »Hätten nun – wie von den Fraktionen so oft versprochen und betont – die Interessen der Opfer bei der Regelung des Umgangs mit diesen Akten tatsächlich Vorrang, so müsste der Gesetzgeber garantieren, dass niemand ohne Einwilligung der Betroffenen – außer ihnen selbst – in diese Akten sehen darf. Stattdessen aber will der Erbe dieser Akten, der Staat Bundesrepublik Deutschland, diese Opferakten durch seine Behörden nutzen, und zwar ohne Zustimmung und regelmäßig ohne Kenntnis der Betroffenen ... Unter der Regierung de Maizière wurde die Offenlegung der Stasi-Vergangenheit behindert, verschleppt, verboten. Gleichzeitig aber bekamen westdeutsche Geheimdienste Stasi-Akten mit Einwilligung des Innenministers Diestel ... Heute nun wollen Sie, meine Damen und Herren, legitimieren, was damals heimliche Praxis war.« Abschließend warf sie der Mehrheit vor, »dass die behördlichen Nutzungsinteressen gegenüber den Opferinteressen eindeutig Vorrang genießen.«

Es genügte die halbe Wahlperiode, um dieser ostdeutschen Abgeordneten klarzumachen, dass ihre Ziele und ihre Haltung im obersten Parlament der vereinten Republik nicht durchsetzbar waren. Sie war zäh und gebrauchte ihren analytischen Verstand, um Ursachen des fortwährenden Demokratieverlustes im Streit der Parteien zu ergründen. Das konnte sie nicht lange ohne Selbstverlust durchstehen. Sie zog auch da die Konsequenz und erklärte früh, sie werde nicht noch einmal zum Bundestag kandidieren.

Das war wohl auch der Grund, aus dem der WDR mich mit meinem Nein aus dem Bundestag damals zu einer Gesprächsrunde mit ihr einlud. Kurz vor der Sendung lernten wir einander kennen und saßen uns dann vor den Kameras gegenüber. Wibke Bruns, die rasche Moderatorin, sympathisierte sichtlich mit Ingrid Köppes Position. Die Diskussion ging, wenn ich mich richtig erinnere, über mehr als eine Stunde. Ich war aus aller Routine herausgefallen. Ingrid Köppe war wohl nie routiniert geworden. Ihr Widerstand, sich nicht vereinnahmen zu lassen, erschien mir als ihr erster Imperativ.

Mit geradem schmalem Gesicht und dem kurzen, ursprünglich dunklen Haar in Hennaglanz saß sie da und hielt die Zigarette mit dem angewinkelten Arm erhoben. Die Augen waren versonnen nach unten gerichtet, solange sie zuhörte. Sie wirkte auf mich stiller, als sie war. Auch wenn sie antwortete, genau und offen, blieb dahinter in ihr ein Raum, aus dem nichts mehr hervordrang. Als wäre sie über das für sie erträgliche Maß an Offenbarungen hinaus und gedenke sich dieser Vivisektion nicht länger auszusetzen.

Ich hatte sie einige Male in Sendungen aus dem Bundestag beobachtet. Gegen die Art von Gönnerschaft, mit der viele Altparlamentarier die Bürgerrechtlerinnen abzutun versuchten, setzte sie ihre Haltung ein: Das können Sie mit uns nicht machen! Aber die konnten.

Hier in diesem Kölner Fernsehstudio, wo sie besonders von den Frauen unter den Zuschauern bestaunt wurde, herrschte eine ihr zugewandte Stimmung. Und doch schienen manche nicht zu begreifen, worum es ihr ging. Als es zu Ende war, zog sich Ingrid Köppe nach dem Abschminken bald zurück.

Ohne sie näher zu kennen, habe ich oft an sie gedacht. Für mich hat sie den Widerstand gegen das große Versäumen benannt, durch das auch in geschichtlichen Umbrüchen wie diesem das ideal Gedachte unterliegt und die Allgemeinheit auf das Normalmaß zurückkehrt.

Als Traum war die Einheit damals längst ausgeträumt. Die Realität sah ganz anders aus. Wie viele, die vor Freude bei der Öffnung der Mauer auf den Straßen getanzt hatten, lernten jetzt erst die Konkurrenz und die Arbeitslosigkeit kennen. Die Wirtschaft konnte die Hoffnungen der Menschen nicht erfüllen.

Vor allem krankte die Einheit auch daran, dass im Westen nur wenige Politiker, wenige entscheidende Persönlichkeiten aus eigener Anschauung Ostdeutschland kannten, wie es in den zurückliegenden Jahren gewesen war. Und als wären Gut und Böse eindeutig geteilt, begannen westdeutsche Dienststellen mit einer Entschlossenheit sondergleichen, die ostdeutsche Vergangenheit auszulöschen. Es war eine Ironie der Geschichte, dass unser Staat, der die DDR nie anerkennen wollte, sie erst einmal anerkennen musste, um mit ihr den Vertrag der Einheit schließen zu können.

Ingrid Köppes Rede vor dem Bundestagsplenum hatte präzise benannt, worauf westliche Behörden und Medien aus den Unterlagen der Staatssicherheit erpicht waren. Kann sich jemand vorstellen, nach der Gründung der Bundesrepublik hätte es ein Amt für die Unterlagen der Geheimen Staatspolizei des Dritten Reichs gegeben: eine über viele Jahre handelnde Behörde mit 3.000 Mitarbeitern, Länderzweigstellen und einem monströsen Etat? Ich stocke, während ich das schreibe, denn diese Frage beschwört einen Vergleich herauf, der einer ruhigen Prüfung unserer Vergangenheit nicht standhält.

Warum bestand im Westen in der Nachkriegszeit angesichts der Gestapo der Nazis kein regierendes Interesse, deren Akten zu aktivieren und das allgegenwärtige NS-Spitzelwesen rückhaltlos aufzudecken? Ein Unwesen, nach dem auch Kinder ihre Eltern verrieten, wenn sie Feindsender hörten oder am Endsieg zweifelten. Gerade dieses Interesse aber stellte sich angesichts der Archive des DDR-Geheimdienstes sehr nachdrücklich ein. Ist das Zweite heute so dringlich, weil das Erste damals versäumt wurde? Wer auf diesen Umkehrschluss vertraut, trifft als Westdeutscher die Falschen, weil sich Westgeschichte nur im Westen bewältigen lässt.

Wer wollte die Drangsal politischer Gefangener und Vertriebener aus der DDR vergessen? Wer das Verlangen der Opfer nach rückwirkender Gerechtigkeit herabsetzen? Die Dimension der Schuld reicht tiefer, als anwendbares Recht greifen kann. Aber wer dem Osten den Prozess machte, wurde unglaubwürdig, sobald er den Westen von der Mitverantwortung freisprach. Mich ließ die Überflutung der Medien durch die Bundesbehörde für das Material der Staatssicherheit immer mehr daran denken, wie ich die Teilung unseres Landes von Anfang an erlebt hatte. Für mich war »die Mauer in den Köpfen« längst fertig, bevor sie gebaut wurde, und ich hatte sie in meinen Büchern wörtlich so beschrieben. Darum konnte die Mauer aus den Köpfen auch nur von beiden Seiten wieder abgebaut werden. Es fiel mir schwer zu verstehen, warum so viele Westdeutsche sich nicht vorstellten, dass sie sich in der DDR nicht anders verhalten hätten als die Menschen dort.

Erich Honecker, den Helmut Kohl in Bonn offiziell empfangen hatte, fragte in seiner Verteidigungsrede im Dezember 1992 vor der Großen Strafkammer des Landgerichts Berlin: »Warum war der Bundeskanzler, war Herr Kinkel, der frühere Geheimdienstchef, spätere Justizminister und noch spätere Außenminister der BRD, so darauf aus, mich, koste es, was es wolle, nach Deutschland zurückzuholen und wieder nach Moabit zu bringen, wo ich unter Hitler schon einmal war?«

Egon Krenz, in dessen kurzer Regierungszeit die Mauer gewaltlos geöffnet wurde, verteidigte sich im Februar 1996 vor demselben Gericht mit den Worten: »Sie, Herr Richter, sind jung. Wir stehen in wechselseitiger Befangenheit voreinander. Setzen Sie ein politisches Signal für die deutsche Einheit! Der Streit, der zwischen Truman und Stalin begann, kann nicht zwischen dem Politbüro und dem Berliner Landgericht beigelegt werden.«

Anfang Oktober 2002 hat der Berliner Gnadenausschuss die Begnadigung des Sechsundfünfzigjährigen abgelehnt. Damit musste der zu einer Haftstrafe von sechseinhalb Jahren Verurteilte weiter im Gefängnis bleiben. Dem Ausschuss lagen mehr als 50 Anträge für die Begnadigung vor, auch aus dem Ausland, jedoch nicht von Krenz. Der Gesprächspartner Helmut Kohls, damals nach dem Mauerfall, befand sich zuletzt, bis Ende 2003, im offenen Strafvollzug. Tagsüber ging er seiner Arbeit nach, für die Nächte wurde er eingeschlossen.

VII

## Matterhorn und altes Paar

Wir gingen am Ende des Mattertals den Höhenweg aufwärts, vor uns der Urzeitzinken, das gewaltige Horn. Es war Herbst. Wir kamen von weit her. Als Elfjähriger hatte ich in Hannover den Film *Der Berg ruft* gesehen. Meine Strickoma hatte mich eingeladen, es war der zweite Kinobesuch in meiner Kindheit. Die Bilder vergingen niemals in meinem Kopf. Immer wieder sah ich vor mir die Gerichtsverhandlung über das Schicksal der englischen Bergsteigergruppe, die abgestürzt war. Und Luis Trenker, der Held, holte das zerspleißte Seil aus der Steilwand. Es bewies: das Tau war nicht abgeschnitten, sondern gerissen. Ursache war einzig die Kühnheit.

»Eines Tages fahren wir zum Matterhorn«, das wurde bei uns zu Hause ein geflügeltes Wort. Ich nahm es mit in den Krieg, in die Ehe, in das Leben. In den letzten Jahren hatte Marlen manchmal gesagt: »Wenn du das tatsächlich noch machen willst, wird es langsam Zeit.« Als wir beide 76 waren, kam der Tag, an dem ich mich dazu aufgerufen fühlte. Ich besorgte den Swiss Pass und die Hotels. Sie war einverstanden und setzte nur bei unserer Abfahrt aus München das Gesicht für leise Zweifel auf, ob ich, ob wir nicht möglicherweise auch enttäuscht werden könnten. Wir hatten Oktoberlicht.

Der Viereinhalbtausender war seit dem Morgen von Schleiern umspielt. Nebel war von Täsch heraufgezogen. Als wir am späten Vormittag aus unserem Quartier im autofreien Zermatt aufbrachen, klarte es wieder auf. Wenn Jüngere uns überholten oder Wanderer uns von oben entgegenkamen, gingen wir hintereinander. Langsam waren wir geworden, ein Paar, das sich oft umschaute. Und wir waren zu warm angezogen. Bald machten wir eine Pause, entblätterten uns und saßen auf großen Felsbrocken. Wir schauten hinunter auf das Kieswerk, es färbte die Matter, die hier eher Bach als Fluss war, ein Stück ihres Weges mörtelgrau.

Ich hörte den Atem meiner Frau, und sie hörte meinen. Kaum zu glauben, es war sechzig Jahre her, dass wir unseren Atem zum ersten Mal beim Tanzen so nah beieinander gespürt hatten. Rechts stieg der Hang zu einem Dorfflecken hinauf, links reichten Mischwälder jenseits des Tals bis an die Baumgrenze. Wir entdeckten in den Schneisen den Damm der Gornergratbahn. Gegen diese Bergwelt waren unsere bayerischen Alpen eine Zwergwelt.

Es war unser dritter Tag. Auf der Herfahrt hatten wir in Chur übernachtet und waren am nächsten Morgen in den Glacier Express eingestiegen. Die berühmte Fahrt das Rheintal hinauf und das Rhonetal hinunter, die Sonne wie bestellt. Unterwegs fühlten wir uns dem Himmel näher. Wo sind die Kinderwolken geblieben, aus denen ein Engel herabfallen konnte und sich dabei nur leicht einen Flügel brach – wie in meinem geliebten Buch vom *Hans Wundersam*, in dem es eine Himmelstreppe gab?

Von Brig ging es mit der Zermattbahn noch einmal tausend Meter aufwärts. Vor Steilstrecken klinkte die Lok sich in die Greifzähne der Mittelschiene ein. Zuerst kam ein Weintal, dann stürzende Schluchten. Akrobatik der Tunnelbauten. Generationen haben daran geschliffen. Der Zug verwandelte sich in einen Wurm auf Stelzen. All das war mir in meinem Kindertraum nicht erschienen. Nun erhielt er eine Grundlage namens Wirklichkeit.

Als bei der Ankunft das Horn zum Bahnhofsplatz herübergegrüßt hatte, war mein Herz nicht vor Freude gesprungen, es nahm den Anblick selbstverständlich. Der Gipfel, den Edward Whymper mit drei Engländern und drei Bergführern 1865 von Zermatt aus als erste Gruppe über den Nordostgrat erstiegen hatte, sonnte sich gerade unter einem blauen Nachmittagshimmel. Einer der Engländer war beim Abstieg gestürzt, das Seil riss, nur Whymper und die Einheimischen waren mit dem Leben davongekommen. Das war der Stoff des Trenker-Films.

Wir gingen Richtung Furi, querten die Zwischensenke mit einem Bachlauf und traten ein in den vor Licht erglimmenden Lärchenwald voll goldener Nadeln, sie schienen in den einfallenden Strahlen zu schweben. Wir trafen da nur ein anderes Paar, es wurde so verzaubert wie wir. Alles war still. Moose und Steine säumten den Weg. In einem Bacheinschnitt lagen Schieferplatten, sie schimmerten schwarzblau und grüngrau von unten herauf. Eisenhaltige Felsen brachten Silber und Rost zum Vorschein, und die Luft strömte in uns ein, als habe sie noch nie ein Staubkorn gesehen. Gewässer schliefen in Mulden, bewegungslos und klar. In einer Kluft perlten Gerinnsel über Kieseln zusammen. Die Lärchenstämme standen frei zueinander, mit dem Abstand von Einzelgängern. Von der Mittagssonne noch einmal wiederbelebte Falter taumelten in dem Glanz. Es gab auf der ganzen Reise keinen anderen Höhepunkt, der so leuchtete wie dieser Lärchenwald: er glomm in uns nach und hat uns noch lange gewärmt.

Als wir hinauskamen, begrüßte uns auf einem Buckel eine Versammlung hochbeiniger Heuschober aus schwarzen Balken mit steinbelegten Dächern; sie hielten zusammen wie eine verlassene Siedlung und erinnerten mich an das Dorf in Robert Schneiders *Schlafes Bruder*. Unterhalb entdeckten wir in einer Kuhle die Bergwirtschaft, dort kehrten wir ein. Wir saßen mit dem Rücken an eine Holzwand des Hauses gelehnt, mit dem Blick über die Brüstung ins

Tal, und verzehrten beide die angepriesene Steinpilzsuppe mit Sahne-und-Blätterteig-Häubchen. Hochgemut im Schein dieses Tages, fanden wir sie köstlich.

Wir sprachen nicht viel. Unsere Gedanken trafen sich, wie so oft, parallel im Unendlichen. Ich war sprachlos vor dem Glück, dass ich meine Frau lieben konnte wie keinen anderen Menschen auf der Welt.

Es ist mir nie gelungen, sie zu beschreiben. Nur in einigen Lebensstationen war sie die Lisa meiner Romane. Als Autor habe ich mich nie ganz an sie herangetraut, als wäre das ein Verrat an unserem Reservat. So weit eine Frau und ein Mann einander verstehen können, gelang uns das nicht selten. Anders als ich früher gedacht hatte, war das Verstehen nicht das Wichtigste. Das war die unbedingte Gemeinsamkeit. Marlen war die Frau, die ohne mich nicht sein konnte, ich war ihr Mann, den es ohne sie nicht so gegeben hätte, wie er mit ihr geworden war.

Marlen erstaunt mich immer noch. Gegenüber vielen Dingen, die anderen Frauen wichtig sind, ist sie so anspruchslos, dass sie nicht einmal bemerkt, was ihr fehlen könnte. In allem, was ihre Identität ausmacht, war sie immer schon anspruchsvoll. Geld über das Notwendige hinaus auszugeben, hat ihr nie eingeleuchtet. Aber es gibt ein paar Dinge, die sie sich gern von mir mitbringen lässt, seit wir nicht mehr sparen müssen wie in unseren Anfängen. Gute Bücher kann ich nicht genug heranbringen. Wenn ich ein neues Auto kaufe, interessiert sie das nicht; es soll nur nicht zu groß sein. Einig sind wir uns darin, dass wir für Reisen mehr ausgeben.

Marlen übersetzt Menschen und Dinge anders von außen nach innen als ich, und die Schwingung eines Augenblicks kann für sie schon dissonant werden, wenn ich noch Harmonie für möglich halte. Weil ich ihr Grund dafür gab, hat sie ihre eigene Frauenbewegung an meiner Seite gegründet. Manchmal denke ich, sie hat ein absolutes Gehör für Unaufrichtigkeit. Von uns beiden ist sie mehr die Künstlerin, wenn ich es auch bin, der die Bücher schreibt. Als ich ein junger Autor war, hat sie mich mit ihrem Maßstab der Weltliteratur manches Mal zur Verzweiflung gebracht.

Wenn wir vor einer neuen Situation stehen und ich erst anfange, mit mir zu beraten, wie ich mich darin verhalten will, ist sie oft schon darin angekommen oder hat sich entschieden, sie einfach hinzunehmen. Dabei ist sie alles andere als ein plötzlicher Mensch. Sie weiß, was für sie stimmt. Ich kann nicht behaupten, dass sie die Menschen im Allgemeinen liebt, aber einige liebt sie so sehr, dass sie keinen von ihnen loslässt. Ihre Auswahl ist durch nichts zu beeinflussen, das nicht von ihr ausgeht. Ich dagegen habe nicht erst in der Politik lernen müssen, auf Menschen einzugehen, auch wenn sie mir persönlich nicht liegen. Sie machen die Mehrheit aus; davon lebt jeder Gedanke an Demokratie.

Marlen war eine hinreißende Mutter, als die Kinder klein waren. Manchmal hatte ich Sorge, sie könnte sie zu sehr nach ihrer Vorstellung formen. Als die Söhne größer wurden und ich »ein fliegender Allgäuer für Politik«, wie ich mich mitunter nannte, hat sie Cembalo und Orgel am Münchner Richard-Strauss-Konservatorium und in der Erlöserkirche studiert. Danach war sie als Organistin eine »Springerin«, nämlich im Wechsel für verschiedene Gemeinden tätig, eine Zeitlang hat sie auch in der Musikabteilung der Buchhandlung Lehmkuhl gearbeitet.

Gemeinsam ist uns, dass sich mehrfach nach rund fünfzehn Jahren in unserem Leben Grundlegendes verändert hat. Sie hat getöpfert, gewebt. Oft war sie mit sich unzufrieden, dass sie in jungen Jahren nicht mit einem Kunsthandwerk als Beruf begonnen hat. Sie hat danach gesucht, doch in der Nachkriegszeit keinen Lehrplatz finden können. So ist sie nach Schweden gegangen, mit einer Freundin als »German maids« in einen gräflichen Haushalt. Allein machte sie sich nach Lappland auf, wurde Tellerwäscherin, später Pflegerin in einem Lungensanatorium. Als sie im übernächsten Jahr zurückkehrte, haben wir sofort geheiratet; für unsere Eltern war das ein Überfall. Sie verbargen vor unserem großen Gefühl ihre Enttäuschung, nur zu gern hätten sie uns in Ruhe ein richtiges Fest ausgerichtet.

Wir gehörten zu denen, die sich alles erarbeiten mussten. Es dauerte lange, bis wir die erste eigene Wohnung mit Andreas beziehen konnten. Till wurde drei Jahre danach geboren. Sobald wir Zimmer genug hatten, bekam jeder seines, auch wir Eltern. Ich verdiente unser Geld mit den Wörtern und gebrauchte davon nicht selten zu viele. Wahrscheinlich war Marlen darum oft mit mir schweigsamer als mit ihren Freundinnen. Mein Sprung in den freien Beruf hatte der Familie viel zugemutet. Das alles ging über ihre Kräfte. Innerlich war sie so unabhängig, wie junge Frauen das heute sind. Sie war immer dagegen allergisch, wenn sie von Fremden angesprochen wurde, als wäre sie nur meine Frau.

Dass wir uns wechselseitig verändern, ist uns vertraut. Manches hört in ihr endgültig auf, als wäre es für sie niemals bedeutsam gewesen. Und jedes Mal beginnt etwas Neues. Wir lernen voneinander und lernen dabei niemals aus. Seit langem arbeitet sie ehrenamtlich im Drogennotruf für Suchtkranke und Angehörige.

Da saßen wir unter dem Matterhorn, das wir von hier aus nicht sehen konnten. In uns die Dankbarkeit, dass wir noch zusammen sein durften, und die Hoffnung, es noch lange zu bleiben. In unserer Generation gibt es lebenslangen Zusammenhalt.

Mag sein, aus der Not zu kommen, bindet fester, und Überfluss trennt leichter.

Alle unsere Augenblicke sind in mir aufbewahrt, die wunderbaren und die zerstörerischen. Unsere Übertreibungen und was wir unterschätzten. Der Augenblick, als wir in Braunschweig vor dem Traualtar standen und unsere Hände zitterten. Als wir in Stuttgart das erste gemeinsame Zimmer in Untermiete bezogen. Die Augenblicke, als die Kinder zur Welt kamen. Als wir Till nach überstandener Gehirnhautentzündung vom Schwabinger Krankenhaus abholten. Als wir den Notarvertrag für unser Haus unterzeichneten. Als Marlen ihre Prüfung an der Musikschule bestand. Als unser Pfarrer uns zur Silberhochzeit noch einmal traute und die Söhne neben uns waren. Als Andreas sein zweites juristisches Staatsexamen abgelegt hatte.

Der Augenblick, als Marlen nach England abreiste, weil sie fürchtete, ich könne mir und damit ihr in Bonn verloren gehen. Als sie nach längerer Zeit wiederkehrte und ich ihr versprach, nicht ein drittes Mal für den Bundestag zu kandidieren. Der Moment, als wir wieder fest zusammengehörten und meinen *Brüder*-Roman in Händen hielten. Die Indienfahrt in unserem siebzigsten Jahr. Der letzte Julitag, an dem wir Till verloren. Der seidene September auf Amrum, bevor Marlen krank wurde. Die Nächte dann, in denen ich lauschte, ob sie noch atmete.

Nach Aufenthalten im Krankenhaus war sie wieder zu Hause. Man hatte nicht herausgefunden, was es war. Sie wurde immer schwächer. Endlich entdeckte ein Münchner Rheumatologe die Autoimmunkrankheit. Marlen hätte erblinden können. Seitdem preisen und fürchten wir das Cortison.

Der Rückfall kam in Ungarn während einer Kur. An einem Abend brach Marlen bewusstlos zusammen, sie hing in meinen Armen, einen ewigen Augenblick lang.

Das war im März. Sie hatte sich bis dahin immer auf ihren erstaunlich gesunden Körper verlassen können. Nun war unser Radius nicht mehr der gleiche.

Inzwischen sieht es oft so aus, als ginge es aufwärts, und wenn es nicht so ist: sie spricht nicht darüber. Der Herbst fällt herein. Zermatt hat einen Vorrat für unseren Mut angelegt. Sorge und Hoffnung halten sich die Waage. Allmählich wirken die Wochen und Monate wieder verlässlicher. Geschenkte Zeit. Mit der Entfernung von der Krise wächst unser Vertrauen, und wir lassen uns wieder auf eine Zukunft ein. Botschaften von Krankheit und Tod von Freunden und aus unserer Generation erreichen uns. Wir sind noch vorhanden, welch eine Möglichkeit. Und aus der Geduld mit allen Gewohnheiten erhebt sich ein Tag wie dieser hier, und lässt die Einkehr über dem Mattertal in den Kindertraum münden, schließt den Kreis.

VIII

## Der Narziss in der Politik

Politiker scheuen die Psychoanalytiker wie der Teufel das Weihwasser. Sie alle verfügen über ihre eigene Westentaschenpsychologie, wenn es um die Bevölkerung und die Parteidelegierten in ihrem Aufstellungswahlkreis geht. Aber sie vermeiden die Berührung mit den Wissenschaftlern der Seelenerforschung, sobald sie mit sich selbst nicht mehr zurechtkommen.

Um das zu ergründen, hat Mitte der achtziger Jahre die Analytikerin und Psychologiedozentin Thea Bauriedl mit einigen ihrer Kollegen das Institut für politische Psychoanalyse in München gegründet. Eines Tages, als ich den Bundestag längst hinter mir hatte, fragte sie mich, wen ich unter den Frauen und Männern in der Politik für ihr Vorhaben als gesprächsbereit einschätzte. Mir waren nicht viele Namen eingefallen. Eher war mir jene Psychophobie vertraut: der Widerwille der meisten Mandatsträger, sich jemals mit Psychotherapie und Analyse in Verbindung bringen zu lassen.

Ich traf Thea Bauriedl daheim in der Lützowstraße. Ein holzverschaltes Haus mit Giebel und einer Lichtweite. Hier haben sie und ihr Mann, der Psychoanalytiker Frieder Wölpert, aufgeschlossene Menschen zum Nachdenken über die Themen von Individuum und Politik zusammengebracht: Fachkollegen, Politiker, Publizisten, Angehörige sehr unterschiedlicher Berufe und Gruppen aus Bürgerbewegungen. Weit wurde das Feld in den Gesprächen ausgemessen unter der Vorgabe: »Das Politische ist persönlich – das Persönliche ist politisch.«

Die manchmal über fünfzig Gäste, einige von weit her, waren damit einverstanden, dass eine Aufzeichnung mitlief. Es gab jahrelang Protokolle, und die wurden in Heftform als *Anmerkungen* zur Sache gedruckt. In ihrem Buch *Die Wiederkehr des Verdrängten* hatte Thea Bauriedl untersucht, wie sich persönliche und gesellschaftliche Krankheiten entsprechen: Wieso sollte es nicht auch Entsprechungen zwischen Therapien des Individuums und Konfliktlösungen in der Gesellschaft geben?

Auch für mich war das lange ein versiegeltes Gebiet gewesen, und wie immer, wenn ich etwas wissen musste, las ich viel, um das Nötige zu erfahren. Marlen war in einer Krise durch eine analytische Therapiegruppe geholfen worden, und später war auch ich ein paar Mal zu ihrem Therapeuten hinausgefahren und hatte mir seinen Rat eingeholt. Danach gehörten wir beide fünf Jahre lang zu einem Gesprächskreis, in dem sich drei Generationen trafen; er war aus der Friedensbewegung hervorgegangen. Als wir damit begannen, sprachen mich in der Fußgängerzone oder in der U-Bahn noch Leute wegen meiner politischen Rolle an. Als wir diese Treffen beendeten, war das vergangen.

Etwas von mir war vom öffentlichen Moloch verschluckt gewesen. Als Nachfragen von Fernsehredaktionen ausblieben, hatte ich nicht das Gefühl, ich wäre weniger geworden. Hinter vielem machte ich nun einen Punkt. Ich sprach nicht mehr, wie früher oft, zum Ostermarsch auf dem Marienplatz.

Das Politische blieb auch in mir persönlich. Wenn ich manche, die mit mir in den Bundestag gewählt waren, nach dreißig Jahren immer noch dort agieren sehe, frage ich mich, wo sie ihre Beteuerungen von früher gelassen haben. Sie wollten auch einmal rechtzeitig aufhören und in ihre ursprünglichen Berufe zurückkehren. Es ist wohl so, dass es unter Politikern auch die Lebenslänglichen geben muss. Diese Ausnahme sollte nur für exemplarische Politikbegabungen gelten. Demokratie ist ohne Wechsel undenkbar.

Was sind das für Eigenschaften, die bestimmte Menschen in die Öffentlichkeit der Politik hineinziehen, während die meisten Leute sich das nicht einmal im Traum vorstellen können? Vielleicht lässt sich das bis in die Sandkiste zurückverfolgen. Manche sehe ich da stehen mit durchgedrückten Knien, eher klein an Gestalt, und ich höre sie lauter krähen als andere, um sich bemerkbar zu machen. Während viele noch purzeln, bringt ihr Überblick sie früh auf die Beine. Sie balancieren genauer, und ein erster Sinn für sich selbst im Vergleich zu den Übrigen lässt sie ihrer Mutter davonlaufen und setzt sie an die Spitze eines Umzugs von Dreikäsehochs. Mit ihrem ersten Wortschatz üben sie sich in der Überredungskunst, und die hängt mit dem Wunsch zusammen, Mittelpunkt zu sein. Wenn so ein kleiner Narziss die Witterung aufnimmt, wie viel er in seinem Häuflein ausrichten kann, ist ein Anfang gemacht. Ich glaube, so einer war ich.

Ohne den Drang zur Selbstbespiegelung kommt wohl keine politische Begabung zur Welt. Das rechtfertigt jedoch nicht den Umkehrschluss, Narzissmus befähige zur Politik. Ich bin kein Theoretiker. Wen ich als Beispiel am besten kenne, das bin ich selbst. Solange ich denken kann, habe ich auf Zuwendung und Lob mit geradezu herzzerreißender Steigerung meines Lebensmutes reagiert. Wenn auf andere zuträfe, was ich bei mir nicht leugnen will, könnten Therapeuten allein aus den Äußerungen, die einem Kind galten und die es sich bis ins Erwachsenenleben wörtlich gemerkt hat, manches über den Charakter eines Menschen herauslesen. Jedenfalls sind immer schon Sätze, die mich betrafen, auf eine Weise in mich hineingefallen, die mein Gedächtnis mit Einbildung oder Erschrecken geplagt hat.

Es hat lange gedauert, bis ich mich von der Wiederkehr gespeicherter Selbstbezogenheit halbwegs befreien konnte. Schließlich wurde sie mir zuwider. Vom Straßenspielplatz und vom Kindergarten an wurde ich durch weibliche Obhut und männliche Erzieher immer wieder herausgepickt als einer, der von Natur aus eine Schar zusammenhalten oder eine Gruppe anführen konnte. Ich bildete mir ein, ich hätte Mitleid mit Schwächeren. Jedenfalls überführte ich die Flunkereien der Intelligenteren durch einen frühkindlichen Instinkt. Lange bevor ich ahnte, was bewusstes Sprechen ist, lernte ich, wie ich mich ausdrücken musste, um bei Gleichaltrigen zu erreichen, was ich wollte.

Ich maß mich an Älteren und überraschte Verwandte wie Fremde, weil ich gern etwas über ihr Alter aus ihnen herausbringen wollte. Als ich mit zwölf Jahren im Ostseebad Ahrenshoop Kinderschützenkönig wurde, kassierte ich den Beifall und ließ mir die Ordenskette umhängen, als käme beides mir zu. Und als die großmütterliche Herrin des Ferienhauses mich beiseite nahm und mir etwas Unverzeihliches sagte, nämlich: »Du hast das Zeichen, aus dir wird einmal etwas Besonderes«, setzte sie mir einen Spleen in den Kopf. Ich schnappte danach wie der große Fisch nach Jonas. In mir wohnte ein Ungeist, der immer herausgucken wollte, er beobachtete für mich in alle Richtungen, wie andere beurteilten, was ich anstellte.

Dieser kleine Kerl in mir verlangte zu wissen: Wie war ich? Wie bin ich? Was denken die anderen von mir? Und sogar: Wie werden sie sich einmal an mich erinnern? Der Kobold brachte es so weit, dass ich mich bald nicht mehr ausstehen konnte, so oft ich mich als Blender ertappte. Die meisten Menschen, glaubte ich, waren viel mehr bei sich, und nur ich müsse mich immerzu in anderen spiegeln. Gemessen an meinen guten Vorsätzen, war es blamabel. Ich schämte mich vor mir.

Ändern konnte ich das nur, wenn ich hart mit mir kämpfte. Als Fünfzehnjähriger wollte ich Pfarrer werden und habe in der Dachkammer mit dem Neuen Testament auf den Knien gelegen, weil ich mich eitel und schmutzig fühlte.

Wenn ich mit Margrit oder Marlen tanzte, spürte ich wohl, sie drehten sich auch um sich. Aber es fiel ihnen doch nicht ein, sich danach den Hals zu verrenken, wie andere uns mit Blicken folgten. Die Mädchen, stellte ich mir vor, sind mittendrin in ihrer Freude oder in ihrem Kummer, was immer mit ihnen geschieht. Auch viele Jungen sind nicht so eingebildet wie ich. Je öfter mein Spiegelbild mich verriet, umso gewandter mogelte ich mich durch. Gewiss ist das Geltungsbedürfnis ein mächtiger Antrieb zum Handeln, und der kann Nützliches hervorbringen. Aber uneigennützige Motive stimmen einen Menschen zufriedener. Wenigstens besaß ich einen inneren Kompass, der die Missweisung haargenau anzeigte: Glücklich konnte ich nur sein, wenn ich in dem, was ich dachte und tat, ohne in Verlockungen abzuschweifen, mit mir übereinstimmte.

Das verfolgte mich noch bis in meine Zeit als junger Ehemann. Als ich keine Chefs mehr hatte, wurde ich mein eigener Vorgesetzter und ging streng mit mir um. Es war nie ein Problem der Disziplin, vielmehr eines der Identität. Ich brauchte Erfolge, um Ich zu werden. Es sollte noch manches Jahr vergehen, bis ich auch im Misserfolg in mir zu Hause war, aushalten musste ich ihn ohnehin.

Als die Sprecherrolle im VS auf mich zukam, fühlte ich mich ihr gleich gewachsen. Ich fand, diese öffentliche Aufgabe entspräche mir, und tatsächlich gab es eine Menge für die Bewohner der literarischen Republik zu tun. Auf die Berufspolitik folgte die Politik als Beruf. Von vornherein nahm ich mir vor: beides sollte für mich nur ein Durchgang sein. Wenn die Aufgaben erfüllt wären, die ich anderen und mir versprochen hatte, wollte ich nach Hause zurückkehren. Inzwischen taten sich mir lauter neue Themen auf, auch für mein Schreiben.

War ich unter meinesgleichen angekommen? Erst einmal kreuzte ich die Ameisenstrecken all derer, die sich lange vorher schon dort eingeübt hatten. Bald fiel mir auf: Manche Einschätzung der Politiker untereinander trägt den Empfindlichkeiten des Ego mehr Rechnung, als die Fähigkeit zur Härte, die sie vorzeigen, vermuten lässt. Und weil es ein Austauschverfahren ist, also zumindest unter Gleichrangigen der eine auf den anderen eine gewisse Rücksicht nimmt, entsteht eine Kameraderie der Verletzlichkeit. Gerade kantige Zwölfender an Parlamentsjahren und erst recht die Lebenslänglichen betten sich gern auf Mimosen.

Mag sein, bei manchen verschmelzen Handicap und Ansporn der Selbstverheißung vor der Wucht anstehender Probleme zu einem Extrakt der Sachlichkeit. Wer es bis zum Erfolg gebracht hat, will etwas gestalten. Je stärker ein politischer Charakter, umso klarer die Ziele und die Durchsetzungskraft. Aber reden können sie alle, sei es auch nur als Platzhirsch im angestammten Revier. Selbst die Schweiger im Haus der Redner kommen nicht ohne wortreiche Kämpfe dorthin. Nur die Spontaneität der deutschen Einheit hat plötzlich zu Ministerinnen gewordene Anfängerinnen auf die politische Bühne gebracht. Jedenfalls bringen in der Regel neu gewählte Bundestagsmitglieder aller Fraktionen mehr Ideen und Tatkraft mit nach Berlin, als öffentlich wahrgenommen wird. Es kommt darauf an, wie viele von den Neuen sich durch die Schleifmaschine namens Anpassung abhobeln lassen.

Das Publikum nimmt nur die Auserwählten wahr, weil fast ausschließlich über die Spitzen von Regierung und Opposition, kaum über normale Abgeordnete berichtet wird. Wie viel Narzissmus bestimmt den Umgang von Spitzenpolitikern mit den Medien, vor allem des Fernsehens. Und weil auf Seiten der Interviewer und Moderatorinnen auch Selbstverliebte sitzen, ergänzen ihre Neurosen einander vollkommen. Allzu oft erhellt die Prominenz nur sich selbst, und sie überschattet jedes Bedürfnis nach Aufrichtigkeit.

Einmal sah ich auf einem Rückflug nach München ungewollt zu, wie ein namhafter Vertreter der Öffentlichkeit eine Zeitschrift auf seinen Knien hielt, in der er mehrfach abgebildet war. Sein Blick ging immer wieder zu seiner hübschen Nachbarin hinüber, ob sie das auch wahrnahm und ihn gebührend bewunderte. Er gab sich Mühe und raschelte mit dem Papier, aber sie merkte nichts.

Es ist schmerzlich festzustellen, wie Eitelkeit die Intelligenz trübt. Wo immer politische »Narzissen« blühen, stellt sich unbarmherzig heraus, wes Geistes der eine oder die andere ist. Weil sich das in der Politik wie ihren öffentlichen Spiegelungen serienmäßig ungeschützt darbietet, frage ich mich: wie belastbar sind unsere politischen Eliten? Das Gemeinwohl braucht Verlässlichkeit und integre Führungskräfte in der Politik. Manisch ihr Ich zelebrierende Politiker erscheinen in ihrer Belastbarkeit besonders gefährdet, aber sie können, selbst wenn sie vorübergehend den Eindruck erwecken, sie hätten sich aus der Verantwortung verabschiedet, auch für Überraschungen sorgen.

Oskar Lafontaine und Gregor Gysi, jeder auf seine Weise eine Ausnahme von der Regel, haben das gemeinsam im September 2005 bewiesen. Ihre Fraktionsgründung DIE LINKE zog mit 54 Sitzen in den Deutschen Bundestag ein.

Lafontaine lernte ich kennen, als er in Saarbrücken Jungstar war. Er schlug sich gerade mit seiner ersten Scheidung herum. Nach dem öffentlichen Abend redeten und tranken wir eine halbe Nacht, es wurde immer rückhaltloser zwischen uns. Parteifreunde trauten ihm höchste Ämter zu. In der Tat war es überraschend, in der Politik einem Physiker zu begegnen, der mit Kultur getauft war und die Überzeugungskraft ausstrahlte, öffentliche Dinge neu zu formen. Die Hauptstadt des Saarlands war für mich eine Station, seit der Sender dort gegen ein Honorar noch in französischer Währung mein erstes Hörspiel aufgeführt hatte und mir, nachdem die D-Mark dort eingeführt war, weiterhin Aufträge gab. Lafontaine traf ich wieder als Oberbürgermeister, als Ministerpräsidenten. Ich habe von ihm nur Zustimmendes erfahren zu dem, was ich vorhatte. Traurig machte mich, wie sich ruhmrednerische Girlanden um ihn rankten, die er sich und andere ihm flochten. Und dass enge Weggefährten sagten, auf sein Wort könnten sie sich nicht mehr verlassen.

Als er auf jenem denkwürdigen Parteitag Rudolf Scharping als Vorsitzenden stürzte und an seine Stelle gewählt wurde, war er Brutus und Retter aus der Not in einem, mitreißender Programmatiker mit einer Vision und zugleich von übersteigertem Ehrgeiz besessen. Ich habe mich immer gefragt, wie weit der Augenblick des Attentats ihn nicht mehr verlassen hat. Später, als er Bundesminister der Finanzen war, hat er eher gegen die Wirtschaft als gegen Schröder verloren. Das Bild blieb in mir haften: Lafontaine auf dem Balkon seines Hauses mit dem Söhnchen auf den Schultern, ein gestörtes Selbstporträt.

Gysi habe ich im August 1993 auf einer Fahrt in die Uckermark am Scharmützelsee besucht. Wir kannten uns von mehreren Veranstaltungen. Der Mann, der mich im Vorderhaus empfing, schickte mich durch den Hof und über einen baumumstandenen Weg an einem Tümpel vorbei zu dem Haus, das Brecht einmal bewohnt hatte. Wir saßen unterhalb der Veranda zu zweit an einem Kaffeehaustisch in einem langen Gespräch. Er war kein Mensch zum Warmwerden, aber einer zum Erstaunen über so viele Gaben. Gysi fragte mich, ob ich mir vorstellen könne, doch noch einmal für den Bundestag zu kandidieren. Als ich genauer nachdachte, kam das nicht in Betracht. Heinrich Graf von Einsiedel, der das Nationalkomitee Freies Deutschland in russischer Kriegsgefangenschaft mitbegründet hat, und Gerhard Zwerenz, Ost-West-Autor, haben das – keineswegs wirkungslos – jeder für eine Legislaturperiode gemacht. Ihre Voraussetzungen waren andere.

Was mir wichtig wurde, war der für eine Zeit fortgesetzte Gedankenaustausch mit Gysi und auch mit dem Vordenker der Partei des Demokratischen Sozialismus, André Brie. Wir dachten nach über eine demokratische, koalitionsfähige Kraft, bundesweit und auf Dauer, links der in die Mitte gerückten Sozialdemokraten, zu deren linkem Flügel ich gezählt wurde. In Frankreich und Italien hat so etwas Tradition. In den USA und England war Vergleichbares nie gelungen. Die Bundesrepublik erwies sich sehr lange als eine angelsächsische Gründung.

Gysi besuchte mich auch in München, er saß lange auf unserem blauen Tölzer Sofa aus dem Vormärz und telefonierte mit Annemarie Böll und anderen über die Idee der »Komitees für Gerechtigkeit«. Später bestritten wir in Nürnberg gemeinsam eine öffentliche Grundsatzdebatte. Erst als ich mich mehr und mehr auf meine literarische Arbeit konzentrierte, verlor sich unser Kontakt. Ich sah Gysi nur noch in den Medien. Er faszinierte das Plenum des Bundestags wie kein anderer mit seiner Brillanz. Die Kanzler Kohl und Schröder verblüffte er wie sonst nur noch Joschka Fischer; die Talkshows rissen sich um ihn. Dass dieser funkelnde Politiker sich im Spätsommer 2002 aus der ersten Reihe der Verantwortung zurückzog, erschien mir als eine selbstzerstörerische Implosion. Die Partei, die ohne ihn nicht geworden wäre, was sie war, musste dadurch zunächst Nachteile hinnehmen. Für eine Wahlperiode war die PDS nur noch mit zwei Sprecherinnen im Bundestag vertreten.

Aber Gysi und Lafontaine sind wiedergekehrt. Die Linke hat, mit Zuwachs aus den westdeutschen Ländern, eine Chance gewonnen, die bis dahin in der Bundesrepublik nicht bestand. Falls aus dem Bündnis der WASG, der Wahlalternative Arbeit & Soziale Gerechtigkeit, und der Linkspartei/PDS in der neuen Wahlperiode tatsächlich eine gemeinsame Partei von parlamentarischer Überzeugungskraft hervorgeht, könnte auch bei uns, wie sonst in Kontinental-Europa von Portugal bis Griechenland, DIE LINKE eine demokratische Selbstverständlichkeit werden. Falls nicht, wäre die Chance einer solchen Normalisierung vertan.

## Entrüstet euch

Eine Regierung, die falsch handelt, braucht das Nein ihrer Bürger. Sie erheben sich nicht zum stehenden Beifall, vielmehr für den notwendigen Protest. Alle Systeme und Staatsoberhäupter entfernen sich mit der Zeit von der Voraussetzung ihrer Legitimation. Und sie entschuldigen sich mit den Zwängen, die sie sich selber schaffen und ihren Nachfolgern überlassen. Die Gewohnheit ist die Hülle, nach der die Mehrheit verlangt, solange es ihr nicht übel ergeht. Kritische Minderheiten einzugrenzen, gehört zur Fertigkeit des Regierens.

Als die Bundesrepublik von den Westalliierten gegründet wurde, herrschte noch Lähmung auf Grund der Verbrechen des Dritten Reiches. Die Gebiete in der DDR hielten die Bonner Beauftragten für lange Zeit verloren, weil man im Kalten Krieg mit den Russen weder verhandeln sollte noch wollte. In ihren Besatzungszonen hatten die Alliierten freie Hand, denn wir hatten bedingungslos kapituliert.

Der erste Kanzler Konrad Adenauer nutzte den Handlungspielraum, den ihm die Besatzer nach und nach bewilligten. Er war Kölner genug, um nach Westen zu denken. So entstand zum dritten Mal in der Geschichte ein Rheinbund-Deutschland. Und der greise Kanzler wurde dessen Übervater.

Der Schock der Geschlagenen sollte Jahre dauern. Jahre, in denen Entscheidungen fielen, die kaum noch rückgängig zu machen waren: dazu gehörten die einseitige Westbindung der Westdeutschen, die Einführung des US-Wirtschaftssystems und die Wiederaufrüstung – diese drei Beschlüsse waren unser Anteil an der deutschen Teilung.

Eines war deutlich geworden im Zusammenbruch alles Glaubwürdigen und aller Werte: die Bevölkerung wollte zu Anfang keineswegs, dass ihre ehemaligen Soldaten wieder Waffen in die Hand nähmen – das beteuerten zu Anfang auch unsere neuen Politiker. Der Kanzler belog seine Wähler. Kaum war er im Amt, bot er heimlich den Besatzungsmächten USA und Großbritannien an, wonach sie verlangten: im Russlandkrieg erfahrene deutsche Soldaten. Damit handelte er damals rücksichtslos gegen den Willen der Bevölkerung. Aus diesem Grund trat Gustav Heinemann, CDU-Innenminister im ersten Kabinett Adenauers, aus Protest gegen den Wortbruch zurück. Er hat mit Gleichdenkenden die Gesamtdeutsche Volkspartei gegründet und ist dafür eingetreten, dass die Deutschen in den vier Besatzungszonen zusammenhalten und die Einheit nicht aufgeben sollten, solange dafür auch nur die geringste Chance bestand.

Nach und nach verschafften sich Wirtschaft, Politik und Militär, auch mit dem Segen der Kirchen unter dem Namen »Verteidigung« eine neue armierte Macht. In Wahrheit bestand kaum eine Gefahr, dass wir aus Osten angegriffen werden konnten. Denn in Russlands Weiten herrschte das Elend verbrannter Erde, das wir Deutschen hinterlassen hatten. Als Verbündete der USA hatte die Sowjetunion den Sieg des Westens mit zwanzig Millionen Toten bezahlt. Die Amerikaner verfügten noch über das Monopol der Atombombe und insgesamt über eine gigantische Überlegenheit. Dennoch fielen die Westmächte sehr bald in ihre Urfeindschaft gegen jeden Versuch einer Weltordnung zurück, die das persönliche Eigentum nicht als Angelpunkt ihres Gesellschaftssystems anerkannte – wenn das auch in erster Linie großen Familien und ihren Besitztümern galt. Die meisten Deutschen wussten nicht einmal, dass es während des Ersten Weltkriegs ihre kaiserliche Regierung gewesen war, die Lenin 1917 in das Zarenreich geschickt hatte, damit er das Kriegsende im Osten durch seine Revolution beschleunige.

Mich hat Heinemanns Entscheidung im Sommer 1950 politisch aufgeweckt. Bis dahin hatte ich, befreit aus der Diktatur, alles Persönliche für wichtiger gehalten als das Politische. Als er zwei Jahrzehnte später sozialdemokratischer Bundesjustizminister und 1972 Bundespräsident wurde, habe ich mit ihm oft zu tun gehabt, und er blieb für mich ein Vorbild. An Wortkargheit übertraf ihn nur Egon Bahr, an Glaubwürdigkeit niemand. Seine Strenge gegen sich, mehr als gegen andere, machte ihn zu einem einsamen Präsidenten. Über die Abende in der Villa Hammerschmidt bei Hilda und Gustav Heinemann habe ich in meinem Essayband *Die Erben der Zeitzeugen* geschrieben.

Als wir, die Jüngeren aus der Kriegsgeneration, zum ersten Mal wieder über das bloße Überleben hinausdenken konnten, wurde unser Land schon wieder aufgerüstet. Daraus wuchs die erste Friedensbewegung. Der Feind, der uns im Osten immer wieder gezeigt wurde, war der alte. Wie von den Alliierten und unserer Regierung betrieben und erwartet, wandelte sich in der Bevölkerung nach einigen Jahren die Grundstimmung. Immer mehr Westdeutsche wollten auf der Seite des Westens stehen und sich damit beinahe schon wieder als Sieger fühlen. Den meisten erging es inzwischen besser, als sie erwartet hatten. Die Mehrzahl der zehn Millionen Flüchtlinge, die aus den ehemaligen deutschen Ostgebieten vertrieben wurden und in die Bundesrepublik kamen, wollte nicht erkennen, dass auch Churchill und Roosevelt ihre Vertreibung beschlossen hatten, sie gaben Stalin die alleinige Schuld. In der totalen Niederlage war auch das Überlegenheitsgefühl der Deutschen gegenüber »den Russen« zusammengebrochen. Nun schien – nach ersten sozialistischen Ansetzen selbst im Ahlener Programm der CDU von 1947 – der von der neuen Regierung in Bonn praktizierte Ausschluss sozialistischer Ideen aus der anerkannten Vorstellung von Demokratie das Selbstgefühl wieder aufzurichten.

Die Westmächte haben diesen Wechsel im Bewusstsein der Westdeutschen realistisch eingeschätzt: die neuen Waffen für die alten Soldaten waren Ende der fünfziger Jahre nur noch einer Minderheit als Preis für den Wohlstand zu hoch. Wir, die Minderheit, schätzten den Wortlaut des Grundgesetzes umso höher ein, und wir machten uns das in ihm garantierte Recht auf Widerstand zu Eigen.

Wie staunte die Republik, als im Januar 1955 in der Paulskirchenversammlung die erste außerparlamentarische Opposition auftrat. Sie sah das Gebot der Wiedervereinigung im Grundgesetz durch die Wiederaufrüstung bedroht. Wie groß war das Erstaunen, als im April des Jahres 1957 die Göttinger Achtzehn, namhafte Atomwissenschaftler um Otto Hahn, Werner Heisenberg, Carl Friedrich von Weizsäcker, die Bundesregierung vor einem atomaren Abenteuer in der Ausrüstung der Bundeswehr warnten. Es war der erste nachhaltige Zusammenstoß zwischen Geist und Macht in der Bundesrepublik. Von da an konnte niemand mehr behaupten, von den öffentlichen Abgründen zwischen Reden und Handeln, Vision und Wirklichkeit nichts zu wissen.

Der Kanzler und sein Verteidigungsminister Strauß verbaten sich die Einmischung. Im Februar 1958 wandten sich 44 Universitätsprofessoren gegen Abschussrampen und Atomwaffenlager auf deutschem Boden. Es war eine neue Übung, als ehemalige Soldaten, die den Krieg hinter sich hatten, mit Jung und Alt aus der Bevölkerung auf Straßen und Plätzen in den Reihen der ersten großen Bürgerbewegung der Nachkriegszeit unter dem Motto »Kampf dem Atomtod« auf die Straße gingen. Als Hitlerjungen hatten wir in Kolonnen unter knallenden Kommandos Fackeln in der Hand oder die Finger an der Hosennaht. Nun lernten wir, aus dem Gewissen der Freiwilligkeit zu demonstrieren. Wieso war das eine mörderisch wirkungsvoll gewesen und prallte das andere trotz des langen Atems gemeinsamer Kräfte an der Unbeirrbarkeit der verbündeten Mächte ab?

Meine Lehrzeit in Zivilcourage begann. Es begeisterte mich, wie damals Hildegard Brücher, Erich Kästner, Wolfgang Koeppen, Fritz Kortner und Hans Werner Richter vereint mit Wissenschaftlern, Kirchenleuten und Gewerkschaftern den Urhebern der Wiederbewaffnung unser Nein entgegenhielten. Einige von ihnen sah ich als Redner auf den Lautsprecherwagen und hörte ihnen zu. Später sollte ich selber einmal dort stehen. Ich spürte, für mich war es an der Zeit, dass ich mich nicht mehr nur um meinen Beruf und meine Familie kümmerte.

Trotz allen Demonstrationen und nach Umfragen damals gegen den Willen von über achtzig Prozent der Westdeutschen trat eine Mehrheit im Bundestag für die atomare Bewaffnung der Bundeswehr ein. Als hätten die Strategen aus den USA tatsächlich vorgesehen, Atomwaffen aus der Hand zu geben! Sie haben diese Waffen zwar in unserem Land, aber bei ihren Truppen stationiert, und dadurch wurden sowjetische Atomwaffen in Ostdeutschland hervorgerufen. Bereits 1949 war die NATO gegründet worden, der Warschauer Pakt entstand erst 1955.

Als Bundestagsmitglied habe ich einmal gemeinsam mit Ignaz Kiechle von der CSU im Wahlkreis Oberallgäu eine Stellung von Pershing-IA-Raketen besichtigt, sie war im Kemptener Wald verborgen. Diese Raketen wurden von Bundeswehrsoldaten bewacht und gewartet. Die Schlüsselgewalt für die Zünder und Abschussrampen lag bei den US-Offizieren. Die einzige Zeitung der Region wollte davon genau so wenig wissen wie die Mehrheit der Bevölkerung.

Die Friedensbewegung erreichte erst Anfang der achtziger Jahre wieder einen Höhepunkt. Inzwischen waren die Ostermärsche aus England zu uns herübergekommen und hatten ihre eigene Tradition gefunden. Die Proteste gegen die Notstandsgesetze der Großen Koalition waren an der parlamentarischen Mehrheit zerschellt. Die Außerparlamentarische Opposition der Studentenrevolte hatte den Mief aus den Talaren geschüttelt, mit denen sich viele von ihnen, als sie an der Reihe waren, selbst gern schmückten. Von der Nachkriegszeit und bis hierher war jeder starke Impuls von unten an den Mechanismen der Macht gescheitert. Und doch hatten diese Initiativen insgesamt, vor allem die APO, demokratische Grundsätze ein Stück gebräuchlicher gemacht.

Im Juni 1981 wurde der Evangelische Kirchentag in Hamburg zu einem Sammelpunkt der neuen Friedenskräfte. Die Sozialliberale Koalition hatte sie mit ihrem Beschluss hervorgerufen, den USA die Erlaubnis zur Stationierung von Marschflugkörpern und Pershing-II-Raketen in unserem

Land einzuräumen. Zum ersten Mal hat im Lauf mehrerer Jahre eine Bürgerbewegung bewirkt, was sie erreichen wollte. Die Stationierung dieser Waffen wurde nach zahlreichen Sitzblockaden vor den hochgesicherten Stellungen von Großengstingen über Mutlangen bis in den Hunsrück von den Amerikanern aufgegeben.

In einem dicht gefüllten Sonderzug aus München waren Marlen und ich zum Kirchentag angereist. Am zweiten Tag trafen wir Initiatoren des *Krefelder Appells* in einem Café gegenüber dem Hamburger Hauptbahnhof. Josef Weber hatte mich dazu eingeladen. Wie sich herausstellte, war das mit dem Vorhaben verbunden, dass Gert Bastian mich bat, den kürzlich gestorbenen Karl Bechert in diesem Sprecherkreis zu ersetzen.

Bechert hatte den Bundestag verlassen, als ich dort anfing. Er war Professor für theoretische Physik in München und Gießen gewesen und auch Vorsitzender der Deutschen Physikalischen Gesellschaft. Seine Arbeiten galten der Atomphysik, der Biologie und der Philosophie. 1957 wurde er erstmals als Abgeordneter der SPD in den Bundestag gewählt.

Sein Vermächtnis war der berühmt gewordene Friedensaufruf an die Europäer 1980. Er hatte zusammen mit Gert Bastian, Petra Kelly, Martin Niemöller, dem Verfassungsrechtler Helmut Ridder, dem Vorsitzenden der Jungdemokraten Christoph Strässer, dem Biologen und Begründer der Umweltlehre Jakob von Uexküll und Josef Weber im November 1980 die Initiative in Krefeld gegründet. Weber, einst Oberst im Generalstab, hatte aus dem Krieg die Konsequenz zur Friedensarbeit gezogen. Er gehörte zum Direktorium der Deutschen Friedens-Union und war ohne Zweifel der steuernde Kopf dieses Kreises. Der *Krefelder Appell* benannte sein Hauptziel in vier Worten: »Keine Atomraketen in Europa.«

Wir saßen am runden Tisch. Bastian hatte als Generalmajor und Kommandeur einer Panzerdivision seinen Abschied vom aktiven Dienst erbeten, weil er die neue Rüstungsentscheidung der NATO nicht mehr mitverantworten konnte. Aber Verteidigungsminister Hans Apel hatte ihm zunächst nur die Division entzogen, dann den Rückzug von der Truppe nachträglich »aus gesundheitlichen Gründen« gebilligt. Der Konflikt hatte Aufsehen erregt und den General über unsere Grenzen hinweg bekannt gemacht. Jetzt führte er das Wort. Marlen und ich hörten uns seinen Vorschlag sorgfältig an.

Was mir durch den Kopf ging, waren praktische Dinge. Mein Buch über Bundestag und Wahlkreis *Die lieblose Republik* war im Druck; inzwischen arbeitete ich am Exposé für den *Brüder*-Roman. Der ließ mir nicht viel Raum. Aber war ich nicht immer überzeugt gewesen, dass eine konzentrierte Zeit auch noch die Kraft für ein weiteres Engagement freigibt? Marlen las diese Gedanken in meinen Augen. Es war unsere Friedensbewegung, sie machte aus uns ein Paar mit einer neuen Identität. Ich sagte zu.

Wir sprachen über die Pläne der Initiative. Es ging um regelmäßige Beratungen der Initiatoren, um öffentliche Foren der »Krefelder« und um die Zusammenarbeit mit den anderen Friedensgruppen für öffentliche Großdemonstrationen. Ridder, habilitiert in öffentlichem Recht und Rechtsvergleichung, war fünf Jahre lang Soldat im Krieg gewesen. Er hatte in den Prozessen zur Volksbefragung über die atomare Bewaffnung der Bundeswehr die Hessische Landesregierung vor dem Bundesverfassungsgericht vertreten. Nach seiner Lehrtätigkeit in Cambridge und Berlin wurde er ordentlicher Professor in Frankfurt am Main, danach in Bonn und Gießen. Seine Veröffentlichungen zur Theorie der Demokratie, zum Verfassungsrecht und Urheberrecht machten Schule. Er gab der Krefelder Initiative das juristische Rückgrat, Niemöller stand für die theologische Glaubwürdigkeit, Bastian für die militärische, Kelly als Bundesvorsitzende der Grünen für die alternative Kompetenz.

Einen Farbtupfer in meiner Erinnerung an die Friedensforen rings um diesen Kirchentag macht der Auftritt von Uta Ranke-Heinemann aus. Die Professorin der katholischen Theologie, Tochter des Bundespräsidenten, bestieg das Podium im Gewerkschaftshaus in einem blasslila Kostüm mit vornehmen weißen Handschuhen. Just in dem Moment, in dem sie ihre ohnehin scharfe Zunge spitzte, begann ihre Nase zu bluten. Sie hielt nicht inne, ergriff ein Päckchen Papiertaschentücher, das ihr gereicht wurde, und machte in beflügelten Gesten aus ihrem Missgeschick eine Vorführung, die den Saal voller Menschen in ein Gelächter stürzte. Ironisch inszenierte sie ihr Selbstmitleid, zeigte Blut vor, als wäre es für eine große Sache geflossen. Sie ließ ihre Manuskriptblätter ins Publikum wehen. Bis sie sich und alle Übrigen im vollen Ernst wieder auffing, gerade als das Spektakel sich zu überschlagen drohte. Im gleichen Atemzug war die Nase gestillt. Wir lauschten einer eindrucksvollen Friedensrede.

Seitdem gehörte Frau Ranke-Heinemann zu den Rednerinnen, die ich auf manchen Podien traf. Als sie einmal eine Kirchenfunksendung verfolgt hatte, in der ich mich der Frage stellte: »Warum ich in der Kirche geblieben bin?«, sprach sie mich bei unserem nächsten Treffen darauf an: »Hätt' ich gar nicht von Ihnen gedacht.«

Wir übernachteten im Haus meines Bruders Klaus und seiner Frau Lilo in Blankenese. Meine Schwägerin war kirchlich, dachte sozial und handelte engagiert für Andersdenkende in der DDR. Einmal meinte Lilo: »Ihr habt es doch sonst nicht so mit der Kirche gehabt.« Von ihrem Standpunkt aus gesehen setzten die Demonstranten sich über den eigentlichen Sinn dieser kirchlichen Tage hinweg. Marlen war freilich als Organistin und von zu Hause aus mit der Kirche verwachsen. Als sie später austrat, fiel ihr das sehr schwer. Sie schrieb dem Landesbischof in ihrem Brief, sie könne das »Ja-und-Nein« der Kirche zu immer weiterer Rüstung nicht mehr als christlich begreifen. Ich befolgte den Rat, den Dorothee Sölle mir gegeben hat: drin bleiben und von innen auf Veränderungen hinarbeiten.

Auch unsere Toleranzgrenze wurde überschritten, als Hans Apel, der kirchentreue Minister, in dem Gotteshaus, wo er zum Kirchentag sprach, von einer Gruppe, die mit unserem Versprechen der Friedfertigkeit brach, mit Tomaten beworfen wurde. Wir standen hinter den letzten Bänken am Ausgang und verließen beschämt den Ort.

Bei der Hauptdemonstration trug ich ein silbernes Schild mit der Aufschrift »Entrüstet euch« über den Damm zwischen Binnen- und Außenalster und weiter durch die Innenstadt. Unsere Grafikerfreundin Ilona, die bei uns in Schwabing unterm Dach wohnte, hatte es gemalt. Fast alle unsere Freunde und Bekannten waren von der Idee ergriffen, endlich einmal aus allem herauszutreten, was sie bisher meist hatte beiseite stehen lassen. Einmal wollten sie sich beteiligen und Nein sagen zum Wahn der Weltuntergangswaffen.

Frieden auf der Welt wurde zum äußersten Wunsch, der die Demonstranten vereinte. Nicht wenige setzten sich auf diese Weise mit Schuld und Verstrickung ihrer Väter während der Nazi-Herrschaft auseinander. Ein Funke »Alle Menschen werden Brüder« kam geflogen. Das Du war selbstverständlich in unserem Zug. Zurufe, Lachen, Lieder. In den Kirchen sangen wir: »Herr, gib uns deinen Frieden.« Und wenn wir in den folgenden Jahren Straßen zu Stationierungsorten von Atomraketen mit unseren Körpern versperrten, stimmten wir »We shall overcome« an.

Die Friedensbewegung der achtziger Jahre brachte Hunderttausende auf die Beine, zweimal waren wir in Bonn im Hofgarten dabei, auch auf dem katholischen Kirchentag in Düsseldorf und auf dem nächsten evangelischen in Hannover. Tausende kamen auch zu den Friedenstreffen in Berlin, Frankfurt, Dortmund und München. Das verdankte diese Bürgerinitiative ihrer Struktur. Sie verfügte gleichermaßen über glänzende Theoretiker, wortmächtige Autorinnen und Redner und perfekte Organisatoren. Zu einer Schlüsselfigur war der damalige Pfarrer der Aktion Sühnezeichen/Friedensdienste Volkmar Deile geworden, und zu den Akteuren gehörten: Horst Afheldt, Inge Aicher-Scholl, Otl Aicher, Heinrich Albertz, Ulrich Albrecht, Carl Amery, Rudolf Bahro, Herbert Begemann, Joseph Beuys, Karl Bonhoeffer, William Borm, Andreas Buro, Ingeborg Drewitz, Theodor Ebert, Gisela Elsner, Bernt Engelmann, Eva-Maria Epple, Erhard Eppler, Walter Fabian, Ulrich Finckh, Ossip K. Flechtheim, Helmut Gollwitzer, Anton-Andreas Guha, Corinna Hauswedell, Hartmut von Hentig, Dieter Hildebrandt, Mechtild Jansen, Inge und Walter Jens, Robert Jungk, Heinar Kipphardt, Walter Kreck, Alfred Mechtersheimer (wie er damals war), Wolf-Dieter Narr, Oskar Neumann, Peggy Parnass, Gudrun Pausewang, Eva Quistorp, Luise Rinser, Dieter Senghaas, Eckart Spoo, Hanne und Klaus Vack, Marie Veit, Günter Wallraff, Jörg Zink, Andreas Zumach.

Eine Bürgerbewegung dieser Breite zieht immer auch einen Markt nach sich. So brachten Verlage Vorläuferliteratur zur Ideengeschichte des Friedens neu heraus, sie produzierten Hunderte von aktuellen Titeln. Ähnlich waren zu Zeiten der Außerparlamentarischen Opposition Grundlagentexte der Linken seit der Französischen Revolution nachgedruckt und wie Offenbarungen wieder neu gelesen worden.

Von den Großstädten breitete sich die Friedensbewegung in unzähligen regionalen Initiativen aus. Die Provinz ist nicht nur die Nachhut, sie hat ihre eigenen Gesetze – es sind, selbst in unserem viel berufenen Industrieland, immer noch die Gesetze der Mehrheit. Wenn ich nun ins Allgäu fuhr, frei von Pflichten des Mandats, waren es andere Zusammenkünfte. Manchmal schwang, quer durch die Zugehörigkeiten, eine Auflehnung gegen alles mit, was ihnen durch Wehr und Waffen einstiger Fürsten aufgebürdet worden war. Das Erbe der Bauernkriege auf den Schlachtfeldern der grausigen Heerscharen des Schwäbischen Bundes ist den Menschen in dieser Region nie ganz aus dem Sinn gegangen.

Wie heute attac in Frankreich kooperierte die Friedensbewegung mit den beweglicheren Gewerkschaften, IG Medien, IG Metall, Gewerkschaft Erziehung und Wissenschaft. Teile der SPD, vor allem die Jungsozialisten und manche Jungdemokraten beteiligten sich. Blind wäre gewesen, wer nicht erkannt hätte, wie wichtig die Organisationsstruktur der DKP für unsere Versammlungen und Demos wurde. Das bedeutete für manche bürgerlichen Gruppen Konflikte. Wie wir damit umgingen, gerade daran sollte sich unsere Friedensfähigkeit oder ein Versagen in eigener Sache erweisen. Wie die Staaten im Großen benötigten die Friedensgruppen im Kleinen den »Wandel durch Annäherung«. Der war nicht zu haben, ohne dass auch wir uns untereinander annäherten und dadurch einen Wandel herbeiführten. Denn das Jahrhundertfeindbild des Antikommunismus gab es auch in der Friedensbewegung, und der westliche Verfassungsschutz legte im Dienst der Politik der Berufsverbote mit Diffamierungen kräftig nach.

Nach den Gottesdiensten in der Nikodemuskirche im Münchner Viertel Alte Heide, wo Marlen als Organistin aushalf, stellte sich eine Zeitlang ein Schweigekreis am

Ausgang auf. Die Pfarrerin war dafür. Der Kirchenrat und manch ältere Kirchgänger fühlten sich durch diese Zurschaustellung gestört. Sie erklärten, solange das währte, könnten sie nicht mehr zur Kirche kommen. Nach allen Kriegen, nach Not, Tod und selbst Staatsverbrechen schloss sich das Bündnis zwischen Kirche und Kaiser, später Kanzel und Kanzler wieder zusammen. Nur nicht daran rühren! Als Störenfriede oder gar Kommunisten galten die Ruhigen, die sich in Mahnwachen dort hinstellten.

Unvergesslich ist mir der Abend, an dem wir Krefelder Initiatoren uns auf der Godesburg trafen – mit Rücksicht auf Petra Kelly und Gert Bastian, sie wohnten nun in Bonn. Auf Großveranstaltungen in Hallen und Stadien waren sie die Gefeierten. Den *Krefelder Appell* hatten in wenigen Monaten mehr als eine Million Bürger unterschrieben. Es wurde jahrelang weitergesammelt, bis es fünf Millionen waren.

Dem bewunderten Paar der Initiative waren Marlen und ich nach dem Hamburger Kirchentag näher gekommen. Wir hatten Bastian und seine Frau Lotte, die souverän Petra auch zu ihrer Freundin machte, noch in seinem Würzburger Generals-Domizil besucht. Bald zogen sie nach München. Wer zu einer Friedensgruppe gehörte, dem standen die Türen der anderen offen. So war Petra ein paar Mal vor einer Abendveranstaltung in München bei uns zu Hause erschienen. Sie brauste herein, setzte ihre »Omi«, von der sie sich schwer trennen konnte, auf unser blaues Sofa, schmiss Papiere auf den Tisch, telefonierte, sprudelte heraus, was als Nächstes alles dringend zu tun sei, rauschte plötzlich ab und winkte uns abends vom Podium herab zu, während Omi neben uns in der Reihe saß. Um Petras Großmutter drängte sich immer ein Kreis, der sie verehrte und die Erreichbare auch an Stelle der flüchtigen Enkelin festhielt. Wenn Petra sich von ihr löste und die Bühne betrat, herrschte Sturmwind. Die Enkelin war polyglott, teils in US-Amerika aufgewachsen, europaerfahren durch ihre Arbeit als Verwaltungsrätin für Soziales und Gesundheit in Brüssel. Auf immer neuen Foren war sie die selbstbegeisterte, durch ihre Silbengeschwindigkeit auch nervende Rednerin ohne Ladehemmung.

Mit ihrer magnetischen Energie, gehetzt durch ihre Publizität, brach sie oft beinahe zusammen, konnte sich aber in einer halben Stunde wieder aufrappeln, um von neuem Berge zu versetzen. Sie war schmal, blond, jung, als wäre sie immer Anfang dreißig, emphatisch mit einem Schuss gebremster Hysterie konnte sie eine Menschenmenge mitreißen, über die allgemeine Vernunft hinaus. Für sie galten keine Verallgemeinerungen, sie war die Besondere. Wenn sie fand: »Das kannst du doch nicht machen!«, klang das absolut. Mit den beiden Bastians gehörte sie in unsere Großfamilie der Friedensbewegung. Manchmal gelang es Gert und Petra, wenn ihr Equilibrium zu diffizil wurde, unsere wankende Übereinstimmung mit einem Lächeln wiederherzustellen.

An diesem Abend, aus dem eine Nacht wurde, waren beide zum ersten Mal nicht für eine gemeinsame Entscheidung zu gewinnen. Am Ende der Tagesordnung gab es noch einen Punkt, den Josef Weber gegen seine Gewohnheit nicht in Telefonaten mit allen vorbereitet hatte. Er schlug vor, in den schon mehrfach erweiterten Initiatorenkreis den Bremer Universitätsprofessor Jörg Huffschmid aufzunehmen. Kelly und Bastian lehnten das ab, mit der Begründung, unsere Initiative habe insgesamt gewiss kein Defizit an Mitgliedern der DKP, und das sei er doch wohl. Lange gingen Weber und ich im Saal unterm Turm mit den beiden auf und ab. Sie waren aber nicht umzustimmen. Ich argumentierte mit Egon Bahrs These und Praxis der Annäherung. Sie konnten doch nicht mitten in der Friedensbewegung an diesem Feindbild festhalten! Es war vergeblich.

»Wenn ihr jetzt geht, geht ihr ganz«, fürchtete ich. Das wollten beide in diesem Moment nicht wahrhaben. Aber es lief darauf hinaus. Mir schien, es waren interne Gründe ihrer Auseinandersetzung mit der Bundestagsfraktion der Grünen, die sie bewogen. Sie bedachten wohl auch die Wirkung auf ihren Handlungsspielraum, der im Ansehen der öffentlichen Meinung nach der Glanzperiode inzwischen umstrittener war. Nach ausweglosen Stunden verabschiedeten sie sich. Ein persönlicher Streit war nicht daraus geworden. Bei allem, was noch mit ihnen geschah, habe ich mir vorzustellen versucht, wie viel mehr das gemeinsam Erreichte wog als diese Godesberger Nacht. Dass Bastian schließlich zur Waffe gegen sie beide griff, machte ihn in meinen Augen wieder zum Soldaten. Mich versetzte das nicht nur in eine diffuse Traurigkeit, vielmehr machte es mich auch wütend und noch mehr nachdenklich über die maßlosen Verluste des Ichs im Ruhm.

Die Ereignisse überholten sich. Im April 1982 war auf dem SPD-Bundesparteitag in München über die Stationierung der neuen Atomraketen entschieden worden. Im »Reißverschluss« von Pro und Contra erhielt ich zehn Minuten Redezeit, nach Hans Apel und vor Johannes Rau. Das Protokoll ergab ein Buch von mehr als tausend Seiten. In der Olympiahalle drängten sich Mitglieder, die nicht delegiert waren, bis hoch die Ränge hinauf. In der Mitte, unten, die Delegierten, ihnen gegenüber der Riegel der Präsidiumssitze, erhöht. Die Choreographie gab sich damals noch maßvoll mediengerecht. Die Erregung brodelte wie die Maschinen im Inneren eines Ozeanriesen. Ich lese in dem backsteindicken weißen Band mit dem roten und schwarzen Aufdruck nach:

Dieter Lattmann, Südbayern (mit Beifall begrüßt): »Liebe Genossinnen und Genossen! Vorweg gesagt, ich spreche hier nicht als einer der Schriftsteller, für die unsere Partei hin und wieder eine Abteilung ›Idealismus‹ aufmacht (Zustimmung). Ich spreche als Delegierter des Münchner Unterbezirks auf der Grundlage unseres Antrags und zugleich im Namen jener 19 Ortsvereine von München Alte Heide bis Lennep, von Herrsching-Andechs über Gauting und Johannis in Nürnberg bis Hannover-Herrenhausen. Sie alle haben den Antrag 147 gegen die Stationierung der Pershing-II und der Cruise-Missiles eingebracht ... Immer mehr Genossen in den Ortsvereinen fragen sich, wie es weitergehen soll, ohne dass wir die Glaubwürdigkeit im Punkt Friedenspolitik verlieren. Das hat nichts, aber auch gar nichts zu tun mit einem willentlichen Auseinanderdividieren von Partei und Regierung ... Die Ratlosigkeit geht tiefer. Es gelingt den nachdenklichen Sozialdemokraten an der Basis immer weniger, inhaltlich nachzuvollziehen, was die offizielle Sicherheitspolitik der Bundesregierung für notwendig hält ... Immer mehr Bürger begreifen: Zivilschutz gibt es nicht. Im Ernstfall sind wir alle die Null-Lösung. In West und Ost richten Wissenschaft und Technik eine wahrhaft kriminelle Energie darauf, immer perfektere Massenvernichtungswaffen zu ersinnen. Rüstung und Sicherheit widersprechen einander. Denn wer die vorhandenen ABC-Waffen anwendet, bringt diejenigen um, deren Freiheit er zu schützen vorgibt ... Fanatischer Antikommunismus ist psychologische Kriegsvorbereitung ... Als Letztes: Gegen die Friedensbewegung werden wir keine Wahlen mehr gewinnen. Wenn es Christentum gibt, ist der Gegner nicht mein Feind. Die Menschen können Frieden halten, wenn die vereinigten Obrigkeiten es können.«

In erster Linie stand ich nicht dort, weil ich diese bestimmte Person war. Ich stand ein für die Meinung, die eine Partei, die sich auf Demokratie berief, nicht unterdrücken konnte. Immer wieder war ich durch Zustimmung unterbrochen worden und hatte bitten müssen, damit zu sparen, um meine knappe Redezeit nicht noch zu verkürzen. Das Walzwerk des Parteitags hatte die Mehrheit, die der Kanzler haben wollte, zusammengeschmiedet. Von uns fünf Münchner Delegierten, die alle Nein sagen wollten, war nur ich übrig geblieben. Die anderen vier waren auf einem Bezirksparteitag gekippt und gegen nachgewählte Ja-Sager ausgetauscht worden.

Ich habe nie aufgehört, mich zu wundern, wie angepasst Medien und Öffentlichkeit bei solchen Anlässen den Bruch mit der Demokratie hinnehmen. Sie loben den Zuchtmeister, heiße er Wehner, Schröder oder Stoiber. Hauptsache, er bringt die Mehrheit hundertprozentig hinter sich wie ein Bataillonskommandeur. Auch Helmut Schmidt bekam als Bundeskanzler, was er glaubte vorweisen zu müssen. Nur ein halbes Jahr, und er war nicht mehr Regierungschef. Der Koalitionspartner Genscher mit seiner FDP-Fraktion stürzte ihn im Herbst 1982 durch den fliegenden Wechsel zu Helmut Kohl. Danach schien die Nachrüstung selbstverständlich.

Damals in der Olympiahalle legte sich nach der Abstimmung der Orkan. Scheinbar glätteten sich die Wogen. Die triumphierenden und die enttäuschten Mitglieder strömten auseinander ins Freie, nach Hause. Das Team von Studenten der Münchner Hochschule für Film und Fernsehen, das mich wegen meines Neins in diesen Tagen begleitet hatte, hatte das alles im Voraus gewusst. Von Mehrheitspolitik erwarteten sich diese Studenten nichts Gutes. Heute wellt sich in meinem Protokollexemplar nur noch das Papier.

Im Dezember 1983 verabschiedeten die an der Heilbronner Begegnung beteiligten Schriftstellerinnen und Autoren den Aufruf: »Verweigert Euch!« Günter Grass hatte zu diesem Treffen eingeladen. Wir kamen in einer Tagungsstätte nahe der Raketenstellung Waldheide bei Heilbronn zusammen. Pressebeobachter hatten sich wegen der namhaften Autoren eingefunden. Der Oberbürgermeister empfing uns zum Diskussionsabend im Rathaus. Als wir am folgenden Morgen bei leichtem Frost und Schneeresten über den wurzeldurchzogenen Waldweg zum befestigten Lager der US-Soldaten hinaufgingen, hängte sich Heinrich Albertz bei mir ein.

Sein autobiographisches Buch *Blumen für Stuckenbrock* war vor zwei Jahren erschienen, es wurde immer mehr gelesen. Albertz, Breslauer, Pfarrer der Bekennenden Kirche, war während der Naziherrschaft mehrfach verhaftet worden. Helfer entzogen ihn der Verfolgung, indem sie ihn bei der Wehrmacht unterbrachten. Den Krieg überlebte er als Obergefreiter. Wieder Pastor, in Celle, kandidierte er 1947 zum niedersächsischen Landtag in der britischen Besatzungszone. Dass er auch gewählt wurde, überraschte ihn, und er war bald Landesminister für das Flüchtlingswesen. In den sechziger Jahren wurde er Bürgermeister und 1966 Regierender Bürgermeister in Westberlin. Nach Übergriffen der Polizei auf Demonstranten beim Schahbesuch mit dessen »Jubel«-Claque und dem tödlichen Schuss auf Benno Ohnesorg trat er zurück. Nicht allein wegen dieser Geschehnisse, sondern auch weil die Berliner SPD ihn damals schmählich behandelte. Seine Haltung machte ihn für die unruhige Jugend vertrauenswürdig.

In Berlin war der Bundestagsabgeordnete Peter Lorenz, bis vor kurzem Präsident des Abgeordnetenhauses, von Terroristen entführt worden. Als er im März 1975 gegen vier inhaftierte Terroristen ausgetauscht werden sollte, wünschten die sich Albertz als Verhandlungsführer. Es waren zwei junge Frauen und zwei Männer. Er sprach mit ihnen, verbürgte sich für beide Seiten und flog – nachdem auf deren Wunsch noch ein Austausch stattgefunden hatte – mit vier Terroristen und einer vierköpfigen Besatzung ins Ungewisse. Rolf Pohle war einer von ihnen. Erst auf der Strecke über Rom und weiter nach Süden wurde das Flugziel Aden vereinbart und dort nach langen Verhandlungen die Freiheit der Terroristen garantiert. Als Pfarrer Albertz zwei Tage darauf nach Haus kam, kehrte auch Peter Lorenz zu seiner Familie zurück.

Wie er da zögernd neben mir ging und sich die Mühsal seines Körpers mir über das Gewicht seines Armes mitteilte, begleitete uns so vieles, was er ausgehalten hatte, und auch vieles, das uns verband. Er war erst siebenundsechzig, trotzdem fühlte er sich geschwächt und alt. Auf mich wirkte er, als hätte der notwendig gewordene Wechsel in ein Bremer Wohnheim ihn nicht nur betrübt, sondern auch allein gelassen und verunsichert.

»Nutz deine Zeit«, riet er mir. »solange du deine Glieder noch bei Kräften hast, und alles andere. Es ist nicht leicht, was später kommt.« Es erstaunte mich, wie nah und vertraut wir uns auf einmal waren. Luise Rinser schritt hinter uns, sie hörte zu. Es war ein gutes Stück des Wegs, dass sich nicht nur unsere Arme berührten und ich ihn durch beide Mantelärmel spürte, als wäre er ein väterlicher Freund. Ich habe wenige Männer der Politik und der Kirche kennen gelernt, in deren Charakter und Bemühen sich Herzlichkeit und Klugheit so die Waage hielten. Längst weiß ich aus eigener Erfahrung, wie im Alter das Nachlassen und Wiedergewinnen der Kräfte wechseln können. Er hat noch zehn Jahre gelebt. Gustav Heinemann und Heinrich Albertz, beide so unterschiedlich, bleiben für mich zwei verehrungswürdige Menschen.

Vor der Stellung angekommen, umrundeten wir das hoch umzäunte Gelände mit den Wachttürmen. Tarnvorhänge verbargen die Atomraketen. Grass und einige andere ließen sich zum Foto vor dem Tor wie Blockierende nieder; es war nur ein Augenblick und darum fragwürdig. Gründlicher als die flüchtige Aktion war unser Aufruf bedacht: »Die Stationierung neuer Massenvernichtungswaffen, zu der Bundestag und Bundesregierung die USA ermächtigt haben, macht die Bundeswehr zum Bestandteil eines Offensiv-Konzepts, das den Verteidigungsauftrag unserer Verfassung pervertiert ...« Wir protestierten gegen die tatsächlich so genannte »Enthauptungs«-Strategie der US-Vormacht und forderten Bundeswehr und Reservisten auf, »sich nicht länger für Vernichtungsbefehle des Pentagons missbrauchen zu lassen, sondern bei den Kreiswehrersatzämtern ihre Verweigerung vorzulegen ... «

Diesen Appell unterschrieben Heinrich Albertz, Rosemarie Bronikowski, Hans Christoph Buch, Tankred Dorst, Jürgen Fuchs, Günter Grass, Peter Härtling, Walter Höllerer, Urs Jaeggi, Robert Jungk, Ursula Krechel, Libuse Monikova, Luise Rinser, Dorothee Sölle, Hannelies Taschau, Guntram Vesper, Otto F. Walter, Grete Weil und ich.

Das Starnberger Friedensinstitut Alfred Mechtersheimers druckte den Text als Flugblatt und sammelte weitere Unterschriften. Die öffentliche Empörung ließ nicht auf sich warten. Das Wichtigste war uns, dass wir einen Teil der Jungen erreichten. Denn immer wachsen Nichtwisser nach, und so sterben weiterhin aus immer neuen Generationen Unzählige für die Machtinteressen der Herrschenden, für das Erobern von Wirtschaftsräumen. Sie sterben für Pipelines und das Eigentum der größten Besitzer der Welt. Sterben, als handelte es sich um Heldentum oder das Vermehren der Menschenrechte. Spätestens seit der Erfindung des Dynamits und des Maschinengewehrs ist Krieg das pure Massenmorden. Heute sehen es unschlagbar gerüstete Allianzen darauf ab, die Opfer an eigenen Soldaten zu vermindern. Umso vernichtender treffen sie die Bevölkerungen armer Länder, die ihre Diktatoren nicht gerufen haben und unter ihren Vergewaltigern leiden, bis deren Ideologie ihnen den Verstand raubt.

Fünf Jahre lang, bis 1988, war ich einer der politischen Wochen-Kommentatoren beim Bayerischen Rundfunks. Mein Vorgänger war Johannes Gaitanides gewesen. Ich höre noch seine helle Stimme, die scharfe *Gedanken zur Zeit* ins Land trug. Er war eine Instanz. Leute riefen einander an, um sich aufmerksam zu machen: schalt ein, Gaitanides spricht. Der Text seines Abschiedskommentars wurde von Hunderten ausgedruckt verlangt. Marlen und ich besuchten ihn, als er mich zu seinem Nachfolger vorschlug, in seinem Haus in Schondorf am Ammersee. Er war ein kleiner fester Mann, umwölkt von seiner Zigarre, und er sprach von seiner Lieblingsinsel Amorgos, um die er gern mit Reisegruppen segelte und sie an Land umherführte. Gaitanides war noch ein freier Rundfunkmann aus der Zeit vor dem Fernsehen, als das Wort noch nicht von Bildern verschluckt wurde. Die Chefredaktion Politik hatte ihn, wie nun mich, auf der Proporzliste als links verbucht. Dementsprechend versuchte ich meinen Spielraum zu nutzen. Im Kreis der Kommentatoren war Gaitanides nicht ersetzbar. Natürlich brachte auch ich Stoff aus Alternativen ein. Wie ich mich äußerte, das hat die Macht an der Isar nicht sonderlich berührt, wenn auch parteiische Zuhörer darüber wachten. Als ich mir in den immer wieder erforderlichen Kompromissen fremd wurde und dem ein Ende setzte, war mein Vorgänger gerade gestorben.

Mitte Januar 1986 flogen Marlen und ich mit LOT nach Warschau. Polen lud zum Internationalen Friedenskongress von Wissenschaftlern und Publizisten. Ein englischer

Text, der uns bei der Ankunft ausgehändigt wurde, fesselte uns beide. Die Ziele stimmten im Wesentlichen mit unserem Denken überein. Es war, als hätte Jonathan Schells Buch *Das Schicksal der Erde* die Geister vereint und werde in Ost und West weitergedacht. Die Beratungen auf dem Kongress bestätigten ebenso: Die Gefahr lag nicht im fehlenden Wissen über die Rüstungsfolgen. Sie lag auf beiden Seiten darin, dass Politik, Wirtschaft und Militär den Rüstungswettlauf nicht beendeten.

Das Treffen mit einzelnen Menschen ließ diese Tagung für mich wichtig werden. Der Erste war Miodrag Bulatović, der in dem Dorf Okladi in Montenegro geborene Erzähler. In meiner Phase als Literary Scout hatte ich »meine« skandinavischen und angelsächsischen Verleger auf seine Romane *Der rote Hahn fliegt himmelwärts* und *Der Held auf dem Rücken des Esels* aufmerksam gemacht. Als er einmal seinen deutschen Verlag Hanser in München besuchte, war er auch bei uns zu Hause gewesen und hatte unsere Räume mit seinem lärmenden Deutsch erfüllt.

Es wurde ein hochprozentiges Wiedersehen. Bulatović galt als eine Art jugoslawischer Grass. Er schrieb über Armut und Not seines Volkes. Sein Eselsheld war ein befreiender Schweijk, der Autor mittelgroß, stämmig, er hatte ein helles breites Gesicht und lachte ebenso gern aus den Augen wie aus der Kehle. Sein Deutsch war ziemlich gut, er schrieb serbokroatisch, und er hat mich glauben lassen, Jugoslawien wäre ein unteilbares Land. Dessen gemeinsamer Literatur gehörten sein Leben und seine Arbeit.

Der zweite war Hoimar von Ditfurth, Professor, Psychiater und Neurologe sowie Chefredakteur der Zeitschrift NATURWISSENSCHAFT UND MEDIZIN. Fürs WDR-Fernsehen, später für das ZDF machte er große Serien über Kybernetik, Kommunikation der Informationen. Er wurde fast so berühmt wie Grzimek mit seinen Tiersendungen. In den

Zielen übereinstimmend, schlossen er und ich uns für die drei Tage zusammen. Ditfurth wunderte sich, wie ich, über den dritten Bekannten am Ort, den ARD-Berichterstatter Werner Sonne. Mit seinen langen Gliedern, dem immer schon schmalen Gesicht und dem Blick ausspähender Neugier ging er in den Pausen zwischen uns Teilnehmern auf und ab und suchte die Bestätigung seines Vorurteils. Das Einzige, was ihn interessierte, war: »Haben Sie schon Leute von Solidarność getroffen?«

»Warum fragen Sie mich nicht nach dem Kongress? Der ist es wert.«

Er zuckte nur die Schultern, das überschritt sein Interesse. War die gemeinsame Anstrengung von einigen hundert Angereisten aus vielen Ländern kein Thema? Wusste er doch wie jeder hier, der Westen werde, wenn es darauf ankäme, dem Arbeiteraufstand nicht zu Hilfe kommen, so wenig wie in Berlin, Budapest und Prag. Also musste man zur Kenntnis nehmen, dass Ministerpräsident Wojciech Jaruzelski, der das Kriegsrecht verfügt und nach zwei Jahren wieder aufgehoben hatte, nach Überzeugung nicht weniger hiesiger Intelligenzen Polen vor dem russischen Einmarsch bewahrt hatte.

Jaruzelski empfing uns am Regierungssitz. Er führte viele Einzelgespräche und unterhielt sich lange mit Bulatović. Wie viel erfährt einer, der ihm nahe kommt, vom Oberhaupt eines Staates in einem solchen Augenblick? Ich sah in ihm die geballte Disziplin, in der Gestalt eines Reitergenerals wie aus Pilsudskis Kämpfen, und die Leidenschaft nicht nur für die Macht, sondern mehr noch für sein Land.

Lech Walesa und seine Hintermänner, im Glanzlicht westlicher Medien, wurden von vielen kritischer beurteilt, als ich gedacht hatte. Werner Sonne berichtete nicht über die Vielfalt der Ereignisse.

Wir sahen die von wahren Künstlern unter den Baumeistern und Stukkateuren restaurierte Altstadt rings um den Zamkowy Platz und standen vor dem Ghettodenkmal, wo Willy Brandt gekniet hatte. Und wir vergeistigten bei einem polnischen Kongressteilnehmer in seiner armselig engen Wohnung ein viel zu langes Nachtgespräch mit Marillenschnaps. Mir schien, für den Gastgeber war das eine Investition in Erwartung unserer Hilfe, falls er zu einem Gegenbesuch nach München käme, und ich täuschte mich darin auch nicht.

Schließlich machten Marlen und ich eine unerwartete Bekanntschaft. Beim Frühstück trafen wir mit Heinrich Fink zusammen und wiederholten das am nächsten Morgen. Der Theologieprofessor an der Berliner Humboldt-Universität nahm hier als Vorsitzender der Christlichen Friedenskonferenz der DDR teil. Das ließ mich an Joseph Hromádka und an Hans Iwand aus Göttingen denken, die beiden großen Theologen. Ihre Gründung der CFK hatte in den fünfziger Jahren auf mehreren Konferenzen in Prag mitten im Kalten Krieg eine einzigartige Friedensbrücke zwischen Ost und West errichtet. Fink und wir erinnerten uns gemeinsam daran.

Ich habe ihn als einen auf seltene Weise hilfsbereiten und warmherzigen Menschen kennen gelernt, und als einen christlichen Sozialisten von großem Ernst. Heinrich Fink schien mir mit einer Art Urvertrauen in das menschliche Vermögen zur Redlichkeit geboren zu sein. Das machte ihn ausnutzbar, aber auch immun gegen Menschenverachtung. Seit jenem Januar in Warschau haben wir uns häufig getroffen.

Fink wurde im Oktober 1990 der erste frei gewählte Rektor der Humboldt-Universität. Bundespräsident Richard von Weizsäcker beglückwünschte ihn dazu beim Festakt. Vor allem waren es Studenten, die Fink gewählt hatten und ihn behalten wollten. Bevor die Mechanismen des Elitewechsels zugriffen.

Ich habe zu den vielen gehört, die im Audimax für ihn sprachen, als die Vorwürfe mit Munition aus der Staatssicherheit unbewiesen überhand nahmen. Wir haben damals die Initiative gegen neues Unrecht gegründet, und ich habe dafür gesammelt. Ermutigend viele haben sich daran beteiligt, jede Einzelheit der Aktion wurde zur Kontrolle offen gelegt. Damit bezahlte ich einen Großteil der Anwaltskosten für Fink, und es blieb einiges für andere Betroffene übrig. Als Heinrich Fink in einer Demonstration der DDR-Bürgerbewegung während der Wende Polizeischläge abbekommen hatte, hatte das niemanden interessiert. Er ist einer der in den Medien aus politischen Gründen am gröbsten entstellten Menschen, den ich kenne.

Der PDS, für die er ab 1998 vier Jahre als Kulturpolitiker im Bundestag gearbeitet hat, ist er erst im November 2002 beigetreten. Er wollte Enttäuschte im mecklenburgischen Wahlkreis, in dem er kandidiert hatte, nach dem Verlust des Mandats nicht allein lassen. Heinrich Fink gehört in kein Schema, weder bei den einen noch bei den anderen.

Bürgerbewegungen stellen das Fußvolk der Demokratie. Dennoch erschrecken Bürger, wenn es ihre eigenen Kinder sind, die sich da gegen den Staat auflehnen.

Demonstrationsrecht, ja! Aber das soll für eine gute Sache sein. Nur: was ist gut? Das Vorhandene oder die Veränderung und welche? Wieder andere Eltern gehen mit ihren Kindern auf die Straße.

Als die Bürgerbewegung der DDR sich 1989 in Leipzig und anderen Städten auf Plätzen und Straßen zu den unvergesslichen Protesten gegen ihre Regierung erhob, trat auch eine Folge ein, die sie vorher nicht durchdacht haben konnte. Denn das Ergebnis war nicht, dass sie die Erneuerung ihres Staates mit dem Ziel der Einheit in die eigenen Hände nahm. Viele ihrer Initiatoren wirkten zwar am Runden Tisch und in der letzten Volkskammer an Vorbereitungen mit, im Kern aber überließen sie den Vollzug der Einheit der westdeutschen Bundesregierung, die sie nur aus dem Fernsehen kannten. So gab es einen gewaltigen Vertrauensvorschuss der Ostdeutschen gegenüber der westdeutschen Administration. Ihre ehemaligen Länder wurden als »neue« Bundesländer wiederhergestellt. Und die in Trabis aus Ungarn in den Westen rollten, glitten von einem System ins andere. Was sie und die Bürgerrechtler zu Hause gewannen, war viel. Was sie verloren, fiel ihnen erst später auf. Dass es überhaupt etwas gab, was sie danach in der Substanz entbehren mussten, wollen viele im Westen nicht wahrhaben.

Das Ausmaß der Unkenntnis von Osteuropa ist in den Ländern Westeuropas so erschreckend, wie es die Ignoranz in der Bundesrepublik gegenüber dem Leben der DDR-Bevölkerung überwiegend war. Nicht umsonst wird der große Erfolg unserer Wirtschaft nun in diesen für die EU wirklich neuen Ländern ausgemalt: jenseits von Oder und Neiße, hinter dem Bayerischen Wald und südöstlich donauabwärts. Gewiss weiten die westeuropäischen Regierungschefs die Europäische Union nicht aus Menschenfreundlichkeit aus. In diesen Fällen sprechen sie von Zusammenwachsen, während sie gleichzeitig an der Zerstückelung einiger angrenzender Länder teilhaben. Manchmal denke ich: die Wirtschaft holt sich zurück, was ihr im Krieg verloren gegangen ist. Wo das Geld sitzt, fühlen die Menschen sich allzu selbstverständlich im Recht.

Wie wird sich die noch ziemlich neue Bürgerbewegung von attac (Association pour une Taxation des Transactions Financières pour l'aide aux Citoyens) in dieser wie in der weltweiten Herausforderung bewähren? Wenn ich heute dieser Jugend zusehe, mit ihr spreche, rate, wo ich kann, fallen mir alle Stationen meines Aufbegehrens gegen unheilvolle Zustände wieder ein. Ich bremse mich, meine Erlebnisse vor ihr auszusprechen. Ich lese ihre Bücher und höre ihnen zu.

In ihren Augen sind die Grünen in Kompromissen ertrunken. Das soll ihnen nicht geschehen! Sie möchten ihre Wirkung erweitern durch ihre immer größere Zahl über alle Grenzen hinweg. Mit einem Maximum an Wissen und einem Minimum an Struktur. Manchmal fürchte ich, viele von ihnen wollen sich nur untereinander bestätigen, sich warm halten und wohl fühlen in einer neuen Errungenschaft des Miteinander, ohne die Konsequenz ihrer Zielsetzung zu verwirklichen. Natürlich weiß ich, das ist nur ein kleinerer Teil dieses Wollens. Der größere erscheint mir ungeheuerlich in der energischen Phantasie und hoffentlich gelingenden Ausdauer.

Wir hatten die Eindeutigkeit der Atomraketen für uns. Sie lassen sich auf die Kettenreaktion der Weltwirtschaft ein. Auf das Dreieck der Großmächte: Weltbank, Weltwährungssystem, Welthandelsorganisation. Auf die Steueroasen, schwindelnde Börsen, floatende Kurse und die Entheiligung des angeblich Privaten, wenn es ums Geld geht. Sie arbeiten für die weltweite Sozialpflicht des Eigentums, für das Schuldenstreichen bei Entwicklungsländern. Alles in allem läuft, was sie wollen, auf das Befreien des Globus aus dem Missbrauch als Ware hinaus.

Von Davos über Genua, Porto Allegre, Neapel, Florenz multiplizieren sie ihre Schauplätze. Kann attac die Weltbürgerbewegung dieses Jahrhunderts werden? Wer so viel Kühnheit denkt und nach ihr zu handeln beginnt, muss einen noch stärkeren als die früheren Träume von der Gerechtigkeit in sich haben.

IX

## Das Fest des Büchermachers

Mit neunzig ist jeder Ruhm auf der Erde über sich hinausgewachsen. Zu feiern war, wie ein so hoch betagter Büchermacher damit umgeht, dass er noch nicht vergriffen ist. Helmut und Maria Kindler hatten zu seinem 90. Geburtstag nach Zürich eingeladen. Er war sieben Bücher und neunzehn Jahre lang mein Verleger. Dieser erste Samstag im Dezember wurde ein diesiger Tag. Von München über Lindau und Sankt Gallen hatte die Landschaft hinter dem Zugfenster eine wässriggraue Haube auf. Kein Berg zu sehen, kein Schnee.

Unterwegs las ich in Siegfried Unselds Buch *Peter Suhrkamp. Zur Biographie eines Verlegers*. Den Band hatte ich mir aus meinem Regal mit Verlegermemoiren herausgezogen. Denn Suhrkamp und Kindler, so unterschiedlich sie als Verleger waren, hatten eines gemeinsam: beide waren dem sicheren Todesurteil wie durch ein Wunder entkommen. Der Bauernsohn vom Suhrkamphof im oldenburgischen Kirchhatten, Nachfolger Samuel Fischers während des Nationalsozialismus, hatte Verfolgung, Folter und das Konzentrationslager Sachsenhausen überstanden. Der Berliner Sohn eines Kriminalbeamten, Helmut Kindler, Theatermann und Journalist, war als Mitglied einer Widerstandsgruppe in Warschau ebenfalls festgenommen worden und saß in Berlin in Gestapohaft. Er hat drei Prozesse vor dem Volksgerichtshof wegen »Hochverrat, Feindbegünstigung und Wehrkraftzersetzung« sowie anschließendes Strafbataillon überlebt. Und beide, Suhrkamp wie Kindler, erhielten gleich nach dem Krieg Verlagslizenzen,

Suhrkamp von der britischen, Kindler von der amerikanischen Besatzungsmacht.

In diesem von Unseld herausgegebenen Band fand ich auch Suhrkamps Brief an einen Heimkehrer: »Über alles ging mir die Sorge, dass ich unter Foltern andere nicht belasten dürfte und dass ich in den Abgründen von Leiden nicht das menschliche Gesicht verlieren dürfte. An den Gefährten sah ich, dass unsere Lebensumstände die Menschengestalt zur Karikatur entstellten. Der Geist aber musste bis zum letzten Augenblick heil, unentstellt, verlässlich, wach und gesund bleiben. Vor der Sorge um die Wahrung des Menschengesichts trat der Mißerfolg des Lebens ganz zurück.«

Kindler hat sich einige Jahre nach dem Tod seiner Frau Nina, die gemeinsam mit ihm meine Verlegerin war, wieder verheiratet. Er und seine zweite Frau Maria, eine Malerin, wohnten in Küsnacht am Zürichsee. Sie hatten das Dolder Grand Hotel an der Kopfstation der Zahnradbahn auf dem Hausberg der Hauptstadt ausgewählt. Festlich zeitlos mit Turmspitzen, verwinkelten Balkonfassaden und der Weitläufigkeit eines Maharadscha-Palastes erinnert es an Reichtum und Größe von Generationen. Mein Köfferchen ließ ich mir nicht aus der Hand nehmen und war auch sonst hier fremd. Der Anlass versöhnte mich mit dem Schlurfen über Teppiche, dem Zimmerprunk und dem Bett zum Versinken, in das ich sechsmal hineinpasste.

Um 18 Uhr 30 öffnete sich das Entree zum Festsaal. Und da stand das Ehepaar. »Anziehen können Sie, worin Sie sich wohl fühlen. Mein Mann zieht keinen Smoking an.« Das hatte Maria Kindler auf der Einladung notiert. Welche Erleichterung! Ich kannte sie von einem Treffen in München. Dabei hatte Kindler mir jede Befangenheit genommen: »Sie spricht von ihrem gestorbenen Mann, und ich spreche von Nina. So geht es uns gut zusammen.«

Das Geradeheraus hat er immer geschätzt. Während eine Reihe von Gästen vor ihm wartete, beglückwünschte ich die Gastgeberin zu ihrem in jeder Nuance spürbaren Anteil daran, dass es ihrem Mann noch so wohl erging. Er drückte mir vorgeneigt aus dem Sesselthron beide Hände, war bei sich und verklärt vom Einzug der Geladenen. Vor einundvierzig Jahren war ich sein Autor geworden. Ich kannte seine Abscheu vor Betulichkeit. Wenn es Zeit wurde für eine große Feier, hat er sie immer wie eine Riesenedition inszeniert.

Zur Eröffnung verkündete Kindler: »Uns geht es gut. Wir werden hier sehr verwöhnt. Mehr wohl fühlen als ich kann sich niemand. Die Festrede wird zu meiner großen Freude nach dem Hauptgang Walter Jens halten.«

Wir saßen unter den Kronleuchtern an runden Tischen, schneeweiß gedeckt. In den Gläsern spiegelten sich die Kerzen und ringsum verkleinert die Gesichter. Es waren wohl 120 Personen, nicht nach Prominenz ausgewählt, vielmehr nach dem Grad ihrer Beziehung zum Jubilar. So herrschte eine ihm gemäße Aufgeschlossenheit auch unter Unbekannten, und das waren für mich die meisten.

Kindlers große Autoren, Sauerbruch, Konsalik (zu Anfang), Max Brod, Anna Freud, Fritz Kortner, Alfred Kantorowicz, Ilja Ehrenburg, Herman Wouk, Heinrich Albertz, Willy Brandt (mit einer Biographie über Ernst Reuter und drei autobiographischen Schriften), Stefan Heym, Bernhard Grzimek (mit dem *Tierleben*) – sie leben nicht mehr. Das Gleiche gilt für viele Wissenschaftler seiner großen Enzyklopädien zur Weltliteratur, der Kunst, der Psychologie des 20. Jahrhunderts und zwölf Bände *Die Großen der Weltgeschichte*.

Unter denen, die eine ganze Folge von Büchern in Helmut und Nina Kindlers Verlag hatten, sind Walter Jens und ich hier wohl die Überlebenden.

Naturgemäß ist es eine Versammlung von Alten, jüngere Gesichter wie eingesprenkelt in den Gobelin dieser geschlossenen Gesellschaft. Im Andrang der Persönlichkeiten ziehe ich mich, seit mich nichts mehr zum Parlieren treibt, gern nachdenklich und beobachtend zurück. Ich sitze am Tisch früherer Mitarbeiter. Allmählich werden ihre Gesichter für mich wieder kenntlich, und ich finde in ihnen Verlagswerke verkörpert. Das Haltbarste, was wir miteinander gemacht haben, ist wohl *Die Literatur der Bundesrepublik Deutschland*, der 800-Seiten-Band im Rahmen von *Kindlers Literaturgeschichte der Gegenwart*.

Die vollständigen Manuskripte hatte ich im Frühjahr 1973, vor meiner Kandidatur zum Bundestag, an den Verlag geben wollen. Nach Barzels verlorenem Misstrauensvotum gegen Brandt wurde diese Wahl auf den November 1972 vorgezogen. Plötzlich saß ich im Abgeordnetenhochhaus und telefonierte von dort als Herausgeber mit den drei Mitautoren: Heinrich Vormweg für die Prosa, Karl Krolow die Lyrik, Hellmuth Karasek die Dramatik. Ich hatte den ersten Teil übernommen: die gesellschaftliche Entwicklung im Spiegel der literarischen Geschichte nach 1945. Wie sollte ich das schaffen? Mir rauchte der Kopf. Meine Hauptarbeit drängte sich auf die Osterpause 1973 zusammen. Ich entschuldigte mich im Wahlkreis und überall, blieb in Bonn in meinem Godesberger Zimmer. Schrieb Tag und Nacht, leerte Hunderte Tassen Tee, traf niemanden, ging zwischendurch in die Sauna. In drei Wochen schrieb ich die *Stationen einer literarischen Republik* im Umfang eines kleinen Romans und war hinterher wie ohnmächtig, aber befreit von dem Druck.

Ich konnte das nur, weil ich damals die Verleger, viele Autoren und die meisten Bücher kannte, auf die es ankam. Nun hörte ich hier in Gedanken Kindler wieder zu seinem Redakteur Rudolf Radler sagen: »Alle vier Manuskripte hat

Lattmann gerade noch rechtzeitig abgeliefert. Aber die Dokumentation und die Bebilderung, die kann er von Bonn aus nicht auch noch machen. Da müssen wir ihm helfen.« Er bat ihn, für diese noch erhebliche Arbeit einzuspringen. Angelica Pöppel solle ihm dabei zur Seite stehen.

Die beiden, die damals alles gerettet hatten, traf ich hier wieder. Radler saß am gemeinsamen Tisch. Und wir erinnerten uns an eine Eigenschaft, die Kindler auch hatte: Wenn für den Verlag viel auf dem Spiel stand, die Termine zur Buchmesse und seine Zusagen gegenüber dem Buchhandel, konnte er zu einem Raubtier an Durchsetzungskraft werden. Dann forderte er von seinen engsten Mitarbeitern so viel wie von sich. Und das hieß: ohne Unterbrechung von früh bis in die Nacht für den Verlag da zu sein, als gehöre ihnen hinterher auch das Ergebnis.

Radler war seit einiger Zeit im Ruhestand. Frau Pöppel war im Rollstuhl angereist. Im Wiedersehen leuchtete ihr Blick wie oft zu der Zeit, als sie für jeden, der zu Kindler wollte, die Brücke war. Diesem immer noch jungen Gesicht war anzusehen, wie lebhaft sie hier an allem teilnahm, in den Augen aber stand zu lesen, was sie durchgemacht hatte und wie mutig sie ihrer unheilbaren Krankheit Widerstand leistete.

Auf einmal trat Ruhe ein. Walter Jens hatte sich erhoben. Vornüber gebeugt, ein paar Schritte noch begleitet von seiner Frau Inge, die ihm das Manuskript reichte, stieg er aufs Podium. Oben trat er an das Pult, seitlich von einem aufgeschlagenen Konzertflügel. Er sah in den Saal, richtete den Blick auf den einen Tisch, an dem Kindlers saßen, hielt ihn dort fest und begann: »Lieber Helmut, liebe Maria.« Sein anfangs noch krauses Gesicht entspannte sich, während er sprach.

Vor fünfundzwanzig Jahren hatte er in seiner Festrede auf Kindler geglänzt. Dieses Mal war es eine Freundesrede, und sie wurde so eindringlich, dass die Lautlosigkeit der Zuhörenden wie eine Membrane wirkte, die seine Gedanken aufnahm und in lauter einzelnen Schwingungen weiterbewegte.

»Du hast mir gesagt, Helmut, rede, was du magst, ich habe nur eine Bitte: vergiss mir meinen Vater nicht!« So sprach Jens zuerst von Otto Kindler, und es war, als trete er in den Raum, der Mann, der seinem Sohn Tapferkeit vor der Diktatur beigebracht hatte. Vor uns erstand die Gestalt eines posthumen Zeitzeugen. Er hatte sich durch keine Nazipropaganda etwas vormachen, sich nie beirren lassen.

Als Kriminalbeamter in Berlin hatte er es gewagt, Juden zu verbergen und ihnen außer Landes zu helfen. Wir alle verstanden, was dieser Vater dem Sohn geistig vermacht und wie er ihn ausgerüstet hatte, eines Tages selber vieles zu wagen. In den Verlegermemoiren *Zum Abschied ein Fest*, vor elf Jahren, hatte Helmut Kindler seines Vaters gedacht. Damals hatte er sich wohl kaum vorstellen können, er werde heute als Neunzigjähriger hier in unserer Mitte sitzen.

Jens, der Meister der Rhetorik, zog die rote Linie durch diese Lebenslandschaft von 1912 bis 2002. Zum Schluss lud er den gar nicht greisenhaften Jubilar ein, sich noch einmal an einen eigenen Roman zu wagen, mit Maria als Illustratorin. Jakob sei die Gestalt, die auf ihn warte. Jakob, Erzvater Israels, auf den nach der Legende zwölf Stämme seines Volkes zurückgehen. Dieser Jakob gehöre in Höhen und Tiefen zu seinem Lebensstoff als Verleger, Freund und Autor. Kein einschüchterndes Vorbild biblischer Dichtung solle ihn davon abhalten, diesem Rat zu folgen.

Kindlers Stimme schwankte, als er sich bei Jens bedankte und die beiden alten Herren sich umarmten. An unserem Tisch begegneten Radlers Augen den meinen. Wir blinkten einander zu in dieser Gemütsverfassung aus Andacht, Bewunderung und unserem Erstaunen über Jens' letzte Worte.

Mir hat Kindler oft eine Richtschnur gegeben. Einmal geschah das zu Beginn meiner Bonner Erfahrungen. Ich galt als Quereinsteiger. Weil ich aus dem Kreis der Schriftsteller um Willy Brandt und Günter Grass in den Bundestag gekommen war, wollten einige Journalisten von mir wissen, was ich mir hier als Aufgaben vorstelle. Auch einer vom SPIEGEL erwischte mich in einer Nachdenklichkeit, in der ich mich gegen Überschätzung wehrte. So bemerkte ich in unserem Gespräch, ich hielte mich keineswegs für außerordentlich, eher für ein mittleres Politiktalent. Prompt stand die Spalte im Blatt unter der Überschrift »Ein mittleres Talent«.

»Machen Sie das nie wieder«, sagte Kindler, als wir uns bald darauf erneut trafen. Wie so oft hatte er Recht, was die Wirkung des Publizierten ausmachte. Meine Abneigung gegen Übertreibungssucht aber konnte er mir nun wirklich nicht nehmen.

Ein anderes Mal griff er gegen Ende meiner parlamentarischen Phase in meine Arbeit ein. Ich brauchte Zeit, um mich wiederzufinden. In den Jahren 1978 und 1979 hatte ich in Bonn und im Allgäu Tagebuch geführt: viele Notizhefte voll. Ich wollte auf Situationen und Fakten zurückgreifen können, wenn ich daran ginge, über meine Lehrzeit im Parlament und das Hineinwachsen in das Mandat ein erzählendes Sachbuch zu schreiben. Am Ende der Wahlperiode verabschiedete ich mich von meinen Mitarbeitern. Till, dreiundzwanzigjährig, kam mit unserem Wagen aus München. Er war schmal und lang, wortkarg und hilfsbereit. Wir packten meine Habseligkeiten aus acht Parlamentsjahren ein und wechselten uns am Steuer ab.

Bevor Marlen und ich für vier Wochen nach Griechenland flogen, gab ich alles Handgeschriebene der freien

Sekretärin, die schon die Kladden meines Weltreisetagebuchs mit Durchschlägen abgeschrieben hatte. Als wir wieder auftauchten, brachte ich das Konvolut zu Kindler. Ich tat das nur, weil ich annahm, er wisse sicherlich, wie weit bei mir Rohfassung und spätere Druckvorlage meist auseinander liegen.

»Es gefällt mir überhaupt nicht«, sagte er, nachdem er darin gelesen hatte. Und er fügte etwas hinzu, das mich an jene SPIEGEL-Spalte denken ließ: »Originaltagebücher sind nur bei ganz außerordentlichen Persönlichkeiten lesbar.«

Dabei hatte ich von ihm nicht mehr als einen Rat für die Auswahl und die bevorstehende Arbeit haben wollen. Nie wieder habe ich einen solchen Rohstoff herausgerückt. Am Ende wurde daraus, in der dritten Fassung, *Die lieblose Republik – Aufzeichnungen aus Bonn am Rhein*. Der Verleger war nicht mehr unzufrieden.

Als Jens seine Rede beendet hatte, wurde noch lange getafelt. Ich sah mich um, entdeckte Rolf Hochhuth an einem Nebentisch und nahm meinen Stuhl mit zu ihm hinüber. Wir hatten Kontakt miteinander, seit er mir zum Stuttgarter Schriftstellerkongress den Offenen Brief geschrieben hatte, der in der FAZ und auch in unserer Dokumentation bei Kindler unter der Überschrift *Die abgeschriebenen Schriftsteller* erschien. Sein leidenschaftliches Eintreten für alte, im Schatten lebende und vielfach zu Unrecht vergessene Schriftstellerinnen und Autoren hatte eine Initiative ausgelöst, um – wie er es wollte – diese Verschollenen in unseren Kreis zurückzuholen. Seit sein Papststück *Der Stellvertreter* ihm 1963 Weltruhm eingebracht hatte, war er auch eine sozialkritische Instanz. Nun erschien er mir verbittert. Ihm erging es wie so vielen, er war ein Autor mit schrumpfender Liste an Lieferbarem.

»Wie kann ich souverän sein, wenn mir die Möglichkeit genommen wird, mich an souveräner Stelle zu äußern«, antwortete er auf meine Frage nach seiner Autonomie im Alter. Ich lernte die Studienrätin kennen, mit der er bei Basel lebt. Beide erschienen sie mir angestrengt, den Verzicht nach dem Höhepunkt des Erfolgs zu lernen. Vielleicht arbeitete er schon an seinem *McKinsey*-Stück.

So oft ich mich umschaute, entdeckte ich Männer, die versonnen in der Erinnerung an Höhen ihrer Vergangenheit zu schweben schienen, meist wirkten die Frauen an ihrer Seite gefasster.

Versöhnt mit ihrer Zurückgezogenheit in Baden-Baden hatten sich Hans Jürgen Schultz und seine Frau Karin gezeigt. Er war Chefredakteur für Kultur beim Süddeutschen Rundfunk gewesen, ein Inspirator ergiebiger Sendefolgen, die auch zu Büchern wurden; an einigen war ich beteiligt gewesen. Wir blieben eine Weile beieinander stehen. Während die Musik das Stimmengewirr untermalte und wie ein Abglanz des festlichen Rauschens ein Hauch von Wehmut über den Köpfen vorbeizog, tat es mir gut, mit zwei keineswegs Resignierten zu sprechen. Zu seinen Sammelwerken, die Schule machten, gehörten auch *Die neuen Alten* – wie er vor mir stand, war er ein lebendiges Belegexemplar seiner optimistischen Thesen.

Als ich Walter und Inge Jens begrüßte und ihn ansprechen wollte, wurden wir durch die Chanson singende Hanna Schygulla unterbrochen. Der hochgelaunte Gastgeber hatte sie sich herbeigewünscht.

Kindler hat gemeinsam mit seiner Frau Nina seinen Verlag 1945 in Berlin gegründet, der drei Jahre später nach München zog. Sie war als Lektorin ebenso ambitioniert wie er und sie hatte noch mehr Zeit für mich als ihr Mann. Mehrfach haben Kindlers uns beide in ihr Haus nach Dietramszell eingeladen, in der Zeit des Jahreswechsels, auch noch, als sie schon fest in Küsnacht wohnten. Sie waren die einzigen mir bekannten Menschen, die ein eigenes »Weihnachtshaus« unterhielten, immer zwischen den Jahren wohnten sie dort. Es war ein wundervoller alter Bauernhof. Wir saßen vor dem dachgiebelhohen Christbaum in der zu einem großen Wohnraum umgebauten Scheune.

Marlen und ich hatten am Wirtschaftswunder der Westdeutschen wenig teilgenommen. Weil wir Notzeiten hinter uns hatten, fiel uns das Sparenmüssen nicht einmal sonderlich auf – außer wir erlebten bei reichen Freunden den Kontrast. Einmal bemerkte Nina Kindler, wie gut Marlen ein bemalter Krug mit Trinkbechern auf einer Anrichte gefiel. Beiläufig bat sie ihre Hauswirtschafterin, was da zusammengehörte für uns zum Mitnehmen einzupacken.

Manchmal bin ich allein und mit schlechtem Gewissen hinausgefahren. Meine Sprecherrolle für den Schriftstellerverband raubte mir viel Zeit, sie lenkte mich vom Wichtigsten ab. Hinzu kam das nahezu tägliche Schreiben zum Geldverdienen für Hörfunk, Zeitungen und Fernsehen. Ich war für meine Verleger kein so fleißiger Autor, wie sie sich das wünschten. Meine Alltage waren nach wie vor dreigeteilt: vormittags das nächste Buch, nachmittags Medienarbeit, abends Lesen, Einladungen, Freunde treffen. Ein Teil des Wochenendes blieb für die Söhne frei.

Kindlers hörten aufmerksam zu, wenn ich von meinen konkreten Plänen für den nächsten Roman berichtete. Sie fragten nach, wollten mehr wissen, als ich im Kopf hatte. Manchmal phantasierte ich aus dem Augenblick und fühlte mich hinterher, wenn ich mitternächtlich allein mit dem Auto nach München zurückfuhr, miserabel.

Zwischen ihnen bestand, solange ich ihnen nahe war, eine Gemeinsamkeit aus Arbeit und Leben. Und es verband sie ein Spannungsbogen, weil sie sich wechselseitig überforderten. Auch wenn sie in getrennten Räumen arbeiteten und ihre Pflichten teilten, verlangten sich beide immer alles ab, als wäre es zugleich mit für den anderen. Von einer Anstrengung erholten sie sich bei der nächsten und brachten es doch fertig, lange Zeit ruhig, sogar entspannt zu erscheinen, während es in ihnen vor lauter Vorhaben knisterte. Als er mich einmal von einer Buchmesse aus Frankfurt in seinem kalifornischen Wagen nach München mitnahm, sprach er gleich bei der Abfahrt aus, was er sich vorgenommen hatte. Als das geschehen war, sank er neben mir zur Seite und schlief hinter dem gleichmütigen Fahrer auf der Stelle ein, um nach einer halben Stunde konzentriert mit einem neuen Thema wieder aufzutauchen.

Nina Kindler erschien mir als die Souveräne, Leidenschaftliche. Jeder Situation war sie gewachsen, angemessen gekleidet, verhalten in Farbtönen und Kosmetik. Die weibliche Ausstrahlung ihrer Intuition drang mühelos durch Flure und Redaktionsräume des halb gläsernen, halb fest ummauerten Verlagshauses unweit des Prinzregententheaters. Sie sprach schonungslos geradeheraus, selbst gegenüber komplizierten Besuchern. Dabei konnte sie hoheitsvoll auftreten oder herzlich sein.

Helmut Kindler handelt überlegt oder spontan, je nachdem bei welchen Leuten er etwas erreichen will, was ihm in der Regel spielend gelingt. Vielleicht hat er schon, als er getauft wurde, die Namensgeber angelächelt, um sich der Welt als vielbegabt und gutmütig zu empfehlen. Und gewiss war er von Anfang an mit einer umfassenden Neugier ausgestattet. Ich hatte den Eindruck, er konnte immer schon alles Passive in etwas Aktives verwandeln. Hinter seiner Robustheit als Unternehmer schimmerte etwas Nachgiebiges durch, das sich in manchen Augenblicken auch in einer anhänglichen Empfindsamkeit ausdrücken konnte. Als Ideengeber war er hartnäckig und, sobald er als ein um den Vertragsabschluss Werbender handelte, so ausdauernd wie sanft.

Wenn beide gemeinsam auftraten, und das war die Regel, schufen sie Raum um sich. Sie waren präsent, humorbereit und konkret in allem, was sie sich zu Eigen machten, umsetzten, produzierten, herausbrachten. Er liebte viele materielle Dinge und den Erfolg seiner Ideen, für die er sich Autoren suchte. Sie übte sich gern im Durchschauen von Menschen. Freilich erlebte ich ihre Verschiedenheit nicht als Getrenntsein, vielmehr als eine fast ständige parallele Präsenz beider. Umso mehr lag Nina Kindlers Domäne beim Psychologischen und Analytischen, das galt nicht nur für ihre Arbeit in der entsprechenden Sparte ihres Verlags, sondern ebenso in ihrer Beziehung zu ihm.

Ich habe sie zuletzt oft gemeinsam in einer Art von innerem Ruhezustand angetroffen. Es war eine ganze Reihe von Häusern, in denen ich sie nacheinander besuchte. Neben dem Weihnachtshaus in Dietramszell das Anwesen in Harlaching, die Villa in Brissago und schließlich das endgültige Zuhause an der Seestraße in Küsnacht mit dem parkähnlichen Garten. Manchmal folgten sie mir auch nach, so zu den ersten beiden Schriftstellerkongressen, die der Verlag umfassend dokumentierte. Der Verleger ließ es sich nicht nehmen, die Bildteile selbst zu redigieren.

Einmal erschienen sie auch während der Buchmesse zu einer Veranstaltung im Haus der Bank für Gemeinwirtschaft. Ich sprach dort zur Geschichte der Arbeiterbewegung. Als wolle sie mich plötzlich ermutigen, doch ganz in der Politik aufzugehen, stellte die Verlegerin hinterher fest: »Es ist alles da bei Ihnen ...«

So sehr Helmut und Nina Kindler in ihrem Verlag mit mir an meinen Manuskripten arbeiteten, spürte ich darüber hinaus immer wieder ihr persönliches Interesse an meinem Werdegang.

## Die zweite Gründerzeit im Verlagswesen

Zürich war sauber gefegt, als ich früh am Morgen das Grand Hotel Dolder verließ und mit der Zahnradbahn zur Tramstation hinunterfuhr. Ich war zu früh dort; eine Zeitlang schlenderte ich mit dem Köfferchen rings um den Bahnhof und trank einen Erinnerungs-Kaffee an der Stelle, wo Marlen und ich vor wenigen Wochen auf dem Rückweg von Zermatt unsere letzten Franken ausgegeben hatten.

Später sah ich die Landschaft grau umflort hinter dem Zugfenster. Das Fest des Büchermachers verschwand aus meinem inneren Blick und machte früheren Erlebnissen mit Verlegern und Büchern Platz. Wie in einer Laterna magica wechselten die Bilder, und ich sah mich wieder auf meiner Fahrt im Juni 1949, mit dem Fahrrad und dem Rucksack auf dem Gepäckträger, in kurzer Hose als junger Verlagsbuchhändler auf der Walz.

In der ersten Nachkriegszeit, die Städte lagen in Trümmern, gab es in den Höhlen ausgebrannter Kirchen, in Theaterruinen und ehemaligen Luftschutzkellern von Verlagen eine neue Gründerzeit alles Geschriebenen, Gedachten, Inszenierten und bald auch wieder Gedruckten. Als Soldaten, sie als Horcherin bei der Fliegerabwehr, ich auf der Marinekriegsschule, hatten Marlen und ich nicht gewusst, wie wir den Krieg überstehen sollten, und doch auf unsere Zukunft gehofft. Als wir uns gerettet sahen, war es wie ein Wunder. Es gab kein stärkeres Motiv, als überlebt zu haben. Jahrelang dachten wir: Uns ist ein zweites Leben geschenkt worden. Für uns Junge eröffnete sich die Literatur der Welt und der Emigration. Vor der Wahl, zu lesen oder zu schlafen, hielt ich meine Nächte kurz.

Ich habe meine Lehre auf einem Schutthaufen begonnen und musste mir das erste Arbeitszimmer – unterstützt von einem, der etwas davon verstand – aus aufgeklaubten

Backsteinen eigenhändig mauern, bevor von so etwas wie einem Schreibtisch die Rede sein konnte. In Wilhelmshöhe oberhalb von Kassel hatte ich auf meiner Suche nach einem Lehrherrn einen unrasierten Riesen im abgeschabten Lodenmantel vorgefunden, er stieg auf dem Trümmerhügel seines Verlags herum.

»Sind Sie Herr Döterle?«, rief ich ihm zu.

Er kam herunter und musterte mich. »Wenn Sie Karl Vötterle meinen, der bin ich. Was gibt's?« Ich berichtete ihm, dass ich von einem Gut bei Hameln komme, wo ich bisher im Stall, in der Mühle und auf den Feldern gearbeitet hätte. Ich wolle Verlagsbuchhändler werden. Auf meine Frage, ob er mich gebrauchen könne, machte er eine ausholende Geste und erklärte: »Wenn Sie das alles mitaufräumen wollen, können Sie gleich bei mir anfangen.«

Wir gruben die Druckmaschinen des Bärenreiter-Verlags aus den Ruinen einer Bombennacht aus. Meine Lehrzeit begann am 1. Februar 1946 und sie endete schon im September 1947 mit der ersten Nachkriegsprüfung für Verlagsbuchhändler beim Börsenverein der Verleger und Buchhändler Hessen am Untermainkai in Frankfurt. Es waren sieben Prüflinge, und niemand von uns hatte den eigentlichen Gegenstand des Examens, die Bücher, schon hinreichend berührt. Vom Wegräumen des Schutts verstanden wir mehr als von Papier, Druck und Einband. Das per Feldpost nachgeschickte Kriegsabitur und der Soldatenmantel hatten mir ein weiteres Lehrjahr erspart. Berufliches Anschauungsmaterial gab es nur in Bruchstücken. Was es gab, war der unbändige Wille, etwas von Grund auf neu zu beginnen. Von Kulturoffizieren der Amerikaner lernten wir in einem Jugendclub ihren Begriff von Demokratie kennen. Wir waren Waisenknaben der neuen Zivilisation.

Auf die Walz ging ich, nachdem ich noch zwei Jahre als junger Verlagsangestellter und Sekretär des Arbeitskreises für Hausmusik bei Vötterle gearbeitet hatte. Sie dauerte von Anfang Mai bis Ende Juni. Es war das Jahr nach der Währungsreform, mit der die deutsche Teilung begann. Im Rucksack lagen eine lange Hose, ein zweites Hemd, ein bisschen Wäsche, ein Pullover, dazu die Landkarte. Obenauf hatte ich eine Zeltbahn und eine Decke festgebunden, und in der Außentasche Ernest Hemingways *Wem die Stunde schlägt*. Die vergilbte Ausgabe auf glattem Papier mit leichtem Kartonumschlag war in der S. Fischer-Bibliothek im Suhrkamp Verlag, vormals S. Fischer, Berlin und Frankfurt, erschienen. Den Roman las ich mit angehaltenem Atem. Wie unzählige junge Leute, die damals anfingen zu schreiben, versuchte ich bald, Hemingways Stil in Kurzgeschichten und Romananfängen nachzuahmen, die ich auf meiner Vorkriegs-»Erica« zu Papier brachte. Ein Versuch hieß: *Scherben bringen kein Glück. Reportage einer Jugend.*

Marlen war in Schweden; den Eltern zuliebe hatten wir uns verlobt. Für unsere Trennungszeit hatten wir einander versprochen, uns zu prüfen, ob wir wirklich zusammengehörten. Das war etwas Ernstes, es schloss für beide die Freiheit ein. Eine andere Begegnung hat meinen Aufbruch aus Kassel beschleunigt: Martina, eine ältere und mir an Wissen weit überlegene Frau. Sie war für mich eine wichtige Freundin, ich für sie eine Hoffnung, die ich nicht erfüllen konnte.

Braunschweig war der Ausgangspunkt meiner Rundfahrt. Dort wohnten meine kranke Mutter und der abgerüstete Vater, ebenso meine künftigen Schwiegereltern. Beide Väter harrten wortkarg in der Erwartung aus, beruflich wieder anerkannt zu werden. Meiner nie mehr in Uniform, vielmehr kaufmännisch. Marlens Vater war während der letzten Kriegsjahre Sonderrichter der Strafjustiz gewesen. Er blieb beamtet, wurde aber vorübergehend außer Dienst gestellt und musste eine mehrjährige Wartezeit bei geringem Sold verbringen, bis er den Richtertalar wieder anlegen durfte. Viele, die schwerer belastet waren als er, wurden früher rehabilitiert.

Mein erster Besuch galt dem Braunschweiger Westermann Verlag, der damals auch Briefmarken druckte. Seine MONATSHEFTE hatten es mir angetan. Ich fragte an der Pforte. Eine freundliche Lektorin eröffnete mir, wie alles werden könnte, falls etwas Brauchbares aus dem »Scherben«-Manuskript hervorginge. Und ein Druckermeister führte mich herum. Das war auch schon alles.

Als ich endlich durch den Teutoburger Wald strampelte, kam ich am Denkmal von Hermann dem Cherusker vorüber. Angesichts der Statue fiel mir ein, wie unmöglich ich es immer schon gefunden hatte, dass Kleist ihn in der »Hermannsschlacht« seine schöne Gemahlin Thusnelda mit »Thus'chen« hatte anreden lassen.

Für meine weiteren Besuche bei Verlagen überlegte ich mir, dass ich selbstbewusster auftreten musste, um direkt zu den Verlegern vorzudringen. Ich kam unangemeldet. Von nun an sagte ich beim Empfang, ich sei ein gelernter Verlagsbuchhändler auf der Walz, ich wolle wichtige Verlage kennen lernen, genauer: ihren Neubeginn. Dankbar wäre ich, wenn ich den Verleger, die Inhaberin persönlich sprechen könnte. Meist nützte die Bezeichnung, die mich als Handwerksburschen der Verlegerei ausgab.

Schon bei Bertelsmann in Gütersloh gelang es mir besser, vorgelassen zu werden. Sigbert Mohn, der stillere Inhaber-Bruder, unterhielt sich freundlich mit mir. Ich wurde im Betrieb herumgereicht und blieb stundenlang. Sie hatten Spaß an meinem Unternehmen und wohl auch an meiner Naivität. Später bin ich oft dort gewesen. Mein erster gedruckter Roman kam auch im Lesering heraus, zusätzlich bei der Buchgemeinschaft Donauland in Wien. Danach erst sollte ich Reinhard Mohn kennen lernen.

Weiter ging es über Hamm nach Düsseldorf und Köln. Überall war spürbar, wie sehr unser Land einen wirklichen Frieden herbeisehnte. Bis zum Selbstmord Hitlers am 30. April 1945 hatte die Mehrheit der Deutschen dem »Führer« bedingungslos gehorcht. Nun wollte diese totale Unterwerfung niemand mehr begreifen. Dass die Sieger als die Befreier über uns kamen, erkannte nur eine Minderheit an. Rings um meinen Weg wuchsen Grasnarben in den Trichtern von »Notwürfen«, die wir so nannten, weil angeschossene Flugzeuge die letzten Bomben vor ihrem Versuch einer Notlandung abwarfen. Auf Waldlichtungen fand ich Birkenkreuze mit rostenden Stahlhelmen.

Viele Straßen und Dörfer waren unversehrt. Autos gab es noch wenige – außer von den Besatzungsmächten. Wenn die Sonne schien, sang ich vor mich hin. Manchmal bekam ich Milch und Brot auf einem Hof. In den Städten standen erste Wiederaufbauten mitten in den Vierteln leerer Fensterhöhlen und aus Trümmern ragender Schornsteine. Wie viele Gebeine blieben unter den Schuttbergen, die man errichtete und später begrünte, für immer begraben! Kinder, die heute bei Schneewetter diese Hügel hinunterrodeln, können sich nicht vorstellen, was alles darunter liegt.

Ich gönnte mir hier und da einen längere Pause, stellte keine Ansprüche, war in Entbehrungen trainiert und unersättlich neugierig. Mein Notizbuch voller Adressen von Freunden, früheren Bekannten der Eltern oder entfernten Verwandten half mir. Wenn es gar nicht anders ging, übernachtete ich unter freiem Himmel.

Den Rhein radelte ich aufwärts am westlichen Ufer und machte Halt in Boppard bei Karl Rauch und seinem Verlag, von dem ich wusste, dass er die Werke von Antoine de Saint-Exupéry auf Deutsch herausbrachte. Er unterhielt sich gern mit mir, war behaglich eingerichtet und erschien mir als ein nahezu weiser Mann, der über die Aussichten der wiedererwachenden Wirtschaft auch im Verlagswesen philosophierte. Er hat sich damals wohl ein wenig gewundert, wie unverblümt ich vor ihm auftauchte. Einen neuen Mitarbeiter brauchte auch er nicht.

In Mainz wohnte ich bei meinem früheren Mitschüler Ulli aus Braunschweig, er studierte dort. Für ein paar Tage brachen wir mit einer Gruppe seiner Freunde in mehreren Booten zu einer Paddeltour auf und kamen bis kurz vor Kaub. Kochwasser für unsere Suppenwürfel konnten wir aus dem Rhein nehmen, in dem sich noch herrlich schwimmen ließ. Bei der Rückfahrt hängten wir uns an Schleppkähne. Bevor ich weiterradelte, hörte ich mir mit Ulli seinen verehrten Professor in einem überfüllten Hörsaal an. Ich war froh, vogelfrei zu sein.

Es war nur ein Sprung zur Verlagsstadt Frankfurt, in der ich mich tagelang aufhielt. Natürlich klopfte ich, wie vorher in Köln, auch bei den berühmten Verlagen an, die bald wieder die Gegenwartsliteratur prägten. Und ich stöberte in den Buchhandlungen. Aber alles gestaltete sich viel schwieriger, als ich gedacht hatte. Ich war noch zu unwissend, und für mich sprach nichts als ein gutes Zeugnis vom Bärenreiter-Verlag, das kaum einer sehen wollte. Zu den Verlegern drang ich nicht vor, und freundliche Sekretärinnen nützten mir nichts. Enttäuscht radelte ich weiter nach Darmstadt, Heidelberg, Karlsruhe. In Stuttgart ging mir das Geld aus. Ich kam fürs Erste kostenlos im Keller des Christlichen Vereins junger Männer unter und bewarb mich am nächsten Tag bei der Franckh'schen Verlagshandlung W. Keller & Co., kurz dem Kosmos Verlag. Zum 1. Juli 1949 wurde ich für die Buchherstellung, insbesondere zur Betreuung der gerade wieder auflebenden Tecumseh-Bücher Fritz Steubens eingestellt. Dort hat mir endlich das Zeugnis meines Lehrherrn Karl Vötterle geholfen.

Im Franckh-Verlag in der Pfizerstraße gab es noch den alten Hofrat Keller, der im Flur immer freundlich meinen Gruß erwiderte, indem er, weiß und schmal, wie aus dem vorigen Jahrhundert herüberlächelte. Ich arbeitete in der Obhut seines Sohnes Rolf, der Nachsicht mit meinen Flausen hatte und mich bald auch als Autor für das Jugendjahrbuch *Durch die weite Welt* beauftragte. Ich war 23 und platzte fast vor Erwartung, mich gedruckt zu sehen. Meine ersten Zeitschriften-Beiträge hatte ich schon vor zwei Jahren in der Kasseler NEUEN SCHAU untergebracht. Als Angestelltem des angesehenen Unternehmens wurde mir vom Wohnungsamt die Einweisung für ein Zimmer in Verlagsnähe zugewiesen. Meine rundliche Vermieterin bereitete am Sonntagmorgen im Unterrock mit Schürze Spätzle für die ganze Sippe, und sie lud mich zu der Mahlzeit in die Küche ein.

Gleich schrieb ich Marlen nach schwedisch Lappland, wo sie in diesem Sommer ihre Ferien in einer Touristenunterkunft verbrachte und sich als Tellerwäscherin etwas hinzuverdiente: Eine feste Stelle hätte ich nun, wir könnten bald heiraten. Als wir uns ein Dreivierteljahr darauf mit Gottvertrauen trauen ließen und in Stuttgart unsere Familie gründeten, verdiente ich monatlich 240 Deutsche Mark. Mir war nicht klar, wie viel eine junge Frau, die wie Marlen selbstständig auf ihren Füßen gestanden hatte, für eine unbestimmte Zeit aufgab, wenn sie Hausfrau wurde. Ich kannte es aus meiner Herkunft nicht anders und hatte viel zu lange kein Einsehen.

### Vorbilder und Nachbilder

Die zweite Gründerzeit im Verlagswesen dauerte, ebenso wie ein halbes Jahrhundert zuvor die erste, zwei volle Jahrzehnte lang. Seinerzeit waren die Gründerväter so unterschiedliche Charaktere wie Samuel Fischer, Eugen Diederichs, Reinhard Piper, Anton Kippenberg (Insel Verlag) und Adolf Spemann (Engelhorn) gewesen.

In der Epoche nach dem Zweiten Weltkrieg hat es ähnlich starke Verleger-Persönlichkeiten gegeben. Heute scheint die Erinnerung daran aus dem öffentlichen Meinungsbild verschwunden: Als vor einiger Zeit Siegfried Unseld, der Kopf des Suhrkamp-Verlags, und der SPIEGEL-Herausgeber Rudolf Augstein kurz nacheinander starben, konnte man in der öffentlichen Wahrnehmung fast den Eindruck gewinnen, es habe in ihrem Rang und auf ihren Gebieten nur diese beiden gegeben und sonst lange niemanden, der Größe beanspruchen konnte. Waren die Spuren der neuen Gründerzeit nach 1945 aus dem Bewusstsein der Nachrufer schon verweht? Für die literarische Generation, der ich angehöre, gab es damals viele prägende Gestalten, und sie leben in unserer Erinnerung weiter.

Für mich ist Karl Vötterle, geboren in Augsburg, eine der bedeutendsten Verlegerfiguren der Nachkriegszeit. Alles hatte er sich selbst erworben. Er war ein Buchhändler ohne Abitur und regelrechte Lehre, der seinen Verlag unter dem Stern (nach dem Sternbild des Großen Bären und dem einzelnen Gestirn darüber als Wegweiser) mit einem Handwagen begonnen hatte. Auf dem karrte er Papier und Notenblätter in eine Druckerei und bat, ihm zu erklären, wie die Notenköpfe aufs Unbedruckte zu bringen seien und wie überhaupt man das alles mache. Gegen Ende seines Lebens war er zweifacher Dr. h. c., Ehrensenator und einer der größten Musikverleger der Welt. Er baute sein Unternehmen auf wie einer seiner Vorfahren, der als Siedler Pfähle in die Mooserde beim Lech getrieben hatte, um ein standfestes Haus darauf zu errichten. Auf die Bärenreiter-Notenblätter, mit denen er nach dem Ersten Weltkrieg die Arbeit begonnen hatte, waren bald Sammellieferungen gefolgt.

Vötterle war ein Berg von einem Mann mit scharfen Zacken, aber auch weicheren Linien. Als er mich einmal morgens in seinem Verlag dabei erwischte, wie ich auf einer Büromaschine Verse abtippte, die ich nachts gedrechselt hatte, sah er mich fassungslos an.

»Kommen Sie mit rüber«, herrschte er mich an und zog mich wie ein Kontaktmagnet über den Flur in das Chefzimmer, aus dem man von Wilhelmshöhe auf die Stadt herabsehen konnte. Es brach ein Donnerwetter über mich herein. Plötzlich lenkte er ein. »Zeigen Sie mal her. Was sind das eigentlich für Verse?« Er las ein paar Zeilen. »Nicht ganz schlecht. Geben Sie das mal Dr. Martin für die NEUE SCHAU.« Der brachte zwar nicht dies, aber bald andere Manuskripte von mir in dieser auf die Mentalität der Bärenreiter-Gemeinde ausgerichteten Zeitschrift.

Zwischen Vötterle und mir krachte es nicht selten. Sein Unternehmen sollte für ihn wie eine Familie sein. Das hatte freilich den Nachteil, dass er die in der Mehrzahl weibliche Belegschaft auch wie die Mitglieder einer Familie beanspruchte und nicht gerade üppig entlohnte. Seine Fürsorge war patriarchalisch.

Vötterles Memoiren *Haus unter dem Stern* sind das Vermächtnis eines absoluten Verlegers, der sein Leben lang baute: Häuser, Gärten, Editionen und Wohnungen für seine Mitarbeiter. »Ich durfte noch die beiden Männer persönlich kennen lernen, deren Werk mir Vorbild war«, hielt er fest, »den ungestümen, vorwärts drängenden und Neuland suchenden Eugen Diederichs und den sorgfältig wägenden, vornehmen Anton Kippenberg. Würde ich hundertmal geboren – ich würde immer wieder diesen Beruf wählen.«

An Vötterles Beispiel habe ich zum ersten Mal verstanden, was ich später in der Politik immer deutlicher erkennen sollte: wie sehr das Unternehmerische mit dem Politischen gemeinsam hat, dass es Macht über Menschen ausübt. Am Ende war der Bäreneiter-Verlag von Kassel bis nach Basel, London, Paris und New York ausgedehnt.

In meiner Lehrzeit schickte er mich häufig zum Steineklopfen in die Kasseler Innenstadt, wo noch alles in Trümmern lag. Wer sich noch brauchbare Ziegelsteine herausklaubte und sie mit dem Maurerhammer abklopfte, durfte sie gegen ein Entgelt zum Wiederaufbau seines eigenen Hauses oder Unternehmens verwenden. Darum ging es meinem Chef. Er hatte keinen eigenen Sohn, und nicht wenige in der Belegschaft triezten mich damit, ich liefe immer mit hoch erhobenem Kopf herum, als bilde ich mir ein, von ihm adoptiert zu werden.

Eines Tages schickte er mich mit einem Holzgaslaster dreißig Kilometer nach Süden, wo er in einem Steinbruch unter einer Plane einen Haufen fester Kartonrollen entdeckt hatte, die als Behälter für Flakmunition gedacht waren. »Organisieren«, wie wir damals die Selbstbeschaffung von allem möglichen Brauchbaren aus Restbeständen der Wehrmacht nannten, war für uns selbstverständlich. Als ich nach Dienstschluss in den Verlagshof einfuhr, war der Schuppen, in dem ich die Fracht abladen sollte, verschlossen. Nicht meine Schuld, dachte ich, und lud, da es nicht regnete, die Ladung vor der Tür ab. Am nächsten Morgen nieselte es. Vötterle war im Hof damit beschäftigt, die Hülsen eigenhändig einzuräumen. Er brüllte mich an, als sollte aller Donner der Welt auf mich herabfallen. Zum Glück hatten die Rollen nicht viel abbekommen. Vötterle ordnete an, dass sie als Packmaterial für Bärenreiter-Einblattdrucke pro Stück mit einer Mark berechnet wurden. Am Abend sprach er schon wieder versöhnlich mit mir. Ich habe von ihm für meine spätere Arbeit als Buchhersteller für den Umgang mit Papier, Satz, Druck und Einband alle Grundlagen mit auf den Weg bekommen.

Während Peter Suhrkamp in der Nachkriegszeit für uns junge Verlagsleute und Buchhändler ein überragendes Vorbild abgab, war Unseld zu der Zeit noch nicht einmal »der junge Mann« in seinem Verlag. Und als Ernst Rowohlt in Hamburg mit den Rotationsdrucken angelsächsischer Literatur im Zeitungsformat begann, bekamen die Uhren des Verlagswesens neue Zeiger.

Ich habe Suhrkamp nur aus scheuer Distanz erlebt. Es hat mich beeindruckt, mit welcher Weitsicht er die Zukunft der Entwicklung des Verlagswesens vorausgesehen hat, als er den nach seiner Promotion über Hermann Hesse vom Autor des *Steppenwolf* zu ihm empfohlenen Siegfried Unseld als Nachfolger bestimmte. Für uns Gleichaltrige, die damals den gemeinsamen Beruf begannen, war Unseld einer wie wir. Er war neu, ich fühlte mich ihm anfangs an Fachwissen überlegen. Wenn wir uns auf der Buchmesse trafen, gab er sich kumpelhaft. Einer, der im Kollegenkreis beim Feiern gern lange aushielt. Von elitären Geistern wurde er zunächst als etwas bäuerlich abgetan. Aber Suhrkamp hatte genauer hingesehen und weiter gedacht: Da war einer, der die Robustheit besaß, sich in der heraufziehenden Gegenwart brutaler Vorherrschaft der Ökonomie durchzusetzen, und zugleich die Einsicht besaß, filigranen Begabungen unter seinen Autoren adäquat zu begegnen. Ich hätte ihn nicht zum Feind haben wollen. In der Person dieses Verlegers verbanden sich Sensibilität und Rücksichtslosigkeit, Gerissenheit und Respekt, Kenntnis und Zupacken, kapitale Fähigkeiten und die Eigenschaft, auch Schriftsteller von Weltrang als Verleger zu überzeugen.

Die Trennung zwischen Suhrkamp und Samuel Fischers Tochter Brigitte Fischer wie ihrem Mann Gottfried Bermann Fischer im Jahr 1950 war ein Ereignis, das die meisten von uns auf Grund der moralischen Unlösbarkeit nicht nur beschäftigt, sondern auch bedrückt hatte. Beide, Unseld in seinem Buch über Suhrkamp, Bermann Fischer in seinen Erinnerungen *Bedroht – bewahrt* haben den Konflikt gegensätzlich dargestellt. Allein rational war alles nicht zu entfächern. Auf der einen Seite der geschundene KZ-Überlebende und Lizenzträger kraft der Besatzungsmacht – nur Suhrkamp konnte ab 1945 für beide Verlage in einem handeln. Auf der anderen Seite der Emigrant, der in Amsterdam, Wien und Stockholm Teile des Verlages gerettet hat. Als amerikanische Bürger durften Fischers in den ersten beiden Nachkriegsjahren nicht in das besetzte Deutschland einreisen und dort nichts Geschäftliches unternehmen. Kein Wunder, dass die Vernunftregelung, die zwischen ihnen bestanden hatte, an dieser Konstellation zerbrach. Dennoch waren beide schließlich einsichtig genug, um dem Kompromiss zuzustimmen, den Anwälte für sie ausgehandelt hatten.

Die Autoren konnten wählen. Von 48 entschieden sich 33 für den Suhrkamp Verlag, darunter auch Brecht und Hesse. S. Fischer behielt vor allem die angestammten Autoren aus der Zeit vor der Emigration. Mit diesem Hort an Copyrights als Grundlage entstand der Verlag neu. Suhrkamp war damals bereits ein eigenständiger Verlag mit Adorno, Benjamin, Eliot, Max Frisch, Hermann Kasack, Ernst Penzoldt und bald auch Martin Walser. Am Ende nützte das Resultat beiden Verlagen.

Viele Verleger tragen in meinem Erinnern an die frühen Jahre Merkmale von Exil, Entbehrungen oder Entkommen aus tödlicher Gefahr. Doch keiner mehr als Suhrkamp. Gelebt hat er bis 1959, immer am Rande seiner in der Nazi-Folter zerschlagenen Kräfte, die seine außerordentliche Disziplin zusammenhielt. Bei seinem Lektor Friedrich Podszus habe ich mir einmal mit meinem Manuskript *Die Traurige von Saint-Germain-des-Prés* eine berechtigte Abfuhr eingehandelt. Ich litt an Selbstüberschätzung.

Später hatte ich, wenn ich als Literary Scout meine Rundreisen machte, mit Walter Boehlich als Lektor und mit Helene Ritzerfeld wegen der Auslandsrechte zu tun. Unseld selbst nahm sich Zeit, er kramte gern mit mir in der Rückschau, wie alles begonnen hatte: mit ihm und uns gleichaltrigen Bücherleuten.

»Was haben Sie mir denn Gutes mitgebracht?«, fragte er mich dann.

»Sie wissen doch, ich bin nur Berater nach draußen, nicht umgekehrt.«

»Aber Sie hören das Gras wachsen.«

Er wollte immer erfahren, was ich von anderen Verlagsprogrammen wusste; meine Mitteilsamkeit kannte Grenzen.

Bei S. Fischer blieb das Verlegerpaar im internationalen Flair distanziert. Rudolf Hirsch, der aus der Emigration zurückgekehrte Cheflektor, sprach mit mir. Er verkörperte bestechend den Esprit der neuen Gründerzeit. Das Glasperlenspiel der Verlagskunst beherrschte er. Freundlich vorgebeugt, dunkel, schnurrbärtig, ein herzlicher Vermittler hinter seinem Schreibtisch. Als später Peter Härtling auf seinem Platz saß, sprachen wir selbstverständlicher, aus paralleler Erfahrung. Er war ein seltenes Beispiel dafür, dass ein geborener Schriftsteller auch Verlagskaufmann sein konnte. Allerdings war das Unternehmen damals schon an die Holtzbrinckgruppe verkauft und die Konzernökonomie lag bei deren Zentrale in Stuttgart.

In den sechseinhalb Jahren, in denen ich von 1954 bis 1960 bei Piper in der Georgenstraße hinter dem Siegestor für Presse und Öffentlichkeitsarbeit verantwortlich war, kam ich viel im Verlagswesen herum. Ich hatte mir auch die Arbeit im Vorlektorat neu eingehender Manuskripte ergattert. Im engeren Kreis der tonangebenden Verlage kannte jeder jeden.

Bei Piper entdeckte ich meine Versäumnisse. Das Lesen der Verlagsproduktion ersetzte mir eine reichhaltige Bibliothek. Natürlich hatte ich Reinhard Pipers Erinnerungsbücher *Vormittag* und *Nachmittag* gelesen. Im Oktober 1953 war der Verlagsgründer gestorben und sein Sohn Klaus Piper gerade dabei zu lernen, auf Grundlage dieser Tradition ein eigenständiger Verleger zu werden. Er war den Wissenschaften stärker zugetan als sein Vater und liebte die Musik noch mehr als die Literatur. Mit einem Mal war ich aufgenommen in eine – gegenüber meinen bisherigen Erfahrungen – ganz andere Verlagsatmosphäre, deren Niveau mich anspornte. Von mir aus hatte ich meine Arbeitskraft zu bieten, Begeisterung und ein nicht so leicht zu füllendes Fassungsvermögen, um die für mich neuen Maßstäbe aufzunehmen.

Es war das Jahr, in dem meine Mutter nach einem sie auflösenden Leiden starb. Klaus Piper ließ mir Zeit und er tat etwas, das ich ihm nicht vergesse. Er schrieb meinem Vater, nachdem er sich vorher bei mir über ihn erkundigt hatte, einen Brief und ließ ihn wissen, er spüre, was sie für mich bedeutete, und er wolle ihm versichern, ich sei hier im Verlag gut aufgehoben. Und das, nachdem ich nicht einmal ein Jahr bei ihm war. – Seine eigenen Memoiren *Lesen heißt doppelt leben* sind mir in dem Teil, der seinem Instrument, dem Klavier und der Musik im Ganzen gilt, am liebsten. Mit Joachim Kaiser spielte er vierhändig.

Klaus Piper war als Büchermacher, so differenziert er andere Dinge beurteilte, mitunter einfach gläubig. Lobsang Rampas Buch *Das dritte Auge* wurde ein Bestseller des Verlags, ich fand ihn unlesbar. Piper frohlockte, weil er nun eine Anzahl von Krediten zurückzahlen konnte. Die verschwommene Esoterik störte ihn offenbar kaum; sie ließ gläubige Anhängerinnen auf diesen neuen Guru bauen. Dass Meditation und asiatische Weisheit tatsächlich ein drittes Auge für ein erweitertes Gesichtsfeld aufschließen könnten, in dem eine transzendente Welt sichtbar werde, hielten viele Leser nur zu gern für möglich.

Eines Tages aber ereilte uns die Nachricht, alles sei Schwindel, der Urheber dieser Vision schlicht ein Betrüger. Piper kam zu mir ins Büro gestürzt, er benötigte Beistand für sein Telefonat mit dem britischen Originalverleger George Weidenfeld.

Als er ihn endlich in der Leitung hatte und ihm sein »Das kann doch wohl nicht wahr sein, dass alles nicht stimmt!« entgegenrief, hörte ich durch die Muschel mit: doch, das sei nun einmal so. »It's a good joke!«

In England werde sich das Buch weiterhin gut verkaufen, die Leute dort wüssten so etwas zu schätzen. Meinem Chef verschlug es die Sprache, er wurde bleich. Nach einer Zeit brach er das Bemühen um Verständigung ab. Und natürlich hat er Recht behalten mit seiner Ahnung. In Deutschland rächte sich, dass die Leser gefoppt wurden. Kioskmedien genossen den Skandal. Der Absatz sank rasch, bald erlosch er ganz.

Klaus Piper, der Verleger von Karl Jaspers, Alfred Weber, Adolf Portmann, Hannah Arendt, Ingeborg Bachmann und Hans Werner Henze besaß eine Restnaivität, die er sogar unbewusst pflegte; denn sie ermöglichte ihm, seinen Verlag mit damals an die dreißig Mitarbeitern durch eine »gemischte Produktion« wirtschaftlich auf dem Laufenden zu halten. Mit Albrecht Knaus, Reinhard Baumgart und Hansjörg Graf verfügte er über ein vorzügliches Lektorat.

Manchmal hatte ich mit seiner politischen Einstellung meine Schwierigkeiten. Im Grunde war er liberal. Als die Totalitarismus-Theorie aufkam, machte er sich diese zu Eigen. Mir fungierte sie zu sehr als Entlastung unserer unbewältigten Vergangenheit, indem sie die deutsche und die russische Diktatur gleichsetzte. Sie ging auch nicht darauf ein, wie viele Diktaturen der Westen unterstützte, solange sie antikommunistisch waren.

Der Abschied aus dem Verlag fiel mir nicht leicht. Als ich in Vorbereitung darauf – ich gestand ihm das nicht ein – meine Ferien darangesetzt hatte, mein Englisch in London zu trimmen, gab Piper mir extra Urlaub. Und als ich ihm nach den für mich so wichtigen Jahren in seinem Verlag kündigte, hat er mich zu halten versucht. Mein Freiheitsdrang war stärker.

Danach setzte ich einen Teil meiner Verlagsarbeit im freien Literaturberuf fort. Für die Gruppe der »Bücher der Neunzehn«, die gemeinsam preiswerte Sonderausgaben herausbrachten, um die Buchgemeinschaften nicht überhand nehmen zu lassen und den Sortimentsbuchhandel zu unterstützen, gab ich jährlich *Das kleine Buch der 100 Bücher* mit Rezensionen heraus. Außerdem schrieb ich Texte für die Informationshefte *Die Neunzehn* und schließlich eine kleine Historie über diese Zusammenarbeit der 19 Verlage in den sechziger Jahren.

Sekretär der »Bücher der Neunzehn« war Richard Hopp, einer aus der Kriegsgeneration, der nicht mehr in das bürgerliche Leben hineingefunden hat; nur die Schwabinger Lebensart mochte er, genoss ihre Freiheiten und verbarrikadierte sich am Ende im Trotz gegen alle, die sich im neuen Establishment wohlgefielen. »Mich haben die Geheimdienstler schon deswegen auf dem Kieker, weil ich das NEUE DEUTSCHLAND abonniert habe«, behauptete er. Für mich in meiner neuen Freiberuflichkeit sorgte er als ein Freund, bezahlte jedes Honorar sofort und fragte, ob ich Vorschuss brauche. Manchmal sah ich ihn morgens vor der Wirtschaft Osterwaldgarten nach einer durchzechten, durchliebten Nacht. Er träumte seinen Traum vom anderen Leben und hat ihn am Ende mit seinem schleichenden Freitod bezahlt.

Carl Hanser in München kümmerte sich besonders um die Angelegenheiten der »Neunzehn«. Wenn ich wieder einmal im Verlagshaus in der Kolbergerstraße jenseits der Isar hereinschaute, wunderte ich mich, wie wichtig er die kleinen Dinge nahm und wie genau er sich inhaltlich dazu äußerte. Nach dem Krieg hatte er seinen Verlag, der auf zwei Säulen stand, Technik und Literatur, mit Büchern von Fedor Stepun und Eugen Roth wiedergegründet. Es gab eine exemplarische Einstellung, die für die Verleger der neuen Gründerzeit noch allgemein galt, und wie mir schien besonders für Hanser. Die beiden großen G, Geist und Geld, die Glanz und Mühsal des Verlagswesens ausmachen, hielten sich in der Verantwortung dieser Persönlichkeiten noch die Waage. Man raubte einander nicht die Autoren, man jagte nicht – wie später die Konzerne mit Millionengeboten – der Bestsellerneurose oft nur gerüchteweise gehandelter Sensationen nach. Und man wusste noch, dass im Verlagsgeschäft zwei bis höchstens fünf Prozent Gewinn solide sind. Niemand wäre auf die Idee verfallen, durch das Verlangen von fünfzehn Prozent das Niveau der Bücherwelt wie ein Geschäft mit Silvesterknallern auseinander fliegen zu lassen.

Hanser war mit Günter Grass befreundet und wusste früh von dessen Arbeit an der *Blechtrommel*. Drei Jahre zuvor war jedoch auf Anraten des Lektors von Grass, Peter Frank, der Gedichtband *Die Vorzüge der Windhühner* bei Luchterhand herausgekommen. Darum versuchte Hanser gar nicht erst, diesen als Geheimtipp schon im Voraus berühmten Romanerstling zu sich herüberzuziehen. Er respektierte das Vorrecht seines Verlegerkollegen Eduard Reifferscheid. Hanser brachte schließlich in seiner Zeitschrift AKZENTE das erste Kapitel, das Grass auf der Tagung in Großholzleute im Allgäu den Preis der Gruppe 47 eingetragen hatte, im Vorabdruck.

Carl Hanser hatte sich sein Ansehen über die zwölf Jahre der Diktatur bewahren können. Er wurde der erste Vorsitzende des Börsenvereins der Verleger und Buchhändler in Frankfurt am Main und hat die dortige Buchmesse mitbegründet. Auch später behielt er das Ganze des Buchhandels im Blick und blieb noch in seinem Erfolg ein sparsamer Mann.

Als Joachim Spencker, der für den technischen Verlag zuständig war, einmal von morgens bis abends in Hamburg verhandelt hatte, aber am Vortag wie am Tag danach ohne Verzögerung im Verlag anwesend war, wollte Hanser von ihm wissen: »Wie machen Sie das?«

Die Antwort war: Im Schlafwagen Erster Klasse könne man doch bequem und ausgeruht zum Ziel und ebenso zurückkommen.

Darauf Hanser: »Und ich musste sechzig werden, bis ich zum ersten Mal Erster Klasse gefahren bin!«

Als einmal der mächtige Grossist Lingenbrink in Hamburg erheblichen Druck anwandte, um bei ihm einen erhöhten Generalrabatt herauszuholen, sperrte Hanser ihm für ein halbes Jahr alle Lieferungen. Mit dem Ergebnis, dass der Kommissionär zu der bisherigen Vereinbarung zurückkehrte.

Carl Hanser und Klaus Piper waren recht verschiedene Charaktere. In einem ähnelten sie einander: beide standen noch für den Typ des Verlegers, der mit der Buchproduktion eines jeden Jahres sein persönliches Vermögen riskierte. Wir Mitarbeiter beider Verlage sahen uns in mancher Weise in einer parallelen Situation.

Von Stuttgart aus war ich um die Wende zu den fünfziger Jahren oft per Anhalter nach München aufgebrochen und hatte Verlage abgeklappert. Diese Stadt war für uns ein Traum, der sich endlich erfüllte. Zunächst kam ich im Paul List Verlag in der Goethestraße unter. Dort war ich Leiter der Herstellungsabteilung. Von oben, die Verlagsleitung saß im ersten Stock, ich im Parterre, herrschte in allen Einzelheiten eine archaische Strenge. Ich durfte nichts unterschreiben: jeden Brief musste meine Sekretärin zur Geschäftsleitung hinaufbringen. Es gab, damals ungewöhnlich, Rauchverbot.

Eines Tages lernte ich den Mann kennen, der 1932 Brüning als Reichskanzler abgelöst hatte, Franz von Papen. Er hatte seine Memoiren *Der Wahrheit eine Gasse* bei List veröffentlicht. Ich wurde telefonisch nach oben gerufen: »Seine Exzellenz sind da!« Als ich bei der Geschäftsleitung eintrat, sah ich eine Dreiergruppe, beide Verlagsleiter, Lenz und Hirschberg, zu dem hageren Alten gebeugt, der seinem Foto ähnelte. Ich wurde ihm vorgestellt, er schaute nicht auf. Stehend musste ich über die Daten der Neuauflage berichten und Nachfragen beantworten. Erst bei dieser Gelegenheit wurde mir deutlich, wo ich mich politisch befand. Bisher hatte ich mir das nie klargemacht, weil im Verlag auch allgemein gültige Werke erschienen, dazu war die Taschenbuchreihe international.

Im Nürnberger Prozess gegen die Hauptkriegsverbrecher war von Papen freigesprochen worden. Im Spruchkammerverfahren 1946 verurteilte man ihn jedoch zu acht Jahren Arbeitslager. Schon 1949, als mit Adenauers heimlicher Vorbereitung der Wiederaufrüstung die Restauration begann, wurde Papen entlassen. Ich hatte den Eindruck, er verfügte wieder über eine Anhängerschaft. Das war 1952.

Als der Verlag Albert Langen – Georg Müller im alten Domizil in der Nymphenburger Hubertusstraße unter neuen Vorzeichen wieder aufmachte, schien das auch zu bedeuten, dass man sich von der ursprünglich deutschnationalen, später braunen Vergangenheit lossagen wollte. Mein Grafikerfreund Gerhard M. Hotop, der wusste, wie sehr ich mich bei List inzwischen fehl am Platz fühlte, empfahl mich dorthin. Die Eröffnung begann mit einem Literatur-Preisausschreiben. Ausgezeichnet wurden Walter Meckauer, Johannes Rüber und Otto Heinrich Kühner. Als Assistent des neuen Verlagsleiters Joachim Schondorf bekam ich mit diesen drei Autoren intensiv zu tun. Die Romane der beiden Jungen verschlang ich und beneidete die Autoren. Dennoch verließ ich Langen-Müller nach neun Monaten explosiv, indem ich Krach provozierte, um fristlos gehen zu können. Die Aussicht bei Piper war mir wichtiger. Dem Verleger Schondorf habe ich es hoch angerechnet, dass er mir drei Jahre später trotzdem anbot, meine Erzählungen und Essays, die der Reihe nach in der SÜDDEUTSCHEN ZEITUNG erschienen waren, in meinem Erstlingsbuch *Die gelenkige Generation* bei ihm zu veröffentlichen.

In die neue Gründerzeit gehörten in München auch Berthold und Christa Spangenberg. Er war Chemiker gewesen und hatte seine Verleger-Leidenschaft entdeckt, als er 1946 die Zeitschrift DER RUF herausgab, um die Hans Werner Richter seine literarische Clique der Gruppe 47 versammelte. Spangenbergs Frau Christa trat gleichzeitig in die Verlagsleitung ein. Beide haben mit ihrer Nymphenburger Verlagshandlung das Bild des literarischen München über viele Jahre mitgeprägt. Christa Spangenberg kaufte den Ellermann Verlag und hatte fortan ihre eigene Domäne in ihrem hervorragenden Kinderbuchverlag. Ohne Berthold Spangenberg wäre die Gründung der »Bücher der Neunzehn« schwer denkbar gewesen. Ich habe manchmal als freier Lektor und Co-Autor für ihn gearbeitet, Manuskripte beurteilt und Änderungen vorgeschlagen.

Das Manuskript des Romans *Tage der Schlehen* von Hermann Stahl, das mir Spangenberg zum Redigieren anvertraut hatte, nahm ich mit, als Marlen und ich mit Till zu einem kurzen Osterurlaub in das Wiener Waldviertel aufbrachen. Er war noch klein, Andreas bei den Großeltern in Braunschweig. Die Sonne schien vorsommerlich auf die Wiesen und Baumspitzen. Wir kamen in einem Bauernhof unter, zu dem eine Gartenwirtschaft gehörte. Da saß ich stundenlang an einem Tisch im Freien über das Manuskript gebeugt. Während Marlen und unser Kind in den Wiesen Blumen pflückten, entdeckte ich, dass meine Augen die Zeilen nicht mehr halten konnten, sie tanzten auf dem weißen Papier auf und ab. Für immer ist dieser Roman Hermanns Stahls mit meiner ersten Brille verbunden.

Als ich zu Spangenberg kam und ihm berichtete, wie viel nach meiner Meinung noch geändert werden müsse, lächelte er hinter seinem Schreibtisch mit jener ironischen Gelassenheit, mit der er die Dinge der Literatur zunehmend handhabte.

»Hab ich mir schon gedacht. Aber wie sag ich's meinem Autor?«

»Ich habe alles notiert.«

Der Verleger arrangierte, dass ich zu Stahl aufs Land hinausfuhr und mit ihm arbeitete. Wir sind schließlich ganz gut miteinander ausgekommen.

Es gab eine Kartographie des Verlagswesens, die ich auf meiner Walz zum ersten Mal kennen gelernt hatte. Später erweiterte ich sie um Hamburg, Berlin, Freiburg, Basel, Olten, Zürich und Ravensburg. Über mehr als ein Jahrzehnt reiste ich die alte und die neue Strecke einmal im Sommer und einmal im Winter ab, um mich über Pläne und künftige Programme zu informieren. Neben den Verlagen habe ich regelmäßig auch Sender und Zeitungsredaktionen an ihren Orten besucht, oft auch Autoren. Weil ich kommende Titel früher kannte als die Redakteure, nützten diese Fahrten auch meinen Rundfunksendungen über Bücher. Die eigenen Buchmanuskripte eingeschlossen arbeitete auch ich mit einer »gemischten Produktion«, anders konnte ich unsere vierköpfige Familie nicht ernähren.

In Hamburg schaute ich zu Siegfried Lenz herein, mit ihm verband mich unsere Marinezeit auf Dänholm und die realistische Erzählweise. Mit der Pfeife unter Dampf spann er gern Schnurren über unsere Autorenkollegen und war auch mit Willy Brandt, mehr noch mit dem Hamburger Helmut Schmidt vertraut. Aus ihm war ein begeisterter Taucher geworden und er hatte sich ein Sommerhaus an der Küste geschaffen. Immer war er hilfsbereit und kameradschaftlich – ein Wort, das wir eigentlich nicht mehr gebrauchen wollten, auf ihn traf es zu.

Einmal besuchte ich auf meinem Abstecher in die Schweiz Peter Bichsel, er war Primarlehrer in Zuchwil. Wir kannten uns von der Gruppe 47, deren Preis er 1965 mit seinen Miniaturen *Eigentlich möchte Frau Blum den Milchmann kennenlernen* errungen hatte. Er kredenzte mir ein paar Becher seines bevorzugten trockenen Weißen. Wir sprachen über das Interesse ausländischer Verlage an seinen Geschichten. Ich hatte den Eindruck, er blieb die ganze Zeit skeptisch in seiner literarischen Miniaturenwelt. Als ich in meinem VW-Käfer nach Zürich weiterfuhr, kam es mir vor, als bliebe ich auch in diesem Gehäuse noch eine Weile begleitet von Bichsels versonnenen Abbreviaturen.

Im Lauf meiner ersten fünfundzwanzig Berufsjahre habe ich wohl alles gemacht, was einer mit den Büchern anfangen kann. Eines Tages lud die SÜDDEUTSCHE ZEITUNG mich ein, meine Erfahrungen in einer Feuilleton-Serie zusammenzufassen. Ich nannte sie *Aus dem Tagebuch eines Bücherwurms*, und Kindler hat sie dann als Broschüre herausgebracht.

Hamburg, Frankfurt am Main, Stuttgart und München waren die dominanten Verlagsstädte. Westberlin konnte nicht mithalten, es wirkte abgeschirmt unter seiner Klaustrophobie. In Hamburg war Ernst Rowohlt eine Figur, die noch aus der ersten Gründerzeit stammte. Er war vor den Nazis zuerst nach Brasilien ausgewichen, dann aber ins Reich zurückgekehrt und in den Krieg. Gleich 1945 hatte er mit seinem Sohn Heinrich Maria Ledig-Rowohlt den Verlag wiedergegründet. Weltautoren haben ihn berühmt gemacht: Sinclair Lewis, Thomas Wolfe, Ernest Hemingway, Henry Miller, Lawrence Durrell, Tucholsky und Musil. Er schritt durch die Nachkriegszeit als einer, der genau spürte, was jetzt gebraucht wurde. Das bewies zum Beispiel Ernst von Salomons Bestseller *Der Fragebogen* von 1951, der die alliierte Inquisition auf die Schippe nahm.

Ich weiß nicht mehr, ob es Ledigs Mutter war, die den berühmten Satz über den Senior prägte: »Rowohlt, du bist ein Löwe!« Mich erinnerte Ernst Rowohlt in seiner wuchtigen Gestalt immer an seinen gleichaltrigen Bruder im Geiste aller Ungebärdigkeit, Olaf Gulbransson, der zwei Jahre vor ihm am Tegernsee starb. Im Todesjahr des Vaters zog Ledig-Rowohlt mit dem Verlag nach Reinbek um. In dem gläsernen Neubau, der in einer dafür wie geschaffenen Mulde liegt, habe ich ihn und seine Lektoren oft besucht. Da herrschte das Rowohltklima aus Witz und Whisky, mit vielen Köpfen, aufgestellten Sensoren und globalem Atem. Ledig war immer gut für Wortfindungen. Einmal traf ich ihn auf dem Podium der Darmstädter Literaturtage. In der Diskussion erfreute er das Publikum, als er literarische Debütanten, die schnellen Ruhm begehrten, schmunzelnd vorhielt, sie wollten »instant classics« werden. Der Applaus freute wiederum ihn. Anfangs haben sich viele gefragt, wie er sich wohl von dem großen Vater lösen werde. Das hat Ledig durch eigene Originalität spielend geschafft. Er war ein Feuersalamander selbst unter farbigen Charakteren.

Emigrant war auch der noble Jakob Hegner, der sich aus der zunehmenden Lautstärke der Wirtschaftswunder-

Jahre heraushielt und in ästhetischem Gewand Werke katholischer Geisteswelt und Erzählkunst verlegte. Claudel, Bernanos, Bruce Marshall, einige ihrer Bücher hatte Hegner selbst übersetzt. In der Serie »Die Bücher der Neunzehn« brachte Hegner Edzard Schapers *Der Gouverneur* in Großauflage.

In meiner Erinnerung fallen das weiße, durchgeistigte Gesicht dieses Kölner Verlegers und das faltige, zutiefst literaturbeschlagene Umheräugen des Inhabers der Münchner Buchhandlung Lehmkuhl, Eugen Schumacher, beinahe deckungsgleich zusammen.

Von den stillen Gefilden des Hegner Verlags war es ein Quantensprung nach Köln-Marienburg zu dem umtriebigen Joseph Caspar Witsch. Meist empfing er mich inmitten der Begeisterung für seine jeweils neue Produktion. Er sprudelte seine Liste hervor, als müsse ich alle übrigen Novitäten auf der Stelle vergessen, und er reichte mich weiter an Dieter Wellershoff und Carola Stern in seinem Lektorat. Herzlich, kraftvoll, den Raum füllend, war Witsch scheinbar immer in Hochform. Er ließ nichts spüren von seinem Verschleiß. Mit Böll, Rolf Dieter Brinkmann, Rolf Becker, Manès Sperber, Hermann Kesten, Erich Kästner, Max von der Grün, Günter Wallraff lieferte sein Programm Treibsätze zum literarischen Disput. Gespräche waren sein Element, ohne seine Gabe zur Gemeinsamkeit wäre der Zusammenschluss der »Bücher der Neunzehn« wohl auch niemals zustande gekommen. Fliegend ist seine Handschrift der Widmung, die er mir in das Buch zu seiner Würdigung *Gratulatio Joseph Caspar Witsch zum 60. Geburtstag am 17. Juli 1966* hineingeschrieben hat.

Heinrich Böll hat ihm in der ZEIT einen Nachruf geschrieben. »Der Tod sprang ihn zweimal hintereinander an, heftig, wild, und zweimal vergebens. Er schlug ihn nieder, zähmte ihn, und Witsch wurde, wozu er nicht gemacht zu sein schien und was ihn doch zu sich selbst brachte: weise wurde er, zeitverloren und fromm; es wurde eine Eigenschaft sichtbar, die sich im Mann, im Eroberer, den Zeitgenossen verborgen hatte, die nur gelegentlich angeklungen war, seine Kindlichkeit; ja er war kindlich, seine Feindschaften, seine Freundschaften, seine Ungerechtigkeiten waren die eines Kindes.«

In Berlin West, dem Torso, schaute das Pressehaus an der Kochstraße nach Osten über die Mauer. Wenn ich später Gretel Lattmann, die Witwe des Stalingrad-Generals Martin L., Bruder meines Vaters, in der Leipziger Straße besuchte, sah ich in umgekehrter Richtung hinüber. Das Verlagshaus Ullstein in der Nähe war 1945 von Heinz Ullstein und Helmut Kindler wiedergegründet worden. Zur Zeit meiner Rundreisen hatte das Unternehmen neben dem Sitz in der früheren Hauptstadt noch einen in Darmstadt. Der dort ansässige Verlag von Werner E. Stichnote war in Ullstein aufgegangen und er dort Geschäftsführer geworden. Als Vorsteher des Börsenvereins der Verleger und Buchhändler während der Buchmesse 1968 wurde er zum Schlichter. Stichnote war der eingreifende Liberale. Während der umtriebigen Messe, auf der das Gerücht »Die Literatur ist tot!« umlief, beruhigte er empörte Sortimentsbuchhändler, die all ihre geschäftlichen Regeln zerstört wähnten. Ich war Präsident des Dachverbands der noch einzeln operierenden Landesverbände der Schriftsteller geworden und hatte mit Stichnote zu tun. Es war die Buchmesse, auf der Golo Mann, Helmut Kindler und ich während einer Podiumsdiskussion im »Palmengarten« von einer Studentenwoge von der Bühne gespült wurden. Sie hatten uns die Mikros aus der Hand gerissen. Wir nahmen die leer gewordenen Sitze im Plenum ein und hörten dem Wettstreit der Revoltierenden von unten zu.

Ruth Stahlberg mit ihrer Verlagsgründung in Karlsruhe hat sich an Arno Schmidt herangewagt. Ich hatte sie schon auf meiner ersten Reise besucht, und wir hatten uns durch ihre lebhafte Art festgeredet. Ihre kühnen Pläne sprangen auf mich über, ich habe mir dort viel erwartet. Später verlor ich sie aus den Augen. Wie so viele Nachkriegsgründungen verschwand auch dieser Verlag unter den härter werdenden Gangarten. Vorübergehend hatten sich die Verlegerinnen Hildegard Grosche (Goverts), Ruth Stahlberg und Cilly Lutter (Krüger) in Stuttgart zu einer Kooperation zusammengetan. Eines Tages erschien die Holtzbrinck-Gruppe auf der Bildfläche und kaufte die finanzschwachen Einzelunternehmen auf.

Ursprünglich hatte der deutsche Faulkner-Verleger Henry Goverts in Stuttgart wie auf einer ruhigen Insel residiert. Dorthin hatte sich einer der wichtigsten Autoren der Anfangszeit, Wolfgang Koeppen, mit seinem Bonn-Roman *Das Treibhaus* orientiert. Das Werk nahm visionär die Verlorenheit der Demokratie in den Tagen der Restauration voraus. Goverts, der feinsinnige alte Herr, hatte in Hildegard Grosche eine Nachfolgerin gefunden. Sie brachte bedeutende ungarische Schriftsteller hinzu, vor allem das vielbändige Werk von László Németh – durch ihn hatte sie eine Strippe zu meiner Frau Marlen, die den nobelpreiswürdigen Autor von *Esther Égetö* und *Die Kraft des Erbarmens* auf einer Fahrt mit Till vom Plattensee aus als begeisterte Leserin besucht hatte.

In Olten unweit von Basel gab es den Walter Verlag mit Otto F. Walter als Lektor. Er wurde mit dem Roman *Der Stumme* auch als Autor anerkannt. Bei ihm versammelten sich damals Alfred Andersch, Gabriele Wohmann, Helmut Heißenbüttel, Wolfdietrich Schnurre. Walter war aufgeschlossen, vielen freundlich zugetan. Im Grunde aber erschien er mir in seiner schweizerischen Abgesondertheit als ein verschwiegener Mensch. Es war um ihn still geworden, als er nach einer umfangreichen Verlagslaufbahn und weiteren Romanen, auch Dramen, 1994 sechsundsechzigjährig in Solothurn starb. Die Nachricht sprang mich wie ein Versäumnis an. Längst waren wir eine Generation der Weißen Flecken geworden. Ich hatte ihn zuletzt vor der Stellung der US-Atomraketen bei Heilbronn getroffen.

Als Scout für meine sieben Auslandsverlage, die ich bis zur Wahl in den Bundestag beriet, hatte ich von Olten aus regelmäßig auch Daniel Keel in seinem Diogenes Verlag in Zürich besucht, im Lauf der Jahre wohl an die zehn Mal. Er brachte es fertig, den Reiz seiner eigenen Anfangsjahre spielerisch zu erneuern. Immer wirkte er, als habe er gerade erst begonnen, und er gefiel sich in dem Understatement, als probiere er wortkarg nur ein wenig, Verleger zu sein.

Wie überall habe ich mich brieflich angekündigt und vom Hotel aus telefoniert, wann es passe. In der Regel erwartete er mich dann gleich im Verlag. Er hatte ein frisches Gesicht, wie aus einem Apfelkorb geklaubt, und über seinen wie in der Sonne gereiften Backen schimmerten die dunklen Augen, dazu ein leselustiger Schalk. Mir erschien er als ein Mosaikbaumeister, der seine kommenden Novitäten im Gespräch vor mir ausbreitete. Er war sein eigener Lektor und Gestalter. Ich konnte vergleichen, wie andere Verleger ihre Verlagswerke vorstellten, es war ganz unterschiedlich: Die meisten gaben den Dynamiker, er war ein besonnener Interpret seiner neuen Diogenes-Bücher, wie er sie auch ausstattete, in unvergleichlichen Formaten und Design, man erkannte sie gleich im Schaufenster.

Keel sprach mit mir immer allein, alles beruhte auf ihm. Und so sehr er hinter den Bücherbergen hervorlugend in seinem Kanton zu Hause war, schien er in seinen Gedanken jederzeit mit den Verlagszentren in Paris, London, Rom und New York verbunden. Es war noch nicht die

Zeit seiner großen Erfolge, aber ihn bestimmte eine Sicherheit, die ihn dafür prädestinierte. Als er Alfred Anderschs Gesamtwerk verlegte und mit Patrick Süskinds *Parfum* Auflagenmillionär wurde, hatte er längst ein kundiges Team.

Die Gründerzeit lebte noch einmal auf, als sich in München eine Gruppe arrivierter Verlage zu einem Unternehmen zusammenfand, das es bis dahin im deutschen Sprachgebiet nicht gab: der Deutsche Taschenbuchverlag entstand 1960 und er entwickelte sich unter der Leitung von Heinz Friedrich zum bedeutendsten Taschenbuchverlag Europas. Friedrich war Cheflektor der Fischer-Bücherei und Programmdirektor bei Radio Bremen gewesen, fortan residierte er in der Schwabinger Friedrichstraße. Zu den elf Gründerverlagen gehörte neben Hanser, Insel, Kiepenheuer & Witsch, Nymphenburger auch Piper. Ich hatte die Vorbereitung noch im Verlag miterlebt und war ein Verbindungsmann zu Friedrich gewesen. Der Buchhandel ging angesichts des vorhandenen Überangebots von Taschenbuch-Serien eher skeptisch an das einfallsreiche Angebot heran. Der Erfolg kam nicht schlagartig; als er dann doch eintrat, beruhte er auf zwei Besonderheiten: zum einen auf der Tatsache, dass dtv ausschließlich Taschenbücher brachte, und zum anderen auf der Persönlichkeit des Verlegers.

Friedrich war vier Jahre älter als ich, schwer kriegsverwundet, er rang sich seine Lebensleistung unter ständigen Schmerzen ab. Oft spürte ich, wenn wir miteinander sprachen, wie er sich beherrschen musste, und er ging doch offen auf jeden ein, der ihn überzeugte. Wir trafen uns häufig in München bei literarischen Anlässen. Er fragte nie »wie geht's?«, war meist im Bilde, was ich gerade trieb und kam auf das zu sprechen, was ihn interessierte. Später wurde er wiederholt zum Präsidenten der Bayerischen Akademie der Schönen Künste und in viele andere Positionen gewählt. Eine Gründerfigur der literarischen Republik.

Reinhard Mohn in Gütersloh lernte ich erst als Sprecher des Schriftstellerverbands kennen. Ihm hatte wohl die organisatorische Metamorphose der »Einigkeit der Einzelgänger« gefallen. Er hat mich damals für zwei Tage an den Stammsitz des Verlages eingeladen und war nicht nur selber gesprächsbereit, sondern bat mich auch, vor einer Versammlung von Mitarbeitern vorzutragen, was wir Autoren verändern und wie wir vorgehen wollten. Ich hatte ergänzend darum gebeten, auch ein Treffen mit dem Betriebsrat einzuplanen.

Der Konzernchef war an allen Organisationsformen interessiert, die neu auftraten und sich bewährten. Nach neuen Ideen unter Büchermachern und Autoren war er geradezu süchtig, freilich auf die bedächtige Art eines Westfalen. Seit er aus der Kriegsgefangenschaft zurückgekehrt war, handelte er als Teamkopf einer einfallsreichen Mannschaft, sie machte aus dem Traktatenverlag der Vorfahren, dem christlichen Familienunternehmen und dem Wehrmacht-Bücherlieferanten während der Kriegsjahre, die beflügelte Werkstatt des »Leserings«. Das war nur der Anfang. Bald lieferte dieser Verleger das multimediale Glanzstück der Epoche. Dass er einmal die Weltspitze als Lenker von Myriaden Buch-Ton-Television-Produktionen einnehmen sollte, hätte ich ihm damals schon zugetraut. – Bei Bertelsmann war Rolf Hochhuth Lektor gewesen, ehe sein Papststück *Der Stellvertreter* um die Welt lief.

Mohn und ich kamen gut miteinander zurecht. Er wirkte auf mich nüchtern, wie ein innerer Datenverarbeiter, und war doch alles andere als ein Egomane. Alles, was ihm gelang, war auf seine immense Auffassungsgabe, seine kaufmännische Phantasie und seine innere Beweglichkeit zurückzuführen. Er verstand es, mit der Kompliziertheit der Menschen, die er für sein Werk brauchte, so umzugehen, dass die gemeinsame Aufgabe für sie auch zu einer persönlichen Angelegenheit wurde. So mobilisierte er seine Belegschaft und schränkte die Reibungsverluste bei der Zusammenarbeit ein. Daran musste ich später im Bundestag denken: dort wurden siebzig Prozent aller Energien durch die Kontroversen der Personen aufgerieben.

Die Gütersloher Atmosphäre hatte dagegen etwas von der Präzision moderner Druckanlagen. Alles verlief scheinbar mühelos. Als ich nach meinem Vortrag mit der Versammlung von Mitarbeitern diskutierte, über Schriftsteller und Verlage, musste ich an meinen ersten Besuch in Gütersloh als junger Verlagsbuchhändler auf der Walz von 1949 denken.

Mehr als manche Einzelheit ist mir der Abschluss in Erinnerung: das Gespräch mit dem Betriebsrat. Dessen Vorsitzenden hatte ich schon kennen gelernt. Da sich der Ablauf verzögerte, erkundigte ich mich zwischendurch bei ihm, ob wir nicht später am Nachmittag zusammenkommen könnten.

»Nach 17 Uhr kann keiner von uns mehr«, war seine Antwort.

Als ich ihn fragend ansah, fügte er hinzu: »Nicht wegen der Arbeitszeit. Das würde den Kollegen nichts ausmachen. Nur, dann ist Fußball angesagt.« Er nannte die Namen der Vereine, die gegeneinander antraten, sie waren mir kein Begriff. Da er merkte, wie ich mich wunderte, er erteilte mir eine Lehre. »Sie sind doch wohl einer, der mal in die Politik will. Dann merken Sie sich eins: Fußball ist für eine Menge Leute, die sonst im Leben nicht viel zu gewinnen haben, die einzige Chance, dass sie auch mal gewinnen, wenn ihr Verein die nötigen Tore schießt!«

Arbeiter, Handwerker können viele Dinge im Leben, wie sie wirklich sind, schnörkelloser benennen als Intellektuelle.

X

## Bloch kam bis Hamburg

Monatelang hatte ich mich für unseren zweiten Schriftstellerkongress um Ernst Bloch als Hauptredner bemüht. Zuerst hatte ich nach Tübingen an seine Frau Karola geschrieben, und als sie mich ermutigte, einen Einladungsbrief an ihn. Ursprünglich hatte das Treffen zwei Jahre nach dem ersten stattfinden sollen. Wegen der um ein Jahr vorgezogenen Bundestagswahl war das unmöglich geworden. Deshalb hatten wir – zum Vorstand gehörten damals Ingeborg Drewitz, Reinhard Baumgart, Helmut M. Braem, Wilhelm Nordemann, Thaddäus Troll und ich – den Termin auf den 21./22. Januar 1973 festgesetzt. Und als Ort hatten wir Hamburg gewählt, weil uns dort besondere Hilfe der Stadt zugesagt war.

Auf diesem zweiten Kongress, der von vornherein im Schatten der nicht wiederholbaren Resonanz des ersten stand, sollte die Entscheidung über den Beitritt in die IG Druck und Papier fallen. Alle, die zustimmten, mussten sich einzeln bei der Gewerkschaft eintragen lassen. Der Schriftstellerverband blieb als unabhängige literarische Fachgruppe erhalten. Es gab für diese Probe aufs Exempel vernünftige Gründe: zum einen die traditionelle Zusammengehörigkeit mit den Schriftsetzern, Druckern, Buchbindern und Papiermachern, zum anderen den Gewinn an Durchsetzungskraft für unsere Forderungen an den Gesetzgeber, vor allem für die Künstlersozialversicherung. Der Mehrheit der Schriftsteller im VS leuchtete diese Orientierung ein. Heute sehen unsere Berufe anders aus, nicht nur technisch und materiell, sondern auch in den Inhalten unserer Arbeit. Wenn ich heute noch einmal einen Schriftstellerverband gründen sollte, würde ich anders vorgehen. In den Medien und bei einer Minderheit der Mitglieder war die Entscheidung umstritten. Emotionen gingen hoch und schlugen, wie wir damals vor allem außerhalb des Verbands feststellten, nach links und rechts aus.

Wir konnten für die geistige Situation der Zeit keinen Besseren finden als den Philosophen der Hoffnung, er zog kritische Intelligenzen magnetisch an. Bloch war 87 Jahre alt. Er lebte nahe der Universität, an der er gelehrt hatte. Nach dem Exil hatte er sich zuerst für Leipzig entschieden und war 1957 in die Bundesrepublik übersiedelt. 1961 war ihm der Lehrstuhl in Tübingen angetragen worden. Mit sämtlichen Argumenten, die mir nur einfielen, hatte ich ihn zu gewinnen versucht und Tübinger Professorenfreunde um ihre Fürsprache gebeten. Bloch zögerte lange, weil seine gesundheitlichen Kräfte begrenzt waren. Als er endlich doch zusagte, schien mir die Aufmerksamkeit auch für diesen Kongress gesichert.

Wir hatten die Reise wie den Aufenthalt in Hamburg mit aller Sorgfalt nach den Wünschen des Ehepaars eingerichtet. Für die teilnehmenden Schriftsteller und Journalisten, vor allem als überzeugender Anstoß für die bevorstehende Entscheidung über den Gewerkschaftsbeitritt, schien uns im Vorstand nichts wichtiger als Blochs öffentliches Auftreten für unsere Sache.

Am Vorabend fand im Norddeutschen Rundfunk am Rothenbaum ein Empfang für Schriftsteller und örtliche Medienleute statt. Ich hatte mit Karola Bloch darüber gesprochen, dass wir ihrem Mann dieses Treffen lieber nicht zumuten, ihn davor sogar schützen wollten. Es konnte unser Vorhaben nur gefährden; wir brauchten ihn am nächsten Morgen ganz. Vorsorglich hatten wir ein gewisses Versteckspiel mit seiner Unterkunft betrieben.

Als ich beim NDR ankam, musste ich feststellen, dass alles Vorbeugen nichts genützt hatte. Mitten in einem Pulk von Anhängern stand der greise Philosoph, mit eingekrümmten Schultern und gesenktem Kopf. Ich konnte ihm kaum die Hand geben, so klebten die Jünger am Meister. Ich mochte gar nicht mehr hinsehen und malte mir aus, was geschehen könnte.

Die Party war in vollem Gang, in den Händen schimmerten die Gläser, und die Stimmen schwirrten im Fortissimo durcheinander. Das Gedränge um Bloch wurde immer dichter, es gab nur noch ihn.

Hilfe suchend wandte ich mich an meinen Freund Baumgart: »Was meinst du, kann das noch länger gut gehen? Müssen wir nicht eingreifen und ihn hier schleunigst herausholen?«

»Ach, lass sie ruhig noch eine Weile beisammen. Du siehst doch, wie ihm das selber gefällt.«

Tatsächlich schien der Lehrer unter seinen Schülern aufzublühen. Wer hatte ihn nur hergeholt? Ich tippte auf Raddatz und einige andere, die ihm jetzt am nächsten waren. Die Falten unter Blochs Brillengläsern und um die Mundwinkel erschienen mir immer tiefer eingegraben, die Nase weißer und schmaler. Aber die meisten um ihn herum wirkten zufrieden, weil sie ihn bei sich hatten. Dachte keiner von ihnen an den Kongress?

Nur Ursula Bräuning, meine linksrechte Hand, sah wie ich, was da passierte. Mir fiel das Bild angesetzter Blutegel ein. Bloch wirkte so angeregt, dass er sich offensichtlich gern schröpfen ließ. Ja doch, es gefiel ihm! Er schien nur noch den Zustrom an Begeisterung zu spüren und mit seinen Gedanken nicht dort zu sein, wo er am folgenden Morgen so dringend gebraucht wurde.

Als ich an diesem Abend den NDR verließ, wusste ich, es war aus. Es stand in niemandes Macht, das noch zu ändern. In der Frühe rief Frau Bloch in unserem Hotel an. Er habe eine sehr schlechte Nacht gehabt. Es sei ganz ausgeschlossen, dass er zum Kongress kommen könne. Dieser Abend sei für ihn einfach zu viel gewesen. Natürlich tat es ihr sehr Leid. Mir blieb nichts anderes übrig, als seine Grüße und das Bedauern drei Stunden später im Saal zu verkünden. Ein gedehnter Laut der Enttäuschung ging durch die Versammlung.

Alles wurde nun um Nummern kleiner. Bestanden haben wir es doch. Die überwältigende Mehrzahl stimmte für den Beitritt.

Reinhard Baumgart zog zur Eröffnung das Resümee über die ersten zwei Jahre. Klaus von Dohnanyi, Bundesminister für Bildung und Wissenschaft, sprach zum Kongressmotto »Entwicklungsland Kultur«. Der Reihe nach traten die Redner ans Podium, Leonhard Mahlein, nun auch unser Vorsitzender der IG Druck und Papier, nach ihm Hans Erich Nossack, Angelika Mechtel, Martin Gregor-Dellin und Siegfried Lenz. Während ich ihnen nacheinander das Wort gab, ging mir die gebeugte Gestalt vom Vorabend nicht aus dem Kopf.

## Ingeborg Drewitz

Mit keiner anderen Schriftstellerin habe ich so intensiv zu tun gehabt wie mit ihr. Manche ihrer Dreinreden höre ich noch heute. Ingeborg Drewitz war eine Verursacherin, weit über die Literatur hinaus. Sie lebte und arbeitete nach der Devise, dass nicht Ruhe, sondern Unruhe ihre erste Bürgerpflicht war. Eine Aktivität, die sich mit eingeschlafener Demokratie, unorganisierten Interessen von Abhängigen und vor allem mit von Menschen begangenem Unrecht nie abfinden konnte. Republikanische Zivilcourage fand in ihr eine Verkörperung: einen immer wachen Geist, einen starken Willen und eher eine entschlossene Zähigkeit als ein Übermaß an jederzeit verfügbarer Vitalität. Sie stand auf Straßen und Plätzen, mitten in der Innenstadt unserer real existierenden Demokratie, stand auf und protestierte, wo immer es Not tat. Manchmal hatte ich den Eindruck, dass Ingeborg Drewitz mehr Weichen stellte als die Bundesbahn. Sie war an Wegkreuzungen zu Hause, im Kratergelände des Widerspruchs gegen Konformismus, im Luftraum zwischen Berlin und der Welt.

Als ich sie zum ersten Mal traf, befand sie sich mitten in einem Streit. Dieser hatte mit einer literaturpolitischen Tat begonnen. Am 24. November 1967 veröffentlichte die Autorin, damals Vorsitzende des SDS, des Schutzverbandes deutscher Schriftsteller in Westberlin, in der Hamburger Wochenzeitung DIE ZEIT einen Artikel mit der Überschrift *Alte Herren schreiben Heimatdichtung*. Darin nahm sie den Präsidialstil der Bundesvereinigung deutscher Schriftstellerverbände vernichtend unter ihre Lupe. Sie stellte fest, dass viele Schriftsteller, die ihr Handwerk verstanden, die Berufsorganisation unattraktiv fanden. Sämtliche Landesverbände waren ihrer Meinung nach schlichtweg provinziell – auch wenn es natürlich hier und dort einige namhafte und uneigennützige Schriftsteller gab, die sich der Autorensorgen annahmen.

Der Artikel war ein gewaltiger Anstoß zum Umdenken. Als der Vorstand der Bundesvereinigung, gebildet aus den Delegierten der Landesvorstände, am 7. April 1968 in München im Haus des Bayerischen Rundfunks zusammenkam, erhitzten sich die Gemüter im Sitzungssaal des Funkhauses. Sie erhitzten sich bis zum Funkensprühen über die eigene organisatorische Unzulänglichkeit, und Ingeborg Drewitz war der Klassenschelte der alten Herren ausgesetzt.

Am Ende aber wechselte die von ihr so heftig gescholtene Bundesvereinigung ihre Führung aus.

Das vollbrachte sie natürlich nicht allein, aber sie war die Urheberin der Eruption. Als der Vulkan einmal dampfte und die Brocken flogen, stürzten einige freiwillig von ihrem Sockel, andere spielten Rumpelstilzchen und stampften mit dem Bein auf. Aber es war gerade das Jahr der 68er Revolte, und dementsprechend wandelte sich die Stimmung im Saal, als dringe von außen das Bewusstsein der Außerparlamentarischen Opposition zu uns herein. Die Mehrzahl der Abgesandten erinnerte sich plötzlich an die Unruhe stiftende Funktion ihres Berufs. So wurde ein unbeschriebenes Blatt zum neuen Sprecher, sogar zum Präsidenten der Schriftsteller gewählt – und das war ich.

Weil ich keine Ahnung hatte, wie andere es gemacht hatten, machte ich das meiste ein bisschen anders. Erst einmal hatte ich die zweite Hälfte dieser Versammlung zu leiten, und natürlich flackerte der Streit um Ingeborg Drewitz, die Urheberin der Auseinandersetzung, noch weiter in den Gemütern, bis ihr selbst der Kragen platzte. Sie trug eine weiße Bluse mit einem umgeschlagenen Kragen und einer Stickerei. Darüber stand jetzt ihr zorniges Gesicht mit einem zweischneidigen Blick, und weil der Älteste am Tisch sie der Nestbeschmutzung geziehen hatte, schlug sie die geballte Rechte auf die Tischkante, sprang auf, stieß den Stuhl zurück und wollte nichts anderes als auf der Stelle hinaus. Ich weiß nicht mehr, was ich ihr nachrief. Jedenfalls blickte sie sich in der Tür noch einmal um, veränderte ihren Gesichtsausdruck und sah nun aus, als wolle sie sagen: »Na, stimmt ja gar nicht, der kann eigentlich nichts dazu.« Sie schnaufte und atmete mit einem Lächeln aus. Mädchenhaft schüttelte sie die Zornlocke, schien zu denken: »So etwas Dummes!« und kam beinahe artig wieder an den Verhandlungstisch.

In Wirklichkeit hatte sie nur sich einen Streich gespielt. Natürlich war sie viel zu durchdrungen von der Komik solcher Erregungen, als dass sie der Situation lange standhalten konnte. Also machte sie, was für sie typisch war: Sie korrigierte sich ohne Aufheben. Es war ein Akt der Selbstironie. Ich erinnere mich an die Szene deshalb so genau, weil sie damit auch gleich das Programm unserer künftigen Beziehung markierte.

Von nun an saßen wir sieben Jahre lang im Bundesvorstand nebeneinander und stritten für die Sache der Schriftstellerinnen, Autoren und Übersetzer. Das Ergebnis war die ständige Überwindung nachwachsender Widersprüche, die auch unsere Zielsetzung der »Einigkeit der Einzelgänger« nicht aufheben konnte. Ingeborg Drewitz war die Erfahrendste in unserer Runde.

Seit der Nachkriegszeit, von Anfang an, hatte sie sich streitbar für andere und gemeinsame Notwendigkeiten engagiert. Dabei wechselten die Inhalte, die Triebkraft blieb: ihre soziale Intelligenz. Dieser kritische Verstand wurde durch etwas Vertrauenswürdiges und Liebenswertes bewegt: ihre Identifikation mit dem Getroffensein von Personen und Beweggründen. Sie war klug genug, sich Naivität zu leisten. Sie konnte es einfach nicht ertragen, dass so viel zu tun war und sich nur selten einer rührte, um es anzupacken. Also tat sie es selbst mit einer Energie und einer Ausdauer, über die ich staunte. Zu allem fuhr sie rasant Auto und kam von Berlin nach München auf der B 9 wie mit Tragflächen.

Ingeborg Drewitz war meine Unruhe, solange unsere gemeinsame Arbeit im Vorstand des VS währte. Meine Uhr lief noch allzu sehr im autoritären Zeigersinn. Ingeborg passte das häufig nicht, und sie hatte Recht mit ihren hingehämmerten, handschriftlich ausgebesserten Briefen und den temperamentvollen Anrufen. Sie war die Anstrengendste im Vorstand, weil sie mir immer wieder Korrekturen an meinen Entwürfen und meinem Verhalten hinpfefferte. Was sie nicht ausstehen konnte, war meine Eigenmächtigkeit. In der Tat wollte ich im Handlungseifer und weil keine Zeit war manches allein durchsetzen, ohne langwierige Gruppenarbeit. Kurz, Ingeborg Drewitz hat viel dazu beigetragen, dass ich mich demokratisierte und das nicht nur von anderen erwartete.

Von unserem Team waren Baumgart, Drewitz, Nordemann und ich in Hamburg wiedergewählt worden, Horst Bingel und Martin Gregor-Dellin hinzugekommen. Auch in diesem neuen Bundesvorstand gab es zwischen der Biographin der *Bettine von Arnim* und mir ein konstruktives Knistern. Hoffentlich habe ich ihr klar genug für ihren Widerspruchsgeist gedankt.

Manchmal war sie so durchschlagend, als wäre sie APO, Unirevolte und Frauenbewegung in einer Person. Jedenfalls hatte sie ihre Schüchternheit überwunden; denn im Grunde war sie ein schüchterner Mensch und für öffentliche Auftritte war sie von ihrer Natur her eher ungeeignet. Aber nach und nach war aus ihrer Scheu eine Überzeugungskraft gewachsen, die Nachdenkliche und Engagierte immer wieder um sie versammelte.

Später begegneten wir uns auf großen Plätzen, manchmal unter Hunderttausenden. Wir entrüsteten uns in der Friedensbewegung. Es war der alte Ungeist, der uns erschreckte, und ein neuer Geist, der uns antrieb. Wir trafen uns in Berlin oder in Den Haag und trugen unsere einander ergänzenden Erklärungen vor. Aber Ingeborg tat immer mehr als andere und sie schrieb dazu Buch um Buch. Ihre besten sind für mich die Romane *Gestern war heute – Hundert Jahre Gegenwart und Oktoberlicht,* entstanden unter großem zeitlichen Druck, der sich auf alles in ihr als innerer Druck niederschlug.

Mit den Jahren wurde sie nur noch intensiver in ihrer Gleichzeitigkeit des Redens und Schreibens, im Widerstand gegen die antidemokratischen Kräfte und in ihrer Sorge um Unangepasste und für Menschen draußen vor der Tür der Gesellschaft. Sie entwickelte die Idee zu einem Schreibwettbewerb für junge Leute im Strafvollzug. Sie stemmte sich gegen Ausländerhass, trat für Asylsuchende ein. Sie war eine Frau auf der Straße, wenn das Pflaster heiß wurde.

Auch zum Komitee für Grundrechte und Demokratie gehörte sie, war dort Beirätin. Sie musste ihre Energien zwischen so vielen Aufgaben aufteilen. Mir wurde angst und bange um sie, wenn ich sah, wie viele Resolutionen sie unterzeichnete, wie viele Aufrufe sie initiierte.

Ingeborg Drewitz war furchtloser, als es unter Intellektuellen erlaubt scheint. Wo sie arbeitete, schrieb und das Ihre tat, blieb nach ihr an jedem Ort eine leere Stelle, ein Raum, den sie ausgefüllt hatte. Sie hielt sich nicht für unersetzbar und war gerade darum so schwer zu ersetzen.

Als sie sechzig wurde, hat sie sich in einem Zwiegespräch gefragt: »Wer bin ich? Sie – Ich: eine Mutter, die ihre Kinder nun nicht mehr auf ihren Wegen begleitet, eine Großmutter, für die die Kinder der Kinder zuweilen Spielgefährten sind – eine Autorin auf Lese- und Vortragsreisen in einigen Ländern der Welt und am Schreibtisch zu Hause. Sie – Ich: Bei Gefängnisbesuchen, bei Festen der Türken, bei Pressekonferenzen, wenn es um verletzte Rechte geht – gerne zwischen Autoren und mit ihnen im Gespräch, verhandelnd, zuhörend. Ich sehe sie – ich sehe mich. Wer bin ich? Schreibend immer auf der Suche nach mir.«

In ihrem letzten Jahr wussten wir alle, wie es um sie stand. Es war diese Krankheit, die so sehr Krankheit unserer Zeit ist, weil alles an ihr unaufhaltsam wachsen will. Ingeborg Drewitz starb 1986, im Alter von 63 Jahren.

## Thaddäus Troll

An seinem Grab standen wir ratlos. Als wir Hans Bayer, so hieß er bürgerlich, am 9. Juli 1980 auf dem Staigfriedhof in Bad Cannstatt vor Stuttgart begruben, waren Familie und Freunde versammelt. In der Aufbahrungshalle hatte ich ihn noch einmal gesehen, das Gesicht mit einem durchsichtigen Tuch verdeckt. Mein Freund lag wächsern darunter, vertraut und fremd in seiner Abwesenheit.

Er hatte zu seinem Ende Bücher seiner Freunde auf dem Nachttisch aufgestellt, auch meine Bonner Aufzeichnungen *Die Einsamkeit des Politikers*. Entschlossener als er konnte niemand sein. Troll hatte seinen *Nachruf bei Lebzeiten* vor zehn Jahren geschrieben, für Karl Heinz Krambergs Sammelband *Vorletzte Worte. Schriftsteller schreiben ihre eigenen Nachrufe*. Dieses Buch lag aufgeschlagen bei ihm, als sie ihn fanden, an einem Sonntagmorgen.

Troll war 1914 geboren.

Martin Walser sagte auf dem Friedhof: »Er ist an unserer Berufskrankheit gestorben.« – Wer von uns hatte Thaddäus Troll nicht so erlebt: voller Zweifel an seiner Arbeit, an der Kraft, sie durchzustehen. Er war der pessimistische Humorist, wie er im Buche steht, grau vor Leiden, mehr noch verzweifelt an sich als am reaktionären Ungeist, der ihm nachstellte. Dennoch war er immer wieder bereit, jüngeren Schreibenden handwerklich zu helfen. Sich konnte er nicht mehr ertragen.

Nach der kurzen Trauerfeier gab es Maultaschen und Cannstatter Trollinger – wie er das gewollt hatte. Mit Trollinger hatte er auch die Tabletten geschluckt, mehr als genug. Und er hatte noch einige Menschen angerufen, ehe es Nacht um ihn wurde.

Bis fast zuletzt hatten wir einander mit »Herr ...« angesprochen. Dann auf einmal stellte sich das Du zwischen uns ein. Erst einige Zeit zuvor hatte er mir so persönlich von sich geschrieben wie nie vorher. »Wir waren in den vergangenen Monaten viel zu viel unterwegs – ob von Torschlusspanik getrieben, ob einfach auf der Flucht – ich vermag es nicht zu benennen. Die Inseln unter den Winden, Australien, die Azoren, Südostasien, Haparanda und Abu Simbel zogen uns an. Aufträge ließen uns der lockenden Versuchung erliegen, bei den Festspielen in Wien und Salzburg zu sein. Drei Lesereisen entführten mich in die Schweiz, nach Norddeutschland, von Bayern nach Franken. Die Arbeit im P.E.N.-Präsidium und im Rundfunkrat war mit Verpflichtungen und Absenzen verbunden. Dazu kamen Vorträge und Lesungen, die man ungern absagt. Aufträge von Funk und Fernsehen, Interviews und Statements forderten zusätzliche Präsenz. Das Gleichgewicht zwischen Anregung, Muße, Verarbeitung und Niederschrift ist gestört. So haben nicht nur die Tiefs, die ich mitbrachte, zu einer psychischen und physischen Erschöpfung geführt, die mich zurzeit lähmt. Die Klause in Rohrbach, die Ruhe, Besinnung und Arbeitslust garantiert, blieb viel zu lange ungenutzt. Wir haben zu viel unternommen und uns dabei übernommen, nichts ausgelassen und dabei Wesentliches versäumt.«

Ich denke an die Nächte, in denen wir einander gegenübersaßen, in seinem Stadthaus in Stuttgart-Ost oder draußen in Rohrbach, einen Abstecher weit von der Autobahn Richtung Heilbronn. Wir saßen bei seinem geliebten Wein. Stündlich mehr hing alles in seinem Gesicht herab. Die Traurigkeit der Welt war in ihm versammelt. Wenn ich mich verabschiedete und im Gastzimmer schlafen legte, wusste ich: da sitzt er nun weiter und sinnt über alles nach, bis die Morgensonne ihn aus dem Grübeln befreit.

Aus diesem Sichaufraffen schrieb er immer schon seine Schnurren, Humoresken, wahren und unwahren Geschichten, die den Leuten aufs Maul schauten: *Deutschland, deine Schwaben. Vordergründig und hinterrücks betrachtet, Der himmlische Computer.* In ihnen enthüllte er seine politische Kritik, die das Vergangene nie vergaß. Und mit Stolz merkte er an: »Auch unter der nationalsozialistischen Herrschaft waren die Schwaben unbequeme Untertanen. Schon bei der ersten Kundgebung in Stuttgart wurde der Herr mit dem Bärtchen auf Zimmerlautstärke reduziert, nachdem das Übertragungskabel durchschnitten worden war. Hitler mochte die Schwaben nicht, und sie litten nie unter unerwiderter Liebe.«

Thaddäus Troll zeigte sich aber auch gern von einer helleren Seite, auf der er in eigener Sache selbstironisch blieb. Dann schwindelte er, Schriftsteller sei er nur geworden, weil seine Gaben zum Koch nicht gereicht hätten. Manchmal erschöpfte sein Ehrgeiz sich in der Küche. Ein misslungenes Gericht verdross ihn dann mehr als ein misslungener Text. Er kochte mit Herz und Verstand, weil er meinte, es gebe zu viele mittelmäßige Schriftsteller und zu wenig gute Köche auf der Welt.

Seinen Freunden gestand er alle menschlichen Schwächen zu. Zutiefst misstraute er dem »deutschen Idealismus« und den Ansprüchen, die dessen Verfechter in der Gegenwart heraufbeschworen. »Ein Idealist«, meinte er grimmig, »ist ein Mann, dessen Liebe zum Geld unerwidert bleibt.« Gefragt, was für ihn das Wertvollste sei, wozu er es im Leben gebracht habe, setzte er seinen Freundeskreis an die erste Stelle. – Er war kein Held, eher ängstlich, und er versammelte in sich alle Tapferkeit, um dagegen anzugehen. Wenn er Freunden oder der Partnerin ins Auge schaute, konnte er sehr scheu sein, und das machte ihn umso liebenswerter.

Einmal hat er eine ausgefallene Romanfigur erfunden, einen Berufsoffizier, der kein Blut sehen konnte. Auf dessen Grabstein setzte er die Worte: »Er hat niemandem Furcht eingeflößt.«

Von Grund auf unbewaffnet, zivil und wehrlos vor roher Gewalt, verfocht er geistig und praktisch die »Einigkeit der Einzelgänger«, die zum Schwierigsten für alle Individualisten gehört.

Auch in öffentlichen Auseinandersetzungen blieb er immer literarisch und ein Streiter für den Traum von der Demokratie. Im Umgang mit den selbst ernannten Realisten der Politik trat er so selbstverständlich als Individualist auf, als wäre das auch für die anderen die einzig mögliche, humane Lebensart. Darum war er rücksichtslosen Machthabern verhasst. Um ihn zu begeistern, musste schon einer kommen, der als Politiker selber träumte. Einer wie Willy Brandt.

So hat Troll denn auch mit seinem zu früh gestorbenen Freund Helmut M. Braem alles getan, um Brandt zu unserem ersten Schriftstellerkongress nach Stuttgart zu holen. Beide waren dort zu Hause und beide unersetzlich im ersten Vorstand unseres neuen Verbands.

Troll und Braem waren es, die uns zur Liederhalle ermutigten, die Tausende fasste.

Auch schon, als sich die großen Namen erst in unserer Phantasie einstellten, haben sie sich auf ihre Stuttgarter verlassen, die sie besser kannten. Sie haben uns den Zustrom versprochen, und der wurde überwältigend.

Troll als Autor mit Millionen Lesern und Braem als Sprecher der Übersetzer, beide haben sich unserer gemeinsamen Sache mit einer Leidenschaft verschrieben, die mehr Gerechtigkeit in den Berufen der Kreativen durchsetzen wollte. Und Troll engagierte sich neben all seinen Tätigkeiten in Kulturgremien von Stadt und Land, besonders auch für inhaftierte Autoren in vielen Ländern und die Idee des Schreibens in Gefangenschaft.

Er wandte Verkleinerungsformen, die in schwäbischen Mundarten Triumphe feiern, nicht auf die Dimensionen seiner Heimatliebe an. Wann immer er sein Schwaben beschrieb, die »Hoimet«, galt für ihn die Überzeugung: Schwabe ist, wer schwäbisch spricht, und so leben seine Schwaben zwischen Lech, Bodensee, Schwarzwald, Enz und dem Schwäbischen Wald. Er wollte das nie verwechseln mit dem Kunstland Württemberg, das nach dem Krieg von Ungnaden der Besatzungsmacht USA geschaffen wurde, während in Baden die Franzosen regierten.

Troll wurde in seiner Heimat von den Beherzten geachtet, die Selbstversessenen hat er dagegen jederzeit erschreckt. Den Geldleuten wurden die Hoffnungen sauer, wenn er sie schalt. Die Nordlichter, die ihn lasen, bestaunten seine Wurzeln in der für sie wunderlichen Fremde und sie spürten einmal mehr, was sein Credo ausmachte: Wer keine Heimat hat, ist arm dran.

Als in den siebziger Jahren die Opposition der Konservativen die Behauptung von den »geistigen Verursachern des Terrorismus« aufstellte, fiel ihnen ausgerechnet auch sein Name ein. Gemeinsam mit Luise Rinser und Günter Grass wurde er im Bundestagsplenum angeprangert. In den Auseinandersetzungen um den Intelligenzterrorismus jener Epoche wurde keine Ungeheuerlichkeit ausgelassen. Ungeist übte Rache an Schriftstellern der Wählerinitiative, die ihrem Kanzler die Losung »mehr Demokratie wagen« geliefert hatten. Ein fanatisches Feindbild verdüsterte die Debatte, als hätte jene versprengte Gruppe mit Namen Baader-Meinhof, die nur noch »Bande« genannt wurde, der deutschen Nation überhaupt ernsthaft Vernichtendes antun können!

Ich war Zeuge und beobachtete ohnmächtig, wie die damals Regierenden sich in dem vor Verfolgungswahn kochenden Plenum zur Verteidigung der angegriffenen Autoren mehr als einmal hinter vorgehaltener Hand versteckten. Die Zeit, in der Schriftsteller einen »direkten Draht« zur Politik zu haben meinten, war vergangen. Was zählte der Einspruch Einzelner? Wie auch andere war Troll dem Kesseltreiben fast schutzlos ausgesetzt.

1980 auf dem Staigfriedhof in Bad Cannstatt standen wir ratlos an seinem Grab.

XI

## Der Klettenwald

Eine Familienfamilie wie die, in die ich hineingeboren wurde, gibt es hierzulande heute wohl nur noch in Erzählungen. Seit ich denken kann, wimmelte es um mich von Kusinen und Vettern, Onkeln und Tanten. Sie waren rings um Berlin, Hannover und Goslar verteilt. Väterlicherseits und mütterlicherseits gab es zusammen neun Geschwister, sie alle waren verheiratet und hatten mehrere Kinder. Einschließlich der befreundeten »Nenn«-Tanten schien mir die Zahl unserer Anverwandten kein Ende zu nehmen. Noch als ich flügge wurde, gab mir meine Mutter auf jede Reise Zettel mit auf den Weg: »Da kannst du bei Tante Emmi schlafen und dort wird sich bestimmt Onkel Kuno um dich kümmern.«

Die Familie war wunderbar, denn als Kinder fühlten wir uns unter Scharen aller Altersstufen aufgehoben, sobald wir zueinander fanden, und das geschah in allen Ferien. Als wir das Küssen lernten, gaben sich einige Kusinen zum Üben her. Die Familienfamilie wurde für mich, als ich heranwuchs, aber auch zu einem Klettenwald. Es war schwer, sich daraus zu befreien.

In dieser Familie wurden die Neugeborenen ordentlich gestillt, wenn es an der Zeit war, aber nur dann, zu den übrigen Stunden sollten sie ruhig auch gehörig schreien, »das kräftigt«, und die Nerven der Eltern aus der Gründerzeit waren eisern wie des Kaisers Militär. Die Familienfamilie hielt uns fest beieinander. Unsere Sandburgen am Ostseestrand in Ahrenshoop, wo wir uns im Sommer trafen, verwehten dagegen mit dem Herbstwind.

Die Eltern stritten bei uns fast nie vor den Kindern. Dass wir geliebt wurden, war uns selbstverständlich, und wir haben unsere Eltern glühend geliebt, auch wenn die mütterliche Hand manches Mal um meine Ohren sauste und der väterliche Rohrstock hinter der Tür stand. Richtig geschlagen wurde mit dem gelben Züchtigungsinstrument in der Schule, dort war mein erstes Jahr das letzte der Weimarer Republik. Von unserem Balkon wehte an der Stange die schwarzweißrote Fahne, und später baumelte vornedran auch noch ein Hakenkreuzwimpel.

Bei uns stand der Vater, während er bei den Vereinigten Leichtmetallwerken und später nach Hitlers Aufrüstung wieder in der Kaserne Dienst tat, immer auch imaginär auf einem Sockel im Kinderzimmer. Er brachte meinem Bruder und mir früh das Schießen mit dem Luftgewehr bei. Wir wurden kurz gehalten, aber er hat uns traumhaft beschenkt, als unsere kleine Schwester auf die Welt kam. Vater ließ sie nach der »Schutzheiligen der Artillerie« Barbara taufen. Und er hat uns zu Hause, nachdem er aus der Kriegsgefangenschaft geschlagen heimgekehrt war, den guten Teil der sonst so missbrauchbaren Treue vorgelebt. Nie stand er unbedingter zu unserer Mutter als in den langen Jahren, in denen sie unheilbar krank war.

Ringsum in unserer Verwandtschaft hatten die Väter aus nationalem Gehorsam politisch meist wenig verstanden und als Staatsbürger in Hitlers Diktatur versagt. Mich hat es Anstrengung gekostet, rechtzeitig Ungehorsam zu lernen. Und als ich Vater wurde, noch mehr Überwindung, um einzusehen, dass Eltern nicht alles laufen lassen dürfen, wie sie das gern tun. Nach den staatlichen Erziehungsorgien, die über unsere Jahrgänge hingingen, war es schwer möglich, gegenüber den eigenen Kindern anders als liberal zu sein. Später haben mir meine Söhne erklärt, ich wäre es zu sehr gewesen. Das hat mir zu schaffen gemacht.

Als ich meinen Roman *Die Brüder* über die Lattmanns schrieb, bin ich mit dem Notizbuch nach Goslar gefahren und habe mir alle Namen für meine Figuren von den Grabsteinen der Familiengruft geklaubt. Auf zwei Steinen fand ich den Namen Ristenpart, und ich erzähle unter diesem Familiennamen im Roman die Geschichte der deutschen Teilung. Die Brüder der Väter-Generation sind meinem Vater und seinem DDR-Bruder, dem Stalingrad-General, nachgebildet. Sie standen einander gegenüber wie die beiden deutschen Staaten.

Längst ist die Familienfamilie meiner Kindheit zerstreut. Marlens Familie war immer schon eigenwilliger aufgeteilt. Wenn ich mich heute nach Familie sehne, muss ich verreisen oder auf Besuch hoffen. Meinen Geschwistern sind ihre eigenen Familien gelungen. Zwar reißt die Verbindung zu ihnen nicht ab, aber Hamburg ist ein Gegenpol, und Amerika ist weit. Unser Sohn Andreas lebt im bayerischen Schwaben. Und in Tübingen wohnt Marga, Vaters zweite Frau.

Marga war Malerin, Bildhauerin, Bibliothekarin. Mein Vater hat sie aus der DDR herausgeholt, aus Blankenburg im Harz, ein Jahr nach dem Tod unserer Mutter. Sein Ost-Bruder, leitender Beauftragter im Ministerium für Schwermaschinenbau, hat ihm damals geholfen. Wir Kinder waren froh, unseren Vater nicht mehr allein zu wissen. Marga passte zu seiner Vergangenheit, sie war die Schwester eines von ihm geschätzten Ordonanzoffiziers, er war gefallen, und sie hatte ihren Verlobten im Krieg verloren.

Wie mein Bruder lebte auch ich längst mit meiner eigenen Familie. Ich konnte in Marga nicht die Stiefmutter sehen. Ihr freier Geist und ihr Wissen beeindruckten mich. Für unsere Schwester, die noch in Braunschweig bei Vater zu Hause war, wurde Marga eine Ratgeberin und nicht selten ein Vorbild.

Nach einiger Zeit hat sie unseren Vater bewogen, sein Leben noch einmal zu verändern. Sie zog es nach Süden, sie dachte dabei nicht nur an sich, sondern wollte ihn aus der ständigen Erinnerung an das Sterben unserer Mutter und ein trübes Berufsende herauslösen. So hat sie ihn noch einmal verpflanzt, zuerst in ein Dorf im Schönbuch, Dettenhausen, und schließlich nach Tübingen; er ist dort noch einmal angewachsen.

Marga hütet ihre eigene verzweigte Verwandtschaft, und sie ist aus unserer Familie nicht mehr fortzudenken. Sie mag Andreas besonders. Wahrscheinlich erkennt sie in ihm die Verlässlichkeit seines Großvaters, wenn er sie in Gelddingen oder juristisch berät.

Wie können Eltern ahnen, was Kinder eines Tages als Erwachsene tun werden?

Tills Leben ist abgeschlossen. Wir haben nur noch diesen einen Sohn. Andreas ist jetzt so alt wie ich war, als ich den Bundestag verließ. Er gehört zu der Generation, aus der sich viele mit ihren Studiengängen ohne Numerus clausus und mit wenig eingeschränkten Berufsaussichten Zeit lassen konnten. Nach den drei letzten Schuljahren auf einer Heimschule in Ostfriesland hat er sein für uns Eltern müheloses Abitur bestanden, er leistete seinen Wehrdienst als Sanitäter ab und stellte nach dieser Erfahrung den Antrag als Kriegsdienstverweigerer, der anerkannt wurde. Und er hat beide Juristische Staatsexamen abgelegt.

Andreas liebt die Provinz, er lebt in einem Vorort von Augsburg, wo er seit langem bei der Kassenärztlichen Vereinigung (KV) arbeitet. Schon früh stand für ihn fest, dass er keine eigene Familie gründen wollte, und er ist Single geblieben. Ich weiß wenig von seinen Freunden und Lieben. Er braucht Raum um sich, das sagen mir seine Lebensweise, seine Wohnung, sein Auto und seine Auffassung vom Beruf. Er kann sich durchsetzen und engagiert sich sozial für Mitarbeiter der KV. Nach und nach habe ich gelernt, wie viele andere Dinge ihm wichtig sind im Vergleich zu mir. Wir beide wissen, dass wir grundverschieden leben und uns doch in einigen Eigenschaften ausgesprochen ähnlich sind. Manchmal kommt von ihm ein Fax, das mir von seiner Arbeit berichtet. Diese Beispiele spiegeln seine Genauigkeit, eine logische Gliederung und Kürze; auch im amtlichen Schriftverkehr hat er seinen eigenen Stil geprägt.

Andreas überrascht Marlen und mich durch seine bayrische Lebensart. Er liebt die Berge, die Seen, die Sonne, und wenn wir uns treffen, schlägt er meist einen Biergarten vor. Wenn er zu uns kommt, bringt er eine Neuigkeit aus einem Bioladen mit, und wenn wir ihn besuchen, empfängt uns seine perfekte Küche, dazu die Dachgiebelhöhe der zweistöckigen Wohnung und der Blick ins Grüne.

Wir hängen aneinander, und es gibt Gespräche, in denen wir uns wie zwei Freunde fühlen. Ohne Zweifel haben die Juristen unter unseren Vorfahren seinen Gerechtigkeitssinn und seine Gründlichkeit mitgeprägt. Von Marlen hat er die Freude an Farben und das Formgefühl für Stoffe und Hölzer. Und die Ichstärke, mit der er von sich ausgeht.

Unser Vater konnte meinem Bruder und mir nach dem Krieg nur sagen: ich habe nicht viel, ich kann nur für eure Schwester sorgen, ihr müsst euch selbst durchs Leben schlagen. Uns hat das im Grunde nur genützt.

Ich war für Marlen und unsere Kinder kein einfacher Fall, weil ich als *Ein Mann mit Familie*, wie ich meinen ersten Roman genannt hatte, mit aller Besessenheit versuchte, meinen eigenen Weg zu finden. In mir war aus meinem elterlichen Zuhause auch noch die Überlieferung verwurzelt, dass Kinder sich nach ihren Eltern zu richten hätten. Unsere Wirklichkeit widerlegte das rasch.

Wenn ich heute an Andreas denke, ist mir das Wichtigste, dass er neben all den Schwierigkeiten, die jeden auf eigene Weise treffen, ausreichend Freude an seinem Leben hat. »Darum brauchst du dich nicht zu sorgen«, hat er mir geantwortet, »ich lebe gern«, und doch hat mich das nicht beruhigt.

Als Till seinem Leben ein Ende setzte, blieben wir drei zurück. Andreas und ich treffen uns von Zeit zu Zeit auf halber Strecke, er kommt von Augsburg her, und wir gehen dort bei Schondorf wieder den Weg oberhalb des Ammersees, wo er zuletzt mit seinem Bruder gegangen ist. Unsere Gedanken wiederholen sich, ob wir das aussprechen oder nicht, während sie Till umkreisen.

Marga, meine Nicht-Stiefmutter, ist für mich heute eher eine über neunzigjährige Freundin. Hin und wieder sprechen wir darüber, wie in jedem von uns Familienähnlichkeiten herumgeistern. Mein Vater hatte das Glück, zweimal eine Frau zu finden, die ihn nahm, wie er war, und ihn kaum spüren ließ, wie sie ihn lenkte. Meine Mutter Margret und Marga waren sehr verschieden und sie waren einander ebenbürtig. Er machte es sich einfach und nannte beide kurzerhand: Ma. Er war ihnen treu, ein geborener Ehemann.

Als Königlich-preußischer Offizier wollte er nicht glauben, dass eine deutsche Regierung verbrecherisch handelte. Die Urkunde seiner Beförderung zum Oberleutnant im ersten Weltkrieg mit der Signatur des Kaisers hängt gerahmt in Margas Wohnzimmer neben dem Sofa. Heimgekehrte Soldaten seines Regiments im Osten haben mir versichert, er habe ihr Leben nie leichtfertig aufs Spiel gesetzt. Die vaterländische Pflicht, an die sich fast alle gebunden fühlten, hielt ihn in Bann. Als Stabsoffizier der Artillerie einer Heeresgruppe, mitverantwortlich für die Kanonen und

Bunker an der Atlantikküste, hat er an der Westfront dem obersten Befehlshaber Hitler nach seinem Eid bis zum Ende gedient. Er war 1894 geboren und ist 1980 gestorben. Als wir ihn begruben, donnerten Maschinen der Bundesluftwaffe über den Waldfriedhof.

Zu meinem Leben gehören meine Geschwister. Klaus in seiner Hansestadt und Barbara in Pacific Palisades in Kalifornien, wohin so viele deutsche Emigranten vor der Gewaltherrschaft der Nationalsozialisten geflohen sind.

Drei Jahre hat mein Bruder mir voraus, das empfand ich besonders, als ich im Alter von zwölf Jahren die Zeit in Jahresringen zählte. Wir wohnten in Hannover-Herrenhausen, lagen beide im ausgedienten Doppelbett der Eltern mit der offenen Tür zum Dachgarten und hörten, wie die Schläge der Kirchturmuhr vom Rondell an der Böttcherstraße herüberklangen. Klaus hat mich, sachlich wie er damals schon war, in unsere Männlichkeit eingeweiht und mir theoretisch erklärt, wie anders Frauen waren – für uns, die wir die Köpfe voll von Schillers »himmlischen Rosen« hatten.

Im Krieg zuletzt aktiver Oberleutnant (wie unser Vater im Ersten Weltkrieg), wurde er in der Wiederaufrüstung der Bundesrepublik bald Reserveoffizier. Ausgebildet bei der Deutschen Bank, hat er sich für das freie Kaufmannsdasein entschieden, und er war dreißig Jahre lang für die CDU Mitglied der Hamburger Bürgerschaft. Er hat es bis zum Vizepräsidenten dieses Stadt-Landtags gebracht.

Seit wir alt sind und mehr Zeit haben, treffen wir uns alle zwei Jahre zu unseren Brüder-Wanderungen. Mal war es die Rhön mit der Wasserkuppe, der Harz mit dem Brocken, mal der Kaufunger Wald mit dem Hohen Meißner.

»Was habt ihr euch nur immer die ganze Zeit zu erzählen?«, fragten unsere Frauen.

Auf die Idee, der Stoff für unsere Gespräche könne uns ausgehen, waren wir noch nicht gekommen. Geschah nicht genug, was uns unter die Haut ging, unsere Köpfe beschwerte oder das Herz erfreute?

Das jüngste Mal reiste er mit dem Nachtzug an, ich holte ihn am Münchner Hauptbahnhof ab, und wir fuhren in meinem Wagen nach Davos (Klaus ist das Vorbild für den Lorenz im Roman *Die Brüder*). Sein von einer russischen Handgranate aufgerissenes Bein, dessen Flickwunder der Frontärzte fast ein Leben lang gehalten hat, machte ihm zu schaffen, und wir mussten darauf Rücksicht nehmen. Also fuhren wir mit Liften in die Höhen und wanderten dort oben.

Davos ist eine Betonstadt, durch die das Flüsschen Landwasser so kerzengerade und züchtig fließt, als wolle es darauf bestehen: ich bin ein ordentliches Schweizer Wässerchen, das niemand trübt. Die Umgebung ist berauschend, auch körperlich: durch die Höhenluft. Auf beiden Seiten geht es tausend Meter in die Höhe, und dahinter staffeln sich die Gipfel des ewigen Schnees.

Einmal, als wir droben in die Weite schauten, erzählte ich ihm mein erstes Davoser Erlebnis. Als ich damals hinauffuhr, mit der Bahn, war ich ein junger Verlagsbuchhändler, der nur ein grünes Jackett besaß und ein rostrotes Hemd dazu trug. Ich besuchte die einzige Buchhandlung dort oben, verkaufte kein Buch und hatte nicht Geld genug, um aufwendig zu übernachten. Aber den Berg über dem Bahnhof rannte ich ein Stück hinauf, irrte mich in der Zeit und sah bereits den Zug einfahren. Wie eine Bergziege sprang ich hinunter, verstauchte mir den Fuß, erreichte den Perron, als der Stationsvorstand schon die Kelle hob, schrie: »Halt!« und wuchtete meinen Koffer aus der Aufbewahrung. Während das Zügli mich forttrug und die Insassen aus den Fenstern blickten, schwoll der Fuß.

Wir unterschiedlichen Brüder aus den beiden großen Parteien haben Abstand zu unseren Mandaten von einst gewonnen. Wir empfinden das als eine Wohltat, und wenn wir einmal gemeinsam darauf zurückblicken, hält sich das in Grenzen. Wir sind nicht zu trennen von der Geschichte, die wir erlebt haben, und kehren ein bei unserer gemeinsamen Kindheit. Es ist, als schauten unsere Eltern, die wir so unverbrüchlich liebten, dass wir ihre Schwächen lange nicht erkannten, aus den Lüften auf uns herab. Unsere Schwester Barbara haben wir eingeladen, das nächste Mal mit uns zu kommen.

Sie besitzt eine Anziehungskraft auf alle, die zu den Familientagen unserer früher in Ost und West verstreuten Verwandtschaft und den Feiern runder Geburtstage eintreffen. Am Flughafen erscheint sie mit dem Rollkoffer, strahlend, weithin sichtbar, den freien Arm, an dem eine Tasche baumelt, winkend erhoben: da bin ich, sagt sie und erzählt sogleich eine Geschichte.

Von früh an, seit sie unsere Mutter pflegte, weiß sie zu helfen, wenn es ums Sterben geht. Eines Tages folgte sie ihrem Mann in die Vereinigten Staaten. Nachdem die Kinder groß waren, arbeitete sie lange als Reiseleiterin in Amerikas Westen. Heute ist sie in Los Angeles Führerin in einem Museum der Moderne mit seinem Garten voller Skulpturen. Und es zieht sie immer noch um die Welt. Sie besucht ihre Sohnesfamilie in Rom und ihre Tochter in Suwanee, Georgia – unsere erste amerikanische Zweigfamilie.

Barbaras Zuneigung zu Menschen und Dingen scheint sich ihre eigene Globalisierung erfunden zu haben, und die bringt sie eben erst wieder aus Neuseeland oder Nepal ins alte Europa zurück. Da kommt sie, überschlank, in ihrem amerikanischen Reisekleid, mit Rolfs selbst gefertigtem Silberschmuck und einem verwegenen Hut, holländische Rosen im Arm. Schön und begabt in vielerlei Richtungen, ohne dass ein eindeutiges Talent sie festlegte, war es für sie nicht leicht, sich zu entscheiden, und nicht immer war ihr Glück beschieden in ihrem Bemühen, etwas Eigenständiges zu gestalten.

Sie und Rolf, der Physiker, trafen viele Menschen auf ihren Reisen und luden sie ein in ihr Haus auf den Hügeln weit über dem Pazifischen Ozean. Unsere Schwester ist uns nie verloren gegangen, mit ihrem Wohnsitz halb um den Globus von uns entfernt, auch nicht seit sie einen US-amerikanischen Pass besitzt. Nur manchmal spüre ich, sie lebt mit ihrer zweiten Sprache in einer Welt, die mir großteils fremd geblieben ist.

Marlen und ich müssen uns bescheiden. Wir haben nur zwei Enkel, Tills Söhne. Einen von ihnen sehe ich manchmal wieder, riesenlang zwischen Regalen. Er hat schon vor Jahren Arbeit in einem Kaufhaus gefunden, in der Musikabteilung, wo er seine Generation mit Hits versorgt.

Er ist jetzt 24, doppelt so alt, wie er und sein Zwillingsbruder waren, als sie noch zu uns kamen. Ich verstehe nicht, warum sie keinen Großvater brauchen.

»Später vielleicht«, hat er neulich gesagt, will er uns wieder besuchen. Seine Interessen sind nicht die unseren.

»Wie geht es deinem Bruder?«

»Ihm geht es gut, er hat Arbeit in seinem Beruf.«

Er ist Landschaftsgärtner, zuletzt haben wir ihn bei Tills Beerdigung auf dem Ostfriedhof gesehen, vor sieben Jahren.

Wo sind die Zeiten, als sie uns in die Arme liefen und wir beinahe eine Familie waren, wenn auch aufgestört durch die Alkoholsucht ihres Vaters. Heute holt mein Herz sie beide in meinen Gedanken ab, und wir lernen einander neu kennen. Sicher haben sie Freundinnen, und eines Tages wohl auch Kinder. Vielleicht bringt das sie wieder in unser Haus. So wandert meine Sehnsucht ein und aus und wünscht das Ende der Trennung herbei.

## Zäsur mit Achtundsiebzig

Als ich gegen Ende des langen Winters Anfang März noch einmal Kaminholz aus dem Garten holte, stapfte ich durch tiefen Schnee. Eine Dachlawine war heruntergeprasselt. Der Frostwind pfiff um die Ecke.

Im Herbst hatten wir einen Baum fällen müssen, eine Alpenbirne. Ihre Wurzeln waren auf Schutt aus dem Baujahr 1922 gestoßen, und sie drohte abzusterben. Nun lagen Stamm und Äste an der Hauswand, in Scheitlänge geschnitten. Andreas wurde 53, er war drei Tage bei uns, und wir feierten mit unserem Sohn am Kamin. Das Holz brannte blaurot und ruhig, es verströmte seinen Duft in unserer Wohndiele. Auf dem Backsteinsims stand »die Auferstehung«, so hatten Marlen und ich meinen Fund getauft.

Als ich das Holz hereinholte, war mir eine Astgabel aufgefallen, die aussah wie eine Zwille. Erst als ich sie am Kamin betrachtete, staunte ich, was die Natur zustande gebracht hatte: Das Aststück bildet eine Figur mit ausgebreiteten, erhobenen Armen und einem Christuskopf. Sie steht jetzt auf dem Sockel und hebt sich ab von der weiß getünchten Kaminhaube, steht unweit der Ikone, die mir vor mehr als dreißig Jahren der Vorsitzende des bulgarischen Schriftstellerverbands als Gastgeschenk mitgebracht hat.

Ich nahm die Auferstehung als Zeichen der Hoffnung für mein eigenes neues Lebensjahr. Den Wanderstock meines Vaters habe ich geerbt, noch benutze ich ihn nicht. So wie er mit 78 ausschritt, habe ich gegenwärtig das Nachsehen. Ich bewege mich – nach Monaten schwerer Krankheit

– immer noch mit der Umsicht, die durch vergangene Schmerzen eingeübt ist, und misstraue meinen Gliedern. Was unumgänglich ist, erledige ich mit kleinen Schritten und bemühe mich, andere nicht merken zu lassen, wie mir zumute ist. Erst allmählich richte ich mich wieder auf und versuche, meine Selbstbefangenheit zu lösen. Ich kann nicht zur Klarheit finden, wenn ich mir nicht die verborgenen Gründe meiner Erkrankung eingestehe. Ich muss die psychischen Ursachen meines körperlichen Zustands aus eigener Kraft entdecken.

Seit der Rheumatologe Professor Herzer mir verkündete: »Es ist bei Ihnen nicht mehr wie früher, diesmal müssen wir gründlich nach den Ursachen suchen«, hat die Apparatemedizin mich transparent gemacht. Die verheerende Blutsenkung ließ die beteiligten Ärzte nicht ruhen: den Urologen, die Hausärztin, den Kardiologen, den HNO-Spezialisten, den Zahnarzt, die psychiatrische Chefin einer anthroposophischen Klinik und den Gastroenterologen. Zu den Untersuchungen in spiegelnden metallischen Räumen mit lautlosem Personal begleitete mich jedes Mal der Überweisungsvermerk »Unklare Entzündungssituation«, und immer auch das Wort »Tumorsuche«. Gefangen lag ich in der Folterschublade eines Kernspintomographen und hörte den Befehl: »Einatmen, ausatmen! Auf die linke Seite, jetzt umdrehen auf die rechte!« Ich gefror zu einem Eiszapfen.

Schon im Sommer davor waren meine Kräfte geschwunden, und ich konnte mich manchmal nicht mehr aufrecht halten. Die Sonne brannte beinahe täglich vom Frühjahr bis zum Herbst. Im August – die Hitze erreichte neue Höhepunkte – wurde mir schwindelig, wenn ich aus meiner Arbeitswohnung im Souterrain auftauchte, um mit Handwerkern zu sprechen. Wir renovierten unser Haus: die Fassade und Seitenansichten, das Dach und die Fenster.

Draußen wurde mir schwarz vor Augen, ich hielt mich an einer der Birken fest.

Als mein Kopf wieder klarer wurde, trafen mich besorgte Blicke von Maurern und Malern, und ich rettete mich zu einem »Es geht schon wieder«.

Im Juni und Juli, als Marlen und ich die lange geplanten Reisen nach Hiddensee und zur Kurischen Nehrung nicht ausließen, hatte ich erbärmlich gefroren und mir eine Bronchitis geholt. Wir verfügten nur über ein Zimmer mit Doppelbett, und Marlen hatte bei meinen Hustenanfällen so wenig schlafen können wie ich. Während wir uns in Nida, dem alten Nidden, einen Steinwurf entfernt vom Thomas-Mann-Haus an die Vorstellung von Urlaub klammerten, zählten wir die Tage, bis wir endlich von Palanga aus wieder zurückfliegen konnten.

Dennoch gab es einen Grund zur Freude: Im Mai war in München mein Roman *Fernwanderweg* erschienen, nach achtjähriger Pause wieder ein Buch. Rudolf Winzen mit seinem kleinen ZENIT-Verlag hat eine Ausgabe daraus gemacht, die gut in der Hand liegt, und der Start war ermutigend. »Der lange Weg in die Sucht und der lange Weg wieder heraus«, lautete die Überschrift auf dem Flyer, den der Verlag verteilte. Nicht Wenige, die mit Suchtkranken arbeiteten oder als Angehörige betroffen waren, konnten etwas damit anfangen. Die erste Lesung war anschließend in einem Selbsthilfezentrum diskutiert worden, und die literarische Premiere in der Schwabinger Buchhandlung Lehmkuhl stand für den Herbst bevor.

Marlen hatte Recht behalten. Sie hatte immer geglaubt, das Manuskript werde einen Verleger finden, während ich wegen der Vielzahl der Ablehnungen in ein tiefes Loch gefallen war. Die Sendungen hat der gelbe Paketwagen immer mittags abgeliefert, und was ich auspackte, starrte mich faltenlos an, offensichtlich ungelesen. Trotzdem dauerte es meist Monate, bis ich eine Antwort bekam. Es war, als werde mir jedes Mal ein Stück Leber herausgeschnitten.

Endlich lag das hinter mir. Warum tanzte ich nicht auf dem Tisch? Gewiss, mich bewegte alles, was einen Autor mit einem neuen Buch bewegt. Aber etwas in mir hatte Verspätung, ich nahm den Wandel nicht richtig wahr. Erfolgsverwöhnt fühlte sich der Narziss in mir verletzt. In mir wühlte ein Mahlstrom, er überschüttete mich mit Selbstzweifeln. Sprachlos wurde ich in meinem Inneren gerade dann, wenn ich wieder einmal zu viel redete.

Nun rächte sich, dass ich mich immer dagegen gewehrt hatte, mich einer Psychoanalyse zu stellen. Es war lange her, dass Marlen sich bemüht hatte, die Söhne wie auch mich auf diesen Weg zu bringen. Jeder von uns dreien glaubte auf seine Art, sich selbst helfen zu können. Ich fürchtete, falls ich mich einem Analytiker anvertraute, meine Restnaivität zu verlieren, die ich für mein Schreiben brauchte. Mein Panzer war die Disziplin, die ich geerbt hatte. Jahrelang hatte ich verdrängt, was ich nicht ertragen konnte. Ich hatte es in mich hineingestopft und mich zugeschnürt wie einen Sack. Wenn ich nur genug Aktivität aufbrächte, würde ich keinen Schaden nehmen, dachte ich und richtete nach außen, was mir im Inneren abging. Verdrängung sah ich nicht als Ausflucht, sie war für mich eine Waffe.

Nun erst wurde mir bewusst: meine Krankheit war aus diesem Mangel an Selbsteingeständnis gewachsen, und eine innere Stimme sagte mir, dass aus dieser Einsicht Gewissheit werden musste. Also machte ich mich auf die Suche nach mir selbst.

Zwei Bücher begleiteten mich in dieser Zeit: Christa Wolfs *Ein Tag im Jahr*, ihr Tagebuch, das sie von 1960 bis zur Jahrtausendwende jeweils am 27. September (oder einem benachbarten Tag) geführt hat, und Reinhard Baumgarts Autobiographie *Damals*. Aufzeichnungen aus derselben Epoche, die unterschiedlicher nicht sein konnten. Sie, die Sozialistin der Widersprüche unter dem *geteilten Himmel*, und er, der Transatlantiker von westlicher Prägung. Eine bewunderte Autorin und ein bedeutender Kritiker, beide Jahrgang 1929 und beide an der Spitze einer Elite in ihrem Teil der literarischen Welt. Sie im Landsberg des *Kindheitsmusters* an der Warthe geboren, er in Lissa bei Breslau.

Diese beiden Erinnerungsbücher forderten mich ganz heraus. Wie hatten sie es gemacht? Wo überschnitt sich ihr Gedächtnis mit meinem? Ließen sich Ost und West überhaupt vergleichen? Jedes Buch der Selbst-Vergewisserung kann nur lohnen, wenn es seinem Ich an die Wurzel geht, im Revier der eigenen Zeit.

In welchem Maß Christa Wolf verehrt und zu DDR-Zeiten wie eine Wahrsagerin der Verhältnisse beansprucht wurde, belegt ihre Eintragung von 1964: »Wenn die Zahl der Einladungen zu Lesungen nach einem neuen Buch auf 700 ansteigt, werden sie zu einer der sieben ägyptischen Plagen.« Und ihre Selbstaussage: »Das Grund-Motiv meines Schreibens« ist, »mit mir ins Reine zu kommen«, trifft auch meinen gegenwärtigen Zustand.

Rechtzeitig zu meiner letzten Lesung in der Deutschen Demokratischen Republik im April 1989 war in der Wochenzeitung SONNTAG ein Foto von Christa Wolf mit Marlen und mir erschienen, mir fiel ein, es war während der »Berliner Begegnung« mit namhaften Autoren, Künstlern und Wissenschaftlern im Dezember 1981 aufgenommen. Stefan Hermlin hatte dazu eingeladen. Diese Gespräche zur Verständigung zwischen Ost und West hatte er mit den Worten eröffnet: »Ich habe mir einen Traum erfüllt.« Und Christa Wolf hatte dazu in einem Redebeitrag erklärt: »Hätte Hermlin mich gefragt, ob ich es für möglich halte, dass er diese Tagung, die er im Kopf herumtrug, zustande bringt, ich hätte gesagt: Nein, ich halte es nicht für möglich. Sie ist aber zustande gekommen.«

Sie hatte mir damals schräg gegenüber gesessen. Während sie sprach, hatte ich den Eindruck, sie wog jedes Wort ab, bevor sie es aussprach, und sie bemühte sich, ihren Freimut und ihre Rücksichten auszubalancieren. Ihr Gesicht spiegelte vieles in einem: Wollen, Unwillen, Sorge, Zorn, Schmerz und Spontaneität.

Bald danach, auf unseren Fahrten zu Schriftstellern drüben, auch zu Günter de Bruyn und Erik Neutsch, wollten wir Christa und Gerhard Wolf in ihrem Haus am Schweriner See besuchen.

Die Friedensbewegung war unsere gemeinsame Hoffnung, und die Türen derer, die wir anzutreffen hofften, standen offen. Auf der Heckscheibe unseres Autos leuchtete der silberblaue Aufkleber »Entrüstet Euch«. In Orten, wo wir anhielten, fragten uns junge Leute, ob sie ein paar davon haben könnten, und natürlich haben wir die auch bereitwillig verteilt.

Auf den letzten Kilometern haben wir noch einmal zögernd bedacht, was wir vorhatten. Ein paar Zeilen hatte ich zwar vorausgeschickt, um uns anzukündigen. Ob die jedoch ihr Ziel rechtzeitig erreicht hatten? Zu telefonieren war damals in der DDR für Durchreisende fast unmöglich. Wir ahnten auch nichts von Christa Wolfs *Sieben Plagen*, sonst hätten wir das Schriftstellerpaar wahrscheinlich nicht überfallen.

Wir kamen unerwartet. Eine uns Fremde öffnete, und es war anderer Besuch da. Gerhard Wolf empfing uns und gestand uns sogleich, er sitze mit einer Terminarbeit in der Klemme, und gerade sei seine Frau zu ihrer Ärztin gefahren. Wir tranken Kaffee. Er wirkte freundlich und still. Aber wir spürten, wie er auf Christa wartete und wusste, dass er sie uns nicht ersetzen konnte. Unsere Post hatten sie also nicht erhalten, und wir kamen uns wie Eindringlinge vor. Marlen schaute wie ein lebendiges Fragezeichen zu mir herüber.

Es gab viel Holz und Balken in dem Raum, in dem wir saßen. Aus dem Hintergrund des Hauses kamen Laute, vielleicht von einer Tochterfamilie. Die Farben dieses Nachmittags schwimmen verloren in meinem Gedächtnis, das Land hinter den Fenstern, die Hügel, Felder und Bäume.

Christa Wolf hatte in ihrem Beitrag während Hermlins Friedenstagung gefragt: »Hat Hitler uns eingeholt?« Der größte Verbrecher der deutschen Geschichte hat Millionen Leben vernichten lassen, dennoch sei das Prinzip Massenmord – erklärte sie der Versammlung – nichts im Vergleich zu den heutigen Mitteln der Politiker, deren Abschreckungswahn Milliarden Menschen bedrohe. In einer der Konferenzpausen hatten wir ein Gespräch darüber begonnen. Wie sehr hatte ich gehofft, es hier in ihrem Haus fortsetzen zu können.

Als wir nicht länger warten konnten und uns aufmachten, überfiel uns das Missverhältnis zwischen unserem Eifer und dem Fehlschlag. Deswegen haben wir von da an Adressen, die uns auf der Berliner Tagung anvertraut worden sind, nur noch angesteuert, wenn wir eine Rückmeldung hatten.

So begann der Dialog mit Christa Wolf für mich erst richtig zu Hause und nun indirekt. Er bestand aus dem Lesen ihrer neuen Bücher, zweier Briefe, die wir wechselten, und meinen Antennen für alles, was ihr im Prozess der Vereinigung widerfuhr. Für mich war sie die exemplarische Schriftstellerin der Deutschen Demokratischen Republik, untrennbar mit dem Versuch verbunden, ein anderes Nachkriegsdeutschland entstehen zu lassen, in dem nicht das Geld regierte, sondern sich das Ziel der Gesellschaft aus dem Teilen der Güter und dem Bemühen um Mitmenschlichkeit erfüllen sollte.

Ihr Buch der zwanzig Tage in zwanzig Jahren gibt den Selbstschutz auf, offener konnte sie nicht schreiben, unbedingter auch nicht. Neben Privatem, Alltäglichem, Familiärem, das sie nicht auslässt, handelt es vor allem von einem: das gegen sich selbst erbarmungslose Arbeitsprotokoll. Es offenbart, wie sich diese Autorin ihr Werk mit seinen Höhepunkten in einer Welt der Fallgruben aus Krankheit, Verstörung, Abhängigkeit von Medikamenten, Selbstzweifel und lebensbedrohender Erschöpfung erkauft.

Können Schriftsteller sich selber analysieren? Ich glaube: ja. In meiner Selbsterforschung vertraue ich auf den einzigen Zugang, der sich mir öffnet: intuitive Nachdenklichkeit. Auf der Suche nach mir habe ich schließlich den Ursprung meiner Krankheit darin entdeckt, dass Till seinem Leben ein Ende setzte und ich die Stille tief in meinem Inneren nicht aushielt. Ich lief mir davon. Hinzu kam ein Zweites, das scheinbar nichts damit zu tun hatte, denn es wurde durch meine ichbezogene Empfindlichkeit hervorgerufen, unvergleichbar und beschämend, ich konnte es nicht zurückhalten: Es war meine Kränkung durch insgesamt 24 Ablehnungen meines Suchtroman-Manuskripts im Laufe von drei Jahren.

Der Tod unseres Sohnes und der befürchtete Zusammenbruch als Autor, beides auf einmal war für mich zu viel. So holte sich mein Körper den Aufenthalt, den ich meiner Seele versagt hatte. Denn noch nie hatte ich dieser Not in mir Raum gegeben. Es war an der Zeit, dass ich mich ihr stellte.

Das zweite Buch, das mich begleitete, kam dazu gerade recht. Reinhard Baumgarts Autobiographie *Damals – ein Leben in Deutschland* ist für mich das Buch eines vertrauten Freundes. Vier Jahrzehnte hielt die enge Bindung zwischen uns, bis er nach und nach seine Existenz von München nach Berlin verlegte und schließlich mit seiner Frau Hille ganz dorthin zog. Hätte er Marlen und mir noch etwas in seine Erinnerungen hineinschreiben können, es hätte wieder gepasst, was er uns in seinem Buch *Selbstvergessenheit* eintrug: »Aus der Ferne in die Nähe.«

Er war im Frühjahr 1955 auf Empfehlung Ernst Penzoldts in den Piper Verlag aufgenommen worden. Ich lag zu dieser Zeit nach einem Blinddarmdurchbruch im Rot-Kreuz-Krankenhaus II, einer ehemaligen Schule, die noch wie ein Kriegslazarett aussah. Wir waren sechzehn frisch Operierte in einem ehemaligen Klassenzimmer, und die Genesung schien ewig zu dauern. Als ich endlich in den Verlag zurückkehrte, war Baumgart dort als Volontär eingestellt und hatte gleich seinen Platz im Lektorat erhalten.

Meine erste Berührung mit ihm war indirekt. Klaus Piper zog häufig eine Graphologin zu Rate, wenn er sein etwas unsicheres Urteil über Menschen bestätigt oder korrigiert sehen wollte. Mit Reinhards handgeschriebenem Lebenslauf schickte Piper mich deshalb zu ihr. Als ich sie nach zwei Tagen wieder aufsuchte, ließ sie mich spüren, wie beeindruckt sie vom Ergebnis ihrer Prüfung war.

Reinhard Baumgart war 23, verheiratet, promoviert. Was er nicht wissen konnte, war, dass ich in meinem Arbeitsvertrag auch die Mitarbeit im Lektorat durchgesetzt hatte. Verlagsleiter war damals Dr. Albrecht Knaus, der später seinen eigenen Verlag gründete. Er war gleichzeitig Cheflektor und Personalchef. Mich hatte er bei sich Zuhause in seiner Bibliothek examiniert, bevor er mich Klaus Piper als Werbeleiter und Pressemann vorschlug. Knaus war ein sachlicher, besonnener Mann, der seine Entschiedenheit gern mit einem Schmunzeln begleitete und besonders mit Anfängern Geduld hatte; um seine Autorität scharten wir dreißig Mitarbeiter uns aus Überzeugung.

Ein Universitätsstudium, mit Promotion abgeschlossen, wurde damals immer mehr zur Voraussetzung für die Lektoratsarbeit. Baumgart mit seinen Voraussetzungen durchkreuzte meine Ambition, er saß im Zimmer des gestorbenen Seniors. Klaus Piper hatte eingeführt, dass die Durchschläge unserer ausgehenden Briefe regelmäßig im Kreis der engeren Mitarbeiter kursierten. So las ich Baumgarts Post und er meine, und wir lernten einander dadurch gründlicher kennen als durch so manches Gespräch. Ich hatte schon neun Jahre im Verlagsberuf hinter mir. Wenn wir uns mittags mit anderen aus dem Verlag zur nahen Gaststätte Agnespost aufmachten, waren die Gespräche dort oft ein Diskurs der fünfziger Jahre: anti Adenauer, pro neue Gründerzeit im Verlagswesen. Eine uns überraschende wirtschaftliche Kraft, die aus der einseitigen Westbindung der Westdeutschen hervorging, füllte die Lücken der Trümmerstädte. Wir konnten nicht fassen, wie rasch die Republik reich wurde, obwohl unser Land erst vor kurzem bedingungslos kapituliert hatte.

Für mich waren die sechs Jahre bei Piper auch eine Art Hochschule, weil ich die alte und neue Verlagsproduktion mitlas: Kunstgeschichte mit Wilhelm Worringer, Philosophie mit Karl Jaspers, Politologie mit Hannah Ahrendt, Zoologie mit Adolf Portmann, Sozialwissenschaft mit Alfred Weber. Zum ersten Mal stellte ich mich Maßstäben wissenschaftlicher Genauigkeit.

Eines Tages legte Reinhard Baumgart vor mir sein langes Gesicht in Falten und begann, wie so oft ironisch gefärbt, über die Unvollkommenheit unserer Bekanntschaft zu grübeln. Unsere Frauen, meinte er, sollten einander auch kennen lernen, und er lud Marlen und mich zu ihnen nach Hause ein. Hildegard Baumgart, die alle Hille nannten, schrieb gerade ihre Doktorarbeit über die Engel in der spanischen Lyrik. Sie war blond, trug das Haar aufgesteckt, und sie erwartete in Kürze das erste Kind. Baumgarts wohnten in Räumen, die ursprünglich eine Geschäftsstelle der Import-und-Export-Firma war, die ihrem Vater gehörte. Er war zugleich Reeder und verfügte über eine Hochseeflotte, die über den Atlantik nach Südamerika kreuzte. Es war, als atmeten wir Hamburger Luft, während wir aus den Fenstern auf den Münchner Schlachthof blickten. Unten wurden LKWs beladen, Arbeiter schleppten Kisten. Mir fiel ein, dass zum Ende der Räterepublik 1919 dort eine Soldateska Kommunisten niedergemetzelt hatte.

Hille vermachte Marlen bald ein Schwangerschaftskleid. Als sie das erste Mal zu uns kamen, ließen sie uns warten. Vor der Tür verbeugte sich Reinhard wie ein Chinese aus der Hüfte, und er zeigte übertrieben besorgt auf Hille: »Mit der unter Hinzuziehung von Frauen üblichen Verspätung.«

Ich verließ den Piper Verlag 1960, er zwei Jahre später. Beide gingen wir in den freien Literaturberuf. Sie bauten ein Haus in Grünwald, es liegt wie ein Schiff am Hügel eines weitläufigen Grundstücks mit alten Bäumen. Als ich 1966 das Haus, in dem wir bisher zur Miete gewohnt hatten, aus eigener Kraft gekauft und mich tollkühn verschuldet hatte, stand er einmal mit mir vor unserem neuen Besitz, der vorwiegend den Banken gehörte. Reinhard schaute zum Dach hinauf, runzelte die Stirn und sagte: »So ein Haus werde ich nie haben.«

Die Figur auf dem Kamin: für mich wurde sie wirklich eine Metapher für mein eigenes Wiederauferstehen. In dem Maß, in dem ich mir auf den Grund kam, ging es mir wieder besser. Die Ärzte wunderten sich. Marlen und ich sind von der Ungewissheit befreit. Ich bin wieder gesund.

Meine Zäsur mit 78 wendet sich Zeiten zu, die nur noch wenige aus eigener Anschauung kennen. Für mich wäre sie nicht erfüllt, wenn ich mich nicht neu damit auseinander setzte, wie ich aufwuchs und wie ich mich in den Jahren der Hitler-Diktatur verhalten und den Krieg durchgestanden habe.

Ich wurde im Kinderwagen aus der Roonstraße, heute Hans-Thoma-Straße, um Potsdams Heiligen See gefahren und nahm von meiner Geburtsstadt kaum einen Schimmer in meinen inneren Bildern mit. So oft ich sie später in Potsdam auftat, rieb ich mir die Augen: ein Wiedersehen wollte mir nicht gelingen. Ob als Schüler, Soldat, West-Ost-Grenzgänger oder nach der Öffnung der Glienicker Brücke, ich kam immer als Besucher. Meine Erinnerung setzt erst in Kassel ein.

Da habe ich, wie mein Ebenbild Jonas in den *Brüdern*, Glück und Ängste der Kindheit entdeckt. Ich rutsche auf dem Schlitten, angeschubst von meiner Mutter, einen Wilhelmshöher Hügel hinunter und rufe laut: »Hilfe, ich verlier mich!« Ich sehe meinen Vater mit Onkel Martin, dem späteren Divisionskommandeur in Stalingrad, an einem Detektorradio basteln. Sie haben Kopfhörer über den Ohren, hinter ihnen brennt der Weihnachtsbaum des Jahres 1929, in dem am Schwarzen Freitag Ende Oktober die New Yorker Börse zusammenbrach. Mein Vater hält mir den Hörer hin, und ich setze ihn auf. Jedes Mal, wenn er den Silberstift in der Glasröhre auf dem Quarzgrund bewegt, kracht die Musik in meinen Ohren.

Ich sehe meinen ersten Lehrer vor mir, wie er in Knickerbockern mit dem Zeigestock neben dem Spucknapf steht und uns die Geschichte von *Hinkel, Gockel und Gackeleia* mit Kreide an die Tafel malt. Und ich höre meinen Vater aus einem Versammlungszelt in der Kasseler Aue nach Hause kommen und sagen: »Dieser Hitler, vielleicht ist er doch der rechte Mann, um die Arbeitslosen von der Straße zu bringen.«

1934 in Bonn höre ich die Kirchenglocken zu Hindenburgs Tod läuten, und meine Mutter sagt: »Nun hat der Hitler gar keinen mehr über sich, der ihn zurückhält.« Wir wohnten in der Argelanderstraße, und da geschah es auch, dass eine Nachbarin mir angesichts der nahen Kirche eine Ohrfeige gab, weil ich als Achtjähriger ihr Töchterlein aufgeklärt hatte, so gewissenhaft ich das konnte.

Im nächsten Jahr zogen wir schon wieder um, nach Hannover, und wir wohnten in einer Wohnung mit Dachgarten. Ich kam ins Jungvolk, als Pimpf habe ich Hitler zweimal gesehen: beim Erntedankfest in den Bückebergen, er kam mit dem Gefolge von der Höhe herunter, und die Stimme im Lautsprecher dröhnte: »Mein Führer, eine Million begeisterter Anhänger jubeln Ihnen zu.« Es war meine Flunkerzeit, am Montag in der Schule log ich faustdick: ich hätte mich durchgedrängelt und die Absperrung durchbrochen, plötzlich sei er nah vor mir gewesen, und ich hätte seine Hand berührt: »Da staunst du, sag ich euch, was hat der einen Falkenblick!« Das zweite Mal war es beim Reichsbauerntag in Goslar, ich besuchte meine Großmutter. Hitler fuhr im schwarzen Mercedes, um ihn Kradfahrer, zur Burg Dankwarderode hinauf. Die Menge schrie »Sieg Heil!« Erst später habe ich begriffen, dass er mit seinem waagrecht abgespreizten Arm die Figur eines Galgens bildete.

Wir zogen um nach Braunschweig, da befehligte mein Vater eine Batterie in der Rautheimer Artilleriekaserne. In Hannover war er noch Personalchef der Vereinigten Leichtmetallwerke gewesen; wieder aktiver Soldat zu sein, war sein sehnlicher Wunsch. Dafür nahm er in Kauf, dass er nur die Hälfte verdiente, und wir mussten den ersten Stock in einem Pastorenhaus an der Bismarckstraße mit einer Klavierlehrerin teilen.

Im September 1939 saß ich tagsüber zwischen den Ohrenbacken unseres Ledersessels. Ich hatte mir beim Handballspiel in der Schule einen Fuß gebrochen, legte ihn hoch, hörte Sondermeldungen und schrieb »Kriegstagebuch«. Dass ich selber noch Soldat werden sollte, konnte ich mir nicht vorstellen. Im nächsten Jahr traf meine Konfirmation in der Garnisonkirche mich tief in meiner pubertären Ratlosigkeit. Auf einmal bedeutete die rotweiße Kordel, mit der ich in Braunhemd und kurzer Hose vor der Front einer »Jungenschaft« gestanden hatte, mir nichts mehr. Ich lag in unserer Bodenkammer mit dem *Neuen Testament* auf den Knien. Die Kirchenglocken von Sankt Pauli riefen nach mir. Ich lernte, wie selig ein Gebet mein schwärmerisches Gefühl machen konnte, und ein Jahr lang wollte ich Pfarrer werden.

Ein Jugendhelfer, der als Fallschirmjäger beim Absprung über Kreta verwundet worden war und in seiner Genesungszeit in unserer »Jungschar« Andachten hielt, brachte mir bei: »Junge, was die Nazis dir erzählen, taugt alles nichts. Halt dich da raus.« Er gab den Anstoß, dass ich mich besann. Als ich 14 war, alt genug für die Hitlerjugend, die längst Zwang war, ließ ich mich von der normalen HJ der Reihe nach zur Marine-HJ, den Funkern, den Fliegern überweisen und ging, als ich mich so oft umgemeldet hatte, einfach nicht mehr hin. Eine Zeitlang hatte ich Glück, bis ich an einem Sonntagmorgen von der Polizei aus dem Haus geholt wurde und zur Strafe mehrfach am Löwenwall auf dem »Jungbann« Holz hacken musste. Das Kennwort für die Hitlerjugend in meinem nun regelrechten Tagebuch hieß Beton, und ich schrieb hinein: »Beton war wieder zum Kotzen!«

Nichts hat mich abgehalten, mich dennoch mitten im Krieg mit sechzehn Jahren freiwillig als Offiziersanwärter zur Kriegsmarine zu melden, und während eines kurzen Urlaubs nach der Abkommandierung von der Ostfront zur Westfront setzte mein Vater seinen Namen darunter. Mein

Foto aus der Zeit zeigt mir das träumerische Gesicht eines Jünglings, der die Hände auf Klaviertasten, aber nicht an der Hosennaht hat.

Der Schuldienst bei der Fliegerabwehr und der Reichsarbeitsdienst lagen bald hinter mir. Zur Grundausbildung kam ich nach Stralsund, wo Siegfried Lenz und ich über denselben Kasernenhof robbten. Der Marinedienst begann auf Dänholm am Übergang nach Rügen. Und im Frühjahr 1944 rollten wir in Güterwagen auf Stroh nach Gdingen, das in Gotenhafen umbenannt war. Im Kriegshafen auf der Westseite der Danziger Bucht lag neben »Dickschiffen« der Kreuzer Leipzig, auf dem ich als Seekadett unter der Schanz im Vorschiff für sechs Monate meine Hängematte bezog. Ich weiß noch, wie mein Herz höher schlug angesichts dieser schwimmenden Waffe von 6.000 Tonnen, mit neun 15-cm-Rohren. Ich wurde Ladekanonier im Turm Cäsar am mittleren Geschütz und ich lernte, Flundern zu räuchern, über einem Blecheimer, den ich mit einem Nagel durchlöchert hatte.

Der Krieg war verloren, aber wehe, einer sprach davon. Ich war einer der unzähligen jungen deutschen Soldaten, für die im Sommer des 20. Juli der Konflikt zwischen Befehl und Gehorsam ausweglos wurde. Wir kannten nichts anderes als die bedingungslose Unterordnung. Das Ich, das selbstständig zu denken versuchte, verlor dabei den Verstand. Heldentum gab es im Widerstand, dazu fehlte mir das Wissen und erst recht der Mut. »Im Gleichschritt marsch!« waren wir angetreten. Das Vaterland konnte niemand mehr sinnvoll verteidigen. Jeder Tag, an dem die Kapitulation nicht erklärt wurde, kostete Tausenden das Leben, zu Hause wie an den Fronten. In mehreren meiner Bücher habe ich davon erzählt.

Wie beurteile ich heute, was ich damals versäumte? Dass wir Deutschen unserem Diktator bis zur totalen Eroberung unseres Landes durch Russen, Amerikaner und Engländer gehorchten, ist die historische Tatsache. Warum stürzten sich Divisionen wie Lemminge ins Verderben, obwohl nichts mehr zu retten war? Warum blieben fünfundneunzig Prozent der Bevölkerung stumm, wehrlos und gehorsam, bis sie von den Siegern befreit wurden und nicht durch sich selbst?

Ich war einer in diesem Kollektiv der Selbstaufgabe. Mir fehlte die Leidenschaft für die Freiheit, ja, ich kannte sie nicht. Mir war keine Tradition des Ungehorsams bewusst. Mein Puls schlug im Rhythmus von Generationen, die sich bürgerlich und nicht unbegütert der Obrigkeit gefügt hatten. Meine Erziehung in Elternhaus, Schule, Kirche und rings um mich vorhandener Öffentlichkeit kannte nichts anderes als die Pflicht vor Gott und der Regierung, ein gehorsamer Staatsbürger zu werden. Das war auch die uns anerzogene Lesart von Klassik, Dichtung und Kultur. Alles Persönliche hatte sich danach zu richten. Meine Vorbilder, allen voran Walter Flex, ließen ihre mir tadellos erscheinende Haltung sämtlich in diesem Rahmen leuchten. Es drängte mich, sie zu verehren, nicht nur weil mir niemand etwas anderes beigebracht hatte, sondern auch weil es etwas in mir gab, das sich danach sehnte.

Während meiner Bordzeit auf dem Kreuzer Leipzig wie in Glücksburg auf der Marinekriegsschule habe ich gemacht, was die anderen machten, aber nicht nur das. Es gab auch einen Widerstand gegen mich selbst, der etwas anderes wollte als das, was alle taten. Für unsere Vorgesetzten war unsere Ausbildung immer noch die unerschütterliche Pflicht. Manchmal dämmerte mir, dass die Einsichtigen unter ihnen vielleicht darauf aus waren, Menschen zu retten, indem sie uns fern vom Schuss hielten. War das für sie eine Rechtfertigung vor sich selbst? Was sie uns sagten und was wir im Fähnrichslehrgang untereinander redeten, erschien mir wie versiegelt. Keiner sprach wirklich mit dem anderen. Navigation mit Sextanten, die Funktion von Dieselmotoren und Taucherglocken wurde unterrichtet, als werde es in diesem Krieg noch ein Frontkommando für uns geben. Der Wettstreit im Rudern mit den schweren Kuttern auf der Flensburger Förde galt noch als Ehrensache. Die Absurdität der Rituale wurde nur durch ihren Irrsinn übertroffen.

Täglich spürte ich, wie die Realität in meinem Kopf sich auflöste. Ich ging durch die Kaserne wie durch einen hohlen Raum. In Ost und West tobte Trommelfeuer, Panzer setzten den fliehenden Truppen nach. Die Spannung zwischen dem, was dort jeden Augenblick geschah, und meiner Unversehrtheit hielt ich nicht aus, sie trieb mich in den kleinen Ungehorsam, den großen wagte ich nicht. Ich erschien nicht zum Dienst, bis unser Gruppenoffizier mich holte. Er war mir wohlgesonnen und leitete keine Untersuchung ein. Eines Tages erklärte ich in einer Pause vor den anderen auf der Stube, der Krieg sei verloren, aus und vorbei, und wer immer noch weitermache, bringe die eigenen Leute sinnlos um. Ich wurde denunziert. Der Kriegsschulkommandeur ließ mich antreten, mit Stahlhelm und Koppelschloss, er donnerte mich zusammen und sperrte mich ein zum verschärften Arrest bei Wasser und Brot. Zweimal kam ich in den Knast der Kaserne, wurde als Offiziersanwärter ausgeschlossen, zum Matrosen degradiert und zur Stabskompanie versetzt. Von dort aus habe ich mich an die Front gemeldet, zu den Infanteristen. Mein Pflichtgefühl brachte es nicht über sich, die anderen im Stich zu lassen. Der mörderische Wahnsinn der Wehrmachtsberichte wirkte auf mich wie ein Sog. Es war absurd, ich konnte in meinem Heldenwahn doch nicht das Geringste ändern. Wieso handelte ich, als ob ich mein Leben nicht liebte, nicht längst meine Hoffnung auf die Zeit nach dem Krieg setzte, nicht Marlen liebte und mich als untrennbar von ihr sah?

Gott sei Dank, ein vernünftiger Vorgesetzter rückte mir den Kopf zurecht. »Wissen Sie, ich bin nur Reserveoffizier, im Zivilleben bin ich Jurist. Aber eines weiß ich: Auch für Sie wird es noch etwas anderes geben auf der Welt.« Er hatte mich zu sich gerufen, wir sprachen unter vier Augen. »Millionen sind gefallen. Jetzt geht es ums Überleben, nicht ums Sterben. Und erklären Sie mir nicht, wie viel Widersprüche in einem einzigen Menschen stecken! In ein paar Wochen ist der Krieg aus. Mann, kommen Sie zu sich, schmeißen Sie ihr Leben nicht weg!«

So hat mich das Kriegsende auf der Kriegsschule erreicht. Nur kurz kam ich in englische Gefangenschaft, nördlich des Kaiser-Wilhelm-Kanals in einem früheren Viehkral. Jetzt nützte mir meine Bestrafung. Ich meldete mich zum Erntedienst in der Landwirtschaft. Schon Mitte Juni wurde ich mit den Ersten entlassen. In Braunschweig stand ich vor dem Trümmerhaufen und baute mir in Gedanken noch einmal unsere Wohnung zusammen. In Marlens elterlicher Wohnung waren Briten einquartiert. Ich suchte und fand Marlen auf dem Land, bei Verwandten in Frellstedt. Wochenlang hatten wir nichts voneinander erfahren können, und das Unglaubliche geschah, als der Zug auf dem Dorfbahnhof hielt. Vor der Tür, aus der ich stieg, stand Marlen. Sie hatte in der nahen Kreisstadt etwas erkunden wollen. Wir waren füreinander bestimmt.

XII

## Freundschaft in der Bücherwelt

Unsere ältesten Freunde in München sind Gerhard und Zuze Hotop. Ihr Haus am Biederstein in Schwabing ist angefüllt mit alten Möbeln und Bildern, Farbkästen, angefangenen Skizzen von Buchumschlägen, mit Kinderduft und mit Zuzes umwerfendem Lachen.

Ich war im Paul List-Verlag als Leiter der Herstellung untergekommen. Gleich zu Anfang lernte ich den Grafiker Hotop kennen, er fuhr mit seinem Schnauferl, dem Leichtmotorrad, vor und lieferte Entwürfe für die Umschläge neuer Taschenbücher ab. Bald tauchte er häufiger dort auf und eines Tages fand er, ich sähe aus, als vergäße ich zu oft das Essen. Er lud mich zu sich nach Hause ein, und Zuze kochte die herrlichsten Dinge trotz Sparhaushalt. Sie sprach siebenbürgisch und erwartete das erste Kind.

Gerhard M. Hotop in München, Martin Kausche in Hamburg, später Worpswede und Werner Rebhuhn, auch Hamburger, waren die drei Grafiker, die ein Großteil der Umschläge und Einbände für die Novitäten anspruchsvoller Verlage in der wiedererstehenden Bücherwelt der Nachkriegszeit gestalteten. Als Zeichner, Maler und Schriftkünstler entwickelte jeder von ihnen seinen Stil; wir Fachleute erkannten ihre Arbeiten in den Schaufenstern der Buchhandlungen fast immer auf den ersten Blick. Es war ein heute in dieser Form vergangenes künstlerisches Handwerk, und für die Verlage war es so wesentlich, dass ich allen dreien, besonders aber Hotop als Buchhersteller, ständig die wechselnden Ansprüche meiner Verleger schonend erklären musste. Immer mehr übten auch die Verlagsvertreter Einfluss auf die Ausstattung aus, selten zu deren Vorteil. Oft sollte Gerhard drei, vier Entwürfe vorlegen und dann noch den von List oder Piper ausgewählten mehrmals ändern. Und Zuze musste von Hand acht oder zehn Kopien der Entwürfe für eine Vertretersitzung malen. Manchmal musste ich ihr die frischen Muster aus den Händen reißen. Sie saß dann wütend über Karton und Farben gebeugt, holte mit dem Pinsel aus und rief: »Ja, die sollen mich doch alle mal kreuzweis!«

Obendrein wurde das Kopieren beschämend gering bezahlt, auch die Honorare für die als so wichtig erachteten Schutzumschläge hielten sich in bescheidenen Grenzen.

Zuze war aus dem ungarisch-rumänischen Sepsiszentgyörgy gegen Kriegsende im Treck mit ihrer Familie bis nach Starnberg gelangt. Gerhard und sie hatten einander in ihrer Grafikerausbildung kennen gelernt, und was da zusammenströmte, ergab das unschlagbare siebenbürgisch-bayrische Doppel. In ihrer Gegenwart verlor ich viel von meiner norddeutschen Verhaltenheit.

Gerhard brachte mir anschaulich bei, wie er die Welt bayrisch betrachtete. Er hat damals ausgesehen wie der junge Rilke, und auf dem Rücksitz seines Motorrads habe ich so manches Kopfsteinpflaster zu spüren bekommen, bis sein erster Käfer uns davontrug.

Hotops hatten früh auch eine Wohnung in Riederau am Ammersee. Zuze gönnte den Kindern Landluft, die ihr aus ihrer Jugend so vertraut war. An einem Sonntagmorgen fuhren Gerhard und ich zur nahen Klosterkirche nach Diessen, er führte mich auf die Empore. Golden schimmerte die Festlichkeit im Gewölbe, und die Orgel brauste. Unter uns mehr fromme Beterinnen als andächtige Mannsbilder. »Schau«, Gerhard stupste mich an und zeigte hinunter, »alles Barock!« Jetzt erst fiel mir die Pracht in den Ausschnitten der Sonntagsdirndl auf, lauter amorhafte

Rundungen. Mein Freund betete und bekreuzigte sich, während die Lieder klangen, als lobten sie die katholische Freude an allem Menschlichen.

Als Marlen acht Monate später nach München kam, übernachteten wir beide bei den Hotops, sie einen Stock höher und ich getrennt in einem Nebenzimmer. Und als Marlen morgens zum Frühstück erschien, sagte Zuze: »No, haben die Stufen nicht geknarrt heute Nacht. Wart ihr nicht eine ewige Zeit getrennt?« Ihr »No« klang kurz und rollend wie ein Omikron, nicht wie Omega.

Hotops und Baumgarts kannten sich ebenfalls durch die Arbeit für den Piper Verlag, und bald wuchs unsere Freundschaft zu sechst. Oft haben wir uns in jungen Jahren mit Zuze und Gerhard gemeinsam zu Festen bei Baumgarts in der Eichleite vor Grünwald aufgemacht. Wenn wir eintrafen, waren die ebenerdigen Räume schon erfüllt von gedämpften Stimmen und Musik. Wo Frauen dominierten, war Hille zu finden, freudeglitzernd im Gedränge.

Reinhard Baumgart stand, bei sich selbst zu Besuch, mit dem Sektglas in der Hand zwischen Loriot und Peter Wapnewski, die zum Inventar gehörten. Einige aus ihrem Kreis haben schon damals die Ansicht verbreitet, Glück sei sein Element. Ja, er hat Glück gehabt. Aber das als Überschrift über sein Leben zu setzen, heißt die Mühe, das Un-Glück, die *Selbstvergessenheit* und die wohlverborgene Zaghaftigkeit unterschätzen, die seine Glanzperioden ihn gekostet haben. Dennoch war er kühn. Ich sehe seine Kühnheit darin, dass er als Lektor kongenial zu Ingeborg Bachmann stand und gleichzeitig seinen Roman *Der Löwengarten* schrieb. Und als er später, auf dem Höhepunkt seiner Geltung als Theaterkritiker, im Auftrag der Berliner Volksbühne nach einem Romanstoff von Georg Hermann das Theaterstück *Jettchen Geberts Geschichte* verfasste – es wurde in Berlin, Frankfurt und Düsseldorf aufgeführt –, war er sich bewusst, dass er als Autor niemals den Kritiker übertreffen konnte.

Für mich war es nach meiner Rückkehr in den Literaturberuf keineswegs einfach, wieder nur vom Schreiben zu leben. Andreas studierte noch, und Till war nicht aus unseren Sorgen entlassen. Um meinen Familienroman *Die Brüder* schreiben zu können, hatte ich mit einem Exposé des Projekts beim Literaturfond einen Arbeitszuschuss beantragt. Peter Härtling war damals als Vorsitzender der Jury ausschlaggebend für die Bewilligung.

»Um ehrlich zu sein«, sagte Reinhard, der auch zur Jury gehörte, »er war ziemlich erstaunt, dass gerade du diesen Antrag gestellt hast.«

»Wieso das?«

Es stellte sich heraus, Härtling hatte angenommen, dass ich als ehemaliger Bundestagsabgeordneter doch wohl ausgesorgt hätte. Es war ein erneuter Beweis, wie wenig Literaturleute von den Arbeitsbedingungen der Politiker wissen. Auch Reinhard konnte mich nicht wirklich verstehen, ich war damals »prominent« – und hatte dennoch ein Geldproblem. Selber schuld!

Im September 1983 brachen wir zu einer gemeinsamen Reise nach Italien auf. Vieles hatte sich inzwischen für jeden Einzelnen von uns ereignet.

Hille hatte ihre *Briefe aus einem anderen Land* gesammelt und bei Rowohlt als Dokument zur deutschen Teilung herausgebracht, und sie arbeitete an ihrem Buch *Eifersucht. Erfahrungen und Lösungsversuche im Beziehungsdreieck*. Sie, die sich manchmal nicht nur scherzhaft vor uns beschwerte, eine Frau zu sein, war durch und durch Frau. Später hat sie mit der Paarbiographie *Bettine Brentano und Achim von Arnim. Lehrjahre einer Liebe* ihr bestes Buch geschrieben.

Reinhard stand nach seinem Roman *Der Löwengarten* und zwei Erzählungsbänden seiner Belletristik kritisch gegenüber. Das Fernsehen des Hessischen Rundfunks brachte eine Serie über Goethe in seiner Zeit, und er hatte für den Sender die Grundkonstellation der *Wahlverwandtschaften* in einen Film mit eigener Deutung der Gestalten umgesetzt. Die Beherrschung des Stoffs und die Materialfülle schwirrten noch in seinem Kopf.

Gerhard übernahm nur noch selten Buchgrafik, er war Mitbegründer des Team 70 und hatte diesen Werbepool künstlerisch geprägt. Erfolgreich gestalteten sie Wahlkampagnen. Wir sahen seine Töchter auf neuen Plakaten der CSU, eine schöner als die andere, als könnte man die Partei heiraten. Da niemand sonst unter uns daran dachte, deren Macht im Landtag zu bestätigen (vielleicht nicht einmal er), mussten wir diesen Zwiespalt freundschaftlich aushalten. Zuze versuchte deswegen, ohne viele Worte zwischen uns zu vermitteln.

Unterwegs in Italien verabredeten wir Winkzeichen. Eine Hand zum Schiebedach pendelnd hinausgestreckt bedeutete: »Wir möchten eine Pause.«

Meine finanzielle Situation hatte sich seit jenem Literaturfond-Gespräch mit Reinhard verändert. Ich war im Besitz eines Verlagsvertrags mit S. Fischer in Frankfurt, arbeitete mit dem Cheflektor Peter Conradi zusammen und erhielt einen Vorschuss für 24 Monate, um meinen Roman schreiben zu können. Meine Vormittage gehörten dem wachsenden Manuskript, nachmittags erledigte ich Aufträge von Rundfunk und Fernsehen.

Unser Ziel war Piemont. In Alba am Tanaro fanden wir Unterkunft. Dort wurde Reinhard zu unserem Führer auf den Spuren von Cesare Pavese, dem Piemonteser, der seinem Leben in einem Turiner Hotel ein Ende gesetzt hatte. Wir wanderten über weinbewachsene Hügel. Während einer Rast las er uns aus dem *Handwerk des Lebens* vor, und wohl jeder von uns fragte sich, wie viel er von dem Dichter wusste, der zur Duce-Zeit an seinem Verbannungsort Brancaleone dieses Tagebuch begonnen hatte. Mich hat, fremd und stark, sein Roman *Der schöne Sommer* gefesselt.

Reinhard ließ uns damals aber auch spüren, wie sehr er wieder einmal im Wechsel seiner Gezeiten begriffen war. Wir kannten das. Wenn er eine seiner Positionen ausgekostet hatte, faszinierte ihn das Gewesene nicht mehr. Als Kritiker war er Wagners Ruhm in Bayreuth begegnet und hatte in einem Essay für den Rundfunk über die von Kennern für einzigartig gehaltene *Ring*-Inszenierung des Regisseurs Patrice Chéreau nachgedacht. Nun war ihm vom Südwestfunk der Auftrag zur Dramatisierung der kürzlich veröffentlichten *Tagebücher* Cosima Wagners erteilt worden, und er wagte sich an das Filmdrehbuch heran. Reinhard und Richard Wagner! Er überraschte uns wieder einmal mit seiner frischen Begeisterung.

Das Licht und die Farben der Piemonteser Landschaft leuchteten noch in uns, als wir zurück zum Gardasee fuhren. Marlen und ich übernachteten bei Baumgarts in Ruina, während es Hotops gleich zu ihrem Sommerdomizil Tremosine hinaufzog. Am Abend saßen wir auf der Terrasse, Licht flutete herein und ließ das Gemäuer zwischen den Büschen kalkweiß erscheinen.

Hier verbrachte Reinhard zwanzig Jahre später seine letzten Tage. Als er seine Autobiographie *Damals* schrieb, muss ihn ein Vorauswissen berührt haben, denn seine Erinnerungen stehen im Zeichen der Endgültigkeit. Ende Juni 2003 hat er in Ruina, mit dem Rücken zur Sonne gekehrt, die letzten Korrekturvorschläge des Lektors mit seinen Änderungen erwidert. Als das geschehen war, hatte er alles getan. Eine innere Zielgerichtetheit hat ihn getrieben, vorher sein Vermächtnis zu ordnen und die Erben wissen zu lassen, was sie erwartete. Plötzlich bekam er schwere Leibschmerzen. Als sein Zustand unerträglich wurde und er endlich einwilligte, hat ihn Hille nach Gavardo in die nächste Klinik gebracht. Da hat er nur noch vierundzwanzig Stunden gelebt.

Der jähe Tod war Folge einer Sepsis. Fünf Tage, bevor er 74 Jahre alt geworden wäre, ist er gestorben. Als sei ihm der Wunsch erfüllt worden, dass sein Körper vom Alter unberührt bleiben und er so in Erinnerungen weiterleben möge, habe er wie unversehrt dagelegen, sagt die Familie.

## Der Goldschmied

Alles, was er anrührte, erhielt seine Form, und was er plante, nahm seinen unverwechselbaren Ausdruck an. Wir hatten Hermann und Jo Jünger während unserer frühen Schwabinger Jahre kennen gelernt. Wir regten einander an, und die Verbindung riss auch nicht ab, als sie aufs Land zogen und in Pöring ein altes Haus mit weiten Räumen zu ihrem endgültigen Wohnsitz ausbauten. Dort haben wir sie die Jahre hindurch immer wieder besucht.

Wäre er mit ähnlichen Begabungen ein Maler, Poet oder Komponist geworden, so hätten Kunstkritiker ihn in einem anderen Rang gesehen. Einmal habe ich ihn gefragt, ob es ihm nichts ausmache, dass die Goldschmiedekunst in der öffentlichen Einschätzung durch Kunstkritiker vergleichsweise wenig Beachtung finde.

Er, der Hesse und Wahlbayer, hat mir geantwortet: »Ja mei, ich bin halt ein Handwerker.« Aber es gibt von ihm auch eine ganze Reihe von Büchern.

Auf einer seiner ersten Ausstellungen in München waren Marlen und ich von Jüngers Schmuck so begeistert, dass ich auf der Stelle mit ihm sprach und meiner Frau das uns liebste Stück schenkte: eine goldgeschmiedete, hochgestellte Platte, an einem schmalen Goldreif um den Hals zu tragen, besetzt mit Steinen, weiß, braun, blau und einem winzigen Smaragd, am Rand drei kleine Perlen: wie eine Klee-Miniatur. Ich konnte mir das damals eigentlich überhaupt nicht leisten. Seitdem trägt Marlen diesen Schmuck zu besonderen Gelegenheiten, inzwischen gibt es viele, die »den Jünger« gleich erkennen.

Hermann Jünger wurde 1928 in Hanau geboren und hat nach Volksschule, Gymnasium und kurzem Kriegsdienst die Zeichenakademie Hanau besucht. Er gab seinen Beruf als Silberschmied, Goldschmied, Zeichner, Entwerfer an, mit Ausbildungsstationen in Bremen, Heidelberg, Darmstadt und bei Wilhelm Wagenfeld in Geislingen. Es folgte die Akademie der bildenden Künste München, da war er Schüler von Franz Rickert. Danach arbeitete er als freier Gold- und Silberschmied in München, Taufkirchen, dann in Pöring. Als er in seinem Fach berühmt wurde, vertraute man ihm eine Professur an der Akademie der bildenden Künste München an, und er hat dort 20 Jahre mit seinen Studenten gearbeitet.

Ausstellungen und Reisen machten ihn in Europa, USA, Japan, Neuseeland und Australien bekannt. Jünger erhielt den Ehrenring der Gesellschaft für Goldschmiedekunst, wurde Mitglied der Bayerischen Akademie der Schönen Künste, ausgezeichnet mit dem Designpreis der Stadt München und dem Honorary Doctor of Fine Arts, der Rhode Islands School of Design, Providence R.I., USA.

Für mich ist er ein Mensch, der aus seiner Mitte lebt, und Jo, die Malerin, ist Teil dieser Mitte. Das Urvertrauen in seine Begabung und sein Leben, das ihm angeboren ist, macht die entscheidende Kraft aus, die in ihm alles bewegt. Hermann altert wie seine Bäume im Garten. Seine Bibliothek füllt sein Haus. Wenn wir über Verästelungen des Zeitgeistes sprechen, argumentiert er nie allein aus dem Kopf, sondern immer auch aus dieser Mitte, und er bewahrt sich instinktiv den unerschöpflichen Rest seiner Naivität, sie ist sein Zentrum.

Mit seiner inneren Sicherheit entdeckte er sich immer neu. Den frühen Erfolg löste er mit einer Phase ab, in der er aus Plastik für Kaufhäuser preiswerten Modeschmuck herstellte; er wollte dem Gängigen ein neues Gesicht geben. – Überrascht waren wir, als er begann, nach ein paar zufälligen Funden Löffel aus allen Zeiten, Materialien und Formen zu sammeln. Daraus wurde wieder eine Ausstellung und sein kulturgeschichtliches *Löffel*-Buch.

Ein eigenes Kapitel für sich machen seine Altargeräte und Kreuze aus, katholische wie evangelische; an ihnen schmiedete jene nicht kanonisierbare Frömmigkeit mit, die ihm die Nähe zur Geistlichkeit beider Konfessionen und in den Kirchen dankbare Gemeinden einbrachte.

Bei einem der jüngsten Besuche brachte er uns sein neues Buch *Schmuckstücke Fundstücke* mit, ein kostbarer Band, in seiner Handschrift mit Zitaten ihm wichtiger Autoren komponiert, gepaart mit seinen Inventionen und Kreationen. Er ist ein großer Finder und Erfinder. Ich musste wieder an Werner Gilles und seinen Rat denken, den er mir in St. Angelo auf Ischia gab: »Lerne zu zögern«, damit meinte er: um zu sehen, was am Wege liegt. Genau so hat Hermann in weggeworfenem Krimskrams, Gerümpel, verrosteten Dosen, Plastikresten und oxidiertem Gestein seine Wunderwerke in der Natur entdeckt und sie mit Skizzen vereint. Er liebt dieses Spiel mit dem Zufall.

»Es ist ein Bilderbuch«, schreibt er im Vorwort, das er »Schatzfund« nannte, und er zitiert Jasper Johns: »Manchmal sehe ich es und male es; mitunter male ich es und dann sehe ich es.«

Als ich früher einmal spürte, dass der Ehering mir am Ringfinger zu eng wurde und ich ihn kaum noch abziehen konnte, sind Marlen und ich damit zu Hermann Jünger gefahren, und er hat sofort verstanden, worauf es uns ankam: nichts Fremdes sollte in unser Gold gemischt werden. Als wir den Ring wieder abholten, hatte er einen schmalen Streifen Weißgold eingefügt: »Damit man sieht, was nachträglich damit gemacht wurde.« Und das schenkte er uns.

Auch die ihm eigenste Arbeit, das Goldschmieden, wandelte sich. In seiner Werkstadt entstanden nur noch selten Miniaturen, dafür pure Goldformen mit einer wie lebenden Oberfläche und einzelnen Edelsteinen. Seitlich zum Eingang des Grundstücks hatte er sich einen Schuppen errichten lassen, in dem er und manchmal mehrere Mitarbeitende mit dem Schmelzgerät oder biegend und hämmernd sich über Gold oder Silber beugten. Brot und Wein auf den Werkbänken.

Hermann war am Apparat, als ich ihn wieder einmal anrief, er ließ mich spüren, dass sie sich über unseren angekündigten Besuch freuten. Und als wir hinausfuhren, herrschte immer noch der kühle, nasstriefende Unsommer. Ich nahm die endlose Truderinger Ausfahrt und dachte: zurück fahren wir über die Autobahn. Pöring liegt auf einem Hügel. Die Bäume hatten im Dauerregen eine Blätterpracht angesetzt, hinter ihnen war das Haus kaum erkennbar. Auf unser Läuten kam Jo mit ausgebreiteten Armen an die Tür, so hatte sie uns noch nie empfangen. Hermann tauchte hinter ihr aus der Küche auf, sie ist weiträumig und mit dem breiten Tisch und Gestühl meist der Sammelplatz für Besucher.

»Wollen wir hier sitzen?«, fragte er. Wir waren angekommen, und doch war mir, als träten wir erst nach und nach ein. Marlen setzte sich, sie streckte ihre Fühler aus, ob es ihr in der Küche warm genug wäre, schließlich bat sie: »Doch lieber in der Diele, beim Ofen.«

Auch dort stand ein langer breiter Tisch. Jo legte gleich Feuer im Holzofen an, er wärmte uns schnell. Es ist ein mächtiges Haus mit einer Fülle von Räumen im Erdgeschoss und zwei oberen Stockwerken. Auch als die Kinder heranwuchsen, war für alle reichlich Platz.

»Wie habt ihr das mit diesem Haus damals überhaupt geschafft?«

»Das oder keines«, sagte Hermann. »Wir haben das Haus gleich gemocht. Das Erste, was ich gesehen habe, war: so viel Platz, um Bilder aufzuhängen. Eigentlich war es Wahnsinn, dass wir es vom Fleck weg gekauft haben. Ich wollte mir keine Sorgen machen, wie wir es bezahlen sollten. Es musste einfach sein, und tatsächlich haben wir dann ja auch alles besser geschafft als gedacht.«

Jo hatte einen Kirschkuchen gebacken, sie brachte Tee herein. Ihre Bewegungen schienen mir, während sie den Kuchen verteilte, noch die vielköpfige Runde ihrer Familie von einst in sich zu haben. Mit ihrem Kopftuch sah sie aus wie eine Säerin.

Wir wussten von seiner schweren Operation. Marlen schaute Hermann an. »Wie geht es dir jetzt?«

Er ließ sich Zeit. »Im Grunde beinahe gut. Wenn ich überlege, was sie alles aus mir herausgeholt haben, staune ich jeden Tag, wie ich weiterlebe – mit dem, was sie mir gelassen haben.«

Wir atmeten auf. Wie er da vor uns am Kopf des Tisches saß, ging von ihm eine Gefasstheit auf uns über, als sei er durch alles, was er hatte durchmachen müssen, zu einer großen Ruhe gekommen.

Vor fünfzehn Jahren wäre er noch eine medizinische Sensation gewesen. Es ist unglaublich, was Chirurgen heute können, während es gleichzeitig Ärzte gibt, vor denen wir uns schützen müssen. Er hatte sich die Rehaklinik angesehen, in der sie ihn hatten unterbringen wollen, und entschieden: Da gehe ich nicht hin. So hat er zu Hause auf seine Weise wieder Kräfte gesammelt.

Eine junge Frau kam herein, Hermann stellte sie uns als Goldschmiedin und seine neue Mitarbeiterin in der Werkstatt vor; es gab immer noch viele Aufträge.

Ich musste an Marlens Schmuck und andere seiner frühen Arbeiten denken und fragte nach seiner damaligen Inspiration durch Klee: »Ist er für dich nicht auch der größte Künstler des vorigen Jahrhunderts?«

«Einer der Großen«, sagte er, »aber in seiner sensiblen Welt begrenzt. Der Größte ist Picasso, ein Vulkan und ein ganzer Globus.«

Hermann berichtete uns, wie sich sein Werk nun auf einem Markt verselbständigt, auf den er keinen Einfluss mehr hat. In den USA werde sein Schmuck teurer gehandelt als bei uns. »Kunsthändler bieten dort einzelne Stücke von mir zu Preisen an, von denen ich früher nicht einmal geträumt habe.«

Ich hatte ihm meinen *Fernwanderweg* mitgebracht, er wollte, dass ich ihm etwas in den Roman hineinschrieb.

»Ich will dir mal etwas zeigen, das du noch nicht kennst«, sagte Hermann nach einer Weile und er entführte mich in den Dachstock, wir ließen die Frauen zurück. Im Hinaufsteigen staunte ich über seine Beweglichkeit. Oben fanden wir nicht nur die herrlich gearbeiteten Verstrebungen der Balken aus altem Holz, das wohl schon zu Bauzeiten reifgetrocknet war. Wir fanden auch die Nichte Eva Jünger, Fotografin, im Gespräch mit der Tochter des Hauses, die Schreinerin geworden ist. Sie hatten sich für eine Zeit hier wohnlich eingerichtet und waren dabei, seine Bibliothek durchzuarbeiten. Eva hatte die Fotos für die *Schmuckstücke – Fundstücke* gemacht. Im Sommer haben Hermann und Jo viele Jahre lang zur Verkaufsausstellung für neue Arbeiten junger Töpferinnen und Goldschmiede in den Garten eingeladen: für ihre Töchter, deren Freundinnen und Studenten.

Vor einem Jahr hatten wir seinen Fünfundsiebzigsten gefeiert, und wie vom Himmel gefallen war gerade ein neues Enkelkind geboren, es lag im Schoß der Familie. Wir hatten uns in der offenen Tür abgewechselt, immer ein paar von uns waren eingetreten und hatten das winzige Leben bestaunt.

Jetzt lag unter uns der verwunschene Weiher, der zum Grundstück gehört, von Bäumen eingerahmt, ein Paradies für Frösche, Seerosen, Wasserlinsen. Dort haben wir früher bei Festen eine Ziege am Spieß über dem Feuer gedreht.

Hermann wandte sich um und blieb stehen. »Was da in mir wieder wächst, hört nicht auf«, sagte er, »in unserem Alter geht das manchmal sehr langsam. Operieren können sie nicht noch einmal. Ich weiß es, und wenn ich mich auch oft schwach fühle, noch kann ich tun, was mir wichtig ist.«

Eva und ihre Kusine folgten uns hinunter, und als wir dort, nun in größerer Runde, um den Tisch saßen, hellte das Gespräch sich wieder auf.

Als wir aufbrachen, begleitete uns Hermann zum Tor. Draußen, vor dem Auto, umarmte er uns. Später erkannten wir, dass dies sein Abschied von uns war.

## Family by choice

Es war im Herbst 1960, als Mister Birch während der Frankfurter Buchmesse auf mich zukam. Seit dem Sommer arbeitete ich im freien Literaturberuf. Dafür gab mir meine Rolle als Literary Scout für den schwedischen Bonniers Förlag, die ich in den beiden zurückliegenden Jahren neben meiner Tätigkeit bei Piper aufgebaut hatte, ein Fundament. Georg Svensson, Direktor in dem berühmten Bücherhaus am Stockholmer Sveavägen, hatte mich schon an beide Verlagshäuser Gyldendal in Kopenhagen und Oslo und an Otava in Helsinki weiterempfohlen, und er setzte das nun nach Kräften fort. Svensson war mein Mentor, er hatte mich auch mit Mr. Birch von der William Heinemann-Gruppe in London bekannt gemacht, und der entführte mich bald darauf zum Gespräch an eine der Getränketheken.

Die Zahl der Verlage, die ich beriet, erweiterte sich durch Svenssons meisterliche Kommunikation in kurzer Zeit auf sieben: Becht in Amsterdam und Grove Press in New York kamen hinzu. Honoriert wurde ich von den einzelnen Verlagen, für die ich regelmäßig eigene Berichte schrieb, sie waren begleitet von Sammelinformationen, die ich mit vielen Durchschlägen auf meiner mechanischen Schreibmaschine produzierte.

Mr. Birch war kurz entschlossen. He was a man straight on. Er hatte ein kantiges breites Gesicht und dunkle wilde Locken umrankten seinen Kopf. Nach einer Viertelstunde, die ihm genügt hatte, mich zu prüfen, schaute er mich lachend an: »I like you.« Er lud mich ein; ich solle den Verlag kennen lernen, und wir würden die Zusammenarbeit perfekt machen.

Wiedersehen mit London. Es war einige Jahre her, dass ich hier in einer südlichen Vorstadt mein Englisch getrimmt hatte; auf Gymnasien während der Nazizeit war es kümmerlich ausgefallen. Alewyn Birch fuhr mich in seinem ledergepolsterten Wagen mit holzgetäfelten Armaturen in der City umher und bewirtete mich, als hätte ich einen neuen Autor im Rang eines Thomas Mann im Gepäck.

Im Verlag vertraute er mich einem stillen, weißgesichtigen Mitarbeiter an, der ein wienerisch gefärbtes Deutsch sprach. Er war Lektor und beauftragt, die Verbindungen zu Kontinentaleuropa zu verbessern, mit den Schwerpunkten Deutschland, Österreich und – so weit möglich – Literatur und Autoren hinter dem Eisernen Vorhang. Sein Name war: John Beer.

»John will do everything for you. He is your contact«, sagte Birch, und in seiner etwas polternden Art verließ er uns abrupt. Als wir unter uns blieben, änderte sich der Ton. John Beer war nicht nur zartbesaitet, etwas mir zunächst Unklares lastete auf ihm. Er stammte aus dem tschechoslowakisch-böhmisch-mährischen Winkel, aus dem über Jahrhunderte immer schon künstlerische Begabungen von Mutterwitz und Weltläufigkeit hervorgegangen sind. Mit seiner Veranlagung zur Gemütsschwere gehörte er aber auch in jene dort ebenso eingewurzelte Wesensverwandtschaft kafkascher Albträumer.

Von meinen Skandinaviern war ich gewöhnt, dass sie alles Berufliche auf einen privaten Leisten spannten. Sie kamen mir herzlich entgegen – das hatte ich als befreienden Kontrast zur strengen Rangordnung deutscher Verlagsatmosphäre empfunden. John überraschte mich durch seine Fürsorge und Rücksicht, die jene nordlichtige Helligkeit des Umgangstons noch übertraf. Von dem Augenblick an, in dem wir uns kennen lernten, wusste ich: in ihm wohnte eine traurige Seele.

Er war vier Jahre älter als ich und als Halbwüchsiger mit einem der letzten Transporte Jugendlicher nach England geschickt worden. Seine Prager Familie wurde mit tausenden anderen Juden zusammengetrieben und in Güterwagen verfrachtet. Die Wege der Einzelnen verloren sich in den Konzentrationslagern.

Durch eine Hornbrille mit stark geschliffenen Gläsern sah er mich, den ehemaligen Wehrmachtssoldaten, fragend an. In seinen Augen war ich wohl zu jung, um die

Schrecken deutschen Militärs zu verkörpern. Dennoch musste ich daran denken, wie nicht nur Ephraim Kishon, als ich ihn in Tel Aviv besuchte, mir vorgehalten hatte: »Wie soll ich wissen, was Sie getan haben?« Noch härter war Aryeh Dissentshik gewesen, Mitbesitzer der größten israelischen Zeitung MAARIW. Er hatte mich in der Redaktion empfangen. Seine Stimme wechselte plötzlich vom Englischen ins Deutsche, und er sagte: »Wissen Sie, was ich gerade denke? Ich denke, dass Sie mir genauso gegenübersitzen, wie mir Eichmann mehrere Male gegenübersaß.« Das war gleich zu Beginn meiner Weltreise mit Loren gewesen.

John Beer hatte offenbar in der englischen Wahl-Familie, in der er eine Zuflucht fand, wie in den Jahren, in denen er sich in der Verlagsarbeit ausbildete, seine Kraft weiterzuleben gefunden.

Gleich in unserem ersten Gespräch kamen wir auf das Persönliche. Er spürte wohl, wie ich als einer, der in falschem Gehorsam gedient hatte, darauf aus war, mich der kollektiven Schuld zu entziehen, die niemand wieder gutmachen konnte. Ich hatte einige jüdische Freunde, die auf sehr unterschiedliche Weise überlebt hatten. John Beer erschien mir als ein Gegenbild zu Loren. Was dem einen, hochbegabt und lebenstüchtig, an Weltläufigkeit zuströmte, musste der andere, für immer verstört und verfolgt von Ängsten, mit der ganzen Not seiner Sensibilität bezahlen.

Wir begannen, Briefe zu wechseln, und sie waren von einem mühelosen Ton der Verständigung bestimmt. Ab und zu erreichte mich auch ein Anruf aus London in meinem Schwabinger Arbeitszimmer. Ein amerikanischer Verleger, der mich nach Grove Press eine Zeitlang für den Pantheon Verlag New York in Anspruch nahm, das aber bald wieder unterließ, sah wohl, wie wenig Nutzen William Heinemann

– anders als die Skandinavier – aus meiner Mitarbeit zog. Er wunderte sich: »John likes to read your reports.« Tatsächlich blieben Übersetzungen angelsächsischer Verlage aus der zeitgenössischen deutschen Literatur in der Belletristik auf wenige Titel begrenzt. So war schon etwas Wahres daran, dass John und ich einige Jahre von dieser einmal installierten Kundschafterei vor allem persönlich profitierten. Allerdings hatte sich wohl keiner von uns beiden vorgestellt, dass es dauerhaft so bleiben würde.

In kurzer Zeit entwickelte sich aus unserem beruflichen Gegenüber eine Freundschaft. John lebte mit seiner Familie im Fabyc House. Der Name ergab sich aus der Abkürzung für Family by choice – das war eine einzigartige Einrichtung für Vertriebene aus dem von den Nazis vergewaltigten Europa. Sie war von einer Psychiaterin gegründet worden, und sie nahm sich junger Menschen an, die verstört und heimatlos an die britischen Gestade gespült worden waren. Für diese Wahl-Familie war sie eine Mutter. Ich habe sie nie gesehen, aber ihren Geist im Fabyc House gespürt. John und seine englische Frau Margaret, die selbst eine psychotherapeutische Ausbildung begann, rühmten sie als einen Menschen, der ihnen entscheidenden Halt gab.

Auch unser Sohn Till schloss Margaret und John ins Herz, wie sie ihn. Als Sechzehnjähriger ging er 1972/73 auf mein Drängen ein Jahr lang in Farnham auf eine Public School, um mit dem Land und seiner Sprache vertraut zu werden. In dieser Zeit fand er im Fabyc House eine Anlaufstation fürs Wochenende. Matthew und Anna, die Kinder der Beers, waren damals noch klein. Ich hatte den Eindruck, sie waren Geschöpfe des neuen Lebensmuts, den John mit seiner Frau in diesem behüteten Wohnen wiedergewonnen hatte. Gemeinsam sprachen wir englisch.

»Sorry, I'm widely under my level«, entschuldigte ich mich bei Margaret für meine Vereinfachungen angesichts unserer schwierigen Themen, und ich war froh, wenn sie mir zu verstehen gab, das mache ihr nichts aus, sie könne auch so hindurchspüren, wie ich es meine. Wir sprachen über die Unterschiede zwischen Engländern und Deutschen in der politischen Wahrnehmung wie in der literarischen Welt.

Manchmal brachen wir gemeinsam auf und gingen eine Weile in den Parks von Richmond Surrey spazieren. Dort stützten sich Gentlemen auf ihre gefalteten Regenschirme, und Joggende kreuzten unsere Wege unter Baumriesen, deren obere Äste von Winden gefächert wurden.

Das Backsteingebäude der Family by choice war für viele Familien die Heimat geworden, in der sie miteinander ihr Leben zu bewältigen suchten. Auf den Gängen und in den Räumen, in denen sie zusammentrafen, herrschte eine britisch nüchterne Kameradschaftlichkeit. John war Schatzmeister des Unternehmens, das nicht geringe Aufwendungen hatte. Wenn ich Einzelheiten davon erfahren wollte und mein Bündel Fragen vor ihm ausbreitete, lächelte er und machte das verschmitzte Gesicht eines Zauberers, der vor Kindern eine weiße Taube aus dem Zylinder zieht. Diese Geschäfte zu führen, lenkte ihn wohl vor allem von sich selber ab.

Wenn John und ich unter uns waren, sprachen wir deutsch. Er las eine Unmenge Zeitungen vom Kontinent, und so konnte er im Fluss der Umgangswörter seiner Sprachen auf dem Laufenden bleiben. Den Gegensatz zwischen der Gruppe 47 und der neuen Gruppe 61 mit der Literatur der Arbeitswelt im Ruhrgebiet wie den Bitterfelder Weg der DDR entdeckte er so früh wie ich. Wir tauschten uns über die Gewichte aus, die wir dem Aktuellen einräumten. Auch das Wienerische holte er sich immer frisch aus dem Umgangsidiom. Die Heinemann-Gruppe hatte den Paul Zsolnay Verlag erworben, und Johns zusätzliche Aufgabe war es, ihn zu betreuen. Von da an unterbrach er den Flug nach Wien nicht selten bei uns in München.

Es war die Zeit unserer endlosen Gespräche. Wir tranken Wein, er rauchte ab und zu eine Zigarette und ich Pfeife. Wenn die Nachtstunden begannen und Marlen sich in ihr Zimmer zurückzog, war es jedes Mal, als werde John mir gegenüber immer weißer und kleiner. Wir waren sehr vertraut miteinander, und doch konnte selbst Freundschaft die Kluft zwischen unseren gegensätzlichen Lebensläufen nicht schließen.

Ich habe nie einen anderen Menschen erlebt, in dem die Jahrhunderte der Judenpogrome und vor allem die Shoah in der eigenen Familie so nachbebten wie in John. Es waren Lavaströme, Eisberge und Nachtmahre. Er versank zwischen ihnen und er sah mich an, als könnte von mir Hilfe kommen. Ich hörte ihm zu. In solchen Stunden war alles in ihm mit Gewichten beladen.

Ich musste an Yad Vashem denken, »ein Denkmal und ein Name«, die Gedenkstätte für die Opfer des Holocausts in Jerusalem. Dort hatte ich bei meinem ersten Aufenthalt in Israel gestanden unter Lichtern und Zahlen, verzweifelt, sprachlos. Und mir fiel zu Jerusalem auch wieder mein Besuch mit Loren bei seinem Vater ein. Er war Arzt und hatte einen Kreis von Freunden eingeladen. Sie stammten alle aus Deutschland, hatten die letzte Habe verloren und Mütter, Väter, Verwandte dem sicheren Tod ausgeliefert gesehen, während ihnen die Flucht gelang. Sie alle sprachen mir zuliebe deutsch und nahmen mich als Lorens Begleiter wie einen, der hier Gastfreundschaft verdiente. Sie wollten von mir wissen, was nach meiner Meinung aus dem Land zu werden versprach, das auch ihres gewesen war. Sie gerieten ins Erzählen, von damals und jetzt. Schmerz und Freude waren nah beieinander, und wir konnten auch gemeinsam lachen.

Später war ich mehrfach in Israel gewesen, als Politiker, Präsidiumsmitglied des Goethe-Instituts und als Autor. Doch nie war es so schwer gewesen wie das erste Mal, und es hatte lange gedauert, bis ich eine Kritik an dem bedrohten und bedrohlichen Staat der Überlebenden und der Emigranten wagte. Dieser Kritik stimmte John zu.

Einmal saßen wir zusammen in unserer Wohnung in München. Es war ziemlich spät geworden, und er hatte gerade liebevoll von seinen Kindern gesprochen. Plötzlich zählte für ihn nur noch die Sorge um sie. Was sollte aus ihnen werden? Es war, als müsste er sich bei ihnen dafür entschuldigen, dass er sie ins Leben gestoßen hat – aus Egoismus und der Sehnsucht nach Leben und Wärme, als gehörten sie ihm.

»Es ist alles zu schwer für sie.«

»Warte doch ab. Vielleicht haben sie ganz andere Kräfte als du.«

John hatte sich wie jedes Mal ein Hotelzimmer genommen. Nun wollte er nicht aufstehen, nicht allein sein. Zwischen uns stand diese Ungleichheit; je mehr er sich in seine Düsternis verlor, umso nüchterner wurde ich. Ich konnte ihn nicht trösten, spürte, wie ich ihn festhalten wollte. Und doch war da dieses Wissen, das mir keine Ruhe ließ: wir waren zwei Grundfiguren der für uns nie versinkenden Vergangenheit. Er das Opfer, ich der mögliche Täter. Ich weiß nicht, was ich getan hätte, wenn mir das Kommando zum Erschießen von Menschen mit dem gelben Stern erteilt worden wäre. Ich kann nur hoffen, ich hätte dann den Mut aufgebracht, den Befehl zu verweigern, und doch überlebt.

Ich versuchte, mich in John hineinzuversetzen, das gelang mir nicht. Weltangst, Wissen und Hoffnung waren seine Pole. In dem Raum, der sich vor meinen Augen dehnte, wurden alle Umrisse undeutlich, gerade deshalb suchte mein Gefühl zwischen dem Richtigen und dem Falschen zu unterscheiden.

Es gab Tage, da hielt die Depression seine Stirn wie mit Blei umklammert hinter abgedunkelten Fenstern fest, und auch an anderen Tagen musste er sich oft zu seinen Pflichten schleppen. Dann wieder folgten lichte Perioden, und er lebte auf.

John war liebenswert. Er konnte nicht glauben, das Schicksal werde ihm auf Dauer freundlich gesonnen sein. Ihn erschreckten die Umtriebe der Unbelehrbaren. Er war dankbar für seine Frau und die Kinder, die er zärtlich behütete, so gut er konnte, und dankbar für jeden Menschen, der ihm etwas Gutes entgegenbrachte. Er wusste, es gab ein Urvertrauen, nur nicht für ihn. Wer ihn nur in seinem Beruf kennen lernte, konnte übersehen, wie zerbrechlich der Boden war, auf dem er stand. Wir trafen einander regelmäßig auf der Frankfurter Buchmesse. Da war er am Verlagsstand ein souveräner Ansprechpartner, aber mitten in der Beherrschung des Metiers konnte ich ihn verstört antreffen. Anlass war meist eine der immer häufiger auftretenden Brutalitäten des Geschäftslebens.

Jahrelang hatte man ihm sein Zimmer im Hessischen Hof reserviert, einer Parlandozentrale verlegerischer Eliten.

»Was ist geschehen?«, fragte ich ihn, als mir einmal auffiel, wie er plötzlich den Kopf hängen ließ.

»Der Hessische Hof hat mir gekündigt. Mr. Beer, hat der Manager mir erklärt, Sie geben keine Parties wie die anderen Herren. Es tut mir Leid, die Rechnung, die für Sie bei uns anfällt, entspricht in der Tat schon lange nicht mehr dem Üblichen.«

»Und was machst du jetzt?«

John kannte viele Leute, die im internationalen Verlagswesen führend waren, aber deren Geschäftspraktiken lagen ihm nicht, machten ihn einsam.

»Ich kann doch deswegen nicht künstlich Gäste bewirten. Wie soll ich bei dem Messegetümmel ein anderes Zimmer in der Nähe finden?«

Die humanen Umgangsformen auf den frühen Buchmessen nach dem Kriege waren legendär. In der Politik, in die es mich forttrug, hätte es John niemals ausgehalten. Die Buchmesse 1972 war meine letzte als Literary Scout. Ich war Kandidat zum Bundestag, mein Platz auf der Landesliste Bayern galt als sicher. Ich wurde mit einer Feier verabschiedet, von den Skandinaviern besonders herzlich.

Vieles veränderte sich für mich, der Kontakt zu John blieb darüber hinaus erhalten. Manchmal rief ich ihn aus dem Bundestag an, und sofort konnten wir miteinander sprechen wie früher. Schließlich aber war ich machtlos dagegen, dass die Überforderung durch die Wahlkreispflichten und die Parlamentswochen mich nach und nach ihm gegenüber unachtsamer werden ließen.

Als Bonn hinter mir lag, habe ich die Verbindung wieder aufgenommen; er ging sofort darauf ein, und wir beide freuten uns darüber. Was fehlte, waren die früher so zahlreichen beruflichen Gelegenheiten zum Wiedersehen.

Umso mehr bedauere ich heute, dass ich nur einen einzigen Brief von ihm aufgehoben habe. Diese Nachricht aus dem Februar 1989 ist mir umso wichtiger:

»Da kommt aus dem blauen Himmel Dein langer Brief bei mir an, und mir ergeht es ähnlich wie Dir: Ihr seid uns auch in ›den Jahren des Schweigens‹ sehr gegenwärtig geblieben, vor allem Du und Till, durch Eure zahlreichen Kontakte mit uns, und wir haben Euch in unserem inneren Bild nie ausgespart. Dazu hat es zu viel Gemeinsames gegeben ...«

Es war in seinen Augen eine dieser wunderlichen Synchronisationen des Lebens, dass wir uns zuletzt gesehen hatten, als er mich während eines Aufenthalts in Köln in meinem Bonner Abgeordnetenalltag besucht hatte, und dass er sich nun gerade wieder nach Köln aufmachte, wo er an einem britisch-deutschen Buchhandelsseminar teilnehmen wollte. Das sollte zugleich sein letzter Auftritt vor dem Ruhestand mit 66 werden. Um seine weitere Existenz machte er sich Sorgen, er habe nur eine kleine Pension und werde wenig hinzuverdienen können.

»Die von Dir in mir erkannte Schwere«, schrieb er, »hat nämlich seit unserem letzten Treffen zu schweren mehrmonatigen Depressionen geführt, die ich nur langsam abtragen kann; denn ärztlich lässt sich da scheinbar wenig machen.«

Wie war ich stumm geworden, wenn das Elend der Welt ihn ausfüllte und er sich in lautloser Klage bei den verlorenen Seelen seiner Familie aufhielt. Dann war er mir entrückt, und er beweinte tränenlos das Ende aller Kreatur. Ich konnte nur bei ihm bleiben und warten.

»Ich halte mich so gut es geht«, schrieb er weiter, »und mit viel Hilfe von Margaret, die es ja zu Hause und ehelich sehr schwer mit mir hat, über Wasser und erledige das Nötigste an Arbeit. Vor einigen Jahren habe ich eine Vertretergesellschaft gekauft, die britische Verlage auf dem Festland vertritt, und die Sache seither mit fünf Kollegen als alleinige Beschäftigung mit gutem Ergebnis betrieben.« Das und Margarets Verdienst als Psychotherapeutin habe ihnen zuletzt ein paar halbwegs bequeme Jahre eingebracht: das erste Auto, alljährlich eine schöne Auslandsreise. Das werde sich nun auch ändern.

»Die Zukunft kann ich mir kaum vorstellen«, schließt sein Brief, »ich will auch nicht daran denken, sonst werde ich noch kleinmütiger als ich bin. Ich dachte, ich könnte dem Schicksal entrinnen, aber die Dinge sind nicht so. Ein Weiterleben unter den obwaltenden Umständen ist nur ein Vegetieren und anderen Zur-Last-Fallen. O Graus. Ich wünschte mir, ich könnte, wenn keinen frohen, dann doch einen ausgewogenen Brief schreiben. Im Augenblick bin ich froh, dass ich mich überhaupt zum Schreiben aufraffen kann, so groß ist die Freude an Deinem Brief.

Seid beide sehr herzlich gegrüßt und schöne Grüße auch an den Taxifahrer Till, besonders von Margaret. Und Dank für Deine Initiative. Du hast Recht: die Bäume lichten sich, der Wald wird immer dunkler. Ich spreche von Freunden. Dein John.«

Das war das Letzte, was ich von ihm gehört habe. Zweimal habe ich noch an die Adresse des Fabyc House geschrieben, einmal an ihn und einmal an Margaret. Es kam keine Antwort mehr. Auch keiner unserer gemeinsamen Bekannten von früher konnte mir sagen, was mit ihm geschehen ist. So verlor sich John Beer, der Freund, für mich in einer Ferne, in der alles offen bleibt.

XIII

## Ein Goethe nach außen

Als Loren und ich um die Welt reisten, habe ich meine örtlichen Erkundungen häufig auf Mitarbeiter der Goethe-Institute gestützt – so weit sie eben schon vorhanden waren. Nur hätte ich mir nicht träumen lassen, einmal dem Präsidium dieses Netzwerks anzugehören.

In Kairo lag das Kulturinstitut der Bundesrepublik gegenüber dem Ägyptischen Museum; dort erfuhr ich, wie viel die bilateralen Veranstaltungen und vor allem die Bibliothek für die studentische Jugend und die Wissenschaft im Stromland des Nils bedeuteten. Der damalige Leiter wurde mein erster Informant. Während unserer Globusumrundung profitierte ich ebenso von den Instituten in Delhi und Kalkutta wie von Tokio über New York bis nach São Paulo.

Rückwirkend sah es aus, als hätte ich mir eigens für die auswärtige Kulturpolitik eine Ausbildung zusammengesucht. In Wirklichkeit war es eine lange Geschichte aus Zufällen und persönlicher Spurensuche. Ich war ein junger Verlagsbuchhändler, als in Frankfurt am Main Goethes zweihundertster Geburtstag gefeiert und die erste Nachkriegsbuchmesse in den Wandelgängen der Paulskirche eröffnet wurde. Es war auch die Geburtsstunde der Bundesrepublik, die alles daransetzte, eine neue Geltung als Kulturnation zu erhalten, und so kamen den erstmals gewählten westdeutschen Politikern die Frankfurter Feierlichkeiten außerordentlich gelegen.

Goethe war der Größte, den wir hatten. Mit der Wahl seines Namens als Symbol der Erneuerung – erst nach innen, bald ebenso nach außen – wurde das Genie durch die sich eben erst unter alliierter Kontrolle konstituierende Macht posthum in Dienst genommen.

Es sollte nicht lange dauern, bis man sich bei der Wiederaufnahme kultureller Beziehungen zum Ausland deshalb für den Namen Goethe-Institut entschied. Darin äußerte sich zugleich der Alleinvertretungsanspruch in deutscher Sache.

Die Steine, die ich ins Wasser warf, zogen Kreise. Kaum hatte ich mich in mein Amt als Vorsitzender des Schriftstellerverbands eingelebt, bat der Börsenverein des Deutschen Buchhandels mich in die Jury seines Friedenspreises. Mein Aufstieg zum homme de culture setzte sich im Bundestag fort. In einer meiner ersten Fraktionssitzungen wurden Aufgaben der Goethe-Institute und der übrigen Mittlerorganisationen aufgerufen. Ich meldete mich, und Herbert Wehner erteilte mir das Wort. Ich kandidierte für die Enquete-Kommission Auswärtige Kulturpolitik, wobei ich nicht ahnte, in welche Erbhöfe ich da einbrach. Ich wurde befragt, redete zu lang, bis einer, der mir wohl wollte, mir ein Zeichen gab: es reicht! Ich wurde gewählt. Und als ich kulturpolitischer Sprecher wurde, nominierte die Fraktion mich auch für die Jury zum Bundesfilmpreis und für den SPD-Sitz in der Mitgliederversammlung des Goethe-Instituts. In der merkwürdigen Vermehrung der Ämter, die offenbar mein Mandat auf sich zog, erhielt ich noch die Einladung, zur Bundessynode der Evangelischen Kirche zu kandidieren. Dazu aber fühlte ich mich nicht berufen.

Die Mitgliederversammlung des Goethe-Instituts wurde halbjährlich nach München, dem Ort der Zentrale, einberufen. Sie setzte sich aus einer Elite von Kunst, Literatur, Geisteswissenschaft und Naturwissenschaften, Wirtschaft und Medien zusammen; darunter mischten sich die Beauftragten von Politik und Behörden. Mit Klaus von Bismarck wurde ich 1977 ins Präsidium gewählt, und für seine Wahl zum Präsidenten aus dieser Runde war die Mehrheit von vornherein gesichert.

Da saß ich einem Mann gegenüber, der in der Nachkriegszeit mehrmals als ein liberalkonservativer Kompromisskandidat in verantwortungsvolle Positionen aufgestiegen war. Anfangs handelte es sich um kirchliche Aufgaben. Als zwölf Jahre lang amtierender Intendant des Westdeutschen Rundfunks war er zu einer Person der Öffentlichkeit geworden. Ursprünglich war er Landwirt gewesen, als Gutserbe aufgewachsen und als Oberstleutnant Kommandeur eines Infanterieregiments an der Ostfront. Mich beeindruckte, dass er schon früh, 1954 auf dem Kirchentag in Leipzig, öffentlich auf seine beiden pommerschen Güter verzichtet hatte, und mich erstaunte, dass er die Kultur des Auswärtigen nach seinen eigenen Worten am liebsten wie die »Fruchtfolge« auf seinen Feldern betrieb.

»Es war für mich auch eine Art persönlicher ›Wiedergutmachung‹ der eigenen blinden, soldatischen Befangenheit in den Zeiten des Krieges.« Dieses Resümee hat er in seinen *Erinnerungen* gezogen. Jedenfalls nahm er sich vor, sein Amt im Sinn des Neubegründers der Kulturpolitik des Auswärtigen, Dieter Sattler, als Dialog der Kulturen auszufüllen. Er hat es wiederum zwölf Jahre innegehabt, acht davon habe ich miterlebt.

Die bisherigen Präsidenten des Goethe-Instituts waren in der Regel frühere Botschafter gewesen. Dass Bismarck sich die Verantwortung in diesem Neuland überhaupt zutrauen konnte, verdankte er vor allem dem so kenntnisreichen wie diplomatischen Generalsekretär Horst Harnischfeger an seiner Seite. Mir erschien Harnischfeger, der in Berlin einmal kurz der SPD angehört hatte, aber die Erinnerung daran nicht aufkommen ließ, als der lenkende Kopf im Hintergrund. Seinem weltumfliegenden Präsidenten überließ er getrost die persönliche Erkundung der Auslands-Institute, umso ungestörter konnte er walten. Bismarck jedoch verließ sich auf seine Bodenständigkeit, zu der er von seinen Höhenflügen zurückkehrte, und dann nahm er seine Rolle in der Zentrale ebenso wichtig. Zu seinen Vorzügen gehörte, dass er auf Menschen und Dinge mit einer seltenen Offenheit zuging, er konnte sich aber auch zurücknehmen, wenn diese Direktheit sich einmal als Fehlgriff erwiesen hatte.

Im Präsidium ging es bald darum, sich für eine möglichst weitreichende Selbstständigkeit der einzelnen Institutsleiter stark zu machen. Diese war gefährdet, weil die Politik unterschiedlicher Couleur Weisungen im Sinn hatte. Bismarck wurde so etwas wie ein reisender Kulturbotschafter und brachte mehr Wissen zurück als seine Vorgänger. Seine Berichte im Präsidium fielen oft gedehnt aus, doch sie hatten es in sich; so kam es höchstens einmal vor, dass Theodor Eschenburg, der erste der beiden Vizepräsidenten, dabei gelegentlich über seiner erloschenen Tabakspfeife eindämmerte. Er war der Älteste in unserer Runde, Staatsrat der Gründerzeit, ein Fels konservativer Liberalität.

Klaus von Bismarck besuchte mich einmal in meiner Allgäuer Wahlkreiswohnung in dem nach Immenstadt eingemeindeten Dorf Eckarts. Es lag über dem Oberen Illertal und gegenüber von meinem Ski-Hausberg Grünten. Der Präsident sagte sich an und kam eines Tages in seinem Wagen bis vor die Tür. Den Fahrer entließ er in die benachbarte Gastwirtschaft.

Als wir entlang der Iller spazieren gingen, betrachtete der Besucher die kurzbeinigen stämmigen Wiederkäuer der Region mit Kennerblick. In unserem Gespräch beschäftigte ihn die Frage, wie man eine größere Zahl von Bundestagsmitgliedern dazu bewegen könne, der Auswärtigen Kulturpolitik nicht mehr so ignorant gegenüberzustehen.

Hatte Harnischfeger ihn nicht gewarnt, dass es ratsam sein könne, die Aufmerksamkeit im Haus der Redner zu Bonn nicht gar so gründlich auf unser Tun zu lenken? Ich versuchte ihm zu erklären, wie es dazu kam, dass die Parlamentarier gerade während der zweiundzwanzig Sitzungswochen pro Jahr über ihre Fachgebiete hinaus kaum noch zusätzliche Pflichten auf sich nehmen konnten. Immer wieder wunderte ich mich, wie wenig sich selbst versierte Köpfe der Öffentlichkeit in den Abläufen der Volksvertretung auskannten. Es lag vor allem daran, dass in den Medien fast ausschließlich über die Spitzeninhaber von Machtpositionen und kaum über den Alltag der Bundestagsmitglieder im Parlament wie in ihren Aufstellungswahlkreisen berichtet wurde.

Ich unterrichtete Bismarck, wie eines Tages fast der gesamte Geschäftsführende Vorstand der IG Druck und Papier aus Stuttgart angereist war und am Regierungssitz verprellt wurde. Die Sprecher der Drucker, Setzer, Buchbinder und Papiermacher, damals noch eine beachtliche Macht eigener Größenordnung, warteten im Oberstock des nah beim Bundestag errichteten Hotels Steigenberger mit einem großen Buffet für vierzig Personen und zahlreichen Fragen auf »ihre« Abgeordneten. Bei der Bundestagswahl hatte die Gewerkschaft die ihr angehörenden Kandidaten unterstützt, dennoch standen die Gewählten ihrem Vorstand nur spärlich zur Verfügung. Auch Willy Brandt und Egon Bahr waren als ehemalige Journalisten Mitglieder ihrer Fachgruppe in der IG Druck und Papier, insgesamt etwa so viele, wie es der vorgesehenen Beköstigung entsprach. Als ich verspätet und trotzdem als einer der Ersten eintraf, fand ich in dem angemieteten Saal nur zwei Bundestagskollegen vor und dazu den in seinem Selbstbewusstsein schon angeschlagenen Vorstand, der Trost in den geöffneten Flaschen suchte. Nur noch eine Handvoll Abgeordnete kam hinzu. Was war der Grund? Nichts anderes als das für uns Volksvertreter in unserem Tageslauf völlig Normale: Die Sitzungszeiten der Arbeitskreise, Fraktionen, Ausschüsse, interne Beratungen, die zweieinhalb Tage Plenum, oft bis in die Nacht hinein, Besuchergruppen aus den Wahlkreisen, Termine bei der Ministerialbürokratie (die immer mehr weiß als die MdBs), bei Interviewern, Lobbyisten, ausländischen und inländischen Vertretungen, das Telefon als Geißel, abendliche Verpflichtungen für die Fraktion im Umkreis des parlamentarischen Fahrdienstes – dies alles konfrontierte uns mit der Unmöglichkeit, immer an zwei, drei Orten gleichzeitig auftreten zu müssen.

Der Fehler von uns Abgeordneten bestand darin, dass wir uns die chronische Überforderung nicht eingestanden, vielmehr unseren Mitarbeiterinnen einschärften, vor allem gegenüber den für das Mandat wichtigen Instanzen zunächst immer positiv zu reagieren, in der widersinnigen Hoffnung, es werde sich alles schon irgendwie einrichten lassen. Absagen könne man immer noch. Das Ergebnis: im letzten Moment gab es kein Loskommen von der Pflicht, die einen gerade festhielt, und rings um das schlechte Gewissen gürtete man sich mit der Ausrede: es werden doch wenigstens ein paar von uns hingehen! Hinterher offenbarte sich dann, genauso hatten andere gedacht. Für die angereisten Gastgeber, denen man zugesagt hatte, war es eine Katastrophe.

Bismarck konnte sich nicht vorstellen, es werde ihm ebenso ergehen wie den Gewerkschaftern. Und so blieb dem Präsidium des Goethe-Instituts die gleiche Erfahrung nicht erspart, nachdem Harnischfeger eine Verabredung mit Bonner Politikern getroffen hatte: Präsident, Vizepräsident und Generalsekretär saßen vor zumeist leeren Stühlen. Einmal und nicht wieder, entschied das pommersche Selbstbewusstsein. Von da an nahm sich Bismarck Abgeordnete aus der Kulturpolitik und dem Haushaltsausschuss einzeln vor und er kam damit viel weiter.

Auf dem Fußweg damals im Illertal haben wir auch darüber gesprochen, wie hartnäckig die Union behauptete, das Goethe-Institut sei linkslastig. Während der dreizehn Jahre der Sozialliberalen Koalition fühlten sich CDU und CSU nach ihrer zwanzigjährigen Regierungszeit auf Bundesebene aus der Macht vertrieben, als sei ihnen Unrecht geschehen. Anton Pfeiffer, später Staatsminister in Kohls Kanzleramt, sagte mir einmal, als er mir noch als Sprecher seiner Fraktion im Bildungsausschuss entgegentrat: »Wir haben die Sprachhoheit der prägenden Begriffe für eine Zeit an euch verloren. Wir werden aufpassen, dass uns das nicht wieder passiert.«

Die Vorgeschichte, mit der die Opposition ihre Linksschelte zu begründen suchte, kannte Bismarck nur zu einem Teil. Zu der Zeit häuften sich Verdächtigungen bis zum Vorwurf, die Demokratie werde »durch geistige Verursacher des Terrorismus auch in manchen Goethe-Instituten unterminiert«. Lange hatte die Außerparlamentarische Opposition der Großväterrepublik Beweise der autoritären Restauration vorgehalten. Nun schien es angebracht, dass der Zeitgeist gewendet wurde.

»Ich bin bereit, Sie zu schützen, wo ich Ihre Bestrebungen einsehe und so weit ich das kann«, so lautete Bismarcks Devise gegenüber den Betroffenen, die aus den Reihen der Union angegriffen wurden.

Mit dem Stoff, aus dem die Konflikte zwischen Folgsamen und Widerspruchsgeistern auch in Reichweite des Goethe-Instituts gemacht waren, kannte ich mich aus.

Darum wollte Bismarck von mir hören, wie das in der Praxis vor sich ging. Dazu gehörte, dass ich zu meinem Leidwesen oft erfahren musste, um wie viel aufgeschlossener sich die Union für Kultur zeigte als die Sozialdemokraten, auch wenn sie das oft nur als staatliche Repräsentation ansah.

Beim Beschluss über die Mittlerorganisationen der Auswärtigen Kulturpolitik, ihre Aufgabenverteilung und Autonomie, war es in der Enquete-Kommission zu einem Streit gekommen. Das in solchen parlamentarischen Gremien traditionelle Bestreben nach Einstimmigkeit lähmte die abschließende Arbeit. Der schleppende Gang der parlamentarischen Mühle, mit der die Beratungen sich bewegten, hatte mir immer nur neu bewiesen: kein Freiberufler könnte wirtschaftlich so existieren. Nun aber sollte ein Abschluss zustande kommen, und gerade in diesem Augenblick begannen die Geister sich leidenschaftlich zu scheiden, als ginge es um große Politik. In Wirklichkeit stritt man um kleine Details, aber die beteiligten Beamten und Abgeordneten verrannten sich einmal wieder in die Übertreibungslust alles Politischen. So musste ich mir bei Herbert Wehner Rückendeckung holen. Wehner sprach mit Genscher, und weil der wieder einmal zögerte, entschied der alte Ingrimm: »Das bisschen Uneinigkeit müssen die Herren Liberalen dann eben aushalten.«

So sind im Schlussbericht bis in die archivarische Ewigkeit drei Mehrheitsvoten gegen drei Minderheitsvoten zu lesen. Ein Beispiel:

> Mehrheitsvotum (SPD und FDP):
> 45. Bei einer so differenzierten und sensiblen Aufgabe, wie die auswärtige Kulturpolitik sie ihrem Wesen nach darstellt, liegen gelegentliche Konflikte zwischen kulturpolitisch entscheidender Institution und den Mittlerorganisationen in der Natur der Sache. Die Kommission sieht in der Vielfalt der Meinungen und der künstlerischen Darstellung einen Vorzug, der auch im Ausland sichtbar werden

> sollte. Im Rahmen einer freiheitlich demokratischen Gesellschaftsordnung müssen sich Konflikte sachlich austragen lassen. In gravierenden Konfliktfällen soll der von der Enquete-Kommission vorgeschlagene Unterausschuss für kulturelle Außenpolitik des Deutschen Bundestags eingeschaltet werden.
> Minderheitsvotum (CDU/CSU):
> 45. Im Zusammenhang mit kulturellen Veranstaltungen im Ausland, vor allem im Bereich der Kunst, können Meinungsverschiedenheiten auftreten, die durch einen Konflikt zwischen ästhetischen und politischen Kriterien ausgelöst werden. Die Kommission sieht in der Vielfalt der Meinungen und künstlerischen Darstellung einen Vorzug des freiheitlich demokratischen Staates, der auch im Ausland sichtbar werden sollte. Selbstverständlich muss aber der Staat das Recht haben, seine Unterstützung dann zu versagen, wenn das Ansehen oder das übergeordnete Interesse der Bundesrepublik Deutschland Schaden erleiden würden.

Die Leiter einiger führender Institute wie Marschall von Bieberstein in Paris und Klaus Schulz in London, kleine Könige an Selbstständigkeit, fühlten sich durch dies Resultat der Kommission in ihrem Bestreben nach Unabhängigkeit von Weisungen immerhin gestärkt. Aber war das die wochenlange Blockade der Abstimmung im Bundestag wirklich wert? Was für eine Farce! Und doch steckte ich als Sprecher der Mehrheit mitten darin. Für meinen Teil hatte ich an Stelle der »Auswärtigen Kulturpolitik« wenigstens den Begriff »Kulturelle Außenpolitik« durchgesetzt, um die Begehrlichkeiten der Bundesländer nach immer noch mehr Einfluss zu begrenzen. Als die Konservativen nach dem nächsten Machtwechsel wieder die Mehrheit besaßen, nahmen sie gerade das gleich wieder zurück.

Und dann hatte es da noch jene Ausstellung des Londoner Instituts gegeben, über die Gerüchte dramatisch durch die Medien gestreut wurden. Klaus Schulz war einer Einladung gefolgt, im Rahmen eines »Deutschen Monats« im November 1974 unter dem Titel *Art into Society* Werke deutscher Künstler auszustellen. Sieben Maler, Gestalter und Graphiker nahmen teil, darunter Joseph Beuys und Klaus Staeck. Dieselbe Ausstellung war zuvor in Hannover gezeigt worden, ohne dass jemand Anstoß genommen hatte. Sie wurde vom Londoner Institute of Contemporary Art komplett übernommen, das Goethe-Institut finanzierte nur einen Teil der Katalogkosten.

Die britische Presse hatte sich eingehend mit dieser Ausstellung beschäftigt. In der Bundesrepublik fand sie so lange kaum eine Erwähnung, bis der Vorsitzende der Enquete-Kommission Auswärtige Kulturpolitik, der Abgeordnete Max Schulze-Vorberg von der CSU, »geradezu auf die Staeckschen Plakate in London zugeführt wurde« (Heinrich Böll). Er brachte eine Anfrage im Bundestag ein und verlangte Auskunft von Außenminister Genscher.

Damit löste er einen publizistischen Tornado aus. Der Rechtsanwalt und Grafiker Staeck, engagiert in der Sozialdemokratischen Wählerinitiative, war durch seine gepfefferten Plakate bekannt geworden. Angeregt durch die satirischen Montagen von John Heartfield entwickelte er seine Poster zur politischen Provokation. Mir gefiel unter seinen Arbeiten am besten das Plakat, das betonierte Nobel-Zweithäuser zeigte, und der Text lautete: »Deutsche Arbeiter! Die SPD will euch eure Villen im Tessin wegnehmen.«

In der gut besuchten Londoner Ausstellung gab es auch ein Staeck-Plakat, das Franz Joseph Strauß als Metzger darstellte, das Messer wetzend, dazu die Textzeilen »Entmannt alle Wüstlinge«. Zugegeben, das war eine Satire, die hinlangte.

Als Sprecher für Autoren und Künstler im Bundestag, vertraut mit Klaus Schulz, bekam ich sofort mit der Sache zu tun, und zwar öffentlich. Es ging um mehr als den akuten Einzelfall. In einem Offenen Brief an Hans Arnold, den Leiter der Kulturabteilung des Auswärtigen Amts fragte ich: »Sind nicht Politiker, zumindest berühmte oder gar berüchtigte, allesamt öffentliche Personen, deren Beruf es ist, vielerlei Kritik aus den eigenen und anderen Reihen standzuhalten? Mich nimmt es wunder, dass mitunter robuste unter ihnen, gehärtet im Feuer langjähriger Kontroversen und nicht einmal ungewohnt in Skandalen, geradezu mimosenhaft reagieren können, wenn es ihnen zweckmäßig erscheint. Denn dass ihnen derlei Verletzungen tatsächlich unter die Haut gehen, widerspricht gewissen Erfahrungen mit der Dicke ihres Fells ...«

Arnold antwortete: »Die besagten Plakate sind nicht nur Kunstwerke, sondern auch und vor allem ganz eindeutige politische Kampfmittel. Denn als solche waren sie offensichtlich in erster Linie konzipiert und verwendet worden ... Nach dem Grundsatz ›Innenpolitik findet zu Hause statt‹ ist es ein gutes ungeschriebenes Gesetz, dass sich Politiker im Ausland mit innenpolitischen Äußerungen und vor allem Angriffen zurückhalten – und das muss auch für die Bundesregierung gelten. Darum wäre bei rechtzeitiger Unterrichtung eine Unterstützung aus deutschen öffentlichen Mitteln verweigert worden.«

Andere Fälle summierten sich zu der Zeit: Das Münchner Ensemble Rote Rübe durfte einer Einladung zu den Welt-Theaterfestspielen in Nancy nicht mit öffentlicher Förderung folgen, weil Diplomaten die Zeitkritik des Chile-Stücks *Terror* für undiplomatisch hielten. In Frankreich durfte in Goethes Namen eine Filmaufführung *Der Weg ins*

*Dritte Reich* nicht mehr plakatiert werden, weil man ein Ärgernis unter Deutschen, kaum unter Franzosen befürchtete. In Italien wachten Legationsräte ängstlich über ortsansässige Deutschlehrer, weil einige von ihnen der KPI angehörten, die 1,8 Millionen Mitglieder hatte und regional auch mit der Democracia Cristiana koalierte. Goethe-Institute in aller Welt wurden vorsichtshalber durch die Zentrale aufgefordert, ihre Programme langfristig mit den Botschaften abzustimmen. Und im Bildungsausschuss des Bundestags drängten CDU-Sprecher, die Regierungsfraktionen sollten die Herder-Institute der DDR, soweit diese im Ausland neben Goethe-Instituten auftauchten, als Gegner begreifen, mit denen sie nicht kooperieren dürften. Und das, obwohl der zweite deutsche Staat gleichberechtigt in die UN aufgenommen war.

Kein Wunder, dass unsere Diskussionen im Präsidium immer wieder um diesen Punkt kreisten: Während es der Beruf der Diplomaten war, nicht anzuecken, Kompromisse zu schließen und Empfindlichkeiten von Partnern in Watte zu wickeln, verständigten wir nicht verbeamteten Präsidiumsmitglieder uns darauf, dass es die Aufgabe engagierter Kunst und Literatur bleiben müsse, sich solche Kompromisse gar nicht erst anzugewöhnen.

Der Staeck-Anteil jener Londoner Ausstellung war nach einiger Zeit auf unser Betreiben in der Parlamentarischen Gesellschaft in Bonn wiederholt worden, in Gegenwart von Klaus Schulz. So konnte sich jeder, der wollte, ein Bild von diesem Sprengstoff machen. Tatsächlich hat diese Form der Öffentlichkeit dann zur Entschärfung beigetragen.

Schulze-Vorberg gab sich später versöhnlich, wenn wir hin und wieder im selben Schlafwagen von München nach Bonn fuhren. In den Wagen mit der Nummer 22 blieben immer einige Plätze für Bundestagsabgeordnete reserviert. Er kam mit einem guten Rotwein zu mir herüber, und wir unterhielten uns im Schein vorüberflitzender Lichter der Außenwelt über die Einsamkeit der Politiker. »Wir beide, Lattmann, Sie und ich, wir haben doch viel eher miteinander zu tun als mit den Häuptern da über uns.« Er gefiel mir jetzt besser in seiner Verträglichkeit.

Das Präsidium des Goethe-Instituts tagte Anfang der achtziger Jahre im Continental-Hotel in der Max-Joseph-Straße, unweit des Münchner Zentrums und nur ein paar Schritte vom damaligen Sitz des Instituts am Lenbachplatz entfernt.

Die Sitzungen boten Gelegenheit zu Charakterstudien. Theodor Eschenburg, Jahrgang 1904, seit 1952 Professor für Politikwissenschaft in Tübingen, Autor einer Geschichte der Bundesrepublik und sprachgewaltiger Freidemokrat, wirkte auf mich, als habe er die ganze politische Bundesrepublik seit Theodor Heuss auf dem Buckel. Wenn er zwischen uns an dem lang gezogenen Rechteck des Beratungstischs saß, bildete sich um ihn eine imaginäre Distanz. Rauchte die Pfeife, schwieg er und mochte in seinem geschnitzten Haupt glorreichen Zeiten, aber manchmal wohl auch unerfüllten politischen Ambitionen nachsinnen. Ergriff er das Wort, er meldete sich nie wie andere, sondern fing an zu sprechen, verstummten die Übrigen. »Hören Sie, vielleicht muss man die Grundlagen doch etwas genauer kennen, um sich darüber ein Urteil erlauben zu können.« Und meist folgte darauf eine Belehrung in jener Zeitgeschichte, die unsere Republik hatte werden lassen, wie sie geworden war.

Einzig der zweite Vizepräsident Peter Wapnewski, Professor an der Universität Karlsruhe und Rektor des Wissenschaftskollegs in Berlin, schlug dann manchmal die Augen zur Decke, und das entsprach der Richtung, die er einmal auch mit Worten eingeschlagen hatte: Zwischen dem Taxi und dem Hoteleingang war er von einem Gewitterguss getroffen worden und deutete im Hereinkommen auf seine nassen Haare und Kragenspitzen, indem er uns versicherte: »Über den Wolken scheint immer die Sonne.« Wapnewski war der Rhetor im Präsidium, er konnte so wortreich brillieren, dass seine Selbstliebe verzeihlich erschien, und seine Selbstironie mochte für ihn so lebenswichtig sein wie Nikotin für einen Raucher. Bismarck forderte immer ihn zuerst auf, wenn es galt, die Mitgliederversammlung für einen Vorsatz des Präsidiums zu gewinnen, und mir fällt keine Situation ein, in der dies dem schmeichelnden Redefluss Wapnewskis, der das Erwünschte erst auf dem Höhepunkt wie eine Nuss knackte, nicht auch gelang.

August Everding, Generalintendant der Bayerischen Staatstheater, war unser Diavolo aus der Kiste. Fast immer stürzte er verspätet herein und rief, sich die restlichen Haare raufend: »Entschuldigen Sie, Herr Präsident, mein Auftritt heißt nur: ich bin da, ich muss nur gleich noch mal telefonieren«, und er keuchte, während er schon wieder hinausrannte, noch mit einem Schulterzucken und entsetztem Augenaufschlag: »Meine Isolde ist erkältet, ich muss bis heute Abend eine gleichrangige beschaffen!« Oder es war ein berühmter Tenor, den ein Unglück getroffen hatte, das auf den Generalintendanten übersprang. Eine Katastrophe reihte sich an die andere. Eine magische Koinzidenz schwemmte das mögliche Scheitern eines großen Opernabends vehement bis an unseren Tisch. Everding liebte diese Dramatik, ohne sie konnte er nicht leben. Wenn er sein Problem gelöst hatte, kam er lächelnd herein, nickte uns aufmunternd zu. Saß er einmal still, beanspruchte er keine Bühne mehr für sich.

Nach dem viel zu guten Essen und dem Wein setzte trotz Espresso die Dämmerstunde des Präsidiums ein. Der Präsident hielt sich durch Reden wach. Eschenburg fiel pünktlich die erloschene Pfeife in die vorbeugend darunter gehaltene Hand. Unsere Blicke sparten ihn aus. Wenn er aus seinem Schlummer erwachte, öffnete er die Augen und ergänzte Bismarck in einer Einzelheit, als habe er die ganze Zeit zugehört.

Am mittleren Nachmittag weckte uns ein Filterkaffee. Es brach die Stunde an, in der die übrigen Präsidiumsmitglieder gegenüber dem Quadrumvirat aufholten, das damals aus Bismarck, Eschenburg, Wapnewski und Harnischfeger bestand.

Als Klaus Schulz drei Jahre lang als einer der Arbeitnehmervertreter zum Präsidium gehörte, konnte ich mit ihm natürlich gut zusammenarbeiten. Meist widerfuhr denen, die solche Positionen ausfüllten, eine Es-muss-wohl-so-sein-Beachtung, als seien sie nicht ganz vollwertige Präsidiumsmitglieder.

In der Mitgliederversammlung war die Literatur auch durch Walter Jens, Martin Walser und Gabriele Wohmann wortstark, und für den Film sprach Margarete von Trotta. Dieses Gremium, dem damals fünfundfünfzig Persönlichkeiten des öffentlichen Lebens angehörten, traf weitreichende Entscheidungen, die dem Präsidium aufgetragen wurden. Natürlich war die Mitgliederversammlung auch ein Teich mit vielen Zuflüssen. Zwischen ihr, dem Präsidium und dem Auswärtigen Amt waltete die zentrale Figur: Horst Harnischfeger. Wie sehr dieser Generalsekretär zwanzig Jahre lang sein Fach beherrschte, wurde noch einmal bestätigt, als Jutta Limbach, ehemalige Präsidentin des Bundesverfassungsgerichts, ohne konkrete Vorkenntnisse für diese Aufgabe wie vor ihr nur Klaus von Bismarck, zur Präsidentin des Goethe-Instituts gewählt wurde. Außenminister Joseph Fischer hat sie im Mai 2003 in ihr Amt eingeführt. Harnischfeger, schon ausgeschieden, wurde noch einmal herangeholt.

Mir war dieser geborene Verwaltungskönner mit seinem equilibristischen Verstand und den tausend Fäden in seinem Arbeitsnetz etwas unheimlich. Mich behandelte er wie viele Dazugehörige: rücksichtsvoll, freundlich in seiner Überlegenheit an Detailwissen, wenn meine Impulse in seine Rechnung passten, indirekt bremsend, wenn er eines meiner Begehren für abseitig und nicht realisierbar oder nicht wünschenswert hielt. Seine volle Meisterschaft zeigte sich, wenn in den Phasen der Vorbereitung einer Präsidiumssitzung und Mitgliederversammlung Krisen heraufzogen. Dann steigerte sich seine Entschlusskraft zu einer lautlosen verwaltungstechnischen Könnerschaft, mit der er alles im Griff hatte.

Einmal machte ich eine Vortragsreise zu Goethe-Instituten in Frankreich. Sie begann in Nancy und brachte mich über Paris, Lyon, Marseille und Toulouse nach Bordeaux. Dieser letzte Aufenthalt führte zu einer Erörterung im Präsidium, weil ein Beobachter zugehört hatte, der in München bei der CSU vorstellig wurde. Ich hätte der deutschen Sache einen schlechten Dienst erwiesen, indem ich mich fast ausschließlich kritisch über die Bundesrepublik geäußert hätte. Eine Beschwerde aus dem Maximilianeum ging beim Präsidium ein.

»Was war denn da wirklich los?«, fragte Bismarck mich erst einmal unter vier Augen. Wie immer waren meine literarischen Vorträge in dem nachfolgenden Gespräch nicht zu trennen von meiner politischen Erfahrung als ehemaliger Bundestagsabgeordneter. Auf dieser Frankreichreise wurde ich häufig nach dem Wandel in Deutschland gefragt. Es war die Zeit, in der Helmut Kohl in seiner neuen Rolle zu Anfang als Kanzler ebenso unsicher war wie vor ihm Helmut Schmidt. Im Publikum gab es gut unterrichtete Intellektuelle, und es interessierte sie ernsthaft, eine frische Einschätzung zu hören. Ich machte kein Hehl daraus, dass mir Schmidts Regierung schon konservativ genug erschienen war.

»Na, das wird bei Ihnen wohl ein bisschen schärfer geklungen haben«, meinte der Präsident. Ich musste einräumen, mit einem Parteigänger der CSU hätte ich in Bordeaux einfach nicht gerechnet und mir sei auch kein Unwille unter den Zuhörenden aufgefallen.

»Das hätten Sie aber voraussehen können, früher oder später musste es einmal so kommen.«

Im Präsidium deckte Bismarck mich dann. Eine diplomatische Antwort auf die Beschwerde war gesichert. Auf weitere Einladungen von Auslandsinstituten hatte das keine Auswirkung.

Unsere besondere Aufmerksamkeit galt damals der Goethe-Arbeit in Israel. Das erste Institut konnte 1979 in Tel Aviv gegründet werden. Ich bin danach mehrfach zu Vorträgen und Lesungen dort gewesen, auch an der Universität Jerusalem. Immer empfand ich den Zwiespalt zwischen meinen Zusammenkünften mit Anhängern der regierenden Mehrheit oder mit der Opposition in Gestalt der Friedensbewegung *Peace now* sowie Gruppen, die mit Palästinensern kooperierten. Wehrdienstverweigerung wurde mit Gefängnis bestraft.

Besonders erinnere ich mich an einen meiner Besuche, während Albert Wassener Institutsleiter in Tel Aviv war. Ich hatte den Bundestag verlassen. Marlen flog auf unsere Kosten mit. Als wir auf dem Flugplatz eintrafen, herrschte »Chamsin«, ein Wüstenwind, der Stadt und Land in heiße Watte wickelte und selbst die Wasserspeier auf den Feldern erhitzte. Wir wohnten in dem kleinen Hotel am Meer, wo Loren und ich vor zwanzig Jahren untergekommen waren. Es berührte mich seltsam, als ich nun die Treppe zum Empfang hinunterging und meiner Frau den Blick durch die weiten Fenster auf den Strand zeigte. Da hatten wir im Dezember immer einmal rasch gebadet. Es war alles wie damals.

In Tel Aviv hatte Wassener eine Diskussion mit Studenten über die Gesellschaft der Israelis und der Westdeutschen arrangiert. Vor allem vergesse ich nicht den Vortrag *The peacemovement in the Federal Republic of Germany,* den ich bei der Histadrut, einer israelischen Entsprechung zu unserem Gewerkschaftsbund hielt. Als ich das überlegene Material an Atomsprengköpfen des Westens und die US-Stützpunkte aus allen Himmelsrichtungen rings um Russland mit Zahlen und Lageskizzen belegte, murrten die bis dahin freundlichen Zuhörer, und einer rief laut: »Your figures are wrong!« Sie wollten nicht einsehen, dass man nicht nur die US-amerikanischen Atomwaffen gegen die sowjetischen aufrechnen durfte, sondern auch die französischen, britischen und nicht zuletzt israelischen mitrechnen musste. Mir versagte die Sprache vor der Existenzangst aller, die mir zuhörten. Sie fühlten sich auf Gedeih und Verderb mit ihrer Vormacht USA verbunden. Darum sagte ich nur noch: »Let us agree to disagree.«

Im Alter habe ich begonnen, um einen Goethe nach innen zu bitten. Ziemlich lange habe ich in jungen Jahren, wohl auch als Folge schulischer Überfütterung an humanistischen Gymnasien in Hannover und Braunschweig, den bedeutendsten Dichter und Weltgeist deutscher Sprache in einer Art von Trotz versäumt. Noch sein »Wer Wissenschaft und Kunst besitzt, hat auch Religion. Wer diese beiden nicht besitzt, der habe Religion« erschien mir wie die Aufforderung zum Unglauben aus dem Himmel eines Olympiers. Dies und meine Konzentration auf zeitgenössische Literatur hielten mich noch eine Zeit von den Bänden der weißleinenen Goethe-Ausgabe ab, die ich mir eines Tages geleistet hatte. Die Werke von Kleist, Schiller, Shakespeare hatte ich zur Konfirmation bekommen, und sie waren aus dem Braunschweiger Luftschutzkeller des von einer Sprengbombe getroffenen Hauses Bismarckstraße 1 von keiner anderen als Marlen herausgezogenen worden.

Es ist nicht so, dass ich nun regelmäßig Goethe wieder lese und mir Unbekanntes erstmals entdecke. Schließlich hatte ich *Faust I* und *Faust II* mit dem zweibändigen Kommentar aus dem elterlichen Bücherschrank schon als Halbwüchsiger fast verbissen durchgearbeitet und jedes Wort, das ich nicht verstand, nachgeschlagen und mir wie fremde Vokabeln notiert. So oft ich heute Goethes Gedichte wiederfinde und *Dichtung und Wahrheit, Wilhelm Meister* und Reisebeschreibungen aufschlage oder vor seiner Philosophie verstumme, stellt sich Ehrfurcht ein.

Ehrfurcht nicht vor seinem Leben und seiner politischen Rolle, sondern vor dem Geist dieses Werks. Es durchzieht meine Mutter-und-Vater-Sprache, wie Luthers Wortschöpfung für uns Deutsche nicht nur alles Biblische geprägt hat, vielmehr unser Idiom. Und plötzlich taucht in mir wieder die Legende auf, die mir meine Mutter in Kindertagen erzählte.

»Wer nie sein Brot mit Tränen aß, wer nie die kummervollen Nächte auf seinem Bette weinend saß, der kennt euch nicht, ihr himmlischen Mächte«, das habe Königin Luise auf der Flucht vor Napoleon unter Tränen in das winterlich vereiste Fenster einer Herberge geritzt. In Wirklichkeit hat sie diesen Vierzeiler – ein Lied des alten Harfenspielers aus dem zweiten Buch der *Lehrjahre* – auf dem Landgut Ortelsberg, wo sie im Spätherbst 1806 einige Tage auf der Flucht nach Königsberg verbrachte, in ihr Tagebuch geschrieben.

Die Legende ist viel schöner.

XIV

## Warum ich Sozialdemokrat bleibe

So oft ich in unserer Stadt Sozialdemokraten begegne, scheint mir deutlich, wie sich ihre Empfindungen über den Zustand der Politik in den Gesichtern spiegeln. Einer grüßt den anderen, und jeder geht weiter. Nur bei denen, die ich näher kenne, bleibe ich stehen. Dann bestätigen wir einander unsere Sorge und unseren Zorn. Dass Einschränkungen sein müssen, sehen fast alle ein, nur denken sie, die müssten bei denen beginnen, die am meisten haben. Und sie können nicht erkennen, dass ihre Probleme von der Wirtschaft und den Spitzen der Parteien ernst genug genommen werden.

»Wannsd' moanst, de Großkopfertn schern si um di, bisd' ausgschmiert«, sagt einer, »de gengan koid ins Ausland und lassn di mit nix hocka, de Millionärsbazi. Und de moana a no, dassd' bloß an Neid gegn de host.«

Es gibt nichts, das durch Ratlosigkeit im Herumstehen auf dem Marienplatz zu ändern wäre.

Ich bin jetzt 36 Jahre Mitglied der SPD. Mein Parteibuch stammt aus der blauen Periode, inzwischen waren die einmal rosa, heute sind sie wieder rot. Unser Ortsverein Alte Heide, in dem ich begonnen habe, wurde mit Schwabing Ost zusammengelegt, weil wir zu viele Mitglieder verloren haben. Wenn ich manchmal hingehe, treffe ich Mitstreitende von einst und eine Handvoll studentische Jungsozialisten, die wissen möchten, was wir heute politisch wollen.

Auf der Versammlung zum Jahresabschluss fühlte ich mich wie beim Bezirkssportverein, von Politik wurde kaum gesprochen, wir hielten uns an Kerzen, Tannenzweigen und Äpfeln fest. Dann plötzlich, im vorgezogenen Wahlkampf 2005, sahen sich viele Mitglieder neu motiviert. Wiederholt errangen sie mit Axel Berg den einzigen SPD-Bundeswahlkreis in ganz Bayern direkt.

Dennoch frage ich mich: wie viel stimmt in mir noch mit der Partei überein? In meinem Parteibuch steht: »Auf deutschem Boden sammeln sich die Sozialisten in der Sozialdemokratischen Partei Deutschlands, die jeden in ihren Reihen willkommen heißt, der sich zu den Grundsätzen und Grundforderungen des demokratischen Sozialismus bekennt.« Auch wenn die Praxis dieser Theorie widerspricht, finde ich doch immer noch genug Motive, um dabeizubleiben. Ich will die Mitglieder, die an der Basis noch aushalten, nicht allein lassen – es ist ohnehin nur noch die Hälfte von früher. Ich will meine Überzeugung nicht verraten: Resignation ist unpolitisch, ich erlaube sie mir nicht. Und in mir ist das Versprechen noch nicht tot, das ich in meinen Jahren als Abgeordneter denen gegeben habe, die mir vertrauten. Darum nehme ich in Berlin an einer Anhörung vor der Enquete-Kommission Kultur in Deutschland teil, um mein Teil beizutragen, dass die Künstlersozialversicherung nicht verkommt. Und darum fahre ich nach Kaufbeuren, um in meinem ehemaligen Betreuungswahlkreis zur 60-Jahres-Feier der gleich nach dem Krieg wiederbegründeten SPD die Rede zu halten.

Die Sozialdemokraten an der Spitze sehe ich auf dem Weg, auf dem sie die SPD der Partei der Demokraten in den USA immer ähnlicher machen. Ich will mir deswegen nicht allzu viele Sorgen aufladen. In meinem achtzigsten Jahr ist Politik mir noch wichtig, aber nicht mehr das Wichtigste.

Trotzdem hören meine Wünsche an die Politik nicht auf. Wenn ich es mir wünschen könnte, würde ich darum bitten, das Wort »Sensibilität« aus dem politischen Gedröhn herauszulassen. Außerdem schlage ich vor, eine Reihe inflationär und verfälschend gebrauchter Wörter für eine Quarantänezeit zu ersetzen, nämlich:

| | | |
|---|---|---|
| Demokratie | durch | Markt |
| Reform | durch | Einschränkung |
| Revolution | durch | Übernahme |
| Sicherheit | durch | Risiko |
| Freiheit | durch | Konsum |
| Gerechtigkeit | durch | Ungleichheit |
| Bundesrat | durch | Kurfürstenburg |

Und das so lange, bis immer mehr Bürgern bewusst wird, was politische Semantiker mit unserer Sprache treiben. Ich wünschte mir nicht zuletzt, dass die Jagd, alles immer im Voraus wissen zu wollen, als Sucht therapiert wird und Wählerumfragen nicht bis kurz vor der Wahl herumgeistern, sondern wie früher geraume Zeit vorher schweigen.

Einer, mit dem ich immer wieder über den Zustand der regierenden Politik diskutiere, ist Franz Bautz. Er hat sich als Leiter markanter Kultursendungen im Bayerischen Rundfunk seinen Ruf dadurch verdient, dass er Jahrzehnte lang Widerspruch gegen Ungerechtigkeit einlegte; inzwischen ist er pensioniert. Wenn wir miteinander im Mangfalltal oder im Chiemgau wandern, lässt uns die öffentliche Misere keine Ruhe. Ich teile seine Meinung, wenn Bautz zornig wird: »Warum sagen die Politiker der Bevölkerung nicht endlich offen, dass sie gar keine Arbeitsplätze schaffen können. Nur die Wirtschaft kann das, und in einer sozialen Demokratie wäre es ihre oberste Pflicht. Mittelstand und Handwerk geben sich immerhin Mühe. Aber die Banken und die Konzerne wissen genau, dass sich mit Entlassungen und Zinsspekulation heute leichter Geld verdienen lässt.«

Mit der Sozialpflicht des Eigentums nach dem Grundgesetz ließen sich Berge versetzen, wenn Regierende das wollten. Bisher wagt keiner von denen, die in der Verantwortung stehen, in den Besitz der Einflussreichen einzugreifen. Die regierende Generation in der Bundesrepublik hat in einem halben Jahrhundert Wachstum ihre Positionen gefunden; wahrscheinlich kapituliert sie deswegen vor der Aufgabe, mit dem geordneten Weniger da anzufangen, wo Überfluss herrscht. Was wäre denn dabei, wenn es uns plötzlich wieder nur noch so gut ginge wie 1965? Aber weil im Termitenbau der Ansprüche die meisten auf andere schauen statt auf sich selbst und bekanntlich alles mit allem zusammenhängt, sorgen die Verwalter des bestehenden Zustands dafür, dass sich nur unter den Nichthabenden Einschneidendes ändert. Offenbar fürchten sie, ernsthafte Einbußen bei den Habenden könnten das ganze Gebäude der Abhängigkeiten einstürzen lassen.

Zur weltweiten Orientierung ist beinahe alles schon gesagt. Albert Einstein, der 1955 starb, hat in einem seiner letzten Briefe festgehalten: »Gestern Nürnberger Prozesse, heute Bewaffnung Deutschlands unter hohem Druck. Wenn ich mir das zu erklären versuche, komme ich von der folgenden Idee nicht los. Das letzte meiner Vaterländer hat für sich eine neue Art von Kolonialismus erfunden, ... nämlich das Herrschen durch investiertes Kapital im Ausland. Das schafft solide Abhängigkeiten. Wer aber sich dagegen wehrt, ist ein Feind.«

Die Auswirkung dieser Doktrin ist heute wieder in vollem Gang. Seit der Kapitalismus gesiegt hat und auf der Welt keine starke Alternative sichtbar wird, fühlt sich der Westen in der Verletzung der Menschenrechte, die er anderen vorwirft, scheinbar so unangefochten wie allmächtig. Ein System, das aus allem Menschlichen einen Markt macht, kann nicht gleichzeitig human sein.

Wer mit der Mühsal einer tiefer greifenden Erneuerung ringt, kann schon aus den Schriften Niccolò Machiavellis aus dem Jahr 1513 diese Erkenntnis entnehmen: »Man muss sich nämlich vor Augen halten, dass nichts von der Vorbereitung her schwieriger, vom Erfolg her zweifelhafter und von der Durchführung her gefährlicher ist als der Wille, sich zum Neuen aufzuschwingen. Denn wer dies tut, hat die Nutznießer des alten Zustands zu Feinden, während er in den möglichen Nutznießern des neuen Zustandes nur lasche Verteidiger findet: eine Laschheit, die teils aus der Furcht vor Gegnern herrührt, die ja das Gesetz auf ihrer Seite haben, und teils aus dem Misstrauen der Menschen, die in Wirklichkeit an eine Erneuerung erst glauben, wenn sie diese mit ihren eigenen Augen gesehen haben.«

Unser Grundgesetz ist demokratisch, die Wirklichkeit kaum.

Deutschland hatte 1990 in einem kurzen historischen Augenblick die Möglichkeit vor sich, einen eigenen Weg wenigstens zu versuchen. Die Kräfte, die hundertprozentig den Westen wollten, waren mächtiger und wirkungsvoller geführt. Sieben Jahre später gab es, ebenso kurz aufflackernd, noch einmal eine Initiative zur Korrektur der deutschen Vereinigung. Sie trat Anfang Januar 1997 auf der Bundespressekonferenz in Berlin und gleichzeitig in Erfurt in Erscheinung und hatte eine überraschende Wirkung, die am nächsten Morgen, es war ein Freitag, ihre nachhaltige Spur durch die Presse zog. Es handelte sich um die *Erfurter Erklärung*. Sie war verfasst von Schriftstellern, Künstlern, Gewerkschaftern, Theologen und Wissenschaftlern.

Zur Vorbereitung hatte sich auf Einladung von Horst Schmitthenner und mir ein kleiner Kreis in Erfurt getroffen. Schmitthenner gehörte damals zum Geschäftsführenden Vorstand der IG Metall und leitete deren Sozialabteilung in Frankfurt am Main. Wir tagten am ersten Wochenende im Dezember 1996. Beide hatten wir Entwürfe für die Erklärung mitgebracht, und beide wurden zur Grundlage der Diskussion.

Ihr Motto war der Artikel 14,2 des Grundgesetzes, und sie begann: »Die regierende Politik in unserem formal vereinten Land ist in einem Zustand von gnadenloser Ungerechtigkeit, Sozialverschleiß und fehlenden Perspektiven versunken. Im fünften Jahrzehnt ihrer Existenz wird in der Bundesrepublik der soziale Konsens, auf dem ihr Erfolg beruhte, durch radikale Umverteilung zugunsten der Einfluß-Reichen zerstört. Der kalte Krieg gegen den Sozialstaat hinterlässt eine andere Republik. Was von der Bundesregierung unter der Vorspiegelung von Reformen verfügt wird, erweist sich als geistig-moralischer Bankrott. Der Notstand ständig steigender Arbeitslosigkeit führt Staatshaushalte und Sozialversicherungssysteme in die Krise, und der öffentliche Schuldendienst vermehrt den Reichtum der Banken und der Besitzer großer Geldvermögen. So entsteht Macht, die nicht demokratisch legitimiert ist. Es handelt sich nicht um einen Konjunktureinbruch, vielmehr stehen wir mitten in einem Epochenwechsel. In dieser Lage müssen sich in unserem Land alle gesellschaftlichen Kräfte zusammenfinden, die bereit und imstande sind, die Verantwortung für die soziale Demokratie mit der Bindung an ein soziales Europa zu übernehmen.«

In sieben Punkten machte die Erklärung mit dem Untertitel »Bis hierher und nicht weiter. Verantwortung für die soziale Demokratie« konkrete Vorschläge für die »gerechtere Verteilung der Einkommen und Güter«, für »das Überwinden der Massenarbeitslosigkeit«: »Wenn Notstand an Arbeit herrscht, muß sie neu und gerecht verteilt werden ...« Und sie antwortete auf die selbst gestellte Frage »Wie ist das alles finanzierbar?«: »Ein einziges Kriterium würde Entscheidendes ändern: Steuerehrlichkeit. Die Finanz- und Steuerpolitik muß ihren Kurs korrigieren. Geldtransfers, Gewinne, große Erbschaften, Vermögen, Spekulationen mit Grund und Boden und Umweltzerstörung müssen spürbar stärker besteuert werden. Durch einen gesetzlichen Ausgleich der Lasten zwischen West und Ost, Alt und Jung, Erben und Armen kann die Bundesrepublik um vieles humaner werden. Was in den fünfziger Jahren an Umverteilung gelang, sollte angesichts des Reichtums Hunderttausender und Vermögen von Millionen nicht wiederholbar sein?«

Die Forderungen richteten wir gesondert an die einzelnen Parteien, und unser Schlussappell wandte sich an alle, die guten Willens sind. »Unzählige sagen sich heute: Grundlegendes muss sich verändern. Und viele fragen sich: Wer soll das tun, wenn nicht wir, und wann, wenn nicht jetzt. Wir brauchen ein Bündnis für die soziale Demokratie. Lassen wir uns an der Schwelle zum neuen Jahrtausend den Wert von Visionen nicht ausreden und beginnen wir zu handeln.«

Prägend beteiligt waren die Schriftstellerin Daniela Dahn, Professor Ulrich Duchrow, Landeskirchlicher Beauftragter für Mission und Ökumene, und Dr. Heino Falcke, Probst i.R.; der Wirtschaftswissenschaftler Professor Rudolf Hickel; der Politologe Professor Norman Paech; Bodo Ramelow, HBV-Vorsitzender in Thüringen; Friedrich Schorlemmer, Theologe und Publizist; Professor Dorothee Sölle, Frank Spieth, DGB-Vorsitzender Thüringen, und der Journalist Eckart Spoo.

Die restliche Gestaltung unserer *Erfurter Erklärung* verschlang in den nächsten Wochen viel Zeit am Telefon. Immer neue Vorschläge zu Ergänzungen und Änderungen kursierten per Fax. Wer die politische Arbeit nicht kennt, mag sich wundern, wie leidenschaftlich in einem solchen

Prozess um Wörter gestritten wird. Schmitthenner und ich waren die Moderatoren. Die Feinabstimmung hat uns bis unmittelbar vor der Veröffentlichung in Atem gehalten. Es galt, schärfere Forderungen abzuwägen und das Papier im Ganzen mehrheitsfähig zu machen.

Unseren Aufruf unterzeichneten vor der Veröffentlichung unter anderen auch Professor Elmar Altvater, Frank Castorf, der Physiker Jürgen Fischbeck; Günter Grass, Max von der Gruen, Stefan Heym, Professor Walter und Dr. Inge Jens; Professor Peter von Oerzen, Ulrich Plenzdorf, der Theologe und MdB Dr. Edelbert Richter; Professor Horst-Eberhard Richter, Dr. Erika Runge, Professor Uwe Wesel, Gerhard Zwerenz, und später immer mehr.

Als eine besondere Nachricht wurde aufgenommen, dass Egon Bahr nachträglich unterschrieb. Auf den Einwand »Manche sehen darin nur eine Art intellektuelle Spielwiese ...« erklärte er in einem Interview: »Alle politische Bewegung beginnt in den Köpfen von Intellektuellen oder jedenfalls intelligenten Menschen. Was daraus wird, ist eine ganz andere Frage.«

Die Mehrzahl der Initiatoren gehörte zur SPD; es verstand sich von selbst, dass die PDS die Erklärung auch unterstützte. In den kommenden Wochen und Monaten zeigte sich eine außerordentliche Bereitschaft, mit unserem Denkanstoß zu arbeiten. Zahlreiche Gruppen sammelten Unterschriften. Wir mussten viel reisen, um mit Bürgerinitiativen zu diskutieren. Ich wurde in viele sozialdemokratische Ortsvereine eingeladen, auch an meine frühere politische Basis nach Immenstadt, Lindau, Lindenberg, Kaufbeuren und Kempten.

Die *Erfurter Erklärung* hat sehr vielen Menschen im Osten unseres Landes eine Hoffnung gegeben, und sie hat im Westen die Scham über die Raubzüge in die neuen Länder gemildert. Reaktionen wie die des CDU-Generalsekretärs Hintze, »Schamloser Aufruf«, haben die Wirkung nur vermehrt. Dass Bundeskanzler Kohl unsere Aktion vor seiner Fraktion als »Alarmsignal« bezeichnet hat und gegen Günter Grass und Friedrich Schorlemmer als »intellektuelle Anstifter« ausfällig wurde, steigerte die öffentliche Aufmerksamkeit. Und dass er unserer Initiative insgesamt vorwarf, wir seien »Hassprediger«, die sich »auf der Straße des Verrats zusammenrotten«, hat nicht nur uns verwundert.

Der bayrische Verfassungsschutz setzte sie laut Bericht 1997 auf seine Liste. Die CDU fertigte ein Dossier an: »Verdeckte Verführung. Die *Erfurter Erklärung* und die Bündnispolitik der PDS im Wahljahr 1998«, herausgegeben von ihren Landesverbänden Thüringen, Sachsen-Anhalt, Sachsen, Mecklenburg-Vorpommern, Brandenburg und Berlin.

Die Intensität der Auseinandersetzung hielt zwei Jahre an. Der Gründerkreis traf sich regelmäßig in Erfurt, später in Fulda. Erst als wir Ende Januar 1999 auf der Konferenz zur *Erfurter Ermutigung* »Demokratie ist sozial oder es gibt sie nicht« einen neuen Anlauf versuchten, brach der alte Richtungsstreit der Linken wieder aus. Schmitthenner fand sich vorübergehend zwischen den Stühlen wieder, und ich wurde mit meinem Versuch, noch einmal zu integrieren, durch eine Gruppe, die auf einmal wortführend agierte, gekonnt isoliert. Vom Boden der veränderten Tatsachen konnte ich nur die Scherben meines Bemühens aufsammeln. Das war ein leiser einsamer Vorgang – für mich keineswegs zum ersten Mal.

Eines Tages wird eine Generation kommen, die den Sozialismus mit menschlichem Antlitz neu denkt. Bis dahin sehe ich gegen Ratlosigkeit und Ohnmacht nur die Lösung: einzeln und mit Gleichgesinnten in der eigenen Reichweite und an bestimmten Punkten so sozial, human und lebenserhaltend für Mensch und Natur zu handeln, wie es den Einzelnen, also auch mir möglich ist.

## Sterben lernen

Mein erster Toter war ein alter Mann, der eingesunken auf einer Bank saß. Als ich mich ihm näherte, spürte ich, er war ganz starr. Eine Frau kam vorbei, sah ihn an und sagte: »Lauf du nur los, das ist nichts für dich.«

Ich beobachtete aus der Ferne, wie ein Wagen ihn holte. Die Träger luden ihn in einen Kasten und fuhren davon. Ich war sechs Jahre alt.

Mein zweiter Toter war mein Großvater der väterlichen Familie. In der Nacht war ein Telegrammbote auf dem Motorrad gekommen. Meine Mutter sagte mir am Morgen, mein Vater sei nach Goslar gefahren, und er sei sehr traurig, weil sein Vater sterben müsse. Ich habe ihn nicht mehr gesehen. Ich wusste nur, dass er offene Beine hatte, sie wollten nicht mehr heilen. Als mein Vater wiederkam, trug er eine schwarze Binde um den Arm seiner Jacke. Da war ich neun. Mein Großvater war Amtsrichter gewesen und Reichstagsabgeordneter. Meine Eltern erzählten mir abwechselnd die Familiengeschichte, er habe an Kaisers Tisch gegessen. »Von goldenen Tellern«, ergänzte ich.

Von früh an stand der Tod mir vor Augen. Das Unbegreifliche. Als Kind habe ich alte Leute gefragt: Wie ist das, alt zu sein? Sie waren verwundert, selten habe ich eine Antwort erhalten, die mir wirklich etwas erklärte. Und das Sterben der Soldaten, als der Krieg begann, war ein besonderer Tod, nicht der, an den ich dachte, wenn ich mich fragte, wie das Leben zu Ende geht.

Der schwerste Tod, den ich miterlebt habe, war der meiner Mutter. Sie starb mit 58 Jahren zu Hause in Braunschweig in der Wohnung meiner Eltern, lange und qualvoll unter der Verordnung einer kirchlich-medizinischen Allmacht, die das Mitleid namens Morphium erst in den letzten Tagen zuließ. Mit vierzig Jahren hatte es angefangen, mit dem Gelenkrheumatismus, der ihr dann als Arthritis deformans alle Glieder verbog. Erst ging sie am Stock, es folgte der Rollstuhl, der Sessel, das Bett. Ich habe versucht, ihre Tapferkeit zu beschreiben, im letzten Kapitel meines *Brüder*-Romans.

»Es ist, als brächen meine Knochen wie Glas«, hat sie gesagt, als sie sich nicht mehr zu helfen wusste. »Kinderkriegen ist nichts dagegen.« Das war bald nach dem Krieg. Damals sprach noch niemand von einer Patientenverfügung. Das Togal wirkte nicht mehr. Cortison gab es noch nicht. Einem Verwundeten im Lazarett hätte man bei vergleichbaren Schmerzen längst Morphium gegeben. Wie höllisch muss es für sie gewesen sein.

Ich fuhr, so oft ich konnte, nicht oft genug, von München zu ihr. Mein Bruder besuchte sie aus Hamburg. Unser Vater und unsere Schwester waren immer bei ihr, das war unvergleichbar. Manchmal versammelte sich die Familie zu Festen bei unserer Mutter, und sie wollte alles von uns und den Kindern wissen. Zuletzt saßen wir wie in schwarzen Tüchern um sie herum. Einmal sagte sie: »Wenn ich jetzt sterbe, dürft ihr nicht traurig sein. Ihr müsst fröhlich sein, dann helft ihr mir beim Sterben.«

Wir ließen die Tür zu ihr immer einen Spalt offen. Da war ihre Stimme, einsam:

»Bitte, lieber Gott, hilf mir doch. Ich kann nicht mehr. Es ist zu schwer. Bitte, lieber Gott.«

Es kam der Tag, an dem ich bei ihr saß und sie so rasende Schmerzen hatte, dass sie es nicht mehr aushielt. Auf einmal fragte sie mich, ob ich es mir zutraute, sie vom Balkon vor ihrem Zimmer zu werfen. Es war der oberste Stock, unten lag der Vorgarten mit Gittern und kantigen Steinen. Ich habe meinen Ohren nicht getraut. »Mutter!« war das Einzige, was ich herausbrachte. Darauf hat sie ihr Gesicht zur Wand gekehrt.

Acht Tage vor ihrem Tod hat der Hausarzt ihr die erste Morphiumspritze gegeben. Er hat ihr das nicht gesagt. Als sie am Sonntagmorgen aufwachte, sagte sie: »Ich habe so gut geschlafen. Es war wie in der Kirche, so schön. Ich möchte essen.« Dann die Erkenntnis, als die Schmerzen wieder einsetzten: »Ach, ihr habt damit angefangen. Nun brauchen wir nichts mehr zu sagen.«

Unser Pfarrer kam noch einmal, bevor sie das Bewusstsein verlor. Er las ihr eine Bibelstelle über die Kraft des Glaubens vor.

Sie fragte mehr sich als ihn: »Ob ich das glaube?«

»Ja, das glauben Sie.«

Sie sammelte ihre ganze Kraft und sagte: »Nein.«

Ich habe ihre Worte aus den letzten Tagen damals aufgeschrieben. Ihre Schwester, Ärztin, kam aus Berlin. Sie hat ihr »auf den letzten Drücker« geholfen, wie meine Mutter es sich von ihr erhofft und vorausgesagt hatte.

So, wie sie gestorben ist, darf man einen geliebten Menschen nicht sterben lassen. Ich war 28 und kannte nichts anderes, als dass der Mensch sich in Demut fassen muss. Gott wird sie erlösen, wenn es an der Zeit ist. Das war die Legende, die man uns beigebracht hatte: Durch Leiden zur Läuterung. Es war auch die Forderung des Gehorsams nach dem bürgerlichen Ethos. Meine Mutter hat noch Traurige getröstet, die zu ihr kamen. Aber um welchen Preis.

Als ich sie einsargte, mein Vater konnte es nicht, haben ihr die Totenträger wie zum Gebet die Hände gefaltet. Ich habe sie wieder gelöst und nebeneinander auf ihre Brust gelegt.

Ich rief in München an, Marlen gab den Hörer weiter, und der kleine Andreas sagte die wunderbaren Worte: »Oma ist im Himmel. Die Engel machen sie wieder heil. Mit dem Hammer.«

Seit diesem Tod geht mir nicht aus dem Kopf, dass ich kein Sterben mehr mitverantworten möchte, bei dem sich das Leiden so maßlos über Jahre in einem Menschen austobt und die Verwesung bei lebendigem Leib beginnt. Ich möchte sterben lernen, nicht nur für mich, für uns zwei und die Menschen, die ich liebe.

Es ist merkwürdig, wie meine innere Verfassung in diesen Tagen mit dem übereinstimmt, was von außen auf mich zukommt. Nachdem ich mir diese Gedanken auf meinem Nachttisch notiert hatte, traf ich auf meinem Morgenweg durch den Englischen Garten den alten Graubart wieder, der um die gleiche Zeit immer seine drei alten Schäferhunde ausgeführt hatte. Zwei davon waren riesig, dick, dazu zottig behaart, und sie gingen greisenhaft langsam, indem sie sich auf ihren vier Beinen wiegten. Ich hatte den Kontakt zu ihm hergestellt, als ich ihn eines Tages fragte: »Sind Sie sicher, dass dies keine Bären sind?« Er sah aus wie ein bayrischer Kapitän der Binnenschifffahrt und er lachte mich aus seinem rotbäckigen Gesicht gutmütig an. Seitdem begrüßten wir uns auf unseren Gängen und wechselten ab und zu ein paar Worte miteinander. Dieses Mal sah ich ihn plötzlich nur mit dem einen Hund, der mir immer etwas jünger erschienen war.

»Nur noch einer?« Ich blieb stehen.

»Ja«, sagte er, »die beiden anderen leben nicht mehr. Sie waren vierzehn. Einer hat zu sehr gelitten, wir mussten ihn einschläfern lassen. Da hat sich der andere neben ihn gelegt und ist auch eingegangen.«

Mir ist bewusst geworden: Wenn ich mein Verhältnis zum Sterben klären will, muss ich mich zuerst von dem Totschlagwort »Euthanasie« befreien. Unter diesem Begriff wurden während der Hitlerdiktatur Tausende von Behinderten wegen ihres vorgeblich »unwerten Lebens« umgebracht. Das war Mord. Mit Euthanasie, dem »guten Tod«, hatte das nichts zu tun. Darum ist dieses Wort unbrauchbar geworden für jede an die Wurzel gehende Auseinandersetzung mit den Problemen, vor welche die medizinische Entwicklung, ärztlicher Anspruch, pharmazeutische Produkte und weltanschauliche Zweifel alle stellen, die nicht nur gedankenlos auf ihr Ende zuleben wollen.

Wer allem öffentlichen Abwägen des Menschenrechts auf den eigenen Tod nur immer das Schreckenswort »Euthanasie« entgegenschleudert, der will Staat, Justiz und Kirche nötigen, die Vorherrschaft der vereinigten Obrigkeiten über das Individuum aufrecht zu erhalten.

Ich kann nur für mich urteilen. Wenn Koma-Patienten jahrelang im Scheinleben gehalten, Demenzkranke auf Pflegestationen für unabsehbare Zeit an Schläuchen am Leben gehalten und Todkranke noch Operationen unterzogen oder für Organverpflanzung bereitgehalten werden, sehe ich persönlich darin ebenfalls eine ungeheuerliche Inhumanität.

Meine Sorge ist, ich könnte auf der Straße ohnmächtig umfallen, ein Notarzt, der nichts von mir weiß, könnte mich intubiert in ein Krankenhaus einliefern, und dort würde ich mich seinen ersten Maßnahmen entsprechend auf der Intensivstation mit Schläuchen an Apparate gefesselt wiederfinden. Darum trage ich den Hinweis auf meine Patientenverfügung immer zweifach bei mir, einmal im Portemonnaie und zusätzlich in meinem Taschenkalender.

Ich habe, befreundet mit dem Schriftsteller Bernt Engelmann, sein Ende begleitet.

Er hatte ALS, Amyotrophische Lateralsklerose, und er hatte sich zu einer Patientenverfügung nicht durchringen können. Die Erkrankung von Nervenzellen und Nervenbahnen des Rückenmarks führt zu Muskelschwund und schließlich zur Lähmung, die im Ersticken endet. Auf einer

Lesereise war er gestürzt und hatte seine Sachen nicht mehr in den Händen halten können. Nachdem er wusste, was auf ihn zukam und er zu Hause nicht mehr ohne größte Schwierigkeiten existieren konnte, entschied er sich für das Krankenhaus.

Dort hat man ihn auf einer Intensivstation noch siebeneinhalb Monate lang behandelt, als fehle ihm nicht nur eines: der Tod. Ich habe nicht das Recht, hier sein persönliches Schicksal und die Konsequenz für alle, die zu ihm gehörten, wahrheitsgemäß zu schildern. Aber weil für Patientenverfügungen, um sie glaubhaft zu machen, von Experten dazu geraten wird, persönliche Erfahrungsbeispiele anzuführen, habe ich das hier getan.

Zwei Bücher liegen vor mir, die meine Patientenverfügung mitgeprägt haben: Philip Roths *Mein Leben als Sohn, Eine wahre Geschichte* und Peter Handkes Erzählung vom selbst gewählten Sterben seiner Mutter *Wunschloses Unglück*, für mich das Schönste, was er geschrieben hat. Beeindruckt hat mich auf andere Weise auch Jean Amérys *Hand an sich legen*, 1976, die Schrift, mit der er zwei Jahre vorher seinen Selbstmord ankündigte. Drei Bücher ungeheuerlicher Aufrichtigkeit.

Da, während ich dies schreibe, eine Neuregelung für Patientenverfügungen und die Voraussetzung ihrer Anerkennung im Konfliktfall vorbereitet werden, habe ich mir vom Bundesministerium der Justiz zwei Unterlagen besorgt: die *Formulierungshilfe Patientenverfügung* und den *Bericht der Arbeitsgruppe »Patientenautonomie am Lebensende«* vom Juni 2004.

Das Wichtigste darin sind in meinen Augen die Vorschläge zur Ergänzung des Strafrechts, weil es neben vielen sorgsamen auch Ärzte gibt, die mitunter handeln, als brauche nicht jede medizinische Maßnahme das Einverständnis des kranken Menschen, zum Beispiel durch eine vorbeugende Willenserklärung für den Fall eines Unfalls, einer Ohnmacht. Unseren langjährigen eigenen Ärzten vertraue ich. Aber wenn ich von fremder Hilfe abhängig werden sollte, gilt auch: Eine Behandlung wider meinen aufgezeichneten Willen oder den meiner ermächtigten Vertreter wäre strafrechtlich im Extremfall eine Körperverletzung.

Neue Aktualität haben diese Fragen durch den Beschluss des Bundesgerichtshofs vom März 2003 erhalten, der eine gesetzliche Regelung erforderlich macht. Natürlich muss der Gesetzgeber die Ungeheuerlichkeit der menschlichen Natur berücksichtigen. Es gibt zu viele Beispiele, was Menschen einander antun können, nicht zuletzt innerhalb der eigenen Familie.

In Wirklichkeit geht es in vielen Fällen nicht mehr um die Rettung des Lebens, sondern um das Gegenteil: die Verlängerung des Sterbens. So entsteht eine neue Dimension der Hilflosigkeit.

Die Schmerztherapie liegt in der medizinischen Ausbildung und neurologischen Praxis in weiten Regionen unseres Landes noch im Argen. Schmerzen aufzuheben oder wenigstens zu lindern, und die Freiheit, in auswegloser Not um Sterbehilfe bitten zu können, gehören zusammen. Beides kann die Unausweichlichkeit des Sterbens erträglicher machen.

Geburt und Tod sind keine Krankheit, so schwer das Leiden zum Ende sein kann. Der Tod ist anarchisch. Ich sehe die Urangst davor als den Grund, dass immer wieder Hierarchien versuchen, Sterbenden die Autonomie zu entziehen. Unter Fürsorge, Mitleid, Missachtung der letzten Würde – wer hofft da nicht, wählen zu dürfen?

Ich hoffe, dass die Justiz, die allzu häufig rückwärts gewandt handelt, diesmal in die Zukunft schaut und ohne Bevormundung auskommt. Ich hoffe, dass der Gesetzgeber die Selbstbestimmung eines sterbenden Menschen, der mit seiner Verfügung den eigenen Willen auch für den Fall seiner Ohnmacht durchsetzen will, respektiert und die Sperre der letzten Hilfeleistung aufhebt. – Anders bliebe, käme es bei meinem Sterben zu einer Konfliktsituation mit den behandelnden Ärzten, meiner Frau, unserem Sohn oder dem bevollmächtigten Freund nur übrig, mich aus dem Krankenhaus herauszuholen und in einem Haus der Hospizbewegung unterzubringen.

Ich habe seit elf Jahren eine Patientenverfügung, unterschreibe sie regelmäßig neu, ergänze sie von Zeit zu Zeit, und ich sammle ebenso lang Dokumente der öffentlichen Diskussion. Sie sollen bezeugen, wie mein Entschluss nach und nach gewachsen ist.

Von meinen Eltern ins Leben geschickt, ohne Ahnung von meinem ersten Hauch, war ich als Kind manchmal glückselig, auf der Welt zu sein, und ich habe oft für mich allein geweint, wenn die Nacht schwarz war und ich nicht vergessen konnte, dass alle Menschen sterben müssen.

Als junger Mann habe ich gern überzogen formuliert und einmal geschrieben: Zeugen ist Töten auf siebzigjährige Distanz. Längst urteile ich nicht mehr so rücksichtslos. Wir haben unsere beiden Kinder noch mit einer Art von Urvertrauen in die Welt gesetzt. Wir gaben das Leben weiter wie all unsere Vorfahren. Das war für uns noch selbstverständlich: Freude, Unkenntnis, Verantwortung zugleich. Nach meinem vierzigsten Lebensjahr hätte ich ein neues Kind nicht mehr verantworten wollen.

»Kein Mensch, wenn er die Welt sieht, wie sie ist, versteht seine Eltern,« hat Max Frisch in seinem Stück *Andorra* gesagt.

Wer die Ehrfurcht vor dem Leben nicht kennt, kann die Ehrfurcht vor dem Sterben nicht haben. Es ist nicht lange her, dass in unserer Nähe eine 78-jährige Rentnerin auf der Straße umfiel und leblos liegen blieb. »Ob wohl alle Menschen ihren Erste-Hilfe-Kurs so präsent haben, wie die drei Münchner, die damit zu Lebensrettern wurden?«, fragte unsere Zeitung. Die drei haben mit vereinten Kräften sofort eine Mund-zu-Mund-Beatmung und Herzmassage begonnen und holten die Alte ins Leben zurück, sie kam in ein Krankenhaus. Was hätte sie gewollt? Es ist keinesfalls eindeutig, in einer solchen Situation das Richtige zu tun.

In unserer Kirchengemeinde gibt es eine gut organisierte Krankenhilfe der Diakonie. Der Wagen der Helferin für die häusliche Pflege steht mal vor diesem, mal vor jenem Haus. Wir Nachbarn wissen, wie es steht. Als im Bungalow hinter unserem Haus die Witwe starb, der einmal gemeinsam mit ihrem Mann unser Haus gehört hatte, riefen ihre Verwandten vom Land mich zu ihr: »Sie können sich jetzt von unserer Tante verabschieden.« Ein schöner Brauch.

Ein Beispiel hat für mich der Physiker Gerhart von Gierke aus unserem Freundeskreis gegeben, als er 81-jährig starb. Er war seit langem abhängig von der Hämodialyse und wurde es immer mehr. Als er die Blutwäsche nicht mehr ertragen wollte, holte er sich Rat bei seiner Tochter ein, die Ärztin ist. Danach hat er sich entschieden, die Dialyse abzusetzen. Er verabschiedete sich von allen, die er liebte. In den letzten Tagen hat ihn vor allem sein Sohn Henning, der Maler, begleitet. Es geschah wie vorausgesagt. Aus einer großen Ruhe und Konzentration ist er allmählich erloschen. Nach einer Woche kam der Tod. Auf der Trauerfeier hat Henning von Gierke berichtet, wie wunderbar das Sterben seines Vaters war. Unter der Friedhofskuppel versammelte sich mehr Freude und Dankbarkeit als Trauer.

Alle meine Freunde sprechen von ihrer Sorge um das Ende. Es ist nicht die Angst vor dem Tod, die uns in erster

Linie bewegt. Das Nichtmehrsein, außer in der Erinnerung lebender Menschen, lässt sich in Ruhe als Gewissheit begreifen. Was uns umtreibt, ist die Ungewissheit, ob es uns gelingen wird, der Maschinerie der Fremdbestimmung auf gefrorenen Endstationen der Marktmedizin zu entrinnen.

In der Vision der *Ars Moriendi*, dem Bildwerk des späten Mittelalters, kämpfen Teufel und Engel um die Seele des sterbenden Menschen. Wir kämpfen heute um das Ende der Fremdbestimmung, dreihundert Jahre nach Beginn der Aufklärung.

So habe ich das Formblatt meines Patiententestaments mit dieser Verfügung handschriftlich ergänzt:

»Insbesondere lehne ich, wenn mein Leben
auf natürliche Weise zu Ende geht, alle
lebensverlängernden Maßnahmen ab, die
auf Sterbensverlängerung hinauslaufen,
nämlich:

- elektrische oder mechanische Wiederanregung meines Herzens, wenn es aufgehört hat zu schlagen,
- künstliche Ernährung, wie immer geartet,
- mechanische Beatmung, wenn ich unfähig bin, aus eigener Kraft zu atmen,
- Intubation,
- künstliche Flüssigkeitszufuhr, das Durstgefühl sollte durch Anfeuchten der Atemluft gelindert werden,
- Hämodialyse.

Bei großer Atemnot und schweren Schmerzen
erwarte ich Morphine. Ich möchte möglichst
zu Hause sterben, notfalls in einem Hospiz.«

XV

## Zuhause

Es ist spät geworden. Draußen ändert sich die Welt. Im Inneren ist unser Haus beständig, voller Klänge und Farben. Da leben wir zu sechst, hinter der Thujenhecke vorn heraus und dem Hainbuchenspalier nach hinten, auf vier Etagen. Das Miteinander geht nun schon ins vierte Jahrzehnt. Es ist eine Nähe, die über die Treppen Abstand hält, und ihn verkürzt, wenn wir mögen.

Über uns wohnen das Klavier, genauer: der Flügel und die Geige, unter uns die malenden Künste. Manchmal wenn gestimmt wird, und immer wenn die instrumentierenden Analytiker zu unseren Häupten gleichzeitig Verschiedenes üben, hallt es im Aufgang wie in der Musikschule, wo Marlen in ihren Vierzigern einst Cembalo und Orgel studiert hat. Und die Bilder von Gundel und Gunter, deren Namen allein schon eine Geschichte erzählen, schweigen nur scheinbar, für mich haben sie an unseren Wänden auch ihren Klang. Hauptsächlich wohnen die beiden auf dem Areal eines Forsthauses im Augsburger Land, zwischen Wald und Wiesen. Gunter malt in einem Pflegeheim mit Behinderten, sie lieben ihn, weil er mit seinen Farben ihre Sprache spricht. Sonst arbeitet er daheim an seinen Bildern, geht mit Bienen und Honig um und ist mit der Natur verwandt. Ob ihn eines Tages ein Galerist oder Sammler entdecken wird? In meinen Augen sind seine großen Formate, die auf ihre Zukunft warten, das wert.

Wenn Gundel in der Wohnung unter uns eintrifft, leuchten bald darauf Lampen für die Gruppen, die sie im Aquarellmalen unterrichtet. Sie ist außerdem als Kunstherapeutin ausgebildet, ihre Stationen dieser Arbeit bereist sie mit dem Zug. Für Ausstellungen müssen beide viel aufwenden; jeder Verkauf bringt etwas Festliches mit sich. An ihnen erlebe ich, um wie viel schwieriger es freie Maler im Vergleich zu freien Autoren meist mit ihrem Einkommen und Auskommen haben.

Das Psychoanalytikerpaar verlässt an vier Tagen in der Woche früh das Haus; im Winter kehren sie erst in der Dunkelheit aus ihren Praxen zurück. Er sammelt alte und neue Kunst, die Mansardenwohnung hat er für sich als Studio hinzugemietet. Martin Kahleyss ist ein namhafter Mann seines Fachs, er komponiert auch mit Erfolg und schrieb zwei Theaterstücke, die von jungen Schauspielern am Gasteig und in der Pasinger Fabrik in szenischen Lesungen gespielt wurden. Sie laden uns zu ihren Hauskonzerten ein und sie nehmen an unseren Ereignissen teil.

Marlen und ich sind die Ältesten, nur das Haus ist noch vier Jahre älter. Wir fühlen uns zuständig für die Farben im Garten. Von meinem Schreibtisch aus schaue ich über den Rasen und aufs Regenfass oder mein Blick verästelt sich in der Birke, die Andreas und ich an dem Sommertag gepflanzt haben, an dem der Hauskauf beim Notar abgeschlossen wurde –, sie ist in neununddreißig Jahren übers Dach gewachsen. Meine Klause im Souterrain war früher die Hausmeisterwohnung, und neben mir, wo die Malersleut absteigen, lebte zu Anfang eine Weißnäherin. Damals stand das Haus noch einsam auf einer Wiese. Sein Sockel ist so dick gemauert, dass Handwerker von hier aus nicht mit dem Handy telefonieren können. Nicht umsonst nennen wir unsere Heimstatt unsere feste Burg.

Der Vormittag ist meine beste Arbeitszeit. Der Computer weiß nichts von meiner Konzeption. Ich finde, er soll mir dienen, nicht ich ihm. Darum schreibe ich meine Erstfassungen mit der Hand. Ich hole mir weißes loses Papier und weiche Bleistifte und überlasse mich meinen Gedanken im Kreislauf zwischen Kopf und Hand. Am nächsten Morgen schreibe ich das Notierte auf dem Laptop ab. Nur wenn ein Kapitel zu »laufen« beginnt, so dass ich anders nicht nachkomme, laufen meine zehn Finger auf der weißen Tastatur hinterher.

Wenn ich an einem neuen Buch arbeite, stehe ich im Sommer wie im Winter früh auf, hole die Zeitungen fürs Haus aus der Rolle am Tor, verteile Apfelsaft, Tee und Joghurt rings um die aufgeschlagene SÜDDEUTSCHE und lese mich wach. Mit Papier und Bleistift in der Tasche bin ich danach auf meinem Morgenweg unterwegs, fische meinen Träumen nach und fädele mich ein in die Manuskriptseiten des neuen Tages.

Nie habe ich früher mit so viel Muße schreiben können wie nun im Alter. Und seit im Verlag fünf Mitlesende und Mitdenkende, eine Familie der Büchermacher, mit Kopien des Manuskripts Rat gebend um mich herumsaßen und feststeht, wann meine Erinnerungen als Buch erscheinen, sitze ich wie mit einer Sammellinse noch einmal über jeder einzelnen Seite. Die Wochen des Überarbeitens waren für mich immer die beste Zeit mit einem Manuskript. Diesmal ist das ebenso, und zugleich ist es anders; denn ich weiß nicht, ob es ein Abschied sein wird. Schreiben ist nun einmal meine deutlichste Lebensform. Solange der Kopf nicht still steht, werde ich nicht damit aufhören. Dennoch ist es für mich immer wichtig gewesen, nicht ausschließlich Schriftsteller zu sein. Das hätte ich nicht gekonnt. Und selbst bei den stärksten Autoren meiner Generation finde ich: ein ganzes Leben lang Bücher schreiben – das ergibt zu viele Titel, und nur die besten bleiben, vielleicht.

Marlen war immer meine erste Lektorin, in der Regel hat sie Kapitel um Kapitel gelesen; diesmal gebe ich ihr erst das vollständige Manuskript.

Zum 55. Hochzeitstag sammeln wir unsere Durchgänge. Wir gehen auf die achtzig zu wie auf das Tor vor einem Labyrinth, aus dem ältere Vertraute uns zuwinken: nur Mut, wir sind schon da.

Die Jahre und das Wissen werden durchsichtiger. Die Friedlosigkeit der Gegenwart erreicht uns an jedem einzelnen Tag. Und manchmal wenn wir im Garten sitzen, die Hortensien leuchten, ein Luftzug die Windharfe bewegt und die Frische des Nachtregens noch in den Apfelbäumen atmet, fragen wir uns, ob wir das wirklich sind, denen diese Ruhe und dieser Frieden gehören.

Wir denken an unsere besitzlose Zeit. Nie wollten wir, dass Besitz unser Leben beschwert. Und doch betrachten wir es als ein Geschenk, finanziell voraussichtlich von niemandem mehr abhängig zu werden. Ich glaube, wir beide wären dennoch nicht über die Maßen erschrocken, wenn wir auf einmal wieder genauso besitzlos wären, wie wir angefangen haben. Besonders Marlen ist von einer mich anrührenden Sparsamkeit, ihr ist ganz anderes wichtig. Die Menschen und die Dinge, die sie nah an sich heranlässt, können sie schlaflos machen. Die Türen zwischen unseren Zimmern stehen zur Wohndiele hin immer offen, und wenn ich aus dem Schlaf auftauche, spüre ich, wie ihre Gedanken kreisen.

Als ich einmal hinübergehe, sagt sie: »Ich wache immer so früh auf. Dann liege ich wach und denke an die Welt, an Andreas, an uns.«

Sie selbst macht ihre ehrenamtliche Arbeit beim Telefonnotruf für Suchtkranke und deren Angehörige noch weiter, die ist ein Teil von ihr geworden. Und an ihren Freundinnen hält sie mindestens so fest wie ich an meinen Freunden, nur hat sie einen anderen Zeit-Rhythmus. Wenn ich sage: »Ruf sie doch mal wieder an« und an die Schulfreundin in Braunschweig oder Münster denke, antwortet sie: »Die hat doch gerade erst geschrieben.« Ich wundere mich, denn das ist ein Vierteljahr her, aber Marlen hat sie alle immer bei sich in ihren Gedanken.

Ich bin im Schlaf ein Bauer und im Träumen ein Phantast. Meine Gedanken sind Taggedanken, es sind immer mehr die kleinen Dinge, die mich erfreuen. Ich finde keinen Ratschluss zwischen meinem Alter und dem unaufhaltsamen Mitverantwortlichsein für das, was in der Welt geschieht. Oft denke ich an die Hindus, die in Benares am Ufer der Heiligen Ganga, dem jenseitigen Strom, kauern und sich im Angesicht der Feuer, in denen auch sie brennen werden, in Geduld üben.

Auch wenn ich keinen Kirchenglauben mehr habe, werden mir die Flügel des Spirituellen immer wichtiger. Manchmal spüre ich, wie sich in mir ein Reichtum des Alters auftut, in dem sich viele große und starke Gedanken, die gedacht wurden, und das Wissen um die Visionen des Glaubens in mir versammeln. Dann fühle ich mich ermutigt gegen die Unglaublichkeit, dass alles, was ich weiß und sehe, mein inneres Abbild der Welt mit mir sterben wird.

Wie oft verlasse ich mich auf die guten Geister in unserem Haus, die »Auferstehung« auf dem Kaminsims, die telepathische Kommune der Freunde und die unerschöpflichen Bücher.

Für mich ist das Haus auch eine Außenhaut. Wenn ein Ziegel vom Dach fällt, ein Pfosten am Tor bröckelt oder Ameisen sich unter einem Fensterbrett zum Souterrain durchfressen, bekomme ich Zahnschmerzen. Ich konnte gar nicht anders, als ein Mindestmaß an Gärtnerei und handwerklichen Fähigkeiten zu lernen. Marlen hatte sich immer schon gewünscht, dass ich einmal Rosen pflege.

In diesem Anbaugebiet für Alterswünsche wechseln unsere Gezeiten. Wenn einer mal den Kopf zu sehr hängen lässt, sagt der andere: »Keiner darf abhauen.« Es sind die leichten Töne, die sich für das Schwere zwischen uns einspielen, das galt selbst nach dem Augenblick, in dem Marlen unter einem Kreislaufversagen zusammenbrach und mir in einer tiefen Ohnmacht in den Armen hing, ich fühlte mich jäh an ihren Kollaps in Ungarn erinnert. Nur war es diesmal schlimmer und dauerte länger. Ich ließ sie auf dem Boden nieder und deckte sie zu, den Kopf etwas hoch gelegt und die Beine höher, und rief die Nothilfe. Als die Träger sie zum Krankenwagen trugen und ich in Erinnerung an Kriegszeiten das Wort »Bahre« gebrauchte, schaute sie mich an, versuchte schon wieder ein wenig zu lächeln und sagte: »So weit ist es noch nicht.« Vier Tage suchten sie auf der neurologischen Station nach den Ursachen und fanden nichts Gravierendes.

Auf jeden Untergang folgte bisher ein Aufgang. Wir lernen daraus, und manchmal streift mich der Gedanke: in meinem nächsten Leben möchte ich vergleichende Sprachwissenschaften studieren.

Es ist spät geworden. Die Gleichzeitigkeit der Ereignisse rückt näher, und die Einsicht nimmt zu, wie viele Geschehnisse allein rational nicht zu erklären sind. Ich erinnere mich, wie ich mich früher schon herausgefordert sah, wenn ich den geheimen Gründen in mir nicht mehr ausweichen konnte, und es auch nicht wollte. So war es, als Karl Heinz Kramberg mich fragte, ob ich bereit wäre, gemeinsam mit anderen Schriftstellern – wie damals auch Thaddäus Troll – im Voraus meinen eigenen Nachruf für seine Anthologie *Vorletzte Worte* zu schreiben. Ich war Mitte vierzig und auf dem Sprung in die Politik.

Damals habe ich meine Antwort als *Autopsie* bezeichnet, und sie begann: »Der hier schreibt, setzt sich ins Präsens, noch hat er mit sich zu tun, er kommt vor auf der

Welt. Nicht besonders deutlich, aber immerhin. Jemand will ausprobieren, ob ihm ein Nachwort in eigener Sache einfällt – für seinen Tag X. Eine gute Frage. Man erkundige sich bei den Redseligen, damit sie sich verraten. Es schweigt sich schwer zwischen Buchdeckeln. So sehr sich Autoren um den Rückzug hinter die eigene Linie mühen – das Versteck gelingt nicht. Aus dem Stoff fürs Verstummen sind andere Berufe gemacht. Wer schreibt, rückt heraus mit der Sprache, solange er kann: jede Zeile ein Nachruf zu Lebzeiten.«

Manches, was sich später einstellte, hätte ich mir damals nicht zugetraut. »Eine gewisse gutwillige Brauchbarkeit«, meinte ich, sei mir nicht abzusprechen. In meinem Zögern bin ich mir treu geblieben. In meiner Liebe, alles in allem, denke ich: auch.

Und wenn ich damals zum Schluss schrieb: »Wohl dem, der einen Zusammenhang hat«, bekräftige ich das heute umso mehr. Ich staune immer wieder, wie die angefangenen Linien in meinem Leben weitergehen. So oft ich abgeirrt bin, kostete es mich viel Anstrengung, mich wiederzufinden.

Heute fühle ich mich am ehesten in Kontinuitäten aufgehoben. Dabei helfen mir Altersfreundschaften, sie sind anders begründet als manch schnellbereite Anhänglichkeit in jungen Jahren. Das erfahre ich, wenn mein Freund Gerd Tersteegen und ich isarabwärts am Ufer die Wege und Gespräche fortsetzen, die uns vertraut geworden sind. Wenn ein befreundeter Arzt, Helmut Waldmann, mich auf dem Ammersee in seinem Jollenkreuzer, einem Eichenboot mit Schwert Baujahr 1935, mitsegeln lässt und mir bei leichter Brise unter dem Flüstern der Bugwelle erzählt, wie er den unter Seglern rings um den See berühmten Oldtimer abgedichtet, gepflegt und mit neuen Segeln besetzt hat. Oder wenn ich mit einem Brief nach einem Bekannten von früher fahnde, der mir einmal wichtig war und verloren gegangen ist. Wenn er gleichen Sinnes reagiert, freue ich mich wie ein Fischer am Meer.

Ein Vertrauen in die Haltbarkeit der Dinge empfinde ich auch, wenn die Überdecke für mein Bett, die ich vor vierzig Jahren auf einem Jahrmarkt in Mexico City gekauft habe, mich jeden Morgen an die Weberin, den Kinderlärm, die überquellenden Fruchtstände und den Tequila mit Zitrone und Salz erinnert, mit dem der Kauf abgeschlossen wurde. Die schwere genoppte Decke war, während ich nach Südamerika und Afrika weiterreiste, fest verpackt per Schiffsfracht zu Hause angekommen.

Wenn der Wunsch nach Beständigkeit eine Alterserscheinung ist, bin ich gern alt.

Ich glaube auch, manchem Schleudertrauma, das mit dem Tempo aller Beschleunigungen des Alltags auf junge Leute einstürzt, lässt sich auf den Grund kommen, wenn sie feststellen: es gibt auch haltbare Strukturen, auf die sie sich verlassen können.

Als wir vor Monaten Hermann und Jo Jünger besuchten, die Goldschmiedfreunde, sagte Marlen im Aufbrechen: »Wie ist das nun mit dem Tod? Er steht vor uns, und eines Tages kommt er.«

»Ja«, antworteten sie beide gelassen und wie aus einem Mund, »dann kommt er.« Nie vorher waren sie uns so nah wie in diesem Augenblick. Eine Ahnung fuhr mit uns zurück. Als Hermann Jüngers Krankheit wieder ausbrach und es zum Sterben ging, hat die Familie ihn aus dem Krankenhaus nach Hause geholt, sie hat ihn in diesen Wochen nicht einen Augenblick losgelassen und ihn fest umringt. Gemeinsam mit Hunderten von Trauernden haben wir ihn an einem stürmischen Tag auf dem verschneiten Dorffriedhof Neukirchen begraben.

Und wir beide? Vielleicht haben wir noch ein paar Jahre. Das Leben auf Abruf kann lebendiger werden, viel liegt an uns. Unser Traum, gemeinsam ans Ziel zu kommen, wird uns begleiten.

## Dieter Lattmann

| | |
|---|---|
| **1926** | Geboren am 15. Februar in Potsdam |
| **1929-1935** | Wohnhaft in Kassel und Bonn am Rhein |
| **1936-1939** | Ratsgymnasium in Hannover |
| **1939-1942** | Wilhelmgymnasium in Braunschweig |
| **1943** | Flakhelfer; Anerkennung des Zeugnisses der Prima (12.Klasse) als Abitur; Reichsarbeitsdienst und Einberufung zur Kriegsmarine |
| **1944-1945** | Seeoffiziersanwärter; Bordkommando auf dem Kreuzer Leipzig; Marinekriegsschule Glücksburg |
| **1945** | Kurze englische Gefangenschaft bei Heide in Holstein; im Juni Heimkehr, Arbeit in der Landwirtschaft |
| **1946-1949** | Lehrzeit und Mitarbeiter im Bärenreiter-Verlag, Kassel |
| **1949-1952** | Mitarbeiter der Franckh'schen-Verlagshandlung (Kosmos), Vertreter des Riederer-Verlages und Hersteller im Kreuz-Verlag, Stuttgart |
| **1950** | Heirat mit Marlen Ahrens |
| **1951** | Geburt des Sohnes Andreas |
| **1952** | Herstellungsleiter im Paul List Verlag, München |
| **1953** | Assistent des Verlagsleiters im Verlag Albert Langen-Georg Müller, München |
| **1954-1960** | Leiter der Presseabteilung im Piper Verlag, München |
| **1956** | Geburt des Sohnes Till |
| **ab 1960** | freier Schriftsteller und Mitarbeiter in Funk und Fernsehen; Literary Scout für skandinavische und englischsprachige Verlage |
| **1962-1963** | Siebenmonatige Weltreise durch die fünf Kontinente |
| **ab 1964** | Zahlreiche Reisen in die DDR, später auch als Kulturpolitiker |

| | |
|---|---|
| **1968** | Präsident der Bundesvereinigung der Schriftstellerverbände |
| **1968-1972** | Mitarbeit bei der Sozialdemokratischen Wählerinitiative |
| **1969-1974** | Gründungsvorsitzender des Verbands deutscher Schriftsteller (VS) |
| **1969** | Eintritt in die SPD in München; Mitglied des Kreisvorstands Schwabing; Mitglied des Landesvorstandes Bayern und Delegierter zum Bundesparteitag. |
| **1972-1980** | Bundestagsabgeordneter für den Wahlkreis Allgäu; Sprecher der SPD-Fraktion für Bildung und Kultur; Sprecher im Ausschuss für Bildung und Wissenschaft; Mitglied der Enquete-Kommission Auswärtige Kulturpolitik |
| **1977-1985** | Mitglied im Präsidium des Goethe-Instituts |
| **1980-2000** | Aktive Teilnahme in der Friedensbewegung |
| **ab 1981** | freier Schriftsteller; Initiatorenkreis des Krefelder Appells »Keine Atomwaffen in Europa« |
| **1981-1986** | Teilnahme an Friedenskongressen in Ost-Berlin, Den Haag, Warschau, Sofia |
| **1987** | Teilnahme an Gorbatschows Friedensforum in Moskau, Reise nach Wolgograd; Gerichtsprozess wegen Sitzblockaden vor dem US-Atomraketenstützpunkt in Mutlangen |
| **1996** | Wochenweise Hospitant in einer Drogen-Entzugsklinik und in einer Langzeit-Therapieklinik für Suchtkranke |
| **1997** | Tod des Sohnes Till |
| **1997** | Mitbegründer der Initiative Erfurter Erklärung »Bis hierher und nicht weiter – Verantwortung für die soziale Gerechtigkeit« |
| **seit 1998** | Vormittage an Schulen und Elternabende zum Thema Sucht |

## Werkverzeichnis

**Die gelenkige Generation.** Essays und Erzählungen
Langen-Müller Verlag, München 1957

**Ein Mann mit Familie.** Roman
Kindler Verlag, München 1962; Neuausgabe 4. Auflage 1979

**Mit einem deutschen Paß.** Tagebuch einer Weltreise
Kindler, München 1964

**Zwischenrufe und andere Texte.** Kindler, München 1967

**Schachpartie.** Roman. Kindler, München 1968

**Die Literatur der Bundesrepublik Deutschland**
im Rahmen von Kindlers Literaturgeschichte der Gegenwart;
Herausgeber und Mitautor, gemeinsam mit Heinrich Vormweg,
Karl Krolow und Hellmuth Karasek, München 1973
Fischer-Taschenbuch, Frankfurt/M. 1980
Neuausgabe 3. Auflage, Kindler, München 1982

**Die Einsamkeit des Politikers**
Kindler, München 1977
Fischer-Taschenbuch, Frankfurt/M. 1982

**Die lieblose Republik.** Aufzeichnungen aus Bonn am Rhein
Kindler, München 1981
Fischer-Taschenbuch, Frankfurt/M. 1984

**Die Brüder.** Roman
S. Fischer Verlag, Frankfurt/M. 1985
Verlag der Nation Berlin/DDR 1986, 3. Auflage (7. der Gesamtauflage) 1997, (Auslieferung jetzt Husum Verlag)

**Die Erben der Zeitzeugen**
Wider die Vertreibung der Geschichte
Fischer-Taschenbuch, Frankfurt/M. 1988

**Kennen Sie Brecht?** Stationen eines Lebens
Reclam Verlag, Stuttgart 1988

**Deutsch-deutsche Brennpunkte**
Ein Schriftsteller in der Politik
Verlag der Nation, Berlin 1990

**Die verwerfliche Alte.** Eine Geschichte aus unserer Zeit
Radius Verlag, Stuttgart 1991

**Jonas vor Potsdam.** Roman. Innaron Verlag, Zürich 1995

**Fernwanderweg.** Roman – Der lange Weg in die Sucht und der lange Weg wieder heraus. Zenit Verlag, München 2003

**Einigkeit der Einzelgänger.** Mein Leben mit Literatur und Politik. A1 Verlag, München 2006

Beiträge in rund 120 Anthologien

Verschiedene Hörspiele, Funkerzählungen und Fernsehfilme

1. Auflage 2006



Satz: Fotosatz Kretschmann GmbH, Bad Aibling

Litho: Kochan & Partner, München

Typographie, Umschlagentwurf und Gestaltung: Konturwerk, Herbert Woyke

Titelfoto: »Bücherstapel« von gettyimages/photonica/Wieteke Teppema

Druck und buchbinderische Verarbeitung: Ebner & Spiegel GmbH, Ulm

Papier Innenteil: 90 g/m² Schleipen Werkdruck bläulich weiß

Papier Vor- und Nachsatz: 100 g/m² Savile Row Plain Dark Grey von Fedrigoni

Papier Schutzumschlag: 120 g/m² Stucco Tintoretto Gesso von Fedrigoni

Papier Überzug: 115 g/m² Surbalin Seda rubinrot von Peyer

Gesetzt aus der 9,85/13,9 Stone Serif regular

Printed in Germany

ISBN 3-927743-84-4